IS

Peter Thaddäus Lang

Tagolf der Siedler

Ein Roman aus der Alemannenzeit

Silberburg-Verlag

Zum Andenken
an meinen Freund und Musikkameraden
Karl Kremser (1948–1988) – »Smärregolf«

1 2 3 4 5 98 97 96 95 94

Umschlagzeichnung: Heinz Schindele, Stuttgart.
Die Abbildungen auf Seite 154 (bearbeitet) und 155
wurden mit freundlicher Genehmigung des Fördervereins zur Erforschung
und Erhaltung der Kulturdenkmale in Stein e. V., Herr Gerd Schollian,
der Broschüre »Der römische Gutshof bei Hechingen-Stein, Zollernalbkreis«
von Hartmann Reim entnommen. –
Abbildungen Seite 8 und 188: Silberburg-Verlag.
Druck: Clausen & Bosse, Leck.
Printed in Germany.

ISBN 3-87407-187-1

Inhalt

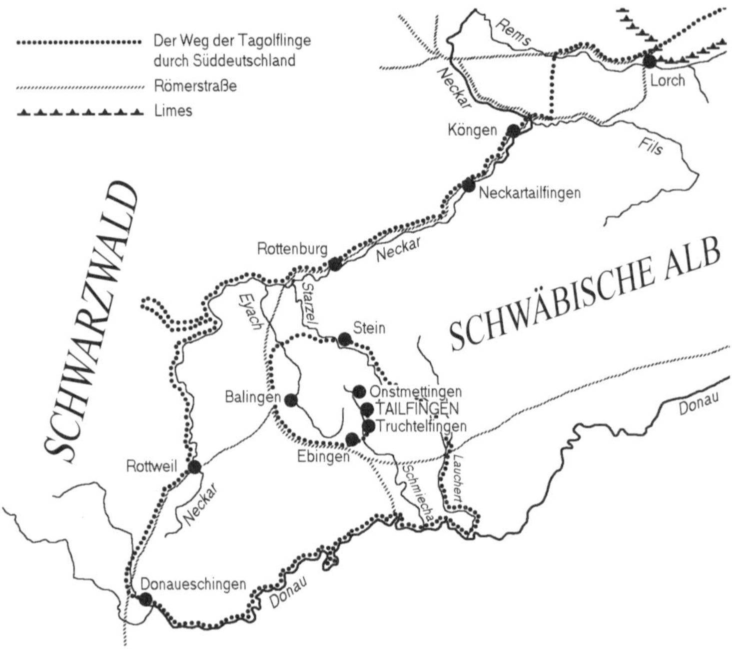

Der Weg der Tagolflinge durch Süddeutschland

Erstes Kapitel

Dr. Siegenhains Fiasko

Das Leben erscheint manchmal als eine Kette von verpaßten Gelegenheiten. – Wer hat nicht schon von dem Lottoschein mit den sechs Richtigen gehört, der nicht abgegeben wurde? – Wer schaudert nicht bei dem Gedanken an die phantastische Bildungsreise, die wegen einer plötzlichen Darminfektion nicht angetreten werden konnte? – Oder an die ererbte, unbezahlbar kostbare Chippendale-Kommode, die trotzdem keine müde Mark wert ist, weil der Opa seinerzeit, die neue Sachlichkeit praktizierend, alle Schnörkel abgesägt hat? – Oder an das Uraltcomic vom Dachboden, das der Herr Sohn gegen ein Computerspiel eintauschte, bevor man das rare Stück dem fanatisch begeisterten und zahlungswilligen Sammler zeigen konnte? – Oder aber auch an die attraktive Blonde an der Ampel im Auto nebenan, mit der kein Blickkontakt zustande kam, weil die vermaledeite Ampel viel zu früh auf Grün schaltete?

So ging es auch mir damals mit jenen sensationellen Aufzeichnungen.

Die Wissenschaft hätte ich revolutionieren können, endlich wäre Licht gekommen in die dunklen Jahrhunderte der Völkerwanderungszeit, einen Lehrstuhl hätte ich verdienterweise angeboten bekommen für die Anthropologie der Spätantike, um dann frei und aller Sorgen ledig mich meines Gelehrtendaseins endlich ungehindert erfreuen zu können, nur den lieben Gott und meine Haushälterin über mir.

Aber nein, ein derart angenehmer Lebensweg war mir unglücklicherweise nicht vergönnt – nur einige Wochen, einige ganz wenige Wochen durfte ich mich des berauschenden Gefühls erfreuen, eine großartige wissenschaftliche Entdeckung getätigt zu haben.

Wie es dazu kam?

Nun, am besten erzähle ich alles der Reihe nach und beginne erst mal damit, ein Stück überaus dramatischer Wissenschaftsgeschichte aufzurollen.

Es geht um den Universalgelehrten Hugo Zwetsloot, der um 1930 an der Universität Greifswald wirkte, der wegen seiner wenig salonfähigen Verschrobenheiten jedoch vom offiziellen akademischen Betrieb systematisch ignoriert wurde.

So ist denn sein wissenschaftliches Œuvre unverdienterweise allzu früh in Vergessenheit geraten, und, was noch viel schlimmer ist: Der Zweite Weltkrieg mit all seinen unerfreulichen Folgen zerstreute seinen ausnehmend umfangreichen Nachlaß in alle Winde.

Dieser Nachlaß ist für uns insofern von Interesse, weil Zwetsloot bei den Vorarbeiten für sein Forschungsvorhaben »Kirche und Kultur in Europa« in der Handschriftenabteilung der Greifswalder Universitätsbibliothek auf einen höchst bemerkenswerten Kodex stieß, der allem Anschein nach hinter den Mauern eines oberitalienischen Klosters entstanden war.

Bemerkenswert nämlich deshalb, weil er nicht nur Passagen aus mehreren hinlänglich bekannten Schriften enthielt, wie etwa aus der Weltchronik des Sigebert von Gembloux, den Annales Bertiniani oder auch aus den Werken des Baldus de Ubaldis und anderer Postglossatoren – nein, dort fand sich außerdem ein weiterer, wesentlich älterer Text – und das ist die unglaubliche Sensation –, ein Text mit dem Titel »Memorabilia Tagolfi Cultoris«, zu deutsch: »Die Denkwürdigkeiten Tagolfs des Siedlers«. Was nie jemand ernsthaft zu vermuten gewagt hätte, hier lag es in dieser Bibliothek in einem dickleibigen Pergamentwälzer vor: Die Geschichte jenes legendären alemannischen Sippenhäuptlings, den die Heimatforscher für die Gründung Tailfingens verantwortlich machen!

Doch die Geschichte geht noch weiter.

Hugo Zwetsloot, der Entdecker dieses einmaligen Dokuments unserer Frühgeschichte, fühlte sich von den genannten »Memorabilia« begreiflicherweise so sehr angezogen, daß er spontan ein umfassendes Exzerpt anfertigte. Dieses verschwand jedoch zu allem Unglück in den Kriegswirren.

Auf unbekannten, verschlungenen Wegen tauchten die sensationsträchtigen Aufzeichnungen Zwetsloots in den sechziger Jahren wieder auf, und zwar überraschenderweise in der Graphikabteilung einer namhaften Stuttgarter Kunsthandlung.

Der gute Zwetsloot frönte nämlich nicht ausschließlich der Geschichtswissenschaft, wie man wissen muß – nein, so ganz nebenbei ließ er gelegentlich den Bleistift über das Papier gleiten, um auf diese Weise Mensch und Natur im Bilde festzuhalten. Dabei entwickelte er eine beachtliche Fertigkeit, wenngleich er seine Grenzen durchaus erkannte und keineswegs der Versuchung erlag, sich für einen großen Künstler zu halten.

Ja, seine Stricheleien waren ihm so wenig belangvoll, daß er die Rückseite der bemalten Blätter als Konzeptzettel zu benutzen pflegte. Solcherlei Papier verwendete Zwetsloot dann auch, als er sich mit den Denkwürdigkeiten des Alemannenhäuptlings Tagolf beschäftigte.

Als diese Notizen dann dem Stuttgarter Kunsthändler in die Finger kamen, richtete selbiger sein Augenmerk natürlich vollkommen auf die bemalte Seite der Blätter, die ihm bemerkenswert genug erschienen, um sie in seinen Verkaufsräumen auszulegen.

Wie lange sie dort vor sich hingilbten, ist mir nicht bekannt. Jedenfalls wurden sie eines Tages von einem Tübinger Kunsthistoriker zu einem lächerlich geringen Entgelt erstanden. Der Käufer, der zu meinem Bekanntenkreis zählte, ordnete Zwetsloots künstlerische Gehversuche zunächst dem Worpsweder Künstlerkreis zu – vielleicht nicht ganz zu Unrecht, wie mir scheinen mag. Seinen Irrtum bemerkte selbiger Kunsthistoriker jedoch recht bald und schenkte die eben erworbenen Blätter mir, weil er wußte, daß ich an der genannten Stilrichtung meine Freude habe, ohne freilich viel davon zu verstehen.

Neugierig blätterte ich die Zeichnungen durch, und noch beim Blättern verwandelte sich die Neugier in unbehagliches Vergnügen, denn was ich da in Händen hielt, bestand zu einem gut Teil aus recht gewagten Aktstudien.

Solcherlei Gemaltes mochte ich denn doch nicht in meinen eigenen vier Wänden deponieren. Mir stieg ja schon die Schamröte ins Gesicht, wenn ich mir nur vorstellte, daß meine Haushälterin dieser Zeichnungen habhaft werden könnte – und das würde ihr mit Sicherheit gelingen. Mein guter Hausgeist hatte nämlich die Angewohnheit, alle Schränke und Schubfächer nicht nur von außen, sondern auch bis in den hintersten Winkel von innen zu reinigen, und ihre Sittenstrenge hinwiederum stand ihrer Neugier in keiner Weise nach. »Da sieht man's mal wieder, diese Akademiker«, würde sie dann überall herumposaunen, »vorneherum den feinen Herrn markieren, immer die Nase hoch und etepetete! Aber hintenrum, ich sag's ja, hintenrum! Nichts als Ferkeleien im Kopf! Und von wegen Professor! Ha! Ein Schweinigel ist das, ein Sittenstrolch, ein unmoralisches, verkommenes Subjekt!«

Also schaffte ich Zwetsloots Papiere zu meiner Arbeitsstätte – in das Tübinger Institut für die Frömmigkeitsgeschichte des Abendlandes, wo ich seinerzeit eine leitende Stellung innehatte.

Freilich erschien mir eben dieser Aufbewahrungsort auch nicht ganz ideal. Meine Assistentin, Fräulein Dr. Hedwig Siegenhain, würde beim Anblick jener Skizzenblätter gewiß kaum weniger schlecht von mir denken – sie, die Verkörperung reinster Tugendhaftigkeit, im westfälischen Münsterlande fromm erzogen und von unübertroffener, beispielloser Korrektheit! Wenn ich eine flapsige Bemerkung der allerharmlosesten Art von mir gab, pflegte sie bereits die Stirne zu runzeln und mich mit mißbilligenden Blicken zu bestrafen. Im Gegensatz zu meiner Haushälterin würde Dr. Siegenhain jedoch niemals in fremden Schubfächern herumkramen – dazu war sie eben doch viel zu korrekt.

In meinem Instituts-Schreibtisch waren Zwetsloots Blätter demnach einigermaßen gut vor den Augen anderer Leute geschützt. In der zweituntersten Schublade fanden die Zeichnungen ihren Platz – nicht ohne daß ich mir zuvor noch eine besonders freizügige Aktstudie eingehend betrachtet hatte.

Zwar dauerte es eine ganze Weile, bis ich den eigentlichen, eben den historischen Wert dieser so inhaltsreichen Skizzenblätter schließlich entdeckte – um so größer war aber dann der Überschwang meiner Gefühle! Natürlich suchte ich auch den Kodex ausfindig zu machen, aus welchem der Greifswalder Gelehrte abgeschrieben hatte – allein, ich mußte erkennen, daß der so ausnehmend sensationsträchtige Foliant in den Wirren der frühen Nachkriegszeit verloren gegangen war. Um so mehr steigerte sich dadurch die enorme wissenschaftliche Bedeutung meines Fundes!

Bevor ich mich aber mit diesen unschätzbar wertvollen Denkwürdigkeiten des alemannischen Sippenhäuptlings näher zu befassen vermochte, da erreichte mich eine ebenso unerwartete wie völlig niederschmetternde Hiobsbotschaft: Als Folge drastischer Etat-Kürzungen der Regierung auf dem Gebiet der geisteswissenschaftlichen Forschung konnte unser Institut staatlicherseits nicht weiter finanziert werden. Auch die beiden großen Kirchen waren unter solchen Voraussetzungen nicht mehr bereit, ihre recht beträchtlichen Zuschußgelder fließen zu lassen.

Mich selbst führte das plötzliche Ende des Instituts glücklicherweise nicht in die Arbeitslosigkeit; aufgrund meiner guten Kontakte konnte ich ohne Schwierigkeiten anderweitig unterkommen.

Meine neue Stelle brachte einen weitreichenden Ortswechsel mit sich; ich mußte mir also eine Wohnung suchen, ein sehr langwieriges und nahezu aussichtsloses Unterfangen. So kam es, daß ich erst wenige Tage vor Dienstantritt mit den Umzugsvorbereitungen beginnen konnte.

Das Ausräumen und Einpacken von Möbeln, Kleidern, Geschirr, Büchern und sonstigen Haushaltsgegenständen würde deswegen voraussichtlich von ziemlicher Hektik geprägt sein, aber mit der Unterstützung meiner Haushälterin und meiner Assistentin würde nichts schief gehen können, da war ich mir völlig sicher.

Die vorgegebenen Termine gestalteten sich allerdings dermaßen knapp, daß ich nach dem Verstauen des letzten Umzugskartons ohne jede Pause sofort würde zum Bahnhof eilen müssen. Den vorgesehenen Zug durfte ich auf keinen Fall verpassen, denn wenige Stunden später hatte ich bei meinem künftigen Dienstherrn vorzusprechen, einem Menschen, der dafür bekannt war, daß er von seinen Mitarbeitern absolute Pünktlichkeit erwartete.

Während all dieser emsigen Umzugsgeschäftigkeit richtete ich wohlweislich mein ganzes Sinnen und Trachten darauf, daß die beiden Frauen Zwetsloots graphische Versuche nicht zu sehen bekamen. Deshalb ruhten besagte Blätter noch immer in ihrer Schublade, als alle andere Habe schon längst wohlverpackt ihres Abtransports harrten.

Als der ganze Verpackungstrubel schließlich vorüber war, blieb mir immerhin eine gute halbe Stunde bis zur Abfahrt meines Zuges – Zeit genug, um in aller Ruhe und von den beiden Frauen ungestört Tagolfs »Memorabilia« an mich zu nehmen.

So suchte ich denn ein allerletztes Mal mein ansonsten ausgeräumtes Arbeitszimmer auf, setzte mich an meinen gähnend leeren Schreibtisch und warf einen wehmütigen Abschiedsblick auf den Ort, an welchem ich eine erkleckliche Anzahl von Jahren gewirkt und geforscht hatte.

Eben als meine Hand sich auf die zweitunterste Schublade zubewegte, nur noch wenige Zentimeter von diesen unersetzlichen, kostbaren Aufzeichnungen entfernt, da klopfte es an der Tür und herein trat – zu meiner großen Verlegenheit – Dr. Hedwig Siegenhain, meine Assistentin!

Die verbleibenden paar Wochen bis zur definitiven Auflösung unseres Instituts hatte sie die laufenden Geschäfte vollends weiter zu führen, und da selbständiges Arbeiten nicht gerade ihre Stärke war, hatten sich bei ihr Fragen über Fragen aufgetürmt:

Welche Manuskripte in den kommenden Wochen abgeschlossen werden könnten? Welche Literatur hierbei noch zu ergänzen sei? Ob außerdem irgendwelche Archive aufgesucht werden müßten? – Ich schaute zwischendurch unauffällig auf die Uhr: Gerade eine Viertelstunde blieb mir noch, dann mußte ich wirklich gehen, wenn ich auf dem Weg zum Bahnhof nicht allzu sehr hetzen wollte. Ungeduld keimte in mir auf.

Doch Dr. Siegenhain konnte kein Ende finden: Wie die Modalitäten der Drucklegung geregelt seien? Wen sie beim Verlag zu kontaktieren habe? Auf welche Summe sich der bewilligte Druckkostenzuschuß belaufe? – Alles Fragen, die wir schon mehrfach durchgesprochen hatten, überflüssiges Gerede also – und inzwischen zerrann unaufhaltsam die kostbare Zeit, Minute für Minute.

Die Ungeduld steigerte sich zur Unruhe: Schmetterlinge begannen mir im Bauch zu flattern.

Verstohlen öffnete ich in letzter Verzweiflung die zweitunterste Schublade einen Spalt breit, schloß sie aber vor Schreck augenblicklich wieder: Für den Bruchteil einer Sekunde schimmerte mir da die anzüglichste von Zwetsloots Aktstudien entgegen – ein unbekleidetes Frauenzimmer räkelte sich lasziv auf dem Papier und gewährte dem Betrachter einen Blick – nun ja, irgendwohin.

Während ich fühlte, wie sich mir Wangen und Ohren vor Scham erhitzten, sann ich fieberhaft nach einem unverfänglichen und logisch nachvollziehbaren Grund, durch welchen ich meine Assistentin zum Verlassen meines Zimmers bewegen könnte. Allein, mir wollte absolut nichts Passendes einfallen.

Ein weiterer Blick auf die Uhr sagte mir, daß es nun schon zu spät sei, um den Bahnhof noch rechtzeitig im Fußmarsch erreichen zu können; ich würde also ein Taxi nehmen müssen. Dessen ungeachtet löcherte mich Dr. Siegenhain weiter mit ihren albernen Fragen: Vom Druckkostenzuschuß kam sie auf Schriftgröße, Seitenzahl, Papiergewicht und Buchformat. Verzweifelt umklammerten meine zitternden Finger den Griff der zweituntersten Schublade – nur wenige Minuten blieben mir noch, um Zwetsloots einzigartige, epochemachende Aufschriebe an mich zu bringen, doch diese Frau wollte mit ihrer penetranten Fragerei einfach nicht aufhören.

Die Uhr sagte mir schließlich, daß keine einzige Sekunde mehr zu verlieren sei. Mit einem tiefen Seufzer fügte ich mich in mein Schicksal und erhob mich. Bei dem denkbar kurzen Abschied legte ich meiner Assistentin lediglich noch ans Herz, ein gutes Augenmerk auf meinen Schreibtisch zu haben; spätestens am übernächsten Wochenende würde ich mich wieder blicken lassen.

Warum hatte ich in dieser so entscheidenden wie prekären Lage meine vermaledeite Verklemmtheit nicht überwinden können? Warum, um alles in der Welt, mußte ich diese unwiederbringlich kostbaren Konzeptzettel in selbiger Schublade liegen lassen? Wie sich zeigen sollte, hatte ich damit die katastrophalste Fehlentscheidung meines Lebens getroffen!

Des Geschickes Mächte nehmen rasch ihren unaufhaltsamen Lauf:

Entgegen der ursprünglichen Terminplanung rückten die Männer des Universitäts-Betriebsamts bereits wenige Tage nach meiner Abreise an, um die gesamte Einrichtung des Instituts wegzuschaffen.

Mit dieser unerwarteten Situation war Dr. Siegenhain jedoch hoffnungslos überfordert, zumal es mit ihrem Nervenkostüm in jenen unheilschwangeren Tagen keineswegs zum Besten stand.

Das rührte daher, daß ihre Berufsaussichten sich wesentlich problematischer gestalteten als die meinigen. Ihre von Mal zu Mal verzweifelter werdenden Bemühungen um eine Stelle blieben durchweg erfolglos, und selbst ihr überaus einflußreicher Doktorvater konnte offensichtlich überhaupt nichts für sie tun.

Durch das Entschwinden jeglicher beruflicher Zukunftsperspektive geriet sie in eine ernsthafte psychische Krise. In diesem Zustand hochgradiger nervlicher Zerrüttung hatte die junge Dame den Abtransport der Büroausstattung unseres Institutes zu organisieren. Die Karteikästen, Schreibmaschinen, Diktiergeräte, Bleistifte, Aktenordner, Schnellhefter, Klarsichthüllen, Leselampen, Bürostühle, Filzschreiber, Umlaufmappen, Radiergummis, Ablagetröge, Aschenbecher, Bleistiftspitzer, Buchstützen – dies alles mußte in Umzugskartons verpackt werden, die ihrerseits ihrem Inhalt und Bestimmungsort gemäß zu beschriften waren.

Die Kartons sollten von Mitarbeitern des Universitäts-Betriebsamts abgeholt und auf diverse andere Universitätseinrichtungen verteilt werden. Wie man mir später berichtete, entstand im Nu ein unübersichtliches Schachtelgebirge, das schließlich in ein heilloses Durcheinander ausartete.

Zugunsten von Fräulein Dr. Siegenhain darf jedoch nicht verschwiegen werden, daß die Universität ausgerechnet ihr ein halbes Dutzend junger Zentralafrikaner für die Transportarbeiten schickte, Leute, die außer Französisch keiner der gängigen mitteleuropäischen Sprachen mächtig waren. Meine Assistentin hingegen beherrschte neben Deutsch zwar Aramäisch, Hebräisch, Altgriechisch und Latein, ja sie konnte sogar ein paar Brocken Sanskrit und Englisch, jedoch nicht das Idiom unseres westlichen Nachbarlandes. Obwohl die jungen Männer sich höflich, wohlerzogen und äußerst beflissen zeigten, sah sich die völlig aufgelöste Dr. Hedwig

Siegenhain außerstande, das Geschehen noch auf irgendeine Weise zu beeinflussen – inmitten teils leerer, teils halbvoller und teils überquellender Umzugskartons, zwischen Bergen von Aktenordnern, Büchern, Büromaterial und losen Zetteln erlitt sie einen Schreikrampf und mußte alsdann für mehrere Wochen in eine Nervenheilanstalt verbracht werden.

Nichts von all diesen Mißlichkeiten ahnend, verbrachte ich meine ersten Arbeitstage an der neuen Stätte meines Wirkens, voll Elan und mit dem frischen Schwung des Neuanfangs.

Am ersten freien Wochenende zog es mich natürlich mit allen Fasern meines Körpers wieder zurück nach Tübingen – zu meinem Tübinger Schreibtisch, dessen zweitunterster Schublade ich nun endlich, endlich Tagolfs Denkwürdigkeiten zu entnehmen gedachte.

Wie aber packte mich das blanke Entsetzen, als ich von Dr. Siegenhains Debakel hörte! Meine Lippen begannen zu prickeln, der Atem blieb mir weg, und vor meinen Augen erschienen schnell kreisende, weiß glänzende Sterne – alles Anzeichen eines bevorstehenden Kreislaufkollapses. So suchte ich nach der nächstbesten Sitzgelegenheit, schloß die Augen und atmete ein paarmal kräftig durch.

Sobald ich mich wieder in der Lage sah, einen klaren Gedanken zu fassen, redete ich mir ein, noch sei nicht alles verloren – dieser Schreibtisch konnte sich ja nicht einfach in Luft aufgelöst haben! Ich fragte, telefonierte, recherchierte, ich durchkämmte schließlich systematisch sämtliche geisteswissenschaftlichen Einrichtungen der Universität in monatelanger, mühseliger und meistens mitleidig belächelter Kleinarbeit. Vergeblich!

So begrub ich denn, bodenlos enttäuscht, meine hochfahrenden Träume von einem Jahrhundertwerk über die Völkerwanderungszeit, in dessen Mittelpunkt ich Tagolfs Memorabilia gestellt hätte. Dabei waren gewisse rudimentäre Vorarbeiten ja schon in Angriff genommen: Ich hatte versucht, die zwar genialischen, aber total konfusen Aufzeichnungen Zwetsloots in eine mehr oder minder folgerichtige Ordnung zu bringen, wodurch sich die elementaren Grundstrukturen der »Memorabilia« mir im Gedächtnis festsetzten.

Demzufolge läßt sich jetzt immerhin ein (wenn auch sehr grobes) Gerüst dessen rekonstruieren, was vor bald sechzig Jahren der ansonsten weitgehend vergessene Universalgelehrte aus Greifswald in einem spätmittelalterlichen Folianten vorgefunden hatte.

Zum besseren Verständnis des im folgenden dargebotenen Textes dürften wohl einige Bemerkungen angebracht sein.

Die von Tagolf berichteten Denkwürdigkeiten spielen sich zur Zeit der Völkerwanderung ab, in derjenigen Epoche also, als die Alemannen die Römer aus Südwestdeutschland vertrieben und sich in diesem Gebiet niederließen. Wie unzählige andere Alemannensippen, so suchte auch die Sippe Tagolfs nach einem geeigneten Siedlungsplatz.

Zwar hatten die Römer das Land schon teilweise verlassen, doch vermochten sich gegen die heranbrandende Alemannenflut einzelne Wohnplätze noch einige Zeit zu behaupten, sofern deren Bewohner sich nur erfolgreich zur Wehr setzen konnten. Beim Aufeinandertreffen mit solchen Römern nahm Tagolf einen subalternen Amtsträger aus dem römischen Kulturkreis gefangen (vergleiche das sechzehnte bis zwanzigste Kapitel), der nicht nur die Kunst des Schreibens beherrschte, sondern dem obendrein die Sprache der Alemannen nicht vollkommen fremd war. Diesem äußerst ungewöhnlichen Umstand ist es zu verdanken, daß Tagolfs Denkwürdigkeiten schriftlich festgehalten wurden.

Was die Datierung der geschilderten Ereignisse angeht, so wird man sich auf jeden Fall auf die zweite Hälfte des dritten nachchristlichen Jahrhunderts festlegen können. Dafür sprechen zum einen der im achten und dreizehnten Kapitel genannte Gelbe Wolf, zum anderen die im zwanzigsten Kapitel erwähnte Christenverfolgung; es wird sich hierbei wahrscheinlich um diejenige unter Kaiser Decius im Jahre 250 handeln. In dieselbe Richtung weisen außerdem die im neunzehnten Kapitel aufgezählten spätantiken Philosophen.

Die Geschichte Tagolfs markiert einen existentiellen Angelpunkt in der Entwicklung der Germanenvölker, nämlich den Schritt vom ruhelos umherschweifenden Räuber zum bodenständigen Siedler, der sich redlich von Ackerbau und Viehzucht ernährt.

Zweites Kapitel

Ferne Gefilde

Hei-hei-ho!« rief mein Vater, »hei-hei-ho!« tönte er kehlig, langgezogen und aus vollem Halse. Nun erhob sich dumpf dröhnendes Getrappel, Rosse und Reiter jagten los, Schweife und Mähnen zauste der Wind, die vielköpfige Horde galoppierte wild und verwegen über die weite, grasbestandene Ebene. Ich saß vor meinem Vater auf dessen bestem Hengst, die Hände festgekrallt im zottigen Strähnenhaar des pfeilschnellen Tieres.

Tja, so war das damals, vor vielen, vielen Jahren, als ich noch ein kleiner Junge war, ich, Tagolf, der Sohn des Häuptlings Tagolf, der den Beinamen »der Alte« trug. Solchermaßen verbrachte unsere Sippe Jahr um Jahr auf dem Rücken unserer halbwilden Pferde, in rastloser Eile dahinreitend, über unendliche, staubige Steppen, immer dem Untergang der Sonne entgegen.* Dort, so hieß es, liege ein überaus reiches Land, ein Land mit so fruchtbaren Böden, daß dort zweimal im Jahr dicker Weizen wachse, ein Land mit fischreichen Gewässern und ausgedehnten saftigen Viehweiden – diesem Land strebten wir entgegen und wollten es erobern.

Auf dem Wege dorthin ernährten wir uns durch Raubzüge. Wir überfielen Dörfer, an denen wir vorüberkamen, wir erschlugen ihre Bewohner und verbrannten ihre Häuser; Vieh, Schmuck, Waf-

* Gemeint sind die weiten Ebenen Innerasiens. Hier bestätigt sich also die von vielen Wissenschaftlern vertretene These, die Germanen seien aus den Tiefen des asiatischen Raumes nach Westen gezogen.

fen, wertvollere Gerätschaften und Lebensmittel nahmen wir mit, sofern unsere Pferde dies alles noch zu tragen vermochten.

Wenn wir längere Zeit durch eine menschenleere Gegend zogen, so schlachteten wir das mitgeführte Vieh. Bisweilen aber gelangten wir auch in die Nähe von Siedlungen, die von dermaßen vielen Menschen bewohnt wurden, daß wir einen Überfall nicht wagen konnten. Dann schickten wir eine kleine Abordnung dorthin, die den erbeuteten Schmuck und anderes kostbares Gut gegen Viehzeug und Getreide eintauschen sollte.

Die Winterszeit hielt unsere Fahrt nicht wesentlich auf. Nur bei ganz tiefem Schnee verweilten wir etwas länger in einem der von uns ausgeplünderten Dörfer.

Auf diese Weise lebten wir eigentlich ganz angenehm, und wir würden vielleicht noch heute unsere Zeit mit Plündern und Rauben verbringen, wenn wir nicht eines Tages am Ende der Steppenlandschaft angelangt wären. – Das mag so ungefähr im besten Mannesalter meines Vaters gewesen sein, mir selber stand mittlerweile der Jünglingsbartflaum im Gesicht, und längst hatte ich begonnen, den Frauen unserer Sippe begehrlich hinterherzuschielen.

Je weiter wir nach Westen kamen, um so hügeliger wurde das Gelände, und unsere Reittiere hatten große Mühe mit den ansteigenden Höhen, denn sie waren ja an das Flachland gewöhnt.

Doch nicht genug damit, auch der Pflanzenwuchs machte uns das Fortkommen zusehends beschwerlicher. Zu dem Gras der Steppe traten zunächst vereinzelte Büsche, dann verdichtete sich das Gesträuch, und wir begegneten hin und wieder einem Baum.

Bäume erschienen im Laufe der Zeit häufiger und begannen, Gruppen zu bilden, inselgleich im Gelände. Inzwischen hatten die Berge an Höhe und Steilheit zugenommen, so daß wir uns an die Flußläufe halten mußten, wenn wir überhaupt noch von der Stelle kommen wollten.

Die Talauen wiederum erwiesen sich zumeist als feucht und sumpfig, weshalb wir dort ebenfalls unsere liebe Not hatten. Aus den Baumgruppen wurden dichte Wälder, deren stacheliges und vielfach verschlungenes Unterholz unseren Pferden ein raschen Vorrücken gänzlich verwehrte.

Der Weg führte uns deshalb zwangsläufig trotz aller Beschwernis den Flüssen und Bächen entlang. Freilich bewegten wir uns durch Morast und Gestrüpp dermaßen langsam, daß wir die Dörfer, auf die wir stießen, kaum noch in einem Überraschungsangriff plündern konnten.

Die Dorfleute pflegten bei unserem Herannahen in die Wälder zu flüchten und sich dort mitsamt ihrer Habe zu verstecken. Uns blieben dann günstigstenfalls ein paar zurückgebliebene Hühner oder ein vergessener, ärmlicher Stallhase. Auf eine derart enttäuschende Ausbeute warteten aber an die hundert hungrige Mäuler, die schon tagelang kein Fleisch mehr zwischen die Zähne bekommen hatten, die sich größtenteils kümmerlich von den Beeren und Wurzeln des Waldes ernähren mußten.

Je weiter wir in das Bergland vordrangen, um so schmaler wurden die Gesichter, die Augen sanken tief in die Köpfe ein, die Backenknochen traten spitz heraus, die einst so runden und rosigen Wangen wurden bleich und hohl. Das lustige Lachen und Scherzen verstummte allmählich, eine lähmende Stille machte sich breit, nur dann und wann unterbrochen von dem steinerweichenden Geschrei halbverhungerter Kinder.

In den Augen der Männer las ich Ratlosigkeit und aufkeimende Verzweiflung. Allmählich wurde mir bewußt, daß irgend etwas Einschneidendes geschehen müsse, wenn wir nicht allesamt eines langsamen Hungertodes sterben wollten – das herzzerreißende Gebrüll der abgemagerten Kleinen ließ mich unruhig werden. Warum auch hatte mein Vater, Tagolf der Alte, der Sippenhäuptling, noch nichts unternommen, wodurch dem anstehenden Übel hätte abgeholfen werden können?

Als ich eines Abends bei der Rast auf ihn zuging, um mit ihm darüber zu sprechen, da erkannte ich plötzlich, wie sehr er sich in den letzten Jahren verändert hatte. Seine vordem breiten Schultern hingen schlaff herunter, sein Rücken war krumm geworden und seine einstmals stolz geschwellte Brust schmal und eingefallen. Die Haut war welk und faltig, statt mit stolzem, aufrechtem Gang bewegte er sich nun mit einem langsam zaudernden Dahinschleichen fort, und seine einstens hellen und strahlenden Augen blickten trübe und mutlos zu Boden.

Von diesem Manne waren keine großen Entscheidungen mehr zu erwarten; ja, zu einem Teil schien das Leben schon aus ihm gewichen. Da wußte ich, daß die Last der Verantwortung für die Sippe nun voll und ganz auf meinen eigenen, jungen Schultern ruhte. Ich selbst mußte jetzt etwas zum Essen herbeischaffen, und zwar augenblicklich!

Bereits mehrfach hatte ich im feuchten Untergrund die tief eingedrückten Spuren von Auerochsen gesehen – wir mußten auf die Jagd gehen! Auerochsen – ja! Die mächtigen Tiere würden viel, sehr viel Fleisch geben.

Schon begann ich, mir den Ochsenbraten in allen Einzelheiten auszumalen, und der Hunger gab meiner Vorstellungskraft Farbe und Lebhaftigkeit. Den Ochsen sah ich über dem Feuer, mit Wonne schnupperte ich nach dem Bratenduft, und gierig schlug ich die Zähne in ein saftiges Stück Ochsenkeule – aber bis zu solchen Genüssen war es noch weit: Auerochsen galten auch als unberechenbar und gefährlich. Für einen, der sein bisheriges Leben mit Mord, Raub und Plünderung bestritten hatte, war eine Auerochsenjagd also kein leichtes Unterfangen.

Nur wenige Tage, nachdem ich mich zur Jagd entschlossen hatte, ergab sich eine günstige Gelegenheit – zumindest wirkten die Umstände nicht ungünstig. Eine breite und nicht zu trockene Talaue lud mit ihrem überreichen Beerengeranke zu mehrtägigem Verweilen ein; an den langsam ansteigenden Waldrändern erblickten wir von weitem schon die Löcher von Kaninchenbauten, und weiter hinten im Waldesinnern waren eßbare Wurzeln zu erwarten.

Während unsere Frauen und Männer sich anschickten, die Packpferde abzuladen und alles vorzubereiten für das Lager, schaute ich prüfend in die Runde, darauf sinnend, wer mir bei der Jagd auf den Auerochsen als Begleitung nützlich sein könnte. Ich entschied mich für Asgolf, den besten Bogenschützen der Sippe,* sowie für Borgolf, der so gut mit dem Wurfspieß umgehen konnte wie kein anderer.

* Möglicherweise handelt es sich um den Ahnherrn eines berühmten Schweizer Nationalhelden.

Tagolf, Borgolf, Asgolf: So war es damals bei uns mit den Namen. Unserer Meinung nach wäre es am besten gewesen, wenn alle Männer unserer Sippe einfach »Golf« geheißen hätten. Jedem Fremden wäre dann sogleich bewußt gewesen, daß wir alle zusammengehörten.

Freilich wäre bei solcher Namensgebung ein großes Durcheinander entstanden, weil niemand gewußt hätte, welcher »Golf« nun gemeint sei. Deshalb hatte es sich eingebürgert, dem »Golf« eine weitere Silbe voranzustellen.

Asgolf und Borgolf waren Zwillingsbrüder, doch konnte man von ihnen nicht behaupten, sie glichen sich wie ein Ei dem anderen – vielleicht eher wie die eine Hand der anderen, denn bei genauerem Hinsehen vermochte man sie durchaus zu unterscheiden. Im Profil wirkten beide wie ein Paar Raubvögel: Das schüttere, dunkelbraune Haupthaar gab eine hohe, aber stark zurückgebogene Stirn frei, darunter als das buchstäblich am meisten hervorstechende Merkmal jeweils eine riesige Hakennase, unter der wiederum ein kurz getrimmter, wohlgepflegter Schnauzbart einen dünnlippigen Mund wenig verdeckte, unter welchem beide einen ebenfalls wohlgepflegten, kurz gehaltenen Knebelbart trugen.

Unterscheiden konnte man die Zwilligsbrüder vor allem an ihren Hälsen: lang und dünn waren sie zwar alle beide, jedoch bemerkte man unter Asgolfs dunkelblondem Knebelbart einen riesengroßen Adamsapfel (man hätte fast meinen können, es sei ihm ein großer Brocken im Halse steckengeblieben) – wohingegen bei Borgolf an der Stelle des Adamsapfels lediglich ein mächtiger Hautlappen zu erblicken war, der bei jeder Kopfbewegung hin- und herschlenkerte.

Schaute man den Zwillingsbrüdern ins Gesicht, so wurde man von zwei engstehenden, listig blinzelnden Augenpaaren gemustert, unter denen zwischen zwei faltigen Tränensäcken die dünnrückige Hakennase sich bis tief in den Schnauzbart hineinkrümmte. Ihre kantigen Vogelnasen endeten in daumenkuppengroßen Löchern, aus welchen dicke Haarbüschel herauswuchsen.

Sie gehörten zum damaligen Zeitpunkt erst so etwa zehn oder zwölf Jahre zu unserer Sippe, die beiden. Irgendwo in den weiten Ebenen hatten wir sie aufgelesen, zwei völlig verwilderte Knaben, und ihnen ihre Namen gegeben. Eine Horde berserkerhafter Reitersleute habe ihrer Sippe nachgestellt, erzählten sie, und es sei zu einer verzweifelten Verfolgungsjagd gekommen. Irgendwann sei ihr Pferd gestrauchelt, sie seien beide ins Gras gekullert, das Reittier habe sich dann wieder erhoben und sei ohne sie davongetrottet.

Viele Monde lang dürften sie wohl ganz auf sich alleine gestellt gewesen sein, denn sie waren völlig abgerissen und verdreckt. Von Beeren, Wurzeln und von rohem Kaninchenfleisch hatten sie sich ernährt; dieses karge Leben hatte ihre Sinne übermäßig geschärft – und aus diesem Grunde galten sie als die besten Spurenleser und Wegfinder unseres Trupps.

Von diesen beiden begleitet ging ich, mit Jagdwaffen versehen, alsbald die Talaue bachabwärts in der Erwartung, im Zwielicht der Abenddämmerung auf tränkendes Getier am Bache zu treffen. Noch war es hell genug, und wir brauchten keineswegs die erstbeste Fährte zu verfolgen. Spuren von Rehen gab es zuhauf, auch die eines Hirschrudels. Doch ich wollte Größeres, ich wollte den Auerochs!

Längst war der letzte Abendsonnenstrahl entschwunden, längst hatte sich die darauffolgende Kühle ausgebreitet, und Feuchtigkeit setzte sich allenthalben fest auf den Blättern und Gräsern. Kaum noch fand sich genügend Helligkeit, um Spuren im tiefen Riedgras zu erkennen. Meine beiden hakennasigen Gefährten wollten schon ungeduldig werden, als wir endlich, endlich auf eine breite Mulde dicht am Wasser stießen, die alle Merkmale einer vielbesuchten Wildtränke erkennen ließ.

Unter den mannigfachen Fährten vermochten wir deutlich die breiten, tiefen Eindrücke mehrerer Auerochsen zu sehen. Diese Spuren erwiesen sich als frisch, denn ihre Ränder waren ganz scharf geschnitten, auch hatten sie sich noch nicht mit Wasser aufgefüllt. Die so heftig ersehnten Tiere mußten demnach in unmittelbarer Nähe sein. Die Fährte der großen Wiederkäuer führte von der Tränke weg über die Talaue zum Rande des Waldes und verschwand dort in einer Lücke des Gebüschs.

Jegliches Geräusch vermeidend eilten wir hoffnungsfroh in ebendiese Richtung und schoben uns vorsichtig durch die Sträucher, hasteten mehrere hundert Schritte weiter durch das Gehölz, bis wir einer kleinen Lichtung gewahr wurden, auf welcher die klobigen, dunkelbraunen Tiere grasten.

Ohne daß sie uns bemerkten, gelangten wir an den Saum der Rasenfläche. Asgolf spannte den Bogen, Borgolf und ich hoben langsam unsere Spieße. Asgolf traf mit einem prächtig gezielten Schuß den größten Auerochsen haargenau in das Auge. Es war ein ungeschlachtes Stück Vieh, wie ich zuvor noch nie eines gesehen hatte, ein massiger Fleischberg, der für alle reichlich Nahrung liefern würde, mehrere Tage lang.

Borgolf rannte ohne zu zögern auf das Tier los, wobei der mächtige Hautlappen an seinem Kehlkopf wie ein Tuch im Winde flatterte, und ich hinterher. Unsere Spieße bohrten sich seitlich in das dunkle, zottige Fell, und hellauf spritzte das dampfende Rinderblut.

Aber noch lebte das riesenhafte Ungetüm, und wie: Wutschnaubend stapfte es auf mich zu. Nun mußte ich zusehen, wo ich blieb: Mit weiten Sprüngen stürmte ich waldwärts, wo die engstehenden Bäume den Lauf des in höchster Todesnot bedrohlich brüllenden Bullen aufhalten würden. Doch der totwunde Ochs war schneller als ich. Nur noch knapp einen Schritt von einer breiten, schutzverheißenden Eiche entfernt, fühlte ich schon den heißen Atem des bis aufs Blut gereizten Riesentiers auf dem Rücken; für eine Rettung hinter der Eiche war es nun zu spät. Ein dumpfes, hartes Geräusch, ein heftiges Beben; mit wuchtigem Aufschlag prallte mein Körper gegen den riesigen Stamm. Ich fühlte den plumpen, übermächtig großen Schädel dicht an meiner Seite; ein rasender Schmerz durchfuhr meinen Arm, dann schwanden mir die Sinne.

Als ich wieder zu mir kam, stach mir der köstliche Duft gebratenen Fleisches wohlig in die Nase, lustige Lieder und fröhliches Gelächter drangen an mein Ohr, mehrere hochlodernde Feuer schickten stiebende Funken in den sternenklaren Nachthimmel.

Mein Arm steckte in einem dicken Verband, der Schmerz hatte beträchtlich nachgelassen.

»Du hast beinahe soviel geblutet wie der Ochs, als wir dich hierher brachten«, erzählte mir Asgolf, als er sah, daß meine Lebensgeister sich wieder zu regen begannen.

»Stimmt überhaupt nicht«, wandte Borgolf ein, der dies gehört hatte, »die paar Tröpfchen Blut, die sind doch gar nicht der Rede wert.«

Asgolfs Adamsapfel hub an, sich im Zorn heftig zu heben und zu senken: »Natürlich hat er geblutet! Und wie!«

Borgolf schüttelte den Kopf, wobei der Hautlappen an seinem Halse nachhaltig zur Seite schlappte. »Nein! Niemals! Hat er nicht!«

»Hat er doch!«

»Hat er nicht!«

»Hat er doch!«

So ging es noch eine ganze Weile hin und her, bis endlich mein Vater die beiden mit einem kräftigen »Ruhe! Aufhören!« zum Schweigen brachte.

Wie hoch mein Blutverlust nun immer gewesen sein mag – die Verletzung an meinem Arm war jedenfalls nicht allzu gefährlich. Abgesehen von einer tiefen Narbe hinterließ dieses Abenteuer denn auch keine weiteren Spuren.

Unsere Sippe feierte das Jagdglück mit einem ausgelassenen Fest; seit vielen Wochen konnten sich alle endlich wieder einmal so richtig voll und satt essen.

Drittes Kapitel

Liebende Frauen

Auch wenn wir von nun an regelmäßig der Jagd nachgingen, so mußten wir uns doch zumeist mit kleinerer Beute begnügen. Der Hunger blieb unser ständiger Gast. Diese trotz gelegentlichem Jagdglück recht mühevolle und entbehrungsreiche Art zu leben war keinesfalls nach unserem Geschmack. Bisweilen hörte ich des Abends an den Lagerfeuern Stimmen des Unmuts. Auch in meinem Vater kamen Zweifel auf, ob es ihm je gelingen würde, seine Sippe bis zu jenem vielgepriesenen und hochgerühmten Land im Westen zu führen, zu jenem Land, in dem Überfluß herrschen sollte an Feldfrucht und an schmackhaftem Jagdgetier.

Alt und müde war er geworden, insbesondere schienen die wenig freudigen Jahre seit dem Verlassen der weiten Ebenen sein Leben zu verkürzen. Er fühlte, daß die Zeit kam, die Geschicke seiner Sippe in jüngere Hände zu legen.

An einem Herbstabend ließ er mich zu sich rufen. »Tagolf, mein Sohn«, begann er, »die Sippe wird bald ohne mich weiterziehen müssen. Der Anführer bist dann du. Solange mir die Reichtümer wie von selbst in den Schoß fielen, machte es mir großen Spaß, Sippenhäuptling zu sein. Aber seitdem wir uns durch diese Bergwälder quälen, ist mir alle Freude vergällt. Durch das Jagdabenteuer mit dem Auerochsen hast du bewiesen, daß du die Verantwortung für unsere Sippe übernehmen kannst. Die Sorge um das Wohl seiner Sippe ist für einen jeden Häuptling oberstes Gebot bei all seinem Trachten und Handeln.«

Was für einen Unsinn der Alte doch daherplapperte! Natürlich ist die Sippe für den Häuptling da und nicht umgekehrt! Der Häuptling vollbringt große Taten, er wird ein Held, und alle verehren ihn, so muß es doch wohl sein und bleiben! Die Frauen und Männer der Sippe sollen froh und stolz auf ihren Häuptling blikken, wenn er es zu Ruhm und Ansehen gebracht hat!

»Sieh auch zu«, fuhr mein Vater fort, »daß du in Bälde ein Weib nimmst. Die Sippe wird einem beweibten Häuptling ein beträchtlich höheres Maß an Achtung entgegenbringen!«

Der Alte hatte gut reden, denn dieser wohlmeinende Ratschlag war leichter gegeben als ausgeführt. Damals hatte es nämlich so seine Bewandtnis mit der Brautschau bei den Häuptlingssöhnen der Alemannen. Eine Braut mußte geraubt werden, das war so unser Brauch, andernfalls galt sie als eines Häuptlings nicht würdig.

Aus diesem Grunde fanden sich unter den Häuptlingsfrauen fast nie Germaninnen – vielmehr gehörten sie nahezu immer den Stämmen des östlichen Flachlandes an, deren Leute man zu erkennen vermag an ihren dunkelbraunen, mandelförmigen Augen, an ihrem pechschwarzen, glatten Haar und an ihren ausgeprägten, hochstehenden Backenknochen.

Die Töchter und Söhne aus derartigen Verbindungen hoben sich deutlich ab von ihren Stammesgenossen, denn ihr Haar war braun und ihre Augen dunkel, ganz wie bei ihren Müttern. Gerade diese Merkmale belegten ihre vornehme Herkunft – blond und blauäuig dagegen, pah, so war nur das gemeine Volk.

Ich selbst gehöre gleichfalls zu den Braunäugigen, und das sage ich voll Stolz. Von meiner Mutter aber habe ich nicht nur die Augenfarbe geerbt, sondern außerdem die schmale, kühn geschnittene Nase, die längliche Gesichtsform wie auch die eng stehenden Augen und die vollen Lippen. Vom Vater hingegen habe ich die schlanke, sehr bewegliche Statur, die buschigen Augenbrauen, das wellige Haar sowie den riesigen schwarzen Schnauzbart.

Mein Vater hatte meine Mutter in jenen weiten Ebenen des Ostens geraubt, als sie noch ein ganz junges Ding war. Beim Ritt durch ein Dorf bückte er sich vom Pferd herunter, packte sie bei den Hüften, zog sie hoch, und ab ging es in gestrecktem Galopp! So einfach war das damals.

Meine Mutter wurde darob freilich ihres Lebens nie besonders froh. Unsere Sprache redete sie zwar flüssig, doch stets mit einem fremdartig rauhen Zungenschlag. Zudem hielt sie meinen Vater wie auch die anderen Alemannenkrieger für grobe, ungehobelte und halb vertierte Ungeheuer, die kaum etwas anderes im Kopfe hatten als Morden und Stehlen, denen jeder Sinn für eine feinere Lebensart vollkommen fehlte.

Wie oft sang sie abseits des Lagers für sich allein schöne, traurige Lieder in ihrer fremden Sprache, wie oft blickte sie sehnsüchtig mit feuchten Augen nach Osten hin, in jene Richtung, wo sie zu Hause war! Wie oft erzählte sie mir von dem Reichtum ihres Vaters, der unermeßlich große Rinderherden sein eigen nannte, der über eine riesige Schar von Knechten gebot!

Wenn auch die Leute mir erzählten, meine Mutter sei eine hochnäsige, unnahbare Frau gewesen, der man nichts recht machen konnte, so ist sie trotz alledem meine Mutter, meine über alles innigheiß geliebte Mutter, über deren allzu frühen Tod ich noch viele Monde lang bittere Tränen vergoß.

Ein Weib rauben – am besten so eine wie meine Mutter –, wie sollte ich das anstellen, hier in diesen trostlosen Bergwäldern? Wo immer wir uns einer Siedlung näherten, war diese schon längst von ihren Bewohnern verlassen worden, die sich aus Furcht vor uns in weit abgelegenen Winkeln verbargen.

So würde ich mich denn wohl auch weiterhin mit Berta begnügen müssen, mit Berta der Einbrüstigen, die zum Haushalt meines Vaters gehörte. Natürlich hatte sie zwei Brüste wie andere Frauen auch. Ihren scherzhaften Beinamen hatte sie erhalten, als ihr beim Wäschewaschen einmal die eine Brust zum Hemdausschnitt herausgerutscht war.

Mit der großgewachsenen, starkknochigen, breit gebauten Berta konnte ich rundum zufrieden sein. Stets hatte sie einen lustigen Spruch auf den Lippen, und ihre freundlichen, graugrünen Augen schienen noch nie traurig gewesen zu sein. Keine andere Frau unserer Sippe hatte so dickes, kupferrotes und weithin glänzendes Haar, und auch beim Kochen tat es ihr sonst niemand gleich; um ihre gebratenen Rehkeulen beneideten mich alle, und was das Waschen und Flicken anging, konnte ich mich ebenfalls nicht beklagen.

Trotz ihres geringen Alters galt ihre Stimme im Rate der Frauen sehr viel, denn auf die Heilkunst verstand sie sich besonders gut. Wer Husten hatte oder eine Armverrenkung, der kam zu ihr und war nach einer kundigen Anwendung von Kräutersud, Halswikkel, Armbinde oder Wasserguß alsbald wiederhergestellt. Des Nachts wußte ich ihre aufgeworfenen Lippen und ihre feine, weiche Pfirsichhaut zu schätzen – sie war mir ein warmer, kuscheliger, schmusiger und ganz, ganz lieber Mitschläfling.

Eine Frau also, um die mich jeder andere Alemannenjüngling beneidete. Gleichwohl konnte sie eine richtige, standesgemäße Häuptlingsfrau nicht sein, denn sie war nicht geraubt – dieser Schandfleck auf unserer Verbindung ließ sich nicht entfernen.

Viertes Kapitel

Die Schlacht im Remstal

Mehrere Tage waren vergangen, seitdem ich diese Ratschläge erhalten hatte, als wir auf unserer Fahrt an einen breiten, abgeholzten Geländestreifen stießen, der sich wie ein endlos langes Band schnurgerade durch die Landschaft zog. An seinem jenseitigen Saume erhob sich eine ebenso lange und schnurgerade Reihe von dicht aneinander stehenden und oben zugespitzten Holzpfählen, eine Reihe freilich, die an mehreren Stellen Lücken aufwies. Die Pfosten waren in einen mäßig hohen Wall eingelassen, der sich wie ein nicht enden wollender Lindwurm dahinwand. An diesen Wall schmiegte sich diesseits ein gleichlaufender Graben, einem wasserlosen Bachbett vergleichbar.

Dies mußte der Schutzzaun sein, mit welchem das Römervolk sein Reich nach außen hin abgrenzte; davon hatten wir schon gehört. Weit und breit war jedoch keine Menschenseele zu erblikken.

Neugierig eilten wir zu der nächsten größeren Bresche, denn wir wollten sehen, wie es in diesem vielgerühmten Römerland aussah. Hinter der Pfahlwand lagen die verkohlten Reste eines hölzernen Wachtturms, Spuren eines erfolgreichen Angriffs auf den römischen Grenzwall.

An diesem Trümmerhaufen vorbei führte ein steinerner Weg, der so ungefähr in die von uns gewünschte Himmelsrichtung führen mochte. Er bildete eine schmale, baumlose Schneise inmitten undurchdringlicher Wäldereien.

Dieser Steinweg führte an einem Flüßchen entlang – mit dem Namen Rems, wie wir später erfuhren. Vorwärtszukommen ohne Morast, ohne Erdlöcher, ohne Felsbrocken, ohne zähes Unterholz oder umgestürzte Baumstämme, das war für uns ein lang entbehrter Genuß und ließ Erinnerungen erwachen an frühere Zeiten, als wir wie der Wirbelwind über weite offene Steppen jagten.

Froh beschwingt zogen wir auf diesem bequemen Reiseweg von dannen und hofften, um so schneller jenes vielbesungene, überbordend reiche Westland zu erreichen.

Vorneweg ritten wie immer die hakennasigen, knebelbärtigen Zwillingsbrüder Asgolf und Borgolf als Vortrab, denn die beiden verfügten ja über die schärfsten Augen und das feinste Gehör; sie schienen deshalb am besten geeignet, irgendwelche lauernden Gefahren möglichst frühzeitig zu erkennen. – In einigem Abstand folgte mein Vater mit seinen engsten Gefährten, dann kamen in schwerfälligem Trott Packpferde und Vieh, angetrieben von den Frauen und älteren Kindern, und ganz am Ende trabten die Brüder Hilgolf und Gangolf. Diese beiden sorgten dafür, daß niemand herumtrödelte und auf dem Wege zurückblieb.

Während Asgolf und Borgolf sich als Zwillingsbrüder ausnehmend stark ähnelten, bildeten Gangolf und Hilgolf im Gegensatz dazu ein äußerst ungleiches Brüderpaar.

Gangolf war klein und rundlich, von lustigem Wesen und im Vergleich zu vielen anderen Männern meiner Sippe von einigermaßen raschem Verstand – Hilgolf hingegen war äußerst lang geraten und klapperdürr, seine länglichen, dünnen Gliedmaßen schlenkerte er stets unbeholfen durch die Luft, aber sonst wirkte er in sich gekehrt, schweigsam und manchmal etwas mürrisch. Wenn Hilgolf angeredet wurde, wandte er sich zumeist hilfeheischenden, verlegenen Blicks nach seinem redebegabten Bruder um.

Er konnte einem schon sehr leid tun, der gute Hilgolf, denn er litt unter einer ausgeprägten Empfindlichkeit der Schleimhäute. Seine großen, wasserblauen Augen waren fortwährend stark gerötet und neigten zum Tränenfluß; seine lange und ungewöhnlich spitze Nase zeigte die gleichen Symptome. Sobald sich unter seinem Riechorgan ein Tropfen zu sammeln begann (was unaufhörlich geschah), pflegte er die Feuchtigkeit mit dem Handrücken wegzuwischen. Seine Hand wiederum reinigte er am Brustteil seines Hemdes, das im Laufe der Zeit einen speckigen Glanz angenommen hatte. War sein rundlicher Bruder außer Sichtweite, verfiel Hilgolf stets in einen Zustand völliger Teilnahmslosigkeit, doch erhellten sich seine Gesichtszüge auf der Stelle, wenn Gangolf wieder auf der Bildfläche erschien.

Gangolf dagegen schien aus einem völlig anderen Holze geschnitzt – die Hilflosigkeit seines dünnen Bruders verschaffte ihm das Bewußtsein außergewöhnlicher Bedeutsamkeit. Sein kugeliger Körper wollte vor Springlebendigkeit fast platzen, seinen hellblauen Luchsäuglein blieb auch nicht die kleinste Fliege verborgen, seine Hände mußten fortdauernd tätig sein und irgendwo herumfingern, und nur selten gelang es ihm, längere Zeit ruhig auf einem Fleck stehen oder sitzen zu bleiben. Und was seinem Bruder an Gesprächigkeit abging, glich er mit manchmal übergroßer Redseligkeit aus.

Was die beiden an körperlichen Merkmalen gemeinsam hatten, das war der volle rötliche Haarwuchs, sowohl auf dem Haupte wie auch im Gesicht.

Unglücklicherweise sollte unser flottes Dahinschreiten nicht von langer Dauer sein. Ein halber Tag war noch kaum vergangen, als die hakennasigen Zwillingsbrüder in wildem Galopp zu meinem Vater zurückpreschten – sie hatten in der Ferne einen kleinen Trupp schwer bewaffneter Reiter bemerkt.

»Wie viele sind es?« wollte mein Vater wissen.

»Nicht mehr als zwanzig«, gab Asgolf die gewünschte Auskunft. Die Augen des alten Tagolf begannen vor Kriegsdurst lüstern zu blitzen, neue Kraft erfüllte seine abgeschlafften Glieder. Mit wildem, ungebärdigem Gelächter zog er sein Schwert, schwang es fuchtelnd über seinem Haupt und schrie hitzköpfig: »Heißa! Los! Auf, ihr Männer! Auf, zur Schlacht!« Dabei gab er seinem Hengst so heftig die Sporen, daß dieser mit einem hohen Satz davonstob, und wir alle begeistert brüllend hinterher.

Weil jeder zuerst am Feind sein wollte, trieben die Männer ihre Pferde zu größter Schnelligkeit an. Bei dieser wild-verwegenen Jagd geriet unser Anführer bald in das zweite Glied; er war eben doch nicht mehr der Jüngste.

Ich selbst hatte nie zuvor um Leben und Tod gefochten. Der Gedanke daran verursachte mir ein beklemmendes Würgen im Hals; mein Reittier spornte ich deshalb nur zögerlich an. Von der allgemeinen Begeisterung ließ ich mich dennoch rasch anstecken, denn Römer zu besiegen sei ein Kinderspiel, hörte man ja allenthalben sagen. Zu den Vordersten gehörte ich aber deswegen beileibe nicht. Dieser Umstand wird mir wohl das Leben gerettet haben.

Um eine weitgeschwungene Wegbiegung stürmend, erblickten wir die fremden Reiter in einiger Entfernung. Offensichtlich hatten sie herannahendes Pferdegetrappel vernommen, aber nicht mit einer so zahlreichen Kriegerschar gerechnet. Die mit großen Schildern, Lanzen, Kurzschwertern, buschigen Helmen, Brustpanzern und Beinschienen schwer bewaffneten Panzerreiter stellten sich gerade noch rechtzeitig in der Form eines Keiles auf, bevor wir auf sie trafen, wobei Krieger und Rosse mit markerschütterndem Krachen aufeinanderprallten.

Augenblicklich gingen die vordersten Männer auf beiden Seiten tödlich verwundet polternd zu Boden – die römischen Reiter im zweiten Glied wichen aber trotzdem keinen Finger breit, und meine Gefährten starrten auf todbringende Lanzenspitzen. – Gleichwohl keine Bedrohung für fixe Alemannen, die mit einem geschickten Schwenk ihrer Schilde diese gefährlichen Dinger von sich ablenkten. Dazu kam noch eine alte Reiterübung, mit welcher wir uns als Knaben vergnügt hatten: Ein flinker Griff ans Knie des Gegners und – hopp! der mit schwerer Eisenlast beladene Römer plumpste scheppernd aus dem Sattel.

Solcherlei Kunstfertigkeiten halfen uns jedoch trotzdem nicht, unsere zahlenmäßige Überlegenheit gegen die Römer voll auszunutzen. Zum einen waren wir es von den weiträumigen Steppen des Ostens her gewohnt, unsere Feinde in einer lockeren Kette anzugreifen und das Getümmel in lauter Zweikämpfe aufzulösen, wobei Muskelkraft und Ausrüstung die kleinere, Schnelligkeit und Geistesgegenwart hingegen die größere Rolle spielten. Bei der Enge des Weges vermochten wir uns dieser Fertigkeiten indessen kaum zu bedienen; auch mußten wir erkennen, daß die Römer über weitaus bessere Waffen verfügten als wir und daß sie obendrein ihr Kriegsgerät äußerst geschickt zu handhaben wußten.

Der Kampf mit Römern ein Kinderspiel – von wegen! Solches Gerede erschien uns jetzt als die reine Aufschneiderei, als leeres Geschwätz – eine späte und bittere Einsicht für uns. So konnten wir uns glücklich schätzen, als die römischen Panzerreiter schließlich vom Kampfe abließen und sich zum Rückzug anschickten, denn viel länger hätten wir ihnen kaum standhalten können.

Sprachlos, erschüttert und beklommen standen wir vor den toten, zerschundenen Leibern unserer Väter, Brüder, Neffen, Oheime und Vettern – mancher stöhnte noch, wälzte sich röchelnd am Boden und spuckte Blut. Die Toten und Verwundeten packen wir auf die Pferde – desgleichen die Waffen der gefallenen Römer – und sahen zu, daß wir schleunigst fortkamen, denn wir mußten damit rechnen, daß die Geflohenen Verstärkung holten.

Über einen Umstand wunderten wir uns freilich ganz gewaltig: Einige der römischen Panzerreiter hatten unsere eigene Sprache gesprochen und sahen auch sonst aus wie Germanen – nur ihre Ausrüstung ließ erkennen, auf wessen Seite sie standen. Daß Germanen für die Römer Kriegsdienste leisteten, solches erfuhr ich erst viele Jahre danach.

Sobald wir unsere Sippe erreicht hatten, brachen wir seitlich durch das Gebüsch am Rande des Weges und suchten Zuflucht in dem tiefen, dunklen Waldesdickicht. Erst die Abenddämmerung setzte unserem rastlosen Hasten ein Ende.

Nun war es Zeit, die Toten zu zählen: Zehn der dreistesten, tollkühnsten Männer mußten wir begraben, zumeist blutjunge Kerle. Weitere acht hatten große, klaffende Wunden davongetragen, unter ihnen Tagolf der Alte, mein Vater. Nur zwei oder drei von ihnen würden aller Erfahrung nach überleben; da halfen auch alle Künste der heilkundigen Berta nicht weiter.

Die Vorkommnisse dieses Tages hatten uns die Römerstraße gehörig vergällt; fortan schoben wir uns mühsam wie eh und je durch das dornige Gerank der hügeligen Wälder, wobei wir zunächst eine südliche Richtung einschlugen, um uns möglichst schnell von dem Ort unseres Treffens mit den römischen Reitern zu entfernen.

Bereits am darauffolgenden Tage stießen wir erneut auf eine Römerstraße. Da wir allen Grund hatten, diesen Wunderwerken der Wegebaukunst zu mißtrauen, schickten wir Späher aus, um die Lage auszukundschaften – eine Aufgabe, die üblicherweise die geiernasigen Zwillingsbrüder Asgolf und Borgolf auf sich nahmen.

Die beiden waren kaum länger fort, als man braucht, um einen Hasen zu braten, da kehrten sie auch schon zurück und brachten freudige Nachricht: Ein kurzes Stück des Wegs weiter nach Westen hin stehe an einem Fluß namens Nicar ein römisches Festungswerk mit Wällen und Wachttürmen,* so ließen die beiden sich vernehmen, doch sei diese Anlage erst vor wenigen Monden von Alemannen erobert worden.

Die Leute dort hätten ihnen erklärt, es gebe zwei Wege nach Westen; der eine führe mehr nördlich und flußabwärts, der andere dagegen mehr südlich und flußaufwärts. Vor dem nicarabwärts führenden Weg würden sie uns allerdings warnen, denn dort liefen wir unweigerlich den Römern in die Arme.

Also: Auf nach Südwesten! Wir kamen denn auch nach kurzer Zeit zu jenem Festungsbau, wo uns deren alemannische Bewohner bereits erwarteten. Plokko,** ihr Häuptling, lud uns ein, bei ihm und seiner Sippe einige Tage als Gäste zu verweilen, um uns dort von der Schlacht mit den Römern zu erholen.

Wir ließen es uns gut gehen bei Plokko und nutzten die Zeit, unsere Wunden zu pflegen, Geschichten zu erzählen und uns an einem ausnehmend köstlichen Getränk zu berauschen, das Plokko selbst zusammengebraut hatte. Da es unschicklich ist unter Alemannen, das Geschenk der Gastfreundschaft länger als drei oder vier Tage anzunehmen, so zogen wir auf der empfohlenen Straße weiter. Zum Abschied schenkten wir dem großzügigen Plokko ein goldenes Trinkhorn*** aus unserer Sammlung geraubter Schätze.

* Römerkastell bei Köngen.

** Legendärer Gründer von Plochingen. – Plokko siedelte also mit seiner Sippe zunächst in einem römischen Kastell, denn warum hätte er auf diese bequeme Unterkunft verzichten sollen? Erst als das Kastell zerfallen war, machte er sich an den Bau einer eigenen Siedlung.

*** Dieses Horn wurde von den Plochingern lange in Ehren gehalten, später als Waldhorn benützt und steht heutigentags noch symbolisch für in Plochingen gebraute Getränke.

Fünftes Kapitel

Der neue Häuptling

Zwei oder drei Tage danach starb mein Vater – es war am Ufer des Nicar-Flusses unweit der Stelle, wo der Hel-Bach* einmündet. Dieses traurige Ereignis traf uns nicht unerwartet. – Die im Remstal erlittene Verwundung führte sein Ende rasch herbei.

Tagolf der Alte erhielt eine Bestattung, wie sie einem Sippenhäuptling zustand: Inmitten eines doppelt mannshohen Grabhügels, hoch zu Roß, wurde er beigesetzt; seine kostbarsten Waffen gab ich ihm zur Hand, auf daß auch im Reiche der Toten ein jeder ihn als Häuptling zu erkennen vermochte.

Als der Hügel vollendet war, ritten des Nachts nach alter Alemannensitte zwölf der tapfersten Krieger mit brennenden Fackeln um das aufgeschüttete Erdreich, die dumpf klagenden Totenlieder unserer Sippe anstimmend. Der Schein der Fackeln spiegelte sich gespenstisch in den Wellen des Nicar-Flusses, und schaurig erklang es aus den Wassern wider.

Der neue Häuptling war ich: Daran zweifelte niemand. Ich, Tagolf, Tagolfs des Alten ältester Sohn, hatte bei der Jagd auf den Auerochsen mehr Mut und Entschlußkraft bewiesen als sonst einer unter den Kriegern des Stammes – aber einer solchen Rechtfertigung bedurfte es erst gar nicht, denn es gab niemanden, der mir die Anwartschaft streitig gemacht hätte. Es fehlte nur noch die feierliche Handlung, von der ich zwar schon gehört hatte, die ich

* Höllbach; fließt bei Neckartailfingen in den Neckar.

jedoch nicht genau kannte. Nur soviel wußte ich: Der neue Häuptling sollte mit dem Heiligen Stabe berüht werden. Thorgolf der Graue war in unserer Sippe am besten bewandert, was derlei Dinge anging; stracks begann er mit den Vorbereitungen und setzte die Zeit für die Handlung auf die folgende Nacht fest.

Alle erwachsenen Männer – mich eingeschlossen – hatten sich auf einer Wiese abseits des Lagers einzufinden, angetan mit ihren besten Kleidern und ausgerüstet mit allem Kriegsgerät, nämlich Dolch, Kurzschwert, Doppelaxt oder Langschwert, Helm, Schild und Speer.

Als wir dort hinkamen, loderte fast rauchlos ein helles Feuer, daneben erblickten wir Thorgolf mit gesenktem Haupt und geschlossenen Augen. Sein schlohweißes, strähniges Haar war bedeckt von einem Kranze aus Eichenlaub; um seine Schultern hing ein weiter, schwarzer Mantel.

Wir mußten uns im Kreis um das Feuer aufstellen, so befahl er uns. Nach längerem Gemurmel schrie der Graue mit hochgereckten Armen jählings ein schallendes »Ta-ta-ta!« gen Himmel und wies die Männer an, diesen Ruf im Chor zu wiederholen, was dann auch so geschah. Der vielstimmige Schrei verhallte, und wiederum war eine ganze Weile nichts anderes zu vernehmen als ein undeutliches Murmeln aus Thorgolfs Mund.

»Tarf-mupitze-konsolwubsi!« gellte nunmehr Thorgolfs krächzende Stimme, und ebenso antwortete der Chor. »Teltimorpaf-suriwäzo-brotzalschegnumurfzo-grunzalbitz!« kreischte daraufhin der Graue, so schrill er nur konnte. Ein wirres, ungeordnetes Heulen und Jaulen aller erdenklichen Silben erfüllte im Gegenzug die Luft – die Männer konnten ein solches Wort unmöglich nachsprechen, ohne es vorher mehrmals gehört zu haben.

Ungerührt winkte mich Thorgolf nun zu sich in die Mitte des Kreises und gab mir zu verstehen, daß ich vor ihm niederknien solle. Kaum hatten meine Knie den Boden berührt, zog der Graue den heiligen Stab aus dem Gewande und streckte ihn heftig zukkend und ruckend himmelwärts, um ihn dann langsam und feierlich mir auf den Kopf sinken zu lassen. Solchermaßen verharrte der Graue längere Zeit in tiefem Schweigen, bis er den Stab schließlich wieder in seinem Umhang verbarg.

Jetzt ergriff er eine neben ihm liegende Trommel. Dumpfe, einförmige Schläge ertönten; gemächlich bewegten sich daraufhin die Krieger mit stampfenden Schritten. Auf Thorgolfs Geheiß zogen sie die Schwerter und reckten sie gegen das lohende Feuer. Wilder und wilder wurde das Getrommel, und immer schneller drehten sich die Männer wiegend, springend und schwerterschwingend im Kreise. Gespenstisch leuchteten Helme und Schilde im Flackerschein der Flammen, mit verwegenen Verrenkungen bewegten sich keuchend und schwitzend die Krieger.

Rundum ging es, rundum von neuem und rundum immer wieder – so lange, bis die Feuersglut aus Mangel an Nahrung ihren Schein verlor und nur noch bisweilen ein einzelnes Flämmchen kümmerlich züngelte.

Dann, plötzlich, verstummte die Trommel, und Thorgolf der Graue verschwand. Schweißdurchnäßt und außer Atem, aber lachend und mit strahlenden Gesichtern drängten sich die Männer um mich her; ein jeder wollte mich beglückwünschen, mir die Hand schütteln oder auch mir auf die Schulter klopfen.

In dem allgemeinen Stimmengewirr dröhnte lauter als alle anderen das urgewaltige Organ Smärregolfs, des kräftigsten Mannes unserer Sippe. In seinem Gesicht fielen insbesondere seine glänzend roten Wangen auf wie auch der etwas spärliche Bartwuchs. Sein Bart bestand nämlich nur aus einem leichten Gekräusel an Backen und Kinn. Die übrigen Recken überragte er in der Länge seines Körpers wenig, dafür aber erreichten seine Arme beinahe den Umfang von Oberschenkeln. Vor allem jedoch verfügten seine riesigen Hände über ein nie gesehenes Ausmaß.

Mit solchen Pranken schlug er mir gleichzeitig auf beide Schultern, so daß ich meinte, ich würde in den Boden gerammt. »Tagolf, Mensch, alter Kumpel!« brüllte er so laut, daß die Luft zu zittern begann, »Mensch, Tagolf, du jetzt unser Anführer! Mensch, du! Ich kann es immer noch nicht fassen!«

Jetzt packte er mich an den Oberarmen und stieß mich mit einem juchzenden Jubelschrei hoch in die Luft, aber nicht nur ein einziges Mal, sondern in einer fast ewig währenden Folge. Aber noch bevor ich mich davon erholen konnte, schüttelte er mich in seiner überschäumenden Freude wild hin und her, wodurch mir alle Knochen im Leibe durcheinander purzelten. »Tagolf! Mensch! Heißa! Unser Häuptling!« tönte er donnergleich und ohne Unterlaß. »Heißa! Das muß gefeiert werden! Das muß gefeiert werden!«

Endlich fand ich eine Gelegenheit zum Verschnaufen, denn inzwischen hatte sich auch Thorgolf wieder eingefunden. Ihm war klar gewesen, daß die Männer feiern wollten, darum hatte er zu diesem Zwecke ein berauschendes und äußerst wohlmundendes Getränk zusammengebraut, das nun humpenweise verteilt wurde.

Bis zum frühen Morgen lachten und sangen die Männer; durch das ganze Lager hindurch und noch weithin darüber hinaus aber hallte das gröhlende Gedröhn meines Freundes Smärregolf.

So war ich denn jetzt Sippenhäuptling: Schon während wir den Grabhügel für meinen Vater aufschütteten, begann ich, über meine zukünftigen Aufgaben als Anführer nachzusinnen, über meine neue Würde wie auch ganz allgemein über die Zukunft unserer Sippe.

Ein großer Herrscher würde ich sein und ruhmreiche Taten vollbringen, so daß die wandernden Sänger in ihren Liedern mich landauf, landab rühmen sollten. Nacht für Nacht lag ich wach, träumend von verwegenen Kämpfen und kühnen Abenteuern, von mannhafter Tapferkeit und furchtlosem Heldenmut.

Der Tag nach der nächtlichen Feier mit dem Heiligen Stab war zur Weiterreise bestimmt, aber vor dem Aufbruch wollte ich eine große Rede halten an die versammelten Sippenangehörigen. Jedes Wort und jede Geste hatte ich mir sorgsam zurechtgelegt. Und mit wieviel Spannung wartete ich auf diesen großen Augenblick, ich Narr! Hätte ich doch nur von diesem dreimal verfluchten Vorhaben abgelassen, das mir nichts anderes einbrachte als Schande, Schmach und Kränkung! Aber zu groß war mein Stolz, zu aufgebläht meine Eitelkeit!

Als an jenem denkwürdigen Vormittag alle Pferde zum Aufbruch bepackt und gesattelt waren, erhob ich gebieterisch meine Stimme, forderte Ruhe und hieß alle im Grase niederkauern.

»Freunde, Brüder, Volksgenossen! Bestattet ist nun Tagolf der Alte, und jetzt komme ich – ich, euer Häuptling! Ich werde euch führen gen Sonnenuntergang, in jenes vielgepriesene Land, das Land, in dem die Hasen so groß sind wie Wölfe, die Schafe so groß wie einjährige Kälber, die Kühe jedoch so groß wie die stärksten Zugpferde!

Fleisch, Milch und Käse werdet ihr im Überfluß haben! Und keine Sorge wird es geben wegen des Viehfutters. In diesem Land westwärts von hier wächst das Gras mannshoch, es ist aber dennoch dunkelgrün und saftig. Ungeahnten Überfluß bietet euch dieses Land ebenfalls beim Getreide: Die Weizenkörner haben die Größe von Haselnüssen; es stehen davon immer mindestens fünfzig auf einem einzigen Halm. Süß wie Honig sind dort die Beeren des Waldes und größer noch als eine Männerfaust ...«

Solchen und ähnlichen Schwachsinn redete ich damals, ich gestehe es zu meiner Schande; in meiner Prahlsucht konnte ich kein Ende finden. Es fiel mir im überschäumenden Eifer meiner wichtigtuerischen Rede kein kleines bißchen auf, wie meine Zuhörer geringschätzig die Mundwinkel herunterzogen, wie sich ihre Stirnen in mißmutige Falten legten und wie sie ärgerlich die Köpfe schüttelten.

Der Lauf meiner törichten Rede kam erst ins Stocken, als ich ein allgemeines Grummeln und Murren vernahm. Derlei Töne erschienen mir ein Zeichen für Starrsinn, für Undank, ja für Treulosigkeit, was eine blinde Wut in mir erwachen ließ.

Mit vorgewölbter Brust baute ich mich breitbeinig auf, ich verblendeter Dummkopf, stemmte die geballten Fäuste in die Hüften und brüllte, allmählich heiser werdend: »Was seid ihr denn ohne mich, ihr Tranfunzeln? Ein lahmer Haufen seid ihr, ein faules Pack, ein stinkiges Nichts! Nur mit mir habt ihr Zukunft, nur mit mir Glück, nur mit mir Überfluß! Ich, ich bin euer Wille, ich euer Gesetz, ich euer Leitbild!«

Die linke Hand flach auf die Außenseite des Oberschenkels gepreßt, die rechte hingegen (weil ich doch Eindruck schinden wollte) schräg nach oben ausgestreckt, so stand ich da und japste, vollkommen heiser, zum krönenden Abschluß: »Ich, euer Führer, bin alles! Sieg Heil eurem Füh...« – Mitten im Wort blieb ich stekken, barsch unterbrochen von dem Unmut meiner Zuhörerschaft: »Mistkerl! Tagdieb! Rindvieh! Blödmann! Hammel! Lugenbeutel! Schnarchzapfen!« – So tönte es von allen Seiten, schnell und bedrohlich in Lautstärke und heftigem Zorn anwachsend: »Hundsfott! Arschloch! Spitzbub! Hornochs! Halbdackel! Saubachel! Erzduppel! Hilfsdriebel! Spatzenhirn! Furzknoten! Roßbollen!«

Weiter noch schwoll Volkes Wut, nunmehr begleitet von vereinzelt in meiner Richtung geworfenen Grasbüscheln, Erdklumpen und Pferdeäpfeln: »Saublödes Mistvieh! Hergelaufener Schleimscheißer! Unverschämter Haderlump! Nichtsnutziger Grasdackel! Ranzige Arschgeige! Heimatloser Heckenbrunzer! Hirnverbrannter Volldepp! Liederlicher Mostkopf! Rotziger Arschklemmer! Fauliger Stinkstiefel! Zweifach grindiger Schafseckel! Dreimal gekotzte Hundsleich!«

In selbigem Augenblick prasselte eine geballte Ladung übelriechender Wurfgeschosse auf mich nieder. In wilder Panik nahm ich Reißaus – fort von hier! Nichts wie weg! Mit großen Sätzen verschwand ich in der Richtung des Waldes jenseits der Nicar-Talaue.

Dort angekommen, machte ich noch lange nicht Halt. Weiter, immer weiter hastete ich durch das Gehölz, wie von einer unsichtbaren Peitsche angetrieben. Ich stolperte über Wurzeln, riß mir die Haut auf an Dornen, stieß mit dem Kopf gegen dicke Äste – rastlos eilte ich keuchend von dannen, bis ich spät am Nachmittag, halb von Sinnen, die Beine nicht mehr spürte, längelang auf den steinigen Waldboden aufschlug und dort liegenblieb, bis mir kalte Nachtluft und ein heftiger Regenguß wieder etwas Klarheit in den Schädel brachten.

»Hundsfott! Stinkstiefel! Schafseckel!« – hallte es mir noch immer höhnisch im Ohr. Ich erhob mich und blickte furchtsam um mich. Ein schneidender Sturm peitschte die Baumwipfel hin und her, Wolkenfetzen fegten düster über den mondhellen Himmel, unheilvoll knackte und krachte es im Geäst, bösartig flüsterte und knisterte das windgeschüttelte Laub.

Das allgemeine Rasseln und Prasseln erzeugte eine solche Unruhe in mir, daß ich nicht länger ausharren konnte. »Mistvieh! Grasdackel! Haderlump!« schien es in den Blättern zu wispern, »Spitzbub! Saubachel! Furzknoten!« raschelte es im nassen Unterholz.

Von neuem zog es mich fort, unstet wie ein Irrlicht, planlos durch die Nacht, durch stachlige Sträucher und kratziges Gezweig, über holprigen Steinboden, durch glitschiges Gras und schmatzend-nassen Sumpf. Und noch immer brauste der Sturmwind, noch immer verursachten die Regentropfen klatschende Geräusche.

Mitternacht mochte längst schon vergangen sein, bis mir allmählich bleierne Müdigkeit durch die Glieder zog. Unter einem breiten, überhängenden Baumstamm kauerte ich mich nieder und schlief augenblicklich ein.

Ein wohlig lindes Lüftchen umsäuselte mich, als ich wieder die Augen öffnete; ein kecker Sonnenstrahl hatte mich in der Nase gekitzelt und auf diese Weise geweckt. Die Mittagszeit war bereits verstrichen, allenthalben zwitscherten frohgemut und munter die Waldvögel, die Blätter warfen lustig bewegte Schattenkringel auf den Waldboden.

Goldgrüne Käferchen krabbelten geschäftig hin und her, kleine, schlanke Fliegen surrten und summten emsig in der sonnendurchwärmten Herbstluft. Das Unwetter hatte sich längst verzogen, der durch die Baumwipfel hindurchblinzelnde, strahlendblaue Himmel erfüllte mich mit ruhiger, friedvoller Ausgeglichenheit.

Nun erst kam ich richtig dazu, über das Vorgefallene gründlich nachzudenken. Was hatte ich mir nicht alles in den letzten Tagen überlegt, ausgedacht und vorgestellt! Und wie schnell waren diese Träume, Wünsche und Pläne allesamt wie durch einen einzigen Windstoß verflogen, zerstoben und vergangen!

Die herben Schimpfworte dröhnten mir ja noch immer in den Ohren! Konnte ich mich denn überhaupt noch bei meiner Sippe blicken lassen? – Was aber sollte ich denn sonst tun? Etwa unstet als Jäger allein, ganz allein durch die unwegsamen Wälder streifen? Das wollte ich denn auch nicht – bei dem Gedanken an ein solch einsames Wanderleben fühlte ich, wie stark ich doch an meiner Sippe hing.

Auf was alles würde ich verzichten müssen, fernab von anderen Menschen: Auf das Zuwendung heischende Schreien der Säuglinge, auf das helle Gekicher der jungen Mädchen beim Kochen, auf die brummenden Laute der Männer beim Besänftigen der Pferde, auf die vielen Geschichten, traulich am Lagerfeuer erzählt, auf die anheimelnden runden Körperformen der Frauen beim Wäschewaschen, und schließlich und vor allem auf jemand wie Berta; ihr sonniges Wesen, ihr freundliches Lachen, ihre prallen Hüften, ihren feisten Steiß, ihre samtweiche Haut!

Ein Leben ohne Sippe, ohne weibliche Wesen um mich herum konnte ich mir überhaupt nicht vorstellen. Ob meine Leute mich aber noch haben wollten, nach dem, was vorgefallen war? Ob sie mich nicht verstoßen würden? Die Häuptlingswürde hatte ich mir verscherzt – aber lieber ein von der Sippe belächelter untauglicher Häuptlingssohn als ein einsamer Jäger, da gab es für mich nichts zu überlegen!

Und was hatte ich in meiner großprotzigen Rede Dummes von mir gegeben: »Was seid ihr denn ohne mich? Ein stinkiges Nichts!« Oh, wie brannte die Erinnerung eines jeden dieser Worte mir schmerzhaft in der Seele! Gerade das Gegenteil war doch der Fall: Meine Sippe bedeutete mir ja doch in Wirklichkeit alles! Es mag ja vielleicht Menschen geben, die ganz für sich allein leben können und auch Spaß daran haben, aber ich selbst, ich gehöre ganz gewiß nicht dazu!

Gut. Mein Entschluß stand somit fest. Ich wollte zurückgehen. Wie aber hinfinden, nachdem ich nahezu zwei Tage ziel- und planlos hier zwischen den Bäumen umhergeirrt war?

Da ich jetzt gerade Mut gefaßt und Zuversicht gewonnen hatte, wollte ich nun nicht gleich wieder verzweifeln – zuerst einmal kam der Magen an die Reihe: Ich verspürte Hunger, einen riesengroßen Hunger, denn seit meiner Prahlrede hatte ich keinen einzigen Bissen zu mir genommen.

Mit einem schmerzhaft leeren Gefühl im Leibe blickte ich suchend um mich. Dieser Wald mußte doch irgend etwas Eßbares hervorbringen!

Ich befand mich auf einer ausgedehnten Lichtung mit weit auseinanderstehenden Bäumen, zwischen denen mannshohes Gestrüpp wucherte. Dort entdeckte ich Beeren, Beeren jedweder Art in großen Mengen, die ich mir gierig in den Mund stopfte. Von Strauch zu Strauch bewegte ich mich fleißig mampfend fort; Form und Farbe und Geschmack der Früchte wechselten ständig, und nicht alle Beeren waren mir bekannt. Da sie mir jedoch allesamt prächtig mundeten, schlemmte ich munter drauflos und achtete nicht weiter darauf.

Dergestalt muß ich wohl den Rest des Tages zugebracht haben. Längst schon war das Drücken und Zwicken des Hungers gewichen, ein wohlig-samtenes Gefühl durchströmte meinen Körper und stieg mir in den Kopf. So richtig voller Lust und Freude begann ich zu glucksen, zu hopsen und mich mit ausgebreiteten Armen im Kreise zu drehen – wie schön, wie herrlich hinreißend schön war doch das Leben, und wie wonnevoll rauschte es mir in Bauch und Stirn!

Die Bäche und Bäume schienen ebenfalls Anteil an meiner übermütigen Lustigkeit zu haben, sie neigten sich mir zu und reichten mir lachend ihre Zweige zum ausgelassenen Reigen. Indes mußte das putzmuntere, quietschfidele Wirbeln und Springen bald auch schmerzhafte Wirkungen zeitigen – nicht selten verlor ich das Gleichgewicht und stürzte zu Boden. Nach einem besonders heftigen Sturz blieb ich einige Zeit liegen, ein seltsames Drücken verspürte ich in den Schläfen, und laut rauschten mir die Ohren.

Mittlerweile war es dunkel geworden, und der Mond streute viele bunte Flecken über das Firmament, die ich noch nie zuvor gesehen hatte. Einige schwebten zu einer fernen Stelle im Wald, wo sie sich alle an einem Punkt versammelten und ebendort stehen blieben, einen matten magischen Schein verbreitend.

Wie die Motte zum Kerzenlicht, so strebte ich zu jener Stelle, wobei das unablässige Schwanken des Erdreichs mir gewaltig zu schaffen machte. Ich näherte mich einem kleinen Feuer, in dessen Widerschein eine menschliche Gestalt am Boden kauerte, eine füllige Frau mittleren Alters, die trotz der nächtlichen Kühle keine Kleider trug. Weißlich schimmerte ihre Haut, von wenigen schwachen Flämmchen beleuchtet. Ihr kupferrot glänzendes Haar war in der Mitte gescheitelt und hing über die wohlgerundeten Schultern bis zu den Füßen. Aus dem pausbackigen Gesicht mit aufgeworfenen Lippen und kleiner Stupsnase blickte mich ein graugrünes Augenpaar an. »Komm zu mir«, säuselte sie sanft mit rauchiger Stimme, »komm doch her und setze dich hierher zu mir!«

Wer war diese Frau? Was wollte sie von mir? Ich hatte ja schon so einiges gehört von Zauberweibern, die nächtlings nichtsahnenden Männern auflauerten, um sie mit süßer Stimme anzulocken. Sobald sie ihrer habhaft waren, verwandelten sie sie in Schweine und fraßen sie gnadenlos auf! – Sollte ich mich nicht lieber aus dem Staub machen? – Das magische, grüne Licht ihrer Augen zwang mich zu der weiblichen Gestalt hin; mein eigener Wille schien vollkommen abhanden gekommen zu sein. Ich setzte mich ihr gegenüber an das Feuer. Nicht ohne Wohlgefallen betrachtete ich ihre vollen Brüste, die ihr wegen der hockenden Körperhaltung bis zum Bauch reichten, welcher durch zwei tiefe Querfalten in drei pralle Wülste geteilt war.

Das kleine Feuerchen flackerte dermaßen dicht an dem untersten Wulst ihres Bauches, daß die wabernden Flämmchen unmittelbar zwischen ihren weit gespreizten, übermächtig dicken Schenkeln hervorzukommen schienen.

»Da, nimm!« sagte sie, so sanft wie zuvor. Sobald ich saß, hob sie ihren fleischig runden Arm und deutete auf einen irdenen Krug an ihrer Seite. »Nimm und trink! Du wirst jetzt sicherlich großen Durst haben!« Ganz im Banne ihres massigen, matt schimmernden Leibes ergriff ich das Gefäß und führte es an die Lippen.

Eine dicklich-süße Flüssigkeit rann mir durch die Kehle, eine wohlige Glut in meinem Innern erzeugend. Mit rasch wachsender Gier schüttete ich das köstliche Naß in mich hinein, bis der Krug leer war. Schwer atmend setzte ich ihn ab und schaute erwartungsvoll über das Feuer hinweg auf die weißlich-rundliche Frau, deren grüne Augen mütterlich lächelnd auf mir ruhten.

»Es ist gut, daß du wieder zu deiner Sippe zurückwillst«, begann sie wieder zu reden, wobei der warmherzige Klang ihrer samtweichen Stimme Ruhe und Geborgenheit ausstrahlte.

Das zu hören, freute mich natürlich sehr, versetzte mich aber gleichzeitig in Erstaunen.

»Woher weißt du das?«

»Oh, das zu wissen ist leicht für mich«, erwiderte sie in munterem Plauderton, »wir, die Töchter der Großen Mutter, wissen solche Dinge. Ich weiß auch von deinen Ruhmesträumen und von den großen Abenteuern, die du dir nachts vor dem Einschlafen ausdachtest. – Sei froh, daß diese Träume zerplatzt sind, du hättest nichts als Not und Verderben über deine Leute gebracht«, fuhr sie nun in ernsterem Tone fort. »Wenn ein Häuptling seine Sippe als Werkzeug benützt, um Ruhmestaten zu vollbringen, dann müssen die Seinen dabei elendiglich zugrunde gehen. Ein Häuptling soll seine Sippe vielmehr hegen und pflegen, so wie eine Mutter ihr Kind. – Bei deinem Vater konntest du eine solche Sorge nicht erkennen, solange ihr noch im Überfluß lebtet, damals, in der Steppe. Als ihr dann in das Bergland kamt, war es hierfür zu spät. Dein Vater versuchte ja noch, mit dir über die Aufgaben eines Häuptlings zu sprechen, du aber hattest schon deine eigenen Gedanken und fandest seine Ansichten falsch. – Tröste dich: Alles wird wieder gut. Du kehrst zurück zu den Deinen. Die älteren Männer deiner Sippe sind verständig, sie haben schon genug in ihrem Leben gesehen und werden dir diesen Fehler verzeihen. Diesen einen jedenfalls. – Weitere Fehler wirst du begehen, wenn du dich nicht vor Menschen hütest, die ständig lauthals von Freundschaft reden. Weitere Fehler wirst du begehen, wenn du dich nicht fernhältst von den dunklen Waldhöhen. – Nun geh! Deine Sippe findest du leicht, denn sie lagert noch immer am Fluß. Geh bergab und folge dem Fließen des Wassers. – Geeeh –«

Hohler und leiser war ihre Stimme geworden, bis sie bei den letzten Worten zitternd und bebend in der Weite verhallte. Sie hob noch ihre runden weißen Arme, bevor Bauch und Brüste, Schenkel und Schultern, Hände und Haare, Arme und Angesicht ihre scharfen Umrisse verloren, verschwammen und sich nach allen Seiten hin zerdehnten.

Die weiße Haut löste sich in zahllose kleine flimmernde Flecken auf, die sich weithin am Himmel verteilten und dort eine Spirale bildeten, eine Spirale, die sich schnell zu drehen begann, dabei kleiner und immer kleiner und immer schneller wurde und binnen kurzem gänzlich verschwunden war.

Schwer wie ein riesiger Felsblock fühlte sich mein Schädel an, als ich aufwachte. Das Blut pochte mit unerträglich wuchtigen Schlägen gegen die Stirn. Die Augen, wiewohl nicht geöffnet, brannten wie glühende Eisen, die unförmig geschwollene Zunge klebte dick am Gaumen, ein eklig bitterer Geschmack verbreitete sich im Schlund bis tief den Hals hinunter, bei der leisesten Bewegung schmerzten die Glieder.

Lange blieb ich mit geschlossenen Augen reglos liegen, bis das pulsende Pochen allmählich nachließ und ich die Augen ohne erhebliche Schmerzen öffnen konnte. Sacht und ganz langsam erhob ich mich. Zuerst kam ich auf alle Viere, wie ein Tier, dann, nach mehreren vergeblichen Versuchen, auf die wackligen Beine. Noch immer war der Kopf mir schwer, doch nun eher in jener wohlbekannten Art, die von dem übermäßigen Genuß des Mets oder Weins herrührt.

Von einer Feuerstelle war nicht die geringste Spur zu sehen, und auch eine weißhäutige, rothaarige Frau war weit und breit nicht zu erblicken. Und doch mußte sie hier, auf diesem Fleck, gesessen haben, ich konnte mich ganz genau an jedes einzelne Wort von ihr erinnern.

Ja: »Immerzu bergab« und »folge dem Fließen des Wassers« – klang das etwa nicht vernünftig? Also machte ich mich auf den Weg, noch unsicher zwar und schwankenden Schrittes, aber doch mit zunehmender Festigkeit, zumal durch die körperliche Bewegung der Kopf sich mir nach und nach etwas entwölkte. Bergab ging es und immer bergab, und endlich traf ich auf ein Rinnsal, dessen kühles Naß mir die Lebensgeister nachhaltig zurückrief.

Am folgenden Tag traf ich auf den Nicar-Fluß, dem ich nur kurze Zeit zu folgen brauchte, bis ich des Lagers meiner Sippe ansichtig wurde. Doch wie hatte es sich geändert! Neben den gewohnten Unterständen aus flüchtig zusammengebundenem Geäst standen jetzt mit einem Mal mehrere frisch gezimmerte Blockhütten!

Als ich näher kam, verlangsamte sich mein bis dahin eiliger Gang, und schwer klopfte mein Herz: Wie würde ich jetzt aufgenommen werden? Zögerlich herumtrödeln wollte ich allerdings auch nicht – beherzt schritt ich wieder voran. Um ein mannshohes Gebüsch biegend, stand ich unvermittelt vor einer wuchtig gebauten, starkknochigen Frau mit feistem Steiß und vollem kupferrotem Haar: Berta, meine Berta!

Einen Augenblick lang starrte sie mich mit schreckgeweiteten Augen an, denn sie hielt mich zunächst für einen Fremden, doch dann flog sie mir an den Hals, drückte mich stürmisch und voller Inbrunst an sich, herzte und küßte mich, fing vor Freude an zu schluchzen und zu beben, und die Küsserei wollte fast kein Ende nehmen.

»Ach, mein Tagolf, mein allerliebstes Lieblingstagölfle,« gluckste sie glückselig zwischen den Küssen, »ach, wie froh bin ich, daß du wieder da bist!« Auch mir kamen die Glückstränen in die Augen – Berta liebte mich trotz meiner Rede, Berta hatte mir verziehen! Und als ich sie so fest umfangen hielt und zärtlich ihr in die feisten Hinterbacken griff, da wollte mir beinahe die Brust platzen vor lauter Seligkeit und Wonne: Hierher gehörte ich; hier war mein Platz! Und nie wieder wollte ich von hier weggehen!

Eine halbe Ewigkeit verbrachten wir damit, uns zu küssen und zu drücken, aber irgendwann fiel uns trotz alledem ein, daß wir nicht alleine auf der Welt waren. Berta ließ von mir und huschte flink zu den Hütten hin. »Tagolf ist wieder da!« hörte ich sie von weitem laut verkünden, »unser Tagolf, wir haben ihn wieder!«

Auf Bertas Rufen hin kamen die Frauen und Männer einzeln und in Grüppchen auf mich zugeeilt und umringten mich, überall sah ich freudestrahlende Gesichter, von allen Seiten vernahm ich das wirre Durcheinander frohgemuter Stimmen, aus welchen das gutgelaunte Dröhnen Smärregolfs unverkennbar herausschallte. Mit seinen mächtigen Pranken schob er die Umstehenden beiseite und stand vor mir, wobei sein rotbackiges Gesicht vor Entzücken glänzte. »Heißa, Tagolf!« röhrte er lauter noch als ein wildgewordener Stier und drückte mich mit seinen bärenstarken Armen an sich, so daß mir fast die Rippen krachten.

Sobald er mich wieder losgelassen hatte, erblicke ich Asgolf und Borgolf – einer rechts, der andere links von meinem großpratzigen Freund. »Thorgolf möchte dich sprechen«, ließ Asgolf sich vernehmen, »jetzt gleich.«

»Stimmt nicht«, fiel ihm da sein Zwillingsbruder ins Wort, »du möchtest mal bei ihm vorbeikommen, wenn es dir passend ist.«

»Was redest du für Schwachsinn!« entgegnete Asgolf, und sein Adamsapfel begann vor Ärger zu zittern.

»Was? Ich? Schwachsinn? Ich rede nie Schwachsinn!« gab Borgolf zurück, wobei der Hautlappen an seiner Kehle langsam in schlenkernde Bewegung geriet. – »Doch! Schwachsinn!« – »Rede ich nicht!« – »Redest du doch!« – »Rede ich nicht!« – »Redest du ...«

Jetzt konnte ich meinerseits nicht länger schweigen; »Ruhe!« brülle ich, worauf die Zwillingsbrüder augenblicklich verstummten, die Umstehenden jedoch ihr Kichern kaum zu unterdrücken vermochten.

Einen derart herzlichen Empfang hatte ich wirklich nicht erwartet! Überall spürte ich freudige Zuneigung – nichts schien anders zu sein als vorher. – Doch war das tatsächlich der Fall? Warum die Blockhütten? Und was wollte Thorgolf von mir? – Solches ging mir durch den Kopf, als ich die Hütte des Grauen betrat.

Kaum stand ich im Eingang, da hörte ich auch schon seine freudige Stimme. »Tagolf, unser Häuptling, willkommen!« rief er in väterlichem Ton. Er trat mir entgegen, faßte mich freundlich lächelnd mit beiden Händen an den Schultern und zog mich liebevoll an sich. Ein wohliger Schauer durchströmte meinen Körper: Thorgolf der Graue hatte mich »Häuptling« genannt! Thorgolf, der mich mit dem Heiligen Stabe zum Häuptling erhoben hatte! Somit war alles gut: Genau wie es die weißhäutige Frau an dem Feuer im Wald schon wußte!

Nach dieser herzlichen Begrüßung wurde Thorgolfs Miene ernst. »Nun aber setz dich. Ich muß mir dir reden. – Drei Tage warst du fort, drei Tage lang, und in dieser Zeit hat sich bei uns viel verändert. Du hast ja selbst vor geraumer Zeit schon bemerkt, daß nicht alle in unserer Sippe mit dem armseligen Leben zufrieden sind, das wir führen müssen, seit wir hier in diesem unwirtlichen Bergland umherziehen. Dieser Unmut führte während deiner Abwesenheit zu heftigen Reden und Gegenreden. Ein Teil der Leute will nicht weiter, ein anderer, ungefähr gleich großer Teil aber hat noch immer das reiche Land im Westen als Ziel vor Augen und strebt dorthin.

Nie zuvor herrschte solcher Hader bei uns – die Frauen keiften, die Männer brüllten, die Kinder plärrten, und es fehlte nicht viel, da hätten sie sich allesamt grün und blau geprügelt. Der wechselseitige Haß hat sich dermaßen gesteigert, daß ich mir eine Aussöhnung nicht mehr vorstellen kann – eine Spaltung, so scheint es mir, ist somit unausweichlich. Einige Familien werden sich durch nichts zum Weiterziehen bewegen lassen.«

Hier stockte der Graue und schaute verlegen zu Boden. »Wie du siehst«, fuhr er mit gequetschter Stimme fort, »haben sie sich bereits feste Hütten gebaut.«

»Aber Thorgolf«, warf ich vorwurfsvoll ein, »du also auch?«

»Ja, hrrmm, äh – ich auch«, erwiderte er wehmütigen Blicks. »Ich bin gewiß nicht mehr der Jüngste; und jetzt, wo der Winter naht, da beginnt es bei mir vor Kälte schon im Rücken und in den Beinen zu kneifen. Warte nur, Tagolf, auch dich wird einmal das Zipperlein plagen! – Da sitze ich eben lieber am warmen Herd und pflege mich. Einen längeren Ritt bei Frost und Schnee würde ich ohnehin kaum noch überstehen. So habe ich denn diese Hütte errichtet.«

Spaltung? Und auch Thorgolf dabei? Diese Nachricht versetzte mir einen sehr schmerzhaften Stich; sprachlos starrte ich vor mich hin. – Ob es da noch etwas zu retten gab? Fieberhaft zermarterte ich mir das Hirn, aber nichts wollte mir einfallen.

Eher im Gegenteil: Wenn schon Thorgolf, der Angesehene, bei den Abtrünnigen war, dann mußte ich mich wohl mit der Spaltung abfinden, zumal mein eigenes Ansehen nicht gerade in großer Blüte stand – nach allem, was ich mir geleistet hatte. Die Trennung war traurig, aber ich mußte mich wohl damit abfinden. Später erfuhr ich, daß unter den Abtrünnigen sich doch einige befanden, die mir meine Schandrede nicht vergeben konnten und deswegen auf immer mir fernbleiben wollten.

»Und wer wird dann der Priester sein bei denen, die weiterziehen wollen?« erkundigte ich mich, sobald ich mich wieder einigermaßen gefaßt hatte.

»Daran dachte ich schon; keine Sorge. Wingolf der Tiefsinnige wird die Götter für euch bei Laune halten; er ist genugsam unterwiesen.«

Das hörte sich ja schon mal gut an. – »Und wer ist es denn, der überhaupt noch zu mir hält?«

»Vor allem die Jüngeren und Gesünderen«, antwortete Thorgolf und begann, die Namen an den Fingern abzuzählen: »Da sind Borgolf der Speermann und sein Zwillingsbruder Asgolf der Bogenschütze, da sind ferner Hilgolf und Gangolf, das ungleiche Brüderpaar, da ist weiterhin Radogolf der Schmied, außerdem Smärregolf, der mit den Bärenkräften, sowie Mungolf, sein dünnleibiger Vetter, sodann Hergolf, der mit den Pferden so gut umgehen kann, dazu Zeugolf der Lustige, es folgen ...«

»Schon gut, schon gut!« unterbrach ich ihn erleichtert, »das sind ja alles Leute, mit denen etwas anzufangen ist! Mit ihnen bin ich jetzt schon so gut wie in dem Westland!« – Als ich dies sagte, konnte ich freilich nicht ahnen, daß meine vorschnelle Zuversicht mich kraß betrügen würde.

Mit der Spaltung hatte ich mich indes nicht allzu schweren Herzens abgefunden, weil ein kleinerer Trupp einfacher zu handhaben ist, schneller im unwegsamen Gelände vorankommt und leichter verköstigt werden kann.

Bevor es aber soweit war, hatten wir freilich zunächst noch viele Einzelheiten zu regeln: Die ganzen Besitztümer des Stammes mußten wir so aufteilen, daß jede der beiden frischgebackenen Teilsippen ihren Bedürfnissen entsprechend leben konnte. Ein langes, umständliches Feilschen hub an, als es um die erbeuteten Waffen, um das entwendete Werkzeug wie auch um das geraubte Geschmeide ging. Sodann hatten wir stets große Mengen von Pelzen, Decken, Mänteln, Umhängen, Tüchern und Kleidern auf unseren Packpferden mitgeführt – all diese Gegenstände wollten ebenfalls verteilt sein.

Des weiteren mußten die am Nicar-Fluß Zurückbleibenden einen neuen Häuptling finden. Theogolf, von allen hoch geachtet, kam am ehesten in Frage, doch er lehnte ab, und es dauerte viele Tage, bis er sich endlich überreden ließ. Theogolf und seine Leute wollten ihre Siedlung nach dem ebenda verstorbenen alten Häuptling benennen – nach meinem Vater, nach Tagolf dem Alten –: Tagolfingen.*

Auf diese Weise verstrich ein halber Mond, bis wir an den Aufbruch denken konnten. Und wie Menschen so sind: Sobald es an das Scheiden ging, waren Zank und Hader vergessen, da begann ein allseitiges Weinen, Jammern, Seufzen, Schluchzen und Wehklagen, und es dauerte einen ganzen Morgen lang, bis die Nichten und Vettern, Muhmen und Onkel mit vielfältigem Umhalsen voneinander Abschied genommen hatten.

* Aus »Tagolfingen« wurde im Lauf der Jahrhunderte »Tailfingen« (heute Neckartailfingen).

Sechstes Kapitel

Auf den Höhen des Schwarzwaldes

Knapp zwei Monde bis zur Wintersonnwend waren übrig, als wir endlich flußaufwärts loszogen. In der Tat kam unser verkleinerter Trupp nun wesentlich schneller vorwärts, hatten wir doch dafür gesorgt, daß wir beim Aufteilen der Stammesbesitztümer die besseren Pferde ergatterten. Vor allem aber kam uns die Römerstraße sehr zupaß, die am Nicar-Fluß entlangführte.

Schon zwei Tage nach unserem Aufbruch entdeckten wir allerlei Spuren, die auf eine größere Siedlung in unmittelbarer Nähe hinwiesen. Deshalb schickte ich den Vortrab los, um herauszufinden, was es damit auf sich habe.

Unsere Vorhut kam uns indes unvermutet früh in gestrecktem Galopp wieder entgegen: Sie seien auf eine Stadt gestoßen mit hohen Steinmauern, berichteten die Männer atemlos. Man habe die Tore schnell geschlossen, sobald man ihrer ansichtig wurde, und als sie noch näher an das Befestigungswerk herankamen, bewarf man sie mit Steinen. – Nach dieser herzlichen Begrüßung zogen wir es vor, um selbigen ungastlichen Ort einen großen Bogen zu schlagen. Von heute aus gesehen kann ich sagen, daß diese römische Ansiedlung mit Namen Sumelocenna* in meinem Leben noch des öfteren eine Rolle spielen sollte.

* Rottenburg am Neckar.

Als wir nach unserem kleinen Umweg wieder auf den Fluß trafen, suchten wir vergeblich nach der Römerstraße, die offensichtlich nach Süden abgebogen war. Deshalb folgten wir wohl oder übel auf die vertraute mühselige Weise dem Flußlauf weiter nach Westen. Dorthin führte uns der Nicar freilich nur noch einige Tage – dann krümmte er sich nämlich in weitem Rund südwärts, bis er sich aus der gewohnten Richtung so weit herausgedreht hatte, daß er nurmehr nach Südosten wies. An dieser neuen Richtung lag mir jedoch überhaupt nichts: Nach Westen strebte ich, immer nur nach Westen, dem lang ersehnten, reichen Westland entgegen!

Nun mußte ich eine Entscheidung treffen. Sollte ich weiterhin dem Flusse folgen in der Hoffnung, er werde sich wieder nach Westen kehren? Oder aber lieber den Fluß verlassen und einem seiner zahlreichen westlichen Zuflüsse den Vorzug geben?

Der Winter nahte ja schon; wir spürten ihn bereits an den frostigen Nächten. Ich war ungeduldig geworden und wollte das Westland so bald wie möglich erreichen – in den kommenden Tagen vielleicht schon, auf jeden Fall aber noch vor dem ersten Schnee.

Dieses Westland, ja, dieses Westland: Seit frühesten Kindheitstagen träumte ich davon. Ich stellte es mir vor als ein Hügelland, ganz leicht gewellt wie ein See bei leichtem Luftzug, sich endlos dahinziehend und bedeckt mit sanft wogenden, goldgelben Weizenfeldern, dazwischen saftige dunkelgrüne Auen, auf denen stattliche, wohlgenährte Rinder weiden, aber auch Ziegen und Schafe.

Durch dieses Land, so malte ich es mir aus, schlängeln sich Bäche und Flüsse, in denen sich große Massen dickleibiger Fische tummeln; an den Rändern dieser Gewässer spenden Pappeln und Weidenbäume lauschigen Schatten, im ufernahen Röhricht brüten Enten, Haubentaucher und Sumpfhühner dicht an dicht, so daß der Jäger nicht viel zu zielen braucht, wenn er eines der Tiere erlegen will.

Von solchen Gedanken bewegt, lenkte ich meinen Hengst ruckartig nach Westen und gab ihm die Sporen; dorthin zog es mich mit allen Fasern meines Körpers: hin zu dem gepriesenen Westland!

Nach kurzer Zeit befanden wir uns in einem Seitental des Nicar-Flusses, breit genug für einen Trupp unserer Größe und kaum merklich ansteigend. Ein silbrig glänzendes Bächlein sprudelte munter auf uns zu.

Im Laufe des Tages jedoch änderte sich die Landschaft. Enger traten die Talseiten aneinander, aus steiler werdender Höhe rann uns der Bach entgegen. Die Pferde verlangsamten ihren Gang, wir unterließen es aber, sie anzutreiben, denn wir wollten sie nicht vorzeitig ermüden.

Währenddessen war auch der herbstlich bescheidene Rasen spärlicher geworden, immer häufiger traten unsere Reit- und Lasttiere auf Steine, bis wir schließlich absteigen und unsere Pferde am Zügel führen mußten, damit sie nicht abrutschten.

Bei diesem Stand der Dinge zwang uns die fortgeschrittene Tageszeit, nach einem Platz für das Nachtlager Ausschau zu halten. An den abendlichen Lagerfeuern wollte indes keine fröhliche Stimmung aufkommen; überall sah ich mürrische Gesichter. Ich spürte, wie der alte Unmut wieder aufkeimte, ganz wie zu meines Vaters Zeiten.

Am nächsten Morgen bewegte sich der Zug der Tiere und Menschen keuchend und schwitzend nur noch mit großer Mühe schwerfällig bergan und drohte noch vor der Mittagszeit gänzlich ins Stocken zu geraten. Dies wollte ich jedoch auf keinen Fall zulassen, weil ich wußte, welch gewaltige Überwindung es kostet, bei starker Erschöpfung nach einer Rast wieder aufzubrechen.

Der Abstand zwischen mir und dem Rest des Zuges vergrößerte sich zusehends; nur der stramme Smärregolf hielt sich noch dicht hinter mir.

Zu der Beschwerlichkeit der Wegstrecke gesellte sich im späteren Verlaufe dieses Tages ein beißend eisiger Wind, dessen schneidende Schärfe mir das Wasser in die Augen trieb. Unser Trupp hatte sich im Laufe des Aufstiegs so weit auseinandergezogen, daß ich die hintersten Reittiere nicht mehr wahrzunehmen vermochte. Dessen ungeachtet stapfte ich trotzig und verbissen Schritt für Schritt bergauf, dem Scheitel der Anhöhe entgegen.

Weit war der Tag schon vorangeschritten, als ich diesen Punkt erreichte. Sobald ich meine Füße nicht mehr bewegte, wurde mir bewußt, daß mein Körper sich wenig später geweigert hätte, auch nur einen einzigen Schritt weiter zu tun. Jetzt fühlte ich die Erschöpfung wie ein gewaltiges Gewicht in den Gliedern, schwerer noch als Granitgestein, und bei der geringsten Bewegung spürte ich ein scharfes Ziehen in den Gelenken. Die Erschöpfung war es wohl auch, die mir meine ganze Umgebung in einem unruhigen Flimmerlicht erscheinen ließ. Es bedurfte zahlreicher tiefer Atemzüge, bis meine Augen wieder ihren gewohnten Dienst versahen.

Nun erst konnte ich wahrnehmen, welch eine großartige und überwältigende Landschaft sich mir im Westen darbot: Wie wenn ein unermeßlich heftiger Sturmwind die Wellen eines Meeres zu himmelhoch anschwellenden Brechern emporpeitscht, so erhoben sich hoheitsvoll die dunkelgrünen, baumbestandenen Gipfel, einer neben dem anderen in endlos erscheinender Masse bis hin zum fernen Horizont, wo dann der kräftige Grünton mehr und mehr in ein diesiges Grau überging, um sich letztendlich an der Grenzlinie zum Himmel in verwaschenem Nebel zu verlieren. Der Blick in die Tiefen der dazwischen liegenden Täler blieb indessen verwehrt, denn bleifarbener Nebel hatte sich dort niedergelassen.

Nicht lange war es mir vergönnt, dieses so äußerst eindrucksvolle Bild zu bestaunen, denn ein ätzend schneidender Sturm schlug mir wie mit Peitschenhieben ins Gesicht, worauf ich zum Schutze den Mantel über Mund und Nase zog, die Augen zusammenkniff und mich auf die dem Winde abgewandte Seite drehte.

Da wurde ich gewahr, daß allein Smärregolf bei mir stand. Nur er war mir dichtauf gefolgt, alle anderen befanden sich noch weit unten im Tal und wirkten von oben wie ein dünner, dunkler Wurm, der mit kaum wahrnehmbarer Bewegung vorwärts kroch.

Die Sonne stand schon tief am Himmel, bis auch das letzte Packpferd die Höhe erklommen hatte. Doch meine Sippengenossen kamen nicht zu Smärregolf und mir heran, sondern sie sammelten sich ungefähr zwanzig Schritt entfernt. Als ich neugierig näher schritt, um zu sehen, was das zu bedeuten habe, trafen mich haßerfüllte Blicke.

Aus dem Haufen löste sich eine Gestalt; Gangolf trat auf mich zu. Unfreundlichen Blickes hob der sonst so Leutselige den Arm und deutete auf die sich weithin erstreckenden, schwarzgrünen

Berge. »Durch diese unwegsame Einöde willst du hindurch«, herrschte er mich mit bitterer Stimme an, »jetzt, am Anfang des Winters! Weißt du denn nicht, was das für uns bedeutet? Nichts anderes als den sicheren Tod! Es fragt sich nur, ob wir verhungern oder erfrieren werden oder aber beides zusammen.«

Nach einer Pause fuhr er fort: »Über diese Berge ziehen wir nicht! Wenn du willst, kannst du ja alleine weiterziehen, in dein dreimal verfluchtes Westland, aber ohne uns! Wir kehren um, wir gehen zurück, zurück in das Tal. Dort bauen wir Hütten und warten, bis der Winter vorbei ist.«

Mit gerunzelter Stirn, finsterem Blick und fest zusammengepreßten Lippen erhielt sein Gesicht einen Zug von unnachgiebiger Entschlossenheit.

Da stellte sich Smärregolf dicht vor ihn hin und bellte ihn mit seinem durchdringenden Organ bösartig an: »Halts Maul, du wehleidiger Schläppling, du! Wer nicht mitkommt, den bringe ich auf der Stelle um – so!« Dabei formte er mit seinen beiden Riesenhänden einen Kreis, Daumen an Daumen und Zeigefinger an Zeigefinger fügend so, als habe er mittendrin einen menschlichen Hals, den zu zerdrücken er im Begriffe sei. Vor Wut waren seine Wangen bläulich angelaufen.

Ich schaute zurück, den Blick wiederum auf die dunklen Berge gerichtet. Der Sturm hatte inzwischen an Schärfe weiter zugenommen. Mit unheilverkündendem Geheul jagte er nun einzelne Schneeflocken vor sich her, die wie Giftpfeile auf der Haut schmerzten. Hinter diesen unnahbar schwarzen Bergen also lag wohl das reiche Westland, dort, in der Ferne, verborgen im Dunst. Unerreichbar. Zu weit entfernt. Zu stark der Sturm. Zu kalt die Nacht. Zu dicht der Wald. Zu steil die Hänge.

Aus der Traum vom Westland, aus, vorbei, erledigt!

Bodenlos leer schien mir mein Leib, eine nutzlose Hülse. Wozu war ich überhaupt noch auf dieser Welt? Eine tiefschwarze Mattigkeit umfing mich. Ich wollte nur noch sterben.

Wie lang ich so verharrte, kann ich nicht sagen. Ich kam erst wieder zu Sinnen, als die beiden Männer vor mir zu Boden fielen: Der zornergrimmte Smärregolf hatte den kleinen, rundlichen Gangolf am Halse gepackt, worauf sich dieser zu wehren versuchte.

Augenblicklich nahm ich Smärregolf am Arm und zog ihn zurück. »Laß das!« fuhr ich ihn an, »komm her und sei friedlich!« Und leise, mit matter, hohl klingender Stimme fügte ich hinzu: »Gangolf hat wohl recht. Wir gehen zurück.«

Stumm setzte sich die Schar alsbald in Bewegung. Pferd um Pferd ließ ich an mir vorüberziehen; ich wartete, bis die ganze Rotte sich ein Stück weit entfernt hatte. Die abgrundtiefe Enttäuschung wühlte mich auf. Noch am Vortag hatte ich mir ausgemalt, wie das Westland aussehen könnte, und nun schien der Weg dorthin endgültig verstellt.

Wir würden in der hiesigen Gegend überwintern müssen. – Was aber dann? Ob meine Leute dann vielleicht ihre Meinung änderten? Ob sie sich hier irgendwo niederlassen wollten, wie die andere Hälfte der Sippe unter Theogolf? Bis zum Frühjahr mochten sie sich die Sache vielleicht anders überlegt haben. Vielleicht. Immerhin erkannte ich, daß noch keineswegs alle Hoffnung verloren war. Die trüben Gedanken begannen zu verschwinden.

Obschon der Weg ins Tal merklich weniger Mühe bereitete und unsere Horde rascher vorwärts zu kommen schien, so konnten wir doch von unseren entkräfteten Pferden an diesem Tage nicht mehr allzu viel verlangen. Doch mit Erleichterung vernahm ich immer häufiger Scherzworte und Gelächter. Die Leute waren guter Dinge, auch deshalb, weil sie auf derselben Spur zurückgingen, die bei dem Hinweg entstand – ins Dickicht war eine Bresche geschlagen und niederes Gesträuch bereits niedergetrampelt.

Wir hatten ein gutes Stück Wegs geschafft, als die Abenddämmerung heraufzog. Es galt, vor Einbruch der Dunkelheit einen windgeschützten Ort für ein Lager zu finden. Dies gelang freilich eher schlecht als recht, und die Nacht verbrachten wir an prasselnden Feuern, fest in Decken und Pelzwerk eingehüllt.

Der folgende Tag diente der Suche nach einem geeigneten Platz für unsere Hütten: Ein fließendes Wasser sollte in der Nähe sein, doch wußten wir, daß eine Siedlung zu dicht am Wasser leicht hinweggeschwemmt werden konnte, wenn die Gewässer im Frühjahr nach der Schneeschmelze über ihre Ufer traten. Unweit der Stelle, an welcher wir vom Tal des Nicar-Flusses abgebogen waren, ließen wir uns nieder.

Siebtes Kapitel

In der Stadt Sumelocenna

Gegen das Erfrieren waren wir somit gewappnet, nicht aber gegen das Verhungern. Zwar schwärmten die Männer Tag für Tag aus in die Wälder, um jagdbares Wild aufzuspüren, indes zeigte sich bald, daß die Erträgnisse der Pirsch allein bei weitem nicht für die ganze Sippe ausreichen würden, wenn einmal unsere Nahrungsvorräte aufgebraucht waren.

Da erinnerte ich mich an eine fast vergessene Gepflogenheit unserer Sippe – hatten wir nicht in längst vergangenen Jahren unsere Vorräte durch Tauschgeschäfte ergänzt, wenn wir auf größere Siedlungen stießen?

Wir waren ja erst kürzlich an einem befestigten Ort vorbeigezogen – an Sumelocenna.

Ich ließ die Brüder Hilgolf und Gangolf zu mir kommen. Diese beiden sollten sich in Sumelocenna umtun und herausfinden, ob es dort Lebensmittel einzutauschen gäbe.

Gangolf wählte ich für diese Aufgabe aus, weil er mir der schlaueste unter den Männern meiner Sippe zu sein schien. Er würde wohl am ehesten in der Lage sein, die hinterhältigen Machenschaften eines betrügerischen Händlers zu durchschauen. Seinen Bruder Hilgolf mußte ich ihm beigesellen, weil zu befürchten stand, daß der wohlbeleibte und lebenslustige Gangolf ohne Begleitung den Versuchungen der Kneipen vielleicht nicht werde widerstehen können. Hilgolf hingegen, in sich gekehrt und mürrisch wirkend, schien mir gegen derlei Genüsse gefeit.

Unter unseren zusammengeraubten Reichtümern befanden sich zahlreiche Kupferstücke, etwas weniger Silberlinge und einige Goldmünzen. Von dem Kupfer und Silber gab ich ihnen einiges mit, auf daß die beiden bei Gelegenheit Getreide und vielleicht auch Schlachttiere erstehen konnten. – Sehr viel hing ab von ihrem Unternehmen, und voller Erwartung sah ich ihrer Rückkehr entgegen.

In zwei oder drei Tagen, so dachte ich, müßten die beiden wieder zurück sein. Ohne jede Sorge warteten wir also ganze drei Tage auf sie. Als jedoch der vierte Tag verstrichen war, ohne daß wir irgendein Lebenszeichen von ihnen erhalten hatten, da wurde ich recht unruhig, wie ich unumwunden zugebe. Auch am fünften Tag stellten sie sich nicht ein, und ich erwog, einen kleinen, gut bewaffneten Trupp von drei oder vier Mann in Richtung Sumelocenna zu schicken.

Am sechsten Tag tauchten die beiden ungleichen Brüder endlich wieder auf, zur großen Erleichterung der ganzen Sippe. Die Erleichterung wandelte sich in ausgelassene Festfreude, sobald man die schweren, prall gefüllten Säcke von den Rücken ihrer Pferde heruntergeholt hatte: Brotgetreide, um für mehrere Wochen alle satt zu bekommen!

In der Tat war die Ernte des vergangenen Herbstes hierzulande außerordentlich reich ausgefallen, und Gangolf konnte durch umsichtiges Taktieren für eine Handvoll Münzen eine ganz ansehnliche Menge Feldfrucht erwerben.

Die schwere Last hatte ihren Rückweg dermaßen verlangsamt, daß sie doppelt so viel Zeit benötigten als eigentlich vorgesehen war.

Hilgolf und Gangolf hatten viel zu erzählen (wobei jedoch nur Gangolf redete, während sein Bruder bisweilen zustimmend schniefte): Von der Sprache und den Gebräuchen der Römer, auch von ihrer Kleidung und Haartracht. Letztere vor allem erschien besonders fremdartig – während bei uns die Männer langwallende Rauschebärte tragen, schaben sich die Römer alle Barthaare sorgfältig weg, so daß sie mit nackten Gesichtern herumlaufen wie die Knaben. Außerdem knüpfen sich die Römer das Haupthaar nicht in einen Knoten an der Schläfe, so, wie wir Alemannen es tun, nein, sie stutzen sich die Haare ganz kurz. Ihre Köpfe erhalten dadurch eine seltsam runde Form.

Voller Bewunderung sprachen Hilgolf und Gangolf des weiteren von den Häusern in Sumelocenna. Die meisten der Wohngebäude waren nicht aus Holz errichtet (wie wir es gewohnt sind), sondern aus kunstvoll viereckig gemeißelten Steinen, die alle genau die gleiche Größe hatten. Die Wandöffnungen pflegten sie mit rotgebrannten Ziegelsteinen auszuschmücken, und die Dächer hatten sie nicht mit Stroh oder Riedgras gedeckt, sondern mit wellig geformten Ziegelplatten.

Die Wege zwischen den Häusern waren mit festgefügten, flachen Steinen ausgelegt, weshalb in Sumelocenna Drecklöcher und Morast nahezu unbekannt waren und kein Mensch sich die Füße beschmutzen konnte.

Solche und noch viele andere Dinge berichtete Gangolf von den Römern, und wir hatten keinen Grund, an seiner Erzählung zu zweifeln, denn er hatte sich noch nie durch Prahlereien oder Lügengeschichten hervorgetan; im Gegenteil – er hielt sich ganz an die Gepflogenheiten unserer Sippe und mühte sich, seinen Geschichten keinen übermäßigen Glanz angedeihen zu lassen. Gangolfs Schilderungen erzeugten in mir ein übermächtiges Verlangen, diese Stadt mit meinen eigenen Augen zu sehen – ein Verlangen, das von einer Geschichte zur anderen anschwoll bis zu einem geradezu brennenden Begehren.

Die mitgebrachten Mengen Hirse und Roggen würden ohnehin kaum länger als zwanzig Tage halten; unmittelbar nach der Wintersonnwende müßte dann aufs neue eine Abordnung nach Sumelocenna gehen, um weitere Handelsgeschäfte zu tätigen. Diese Unternehmung würde der Sippe voraussichtlich nicht nur Getreide erbringen, sondern auch Fleisch: Wie Gangolf berichtete, waren ihm auch Ochsen zum Kauf angeboten worden.

So fieberte ich denn dem Zeitpunkt entgegen, an welchem sich der Getreidevorrat seinem Ende zuneigte und unsere Reise nach Sumelocenna vor der Tür stand. – Ich sage »unsere« Reise, denn dieses Mal wollte ich natürlich selbst mit dabei sein – und stehenden Fußes begann ich, alles gründlich und bedachtsam vorzubereiten.

Da ich von Gangolf wußte, daß die Ochsen in dieser Stadt einen recht hohen Preis hatten, steckte ich neben mehreren Goldmünzen einen schön verzierten goldenen Ring ein, an welchem einige Edelsteine in verschiedenen Farben funkelten, und außerdem noch zwei Armreifen, ebenfalls aus Gold.

Gangolf mußte unbedingt wieder mitkommen, denn er war ja schon mit den Gegebenheiten in der Stadt vertraut. Sein brummliger Bruder hatte wohl kein gesteigertes Verlangen nach einer zweiten Reise; statt seiner wollte ich Smärregolf bei mir haben. Da ich einige doch recht kostbare Gegenstände mit mir führen wollte, mußte ich auf der Hut sein vor zwielichtigem Gesindel; Smärregolf, der stärkste Mann der Sippe, schien mir am besten geeignet, solche Menschen fernzuhalten.

Damit war wohl alles genügend vorbereitet. – Nur wenige Tage nach der Wintersonnwende brachen wir mit zwei Packpferden auf. Ich hielt es auch für angemessen, gute Waffen mitzuführen, die wir allerdings in einem hohlen Baum versteckten, kurz bevor wir in die Römerstadt kamen – wer konnte wissen, ob die Römer nicht ihre Tore vor einem Trupp schließen würden, der bis an die Zähne bewaffnet war!

In Sichtweite des Tores von Sumelocenna stiegen wir auf Gangolfs Anraten hin von den Pferden und schritten langsam den römischen Wachsoldaten entgegen. Bei diesen angelangt, wurden wir in gebrochenem Alemannisch ausgefragt, und zwar Wort für Wort so, wie Gangolf es beschrieben hatte:

»Halt! Wer seid ihr?«

»Ich bin Tagolf, und das sind meine Männer.«

»Was wollt ihr hier?«

»Handel treiben.«

»Habt ihr Geld?«

»Selbstverständlich!« Bei dieser Antwort mußte ich lauthals lachen und schlug dabei fröhlich auf den Beutel an meinem Gürtel, so daß die Münzen deutlich hörbar klapperten.

»Gut, ihr könnt passieren. Aber morgen müßt ihr die Stadt wieder verlassen!«

Sobald wir durch den Torbogen hindurch waren, geleitete uns Gangolf zielstrebig zu der Herberge, in welcher er und sein Bruder genächtigt hatten. Zögerlich folgten Smärregolf und ich, mit weit aufgerissenen Augen und Mäulern bestaunten wir all das Neue um uns herum.

Der Steinbelag der Straßen, die Häuser mit ihren Steinwänden und Ziegeldächern – die Schilderungen der beiden Brüder erschienen mir in bewundernswerter Weise zutreffend, obgleich ich zugeben muß, daß ich mir das eine oder andere etwas anders vorgestellt hatte.

Doch nicht alles, was wir erblickten, war uns völlig fremd; manche der Häuser in den Nebenstraßen hatten die uns vertrauten Strohdächer und Flechtwände, auch die meisten Menschen, denen wir begegneten, sahen aus wie wir: bärtig, die Haupthaare lang und in der Farbe rötlich, blond oder braun. Schwarzhaarige und kurzgeschorene Männer hingegen liefen uns recht selten über den Weg.

Gangolf bog in eine Seitenstraße ein und blieb alsbald vor einem ansehnlichen Haus in germanischem Stil stehen, bat uns zu warten und ging hinein. Einige Augenblicke später kam er heraus, und zwar in Begleitung des Wirts, eines dicklichen, schmierigen Menschen mit riesigem Schnauzbart, langen Bartstoppeln am Kinn und wirr zottigem Haar.

Dieser nicht gerade vertrauenerweckende Mann musterte uns eine ganze Weile lang stumm und mißtrauisch, um schließlich zu fragen, ob wir Geld bei uns hätten. Diese Frage fand ich wieder lustig, wie schon zuvor bei dem Torwächter, und wieder schlug ich herzhaft mit der Hand auf den Beutel. Nun wurde die Miene des dicklichen Wirts freundlicher; er rief einen Knecht herbei, der unsere Pferde in den Stall brachte, und führte uns dann in den Schankraum.

Wir betraten ein schummrig-rauchiges Gelaß mit niederer Dekke, jedoch so geräumig, daß mindestens fünf lange, schmale Tische darin Platz fanden. Licht spendete lediglich ein mäßig großes, waberndes Feuer in einer weit ausladenden Herdstelle. Rücken an Rücken dicht gedrängt saßen die Gäste an den beiden Tischen, die dem Herd am nächsten standen.

»He, du da! Du Saukopf!« Das war Smärregolfs ohrenbetäubendes Organ. – Wo vorher trauliches Gebrummel zu vernehmen war, da herrschte jetzt erwartungsvolle Stille. Die Gäste hatten sich alle uns zugedreht und begafften uns neugierig. Smärregolf schritt auf einen kleingewachsenen, breitwangigen Mann zu, an dessen kleine Äuglein und große, abstehende Ohren ich mich noch gut erinnern kann. Mit seiner ungeschlachten Pratze faßte Smärregolf ihn sachte am Genick – etwa in der Art, wie man es mit einem Stallhasen tut – und hob ihn ein paar Handbreit in die Höhe, um ihn sofort wieder plumpsen zu lassen. »Saukopf, alter! Rutsch zur Seite, Kerl! Ich will mit dir reden!«

Halb geschmeichelt und halb verängstigt gehorchte der kleine Mann, und Smärregolf quetschte sich in die entstandene Lücke. Die um ihn sitzenden Männer hatten Würfel gespielt – Smärregolf machte sich nun daran, ihnen ein neues Spiel zu erklären, ein Spiel, von dem er behauptete, es sei viel, viel besser.

Achtes Kapitel

Die Trauer des Hebräers

Währenddessen musterte ich die übrigen Tische, um zu sehen, wo ich mich mit Gangolf hinsetzen könne. Da gewahrte ich in einer dämmrigen Ecke einen seltsamen Menschen, der ganz allein für sich dasaß, in ein weites, schwarzbraunes Gewand gehüllt, die langen, glatten, pechschwarzen Haare in der Mitte sorgfältig gescheitelt, das Gesicht umrahmt von einem sauber gekämmten Vollbart, dessen mäßige Länge erkennen ließ, daß sein Träger wohl kaum über dreißig Lenze zählte.

Was mich zu ihm hinzog, das waren seine Augen – noch nie hatte ich solche Augen gesehen, so groß und so schwarz und von einer so unendlich großen Traurigkeit erfüllt. Diese Augen schienen die unmittelbare Umgebung des Schankraumes überhaupt nicht wahrzunehmen; sie schienen auf ein weit in unbestimmter Ferne liegendes Ziel gerichtet, auf einen heiß begehrten Gegenstand, der aber nie und nimmer zu erreichen war.

Diesen geheimnisvoll erscheinenden Menschen mußte ich unbedingt kennenlernen; neugierig, wie ich war, wollte ich sein Geheimnis ergründen, wenn es denn überhaupt eines gab. Es drängte mich, nein, es trieb mich geradezu in die Ecke, in welcher er saß, vor sich einen vollen und unberührten Becher auf dem Tisch. »He, Fremder! Du hast doch nichts dagegen, daß ich mich zu dir setze?« fragte ich, gebannt auf seine traurigen Augen schauend.

Langsam, ganz langsam schien sein Blick von diesem unergründlich fernen Ziel abzulassen, um nach einiger Zeit mit einem freundlichen Wohlwollen auf mir zu ruhen. – »Alemanne, sei mir gegrüßt! Ja, setze dich nur zu mir«, erwiderte er mit einem leichten Lächlen, »und dein Freund natürlich auch.« Er meinte damit Gangolf, der mir gefolgt war.

Mein Hinterteil hatte die Sitzbank noch nicht richtig berührt, da konnte ich meine Wißbegier nicht länger zügeln. – »Sag mal, Fremder, du bist doch bestimmt kein Römer,« platzte ich heraus.

Meine Frage bereitete dem Schwarzhaarigen sichtliches Vergnügen: »Beileibe nicht, nein«, strahlte er, »dem Höchsten sei Lob und Dank, nein! Ich bin Hebräer.«

»Hebräer? Nie gehört! Woher kommst du denn?«

»Mein Volk lebte einstens am östlichen Ufer eines Meeres, fernab von hier, im Süden.«

»Ach ja, das Meer im Süden, davon habe ich schon gehört. Liegt ja auch gleich hinter der Donau, weiter südlich davon kommen dann die hohen Berge, hinter denen die Welt aufhört.«

»Nein, nein, so klein ist die Welt nun doch nicht«, unterbrach mich der Fremde schmunzelnd. Die Unterhaltung mit mir genoß er sichtlich von einem Satz zum nächsten immer mehr, ganz im Gegensatz zu Gangolf, den es eher an den Tisch Smärregolfs hinzog.

Von dort her tönte schallendes Gelächter, durch welches fortwährend ein donnerähnliches Poltern hindurchrollte, nämlich das raumfüllende Sprechorgan meines rotbackigen, starkarmigen Freundes, bisweilen unterbrochen von wuchtigen Schlägen, welche die gesamte Schankstube erzittern ließen. Diese Schläge rührten ebenfalls von Smärregolf her und zeigten mir an, daß er sich in bester Laune befand und aus diesem Grunde immer wieder seine schafskopfgroßen Fäuse wie Riesenhämmer auf die Tischplatte niedersausen ließ.

»Geh schon rüber, Gangolf, wenn du willst«, forderte ich den kleinen Dicken auf und schubste ihn leutselig an der Schulter, worauf er sich auch stracks erhob und sich in Richtung Smärregolf trollte. Kaum war Gangolf aufgestanden, sah ich dem Fremden fragend in die traurigen Augen und wollte ihn damit zum Weiterreden auffordern.

»Die Welt geht hinter diesem Gebirge noch ein gutes Stück weiter«, fuhr der Fremde erklärend fort, »südlich davon stößt man wiederum auf einen großen Fluß, der ostwärts in jenes Meer mündet, das ich meine. Das Meer dagegen, von dem du sprachst, ist wesentlich kleiner. Die Römer nennen es Mare Brigantinum, und in deiner Sprache heißt es Bodensee. Um in das Land meiner Väter zu kommen, in unser Gelobtes Land, muß man sich viel weiter östlich halten. Man überquert das Gebirge, durchkreuzt mehrere andere Länder, man ist einige Monate unterwegs, und dann – dann ...« Er stockte und schwieg. Seine großen, schwarzen Augen richteten sich abermals voller Sehnsucht in die Ferne.

Die unauslotbare Wehmut seines Gesichtsausdrucks rührte mich – ich empfand Mitleid mit diesem sonderbaren Menschen, ich wollte den Grund seiner Trauer erfahren, wollte ihm Trost und Linderung verschaffen.

»Warum bist du nicht im Lande deiner Väter geblieben?« Meine Frage brachte wieder etwas Leben in seine Augen.

»Die Römer – die Römer vertrieben meine Vorväter aus unserem Land. Seitdem leben wir über die ganze Welt verstreut, gejagt und verachtet, aber jeder einzelne von uns träumt unablässig diesen großen Traum von der Rückkehr, die uns ja auch in unseren Heiligen Schriften verheißen ist.«

»Und was hindert euch an der Rückkehr? Warum geht ihr nicht einfach wieder hin?«

»Noch herrschen die Römer dort, noch ist ihre Herrschaft unumstritten. Aber der Tag wird kommen, an dem wir zurückkehren. Vielleicht werde ich selbst diesen Tag nicht mehr erleben, vielleicht erst unsere Enkel oder Urenkel. Er wird kommen, dieser Tag, dieser große Tag für mein Volk, irgendwann in der Zukunft.«

»Also, wenn ich dich wäre, ich würde jetzt nicht bloß warten und den Kopf hängen lassen. Wenn ich schon nicht zurück könnte, dann würde ich es mir hier gemütlich machen, hier und jetzt, wo ich gerade bin, ja, so richtig schön gemütlich würde ich es mir machen.«

Ein schwaches, nachsichtiges Lächeln umspielte seine Lippen für einen kurzen Augenblick. Er setzte zum Sprechen an, unterließ es dann aber doch, was mir Gelegenheit gab, meiner Neugier weiteren Lauf zu lassen und eine neue Frage anzubringen: »Wohnst du hier in dieser Stadt?«

»Nein, nicht hier, sondern in Argentorate,* einer Römerstadt einige Tagreisen im Westen.«

»Westen? Westen? Sagtest du wirklich Westen?« Aufgeregt faßte ich meinen Tischnachbarn an der Schulter, denn ich mußte sofort an das vielgepriesene, reiche Westland denken, an jenes Land, das zu erreichen ich so sehr bemüht war. »Dann kennst du auch das reiche Westland – das Land mit den reichen Kornfeldern, den saftigen Weiden, das Land – nun sag schon, kennst du es?«

»Sachte, sachte, mein Lieber! – Du wirst wohl Gallien meinen. Ja, Gallien kenne ich ganz gut.«

»Erzähle! Laß hören! Ist es dort wirklich so schön? Und wie komme ich in dieses Gebiet?«

»Gallien ist in der Tat ein üppiges, reiches Land. Du willst dorthin?«

»Ja, natürlich! Solange ich mich zurückerinnern kann, ist meine Sippe immer westwärts gezogen, immer westwärts, um dieses Land zu erobern, damit wir uns dort niederlassen und in Reichtum schwelgen können, verstehst du?«

Bei diesen Worten hatte ich mich gewaltig in eine begierige Erobererstimmung hineingeredet, in meinem Eifer den Hebräer kräftig am Arm gepackt und ihn recht unsanft hin- und hergeschüttelt, als wolle er mir den Besitz dieses Landes streitig machen.

»Ist ja gut, ist ja gut!« lachte er beschwichtigend, löste meine Hand von seinem Arm, wurde dann rasch wieder ernst und frage mich mit gerunzelter Stirn: »Deine Sippe ist also wirklich jahrelang westwärts gezogen, um Gallien zu erobern?«

»Gewiß! Mit Pferden und Vieh, mit Frauen und Kindern! Und niemand wird uns bremsen können! – Was hast du?«

Der Hebräer schien meine Begeisterung nämlich nicht zu teilen und schaute verlegen auf die Tischplatte. »Hm! Ich fürchte, da gibt es – äh – eine herbe Enttäuschung für dich.«

»Warum das? Auf, sag schon!« Die Verlegenheit des schwarzhaarigen Mannes stimmte mich ärgerlich. Wollte nun auch er noch meine Pläne madig machen, nachdem schon meine Leute dies so gründlich zuwege gebracht hatten? – »Sag schon! Was ist?«

* Straßburg.

»Also, weißt du«, begann er vorsichtig zu erklären, »von diesem reichen Land wußten natürlich andere schon lange vor euch. Zuerst die Kelten; ein tapferes und stolzes Volk, obwohl sie seltsame Götter verehren. Diese Kelten aber wurden nach langen und schweren Kämpfen von den Römern unterworfen. Die meisten jedenfalls. Und die Römer lassen sich jetzt von dort nicht so leicht vertreiben, der Anblick einiger Alemannen wird sie keineswegs in Angst und Schrecken versetzen. Aus der Gegend hier am Nicar-Fluß sind zwar schon viele Römer verschwunden, aber Gallien – das ist etwas anderes. Die Römer verteidigen Gallien mit hohen Wällen und mit einer ansehnlichen Heerschar bestens bewaffneter und wohlgeübter Soldaten. Glaub' mir, ich weiß, wovon ich rede; ich sah sie schon oft mit diesen meinen Augen, die römischen Soldaten dort. Ich lebe nämlich im Grenzland, mußt du wissen. – Ja, die Römer machen sich einen Spaß und lassen kleinere Alemannenhorden über die Palisaden klettern, um sie dahinter zu umzingeln, zu fangen und dann als Sklaven zu verkaufen. Nur eine Kriegerschar von mehreren hundert Mann – wenn nicht gar von tausend und noch mehr – könnte gegen die Römer in Gallien etwas ausrichten. Ihr Alemannen, ihr müßt euch eben zusammentun, wenn ihr gegen die Römer ankommen wollt. Du hast gewiß schon von dem Gelben Wolf* gehört? Er geht den richtigen Weg!«

Nun konnte ich die angestaute Enttäuschung nicht länger zurückhalten – unbeherrscht platzte ich heraus: »Was weißt denn du schon von dem Gelben Wolf! Und überhaupt: Warum soll ich dir das alles glauben?« Damit war das Gespräch für mich zu Ende. Ich stand auf, um mich zu Gangolf und Smärregolf zu gesellen.

Bei diesen beiden am Tisch ging es hoch her. Einer von den Gästen hatte Smärregolf zum Drücken herausgefordert. Bei diesem Kraftmessen sitzen sich die beiden Mitspieler gegenüber, sie stellen jeder den Ellbogen des rechten Armes auf den Tisch, halten den Unterarm nach oben und suchen Hand gegen Hand den Unterarm des Gegners auf die Tischplatte zu drücken.

* Bedeutender Alemannenhäuptling, der jahrzehntelang als Integrationsfigur unter seinesgleichen wirkte und den Römern dadurch empfindliche Niederlagen zufügen konnte.

Doch der Hebräer hielt mich am Ärmel fest. »Bleib doch! Warum sollte ich dir erfundene Geschichten erzählen? Hast du nicht die Mauern, Gräben, Türme und Tore von Sumelocenna gesehen?«

Bei dieser Frage mußte ich an meine erste Begegnung mit dieser Stadt denken – der schwarzhaarige Mann hatte vielleicht doch nicht so unrecht. Zögernd setzte ich mich wieder hin.

»Du müßtest deine Sippe erst mal über den Schwarzwald bringen«, nahm der Hebräer den Faden wieder auf, »hierauf einen breiten Fluß überqueren und dann gegen die römischen Befestigungen anrennen. Es würden mindestens zehn römische Soldaten auf einen deiner Alemannen kommen. Die Römer wissen wohl, was sie verteidigen! – Wenn ich dir also einen Rat geben darf: Schlag dir Gallien aus dem Kopf! Du würdest in dein sicheres Verderben rennen. Es gibt ja noch andere schöne Plätze auf der Welt, einige davon sogar hier in der Gegend. Du kannst beispielsweise nach Süden ziehen, immer dem Laufe des Nicar-Flusses folgend, und über dessen Quellgebiet weiter. Du stößt dann auf die Donau, von der du ja vorher schon sprachst. An der schönen Donau ist bestimmt nicht übel hausen. Aber noch angenehmer lebt es sich am Bodensee, besonders dort, wo ...«

Er wurde von einem ohrenzerfetzenden Gejohle und Gegröhle am Nebentisch unterbrochen: Smärregolf hatte beim Drücken gewonnen. Sobald sich der Lärm etwas gelegt hatte, fuhr der Hebräer fort: »Wie immer du dich entscheiden wirst – auf keinen Fall darfst du lange warten. Deine Stammesgenossen sind jetzt gerade überall dabei, sich die schönsten Siedlungsplätze zu sichern, Sippe für Sippe. – Aber bitte, du kannst natürlich tun und lassen, was dir beliebt. Natürlich kannst du dir auch den Kopf blutig schlagen lassen, wär' aber schade drum.«

Sehr aufmerksam hatte ich zugehört. »Donau« und »Bodensee«, das mußte ich mir merken. Doch so ganz wollte ich den Gedanken an das reiche Westland noch immer nicht aufgeben – es galt, weitere Erkundigungen einzuholen. Vielleicht waren die Römer im Westen doch nicht so gefährlich. Vielleicht war mein Gegenüber ja auch nur ein Wichtigtuer? Was hatte er denn überhaupt in Sumelocenna zu suchen? Diese Frage rutschte mir denn auch unverzüglich heraus: »Was treibst du denn hier in dieser Stadt?«

»Ich bin Handelsmann«, gab der Hebräer mir bereitwillig zur Antwort. »Brauchst du Kleider, Schmuck oder Werkzeug, brauchst du Pferde, Vieh oder Getreide – kann ich dir alles besorgen.«

»Und wie heißt du?«

»Ich bin Simon, vom Stamme Ruben. Und du?«

»Tagolf, der Sohn Tagolfs des Alten und Häuptling der Tagolflinge. – Aber sag mir, Handelsmann bist du? Ich sollte nämlich ...«

In diesem Augenblick betrat der Wirt mit einer dampfenden Schüssel den Schankraum und stellte das herzhaft nach Fleisch und Gemüse duftende Gefäß vor mich auf den Tisch.

Kaum hatte der Hebräer den würzigen Geruch gesottenen Schweinefleisches in der Nase gespürt, war er jählings aufgesprungen. »Ich kann jetzt nicht länger bleiben«, stieß er hastig, fast schon ängstlich hervor, »dieses Essen ist mir verboten. Morgen werde ich kurz nach der Mittagszeit wieder herkommen. Tut mir leid – lebe wohl!« – Und fort war er, dieser seltsame Mensch.

»Seine Religion verbietet ihm, Schweinefleisch zu essen. Wenn er es riecht, dann verschwindet er, damit er nicht in Versuchung kommt«, erklärte der fettglänzende Wirt lachend.

Er mußte in diesem Augenblick keinen Lärm vom Nebentisch übertönen, denn dort war eben jede Unterhaltung verstummt. Die ganze Runde starrte gebannt auf Smärregolfs riesenhafte Pratze.

Schließlich war ein halblautes Krachen und Knirschen zu hören, worauf die Zuschauer in donnerndes Toben und Johlen ausbrauchen, dabei von ihren Sitzen hochfuhren, närrisch im ganzen Schankraum herumhopsten und sich unter gellendem Gelächter auf die Schenkel schlugen. Staunend betrachteten der Wirt und ich das lärmende Spektakel, das allerdings recht schnell wieder abflaute. Als die Männer sich hingesetzt hatten, konnte man erfahren, was hinter der Erheiterung steckte. Mein rotbackiger Smärregolf hatte gewettet, er könne einen in Küferart gezimmerten Holzkrug mit nur einer Hand zerdrücken, was ihm auch prompt gelang.

Mit solcherlei Kraftspielen mußte nun aber ein Ende sein, so verfügte ich, denn der gute Smärregolf wäre durchaus imstande gewesen, die ganze Schankstube auf diese Weise zu Kleinholz zu verarbeiten. – Nachdem wir unsere Abendsuppe gelöffelt hatten, gingen wir früh zu Bett, wie das bei uns zur Winterszeit üblich ist.

Neuntes Kapitel

Raffgar der Händler

Am nächsten Morgen machten wir uns an unsere Geschäfte. Von einem Händler zum andern gingen wir, prüften die Waren und verglichen die Preise. Dabei stellte sich heraus, daß sich alles verteuert hatte, seit Gangolf und sein Bruder in Sumelocenna gewesen waren.

Insbesondere kann ich mich an jenen Händler sehr gut erinnern, von welchem die beiden ungleichen Brüder zuvor das Getreide erstanden hatten – Raffgar hieß er. Mit seinem großen, kräftigen Körper und seinen sehnigen Gliedmaßen hätte er ohne weiteres einen guten Kriegsmann abgeben können. Seine Haut an Gesicht und Händen war freilich die eines Stadtmenschen, bleich und aufgeschwemmt, nicht so wettergegerbt wie die von umherziehenden Alemannen. Seine flinken, unsteten, wasserblauen Schweinsäuglein wollten mir gar nicht gefallen. Sie tasteten uns nämlich mit so unverhohlener Gier ab, wie es eine Katze tut, bevor sie sich über ein Mäuslein hermacht. Als genauso widerlich empfand ich seine Hände, die aussahen, als wollten sie mit langen, spitzen und sehr beweglichen Fingern ständig nach einer Beute grapschen.

Unter zahllosen Bücklingen geleitete er uns in seine Lagerräume, wobei er uns unausgesetzt mit »hohe Herren« und »ehrenwerte Gebieter« anredete, sich selbst hingegen einen »geringen, unwürdigen Diener« nannte.

Wir schauten uns in seinem Warenlager um – da bestaunten wir alle erdenklichen Arten von Handwerkszeug: Zangen, Hämmer,

Sägen, Beile, Messer, Feilen, Sicheln, Hacken – all dies lag zu hohen Stapeln aufgeschichtet nebeneinander; dazwischen blieben schmale Gänge, durch welche wir uns mit höchster Vorsicht hindurchzwängten, denn wir wollten ja nichts umwerfen.

Weiter nach hinten in den Raum führte uns Raffgar und hielt den Zeigefinger an die zugespitzten Lippen: »Pssst! Paßt nur auf, ihr hohen Herren! Zu dieser Abteilung haben eigentlich nur höhere römische Offiziere Zutritt! Aber mit euch mache ich eine Ausnahme – eine große Ausnahme, die mich Kopf und Kragen kosten kann! Das hat natürlich gewisse Auswirkungen auf meine Preisgestaltung, wie ihr euch sicherlich vorstellen könnt, meine Herren und Gebieter!«

Dort weiter hinten war in verwirrender Vielfalt alles zusammengetragen, was ein Mensch sich an Kriegsgerät nur vorstellen kann: Helme, Beinschienen, Kettenhemden, Brustpanzer, Schilde in jeder Form und Größe, Streitäxte, Schwerter, Dolche, Spieße, Bogen, Pfeile, Lanzen, Wurfhämmer, – wir drei konnten uns an all den vielen Dingen einfach nicht sattsehen.

Als ich mich eine Weile später nach meinen Gefährten umschaute, da war Smärregolf in einen dunklen Winkel des Lagerraumes vorgedrungen. In dieser Ecke fanden sich vielerlei Musikinstrumente zum Blasen, Zupfen und Schlagen; manche davon hatte ich in meinem ganzen Leben noch nicht gesehen.

Wie verzaubert stand mein rotbäckiger Gefolgsmann vor einem langen, dünnen Messingrohr, das zu einem Kreis von einer Armeslänge Durchmesser zusammengebogen war und das an einem Ende eine weite, trichterförmige Öffnung aufwies.

»Hallo Raffgar«, brüllte er (denn zu einer normalen Lautstärke war er ja beim Sprechen kaum fähig), »was macht man mit diesem Ding da?«

Dienstbeflissen eilte Raffgar mit kleinen, tappenden Schrittchen herbei – »Vorsicht beim Anfassen! Zerdrücke es nicht! Die Römer nennen es Tuba.«

Sachte, ganz sachte, beinahe schon zärtlich nahm Smärregolf das Gerät in seine Hände. »Und was macht man damit?«

»Man setzt die kleine Öffnung an die Lippen und macht: pfffffhhhhhhhh!«

Kaum hatte Raffgar ausgesprochen, da zitterte die Luft von einem fürchterlichen, durchdringenden Heulton in gewaltiger Lautstärke, so als ob hundert Wölfe genau in derselben Tonhöhe alle auf einmal aus Leibeskräften zusammen heulten.

Während mir dieses steinerweichende Geräusch einen kalten Schauer über den Rücken jagte, glitt ein verklärtes Leuchten über Smärregolfs rundliches Gesicht.

»Das muß ich haben!« rief er und nestelte aufgeregt an seinem Gürtel herum, um dann Raffgar seine geschlossene Riesenfaust unter die Nase zu halten, wobei er ein siegesgewisses Kichern kaum zu unterdrücken vermochte.

Als er seine große Pratzenhand langsam öffnete, glänzte uns eine goldene Brosche entgegen, ein Schmuckstück in Form einer Kreuzotter, die sich selbst in den Schwanz beißt. An der Stelle der Augen blitzten Diamanten; das für die Kreuzotter charakteristische Zickzackmuster war in kostbarer Lasur ausgeführt – eine selten schöne Goldschmiedearbeit, wie ich sie auf all meinen Raubzügen noch kaum einmal zu sehen bekommen hatte.

»Na«, lachte mein rotbackiger Begleiter triumphierend, »gehört die Tuba jetzt mir?«

Raffgars gierige Wasseraugen traten leicht aus ihren Höhlen hervor, mit einer Antwort jedoch zögerte er. Ein gewundenes »Um – hum« gab er nach längerem Räuspern von sich.

»Zehn Goldstücke als Wechselgeld von dir noch auf die Tuba drauf, und wir kommen ins Geschäft!« warf ich ein, denn ich fürchtete, Smärregolf könnte sein erlesenes Schmuckstück leichtfertig unter Wert aus der Hand geben.

Das mit den zehn Goldstücken war allerdings völlig aus der Luft gegriffen, denn ich hatte nicht viel Ahnung vom Wert des Schmucks und der Münzen.

Mit einem Ruck drehte sich Raffgar nach mir um – der wutgeifernde Blick aus seinen wässrigen Schweinsäuglein schien mich durchbohren zu wollen, weil ich seine Absicht durchkreuzt hatte. »Zwei Goldstücke – höchstens!« zischte er giftig.

»Acht Goldstücke!« baffte ich in derselben Tonart zurück.

»Drei!«

»Sechs!«

»Vier!«

»Fünf!«

»Fünf Goldstücke, meinetwegen«, seufzte der Händler schließlich und schlurfte aus der Lagerhalle.

Gangolf und Smärregolf schauten ihm verduzt hinterdrein und warfen mir fragende Blicke zu. »Und? Was ist jetzt?« wollte Smärregolf wissen.

»Was stellst du nur für Fragen,« antwortete ich, »er holt natürlich die fünf Münzen!«

Smärregolf erkannte nun, daß die Tuba in Kürze ihm gehören würde. Liebevoll streichelte er das blinkende Rohr des Instruments, so zärtlich, als wäre es die Wange eines kleinen Mädchens.

Mittlerweile kam Raffgar wieder zurückgeschlurft. In Erwartung der Goldstücke hielt ich ihm die geöffnete Hand entgegen.

»Hier!« grummelte er kurz angebunden.

»Und hier!« brüllte Smärregolf, halb irr vor Freude, und drückte dem Krämer die Goldbrosche in die Hand. Dabei lachte mein rotbackiger Gefährte noch lauter, als es sonst seine Art zu sein pflegte, und schlug Raffgar im Überschwang seiner Gefühle kräftig auf die Schulter, worauf der Händler trotz seiner stattlichen Körpermaße beinahe zusammenknickte.

Raffgars Miene erhellte sich beim Anblick der Brosche sofort wieder. »Du bekommst noch einen Kasten für das Instrument. Die Tuba ist sehr empfindlich«, sagte er, jetzt wieder ganz in der alten Dienstfertigkeit, und holte ein hölzernes Behältnis aus einem dunklen Winkel hervor. Während Raffgar mit dem Holzkasten beschäftigt war, beeilte sich Smärregolf, noch schnell einige hohe, schrille Geräusche zu erzeugen.

Wie eine Mutter ihr Kind sorgsam in die Wiege bettet, so verstaute daraufhin mein Kumpan das Instrument in dem Kasten und nahm ihn dann mit wonnevoll glückseliger Miene sachte an seine breite Brust – das war der glücklichste Augenblick in Smärregolfs Leben.

Der gemütvolle Anblick beeindruckte den Händler jedoch nur kurz. »Es gibt hier noch anderes, das euch noch viel mehr interessieren wird, meine hohen Herren«, hub er an und führte uns an den bisher von uns beäugten Waffen vorbei in einen weiteren

Raum. »Hier: stoßfeste Helme für den anspruchsvollen Kriegsmann, mit Nackenschutz und Schläfenklappen, mit oder ohne Hörner, auch mit Flügeln, ganz nach Wunsch; hier außerdem Brustpanzer aus dickstem Büffelleder mit geschmackvoll aufgesetzten Messingplatten, alles in bester Verarbeitung; sodann dort drüben Schilde in verschiedenen Größen, speziell angefertigt nach den Anweisungen kampferprobter Krieger, deshalb extra leicht und extra hart, Schildbuckel und Eisenbeschläge befinden sich auf dem neuesten Stand der Kriegstechnik.

Besonders jedoch, meine hochverehrten Herren Kriegsfürsten, darf ich auf meine Sonderkollektion von Streitäxten aufmerksam machen – hochwertiger Damaszenerstahl, mehrfach gehärtet und perfekt geschliffen – versucht es selbst: Ihr schneidet einen Holzbalken so leicht wie einen Strohhalm.

Und nun zu den Schwertern, meine höchstgeachteten, todesmutigen Kriegsrecken – ich führe nur das Feinste vom Feinsten, nur allerbeste Ware, nur Schwerter der Marke ›Mime‹,* etwas anderes kommt mir erst gar nicht ins Haus. Und nur ich allein verkaufe ›Mime‹-Schwerter im Herrschaftsbereich der Alemannen, ich bin der einzige Vertragshändler dieser einzigartigen, exklusiven Marke weit und breit.

Selbstverständlich führe ich die gesamte Produktpalette von ›Mime‹ – da ist alles dabei, was ein blutrünstiger Kämpe sich nur wünschen kann: Langschwerter und Kurzschwerter in verschiedenen Breiten, leichter und schwerer, geflammt und glatt, ziseliert und schlicht, auf besonderen Wunsch mit der von ›Mime‹ speziell entwickelten vollautomatischen Blutablaufrinne, das bedeutet: kein lästiges Spritzen und Sprenkeln mehr und auch kein störendes Blutgeklecker, nur noch ganz leichtes, fast unmerkliches Getröpfel – na, was sagt ihr?

Und nun, ihr heldenhaften, weitgerühmten Schlachtenlenker, nun zeige ich euch ein Schwert der absoluten Spitzenklasse, ein Schwert, das nicht jeder zu sehen bekommt, ein Mordinstrument, das ich ausschließlich Leuten euren Kalibers vorführe: Hier seht!

* Mehrere Generationen später bezog auch der Nibelungenheld Siegfried sein Schwert von dieser Firma.

Das beste, was je produziert wurde! Das beste, was ›Mime‹ je hergestellt hat! Das Modell ›Balmung‹!*

Mit ›Balmung‹ vollbrachten die berühmtesten Helden ihre Großtaten – ein ›Balmung‹ war in der Hand des Arminius,** als er die Römer im Teutoburger Wald niedermähte; auch Ariovist*** hatte ein ›Balmung‹ in der Scheide, als er den Rhein überschritt; desgleichen führte der starke Teutobod**** bei Arausio diese unvergleichliche Waffe; und selbstverständlich gehört auch der oberste Kriegsherr aller Alemannen, der Gelbe Wolf, zu meinen Kunden.

Ein Gerät also, das nur in die Hände der allergrößten Helden gehört, in die Hände von Männern, wie ihr es seid, meine unüberbietbar großmächtigen, göttergleichen Oberfeldherren! Greift zu, ihr großgünstigen Hochedlen, greift zu! Nutzt die einzigartige Gelegenheit, denn meine Vorräte sind beschränkt und neue Lieferungen nicht zu erwarten.

Die Preise – in Anbetracht der absoluten Spitzenqualität wie auch der drohenden Todesgefahr für mich bei diesem Geschäft – relativ niedrig gehalten, speziell für euch niedrig, lächerlich niedrig, alles fast schon geschenkt!

Und dies nur euch zuliebe, meine hochwerten Kriegsführer, denn unter Freunden mache ich schon mal Sonderpreise. Und euch kenne ich ja schon seit langem, nicht wahr, mein guter alter Gangolf? Und du erst, Smärregolf, mein bester Kumpel? Das war doch ein lustiger Abend, gestern in der Taverne, hähähähä, nicht wahr?«

* In späterer Zeit berühmt geworden durch den Helden des Nibelungenliedes.

** Bekannter unter dem Namen »Hermann der Cherusker«; besiegte in der Schlacht im Teutoburger Wald im Jahr 9 nach Christi die Römer.

*** Dieser Suebenhäuptling führte Kriege gegen den römischen Feldherrn Julius Caesar (als markiger Sprücheklopfer in die Geschichte eingegangen mit Redensarten wie »alea iacta est«, »Gallia est omnis divisa in partes tres«, »tu quoque, mi fili« und vor allem »veni, vidi, vici«). – Legendär wurde Ariovists Rheinüberschreitung im Jahr 71 vor Christi.

**** Die Teutonen, angeführt von Teutobod, besiegten die Römer 105 vor Christi in der Schlacht bei der gallischen Stadt Arausio.

Smärregolf kicherte verlegen in sich hinein, und seine ohnehin schon heißroten Bäckchen glänzten jetzt in tiefem Karmesin bei so viel ungewohnter Schmeichelei. Er tat einen Schritt auf mich zu, der gute Smärregolf, knuffte mich mit dem Ellbogen behutsam in die Seite und flüsterte mir zu: »Der Ring! Zeig ihm doch den Ring!«

Smärregolfs Flüsterton sank freilich nicht auf jene intime Stufe herab, die man üblicherweise meint, wenn man von »Flüstern« spricht. Nein, wenn Smärregolf flüsterte, dann konnte man auch in zwanzig Schritt Entfernung noch jedes Wort hören.

Eigentlich empfand ich keine Lust, diesem schwatzhaften und aufdringlichen Händler den Ring zu zeigen, den ich nur für den äußersten Notfall nach Sumelocenna mitgenommen hatte. Außerdem konnte ich mich des Verdachts nicht erwehren, daß Raffgar uns mit Smärregolfs Brosche ganz schön reingelegt hatte.

Deshalb tat ich zunächst einmal so, als sei ich mit all meinen Gedanken versunken in das Studium der verschlungenen Schnörkel auf einem Schildbuckel. Doch Smärregolf ließ sich nicht beirren: »Der Ring, Tagolf!« wiederholte er nun mit Nachdruck, »der Ring!«

Es war wohl müßig, mich weiter zu verstellen. Wie ich von dem Schildbuckel aufblickte, bemerkte ich ein begieriges Glänzen in Raffgars Augen, die er fragend – fast schon fordernd – auf mich richtete.

Also kramte ich in meinen Taschen, steckte den Ring aber gleich auf den Finger, sobald ich ihn gefunden hatte. Einem derart flinkhändigen Gierhals, wie Raffgar vermutlich einer war, wollte ich keine Gelegenheit zu diebischen Taschenspielerstückchen geben.

Die beringte Hand hielt ich dem Händler unter die Nase. Mit enttäuscht klingender Stimme sagte er: »Ach, das ist der Ring? Schade, sehr schade! Leider nur Messing und Glas!« Seine Augen freilich behielten ihr begehrliches Leuchten, während er sprach. – »Hast du vielleicht noch mehr von der Sorte? Ketten? Halsbänder? Diademe? Armreife?«

Ich selbst wollte an und für sich »nein« sagen, aber Smärregolf erwiderte an meiner Stelle: »Ja, gewiß, einen Armreif – los, Tagolf! Zeig ihn schon!« Glücklicherweise wußte Smärregolf nicht, daß ich sogar zwei davon bei mir hatte. »Warte mal, warte mal«, murmelte ich, in der Tasche wühlend, »gleich werde ich ihn haben.« Den großen, breiten, schweren Reif wollte ich dem gierigen Krämer wohlweislich vorenthalten, nur den leichteren, schmaleren sollte er zu Gesicht bekommen.

Noch bevor ich die Hand mit dem Reif aus der Tasche gezogen hatte, begann Raffgar, ungeduldig von einem Bein auf das andere zu treten.

»Köstlich, wunderschön, fabelhaft«, ließ er sich vernehmen, als er das Edelmetall blinken sah, »eine feine Arbeit, äh, sie nähert sich der mittleren Wertklasse, ja. Zwei Ochsen würde ich euch dafür geben, und weil ich euch doch so gut kenne, als freundschaftliche Dreingabe noch zwei Sack Brotgetreide dazu. – Den wertlosen Messingring könnt ihr dann auch gleich hierlassen; es lohnt nicht, ihn wieder mitzunehmen. Damit habt ihr ein ausgezeichnetes Geschäft gemacht; ihr könnt froh sein, daß ihr mich hier getroffen habt, nicht wahr, Smärregolf, alter Kumpel?«

Er lachte dabei auf eine gekünstelt glucksende Weise. – »Den lächerlich nichtsnutzigen Ramschring, den könnt ihr mir ja schon gleich mal dalassen« – bei diesen Worten griff er mit seinen langen, spitzen Fingern lüstern nach meiner beringten Hand, die ich jedoch schnell zurückzog und in meinem Gewand verbarg.

»Nicht so hastig, mein lieber Raffgar«, bremste ich ihn, »wir Alemannen pflegen unsere Kleinodien dermaßen rasch nicht wegzugeben. Es wohnen in dieser Stadt noch mehrere Kaufleute, die wir noch nicht um ein Angebot gefragt haben.«

In übertriebener Weise tat er so, als sei er beleidigt, und antwortete: »Das ist aber doch jetzt nicht mehr notwendig, meine hochverehrten, vielgeschätzten, wohledlen Schlachtenhelden, das ist völlig überflüssig. Mein Angebot ist ein absolutes Freundschaftsangebot, nur für so sympathische Landsleute, wie ihr es seid – Smärregolf, sag doch was – bleibt doch da ...«

Währenddessen schritt ich auf den Ausgang von Raffgars Warenlager zu, und meine beiden Leute folgten mir zögernd. Beim Verlassen seines Hauses atmete ich erst einmal erleichtert auf, froh, diesen aufdringlichen, schleimigen Schwätzer nicht mehr um mich zu haben.

Bis zur Mitte des Tages fehlte nurmehr eine kleine Weile; wir begaben uns zur Taverne, wo wir eine Mahlzeit einnahmen. Das Essen ließen wir uns in aller Ruhe schmecken. Ich trödelte sogar ein wenig, denn ich wartete insgeheim auf Simon, den Hebräer.

Ihm wollte ich jetzt ebenfalls den Ring zeigen, den ich noch immer am Finger trug. Auf Simons Urteil war ich sehr gespannt. Der Wunderfitz plagte mich dermaßen, daß ich kaum noch stillsitzen konnte.

Der schwarzhaarige Mann mit den großen traurigen Augen ließ nicht lange auf sich warten; auf mein Bitten hin nahm er an unserem Tische Platz.

Zwar hatte ich mir vorgenommen, meine Neugier zu verbergen und nur so angelegentlich über den Ring zu sprechen, doch kaum saß der Hebräer auf der Bank mir gegenüber, da hielt ich ihm unversehens den Ring unter die Nase.

»Du bist doch Kaufmann, Simon«, sprach ich ihn ganz direkt an, »da verstehst du dich bestimmt auch auf Geschmeide! Schau dir diesen Ring an – was ist er wert?« Ich streckte ihm die Hand mit dem Ring entgegen.

Meine Frage schien den Hebräer ganz und gar nicht zu überraschen. Wie selbstverständlich hielt er meine Hand mit dem Ring gegen das Herdfeuer, kniff ein Auge zu und schob die Hand samt Ring langsam hin und her. Gleichzeitig griff er in seinen Umhang, aus welchem er ein winziges, funkelndes Etwas zum Vorschein brachte, das er sorgsam zwischen Zeigefinger und Daumen hielt. Dieses Etwas drückte er gegen den größten Stein des Ringes, hob hierauf beide zusammen gegen das Licht. Dann ließ er den Ring plötzlich los, warf beide Arme in die Luft und rief: »Bei Noahs Arche! Bei Abrahams Schoß! Bei Samsons Haupthaar! Bei Salomes Brüsten! Bei allen zwölf Stämmen und sämtlichen Propheten! Wer hätte solches vermutet – hier in dieser Abgeschiedenheit – hier, bei diesen Männern!«

Wenn ich mit Simons unverständlichen Ausrufen auch weiter nichts anfangen konnte, so war doch eines vollkommen klar: Der Wert des Ringes mußte überraschend hoch sein. Darum wollte ich es ohne viele Umschweife punktgenau wissen: »Wieviele Ochsen gibst du mir für diesen Ring?«

Dem Hebräer blieb zunächst eine ganze Weile der Mund offen stehen – er konnte sich noch immer nicht fassen. Schließlich klappte er den Mund zu und rief: »Ochsen? Ochsen? Für dieses Wunder von Ring? Mein guter Tagolf! Für diesen Ring bekommst du so viel Ochsenfleisch, daß alle Einwohner von Sumelocenna länger als zwei Monate davon satt werden können!«

Ich glaubte, nicht richtig zu hören. »Was? Wirklich? So wertvoll? Und das ist kein Scherz?«

»Mein Ernst, mein völliger Ernst, glaub' mir. Einen so wertvollen Ring habe ich schon seit Jahren nicht mehr gesehen. Wer hätte das vermutet – ein solches Stück – hier, hier in dieser – äh, hrrm, Stadt! Du kannst mir wirklich glauben, Tagolf. Von Edelsteinen verstehe ich etwas, und ich möchte denjenigen sehen, der mir das Gegenteil beweisen kann!« Er blickte stolz in die Runde. »Den Wert von Geschmeide einzuschätzen lernte ich von meinem Vater, der in Augusta Treverorum* schon vor vierzig Jahren mit Kleinodien Handel trieb. Die Leute kommen jetzt von weit her zu mir nach Argentorate, um ihren Schmuck von mir schätzen zu lassen.«

Nach Simons Rede blickten wir alle drei – Smärregolf, Gangolf und ich – wenig geistreich in die Welt, und zu sagen wußten wir auch nichts. Wir konnten uns den himmelweiten Unterschied in der Bewertung des Rings einfach nicht erklären – auf der einen Seite der geschwätzige Raffgar und auf der anderen der ernsthafte Simon.

Smärregolf war der erste von uns, der glaubte, eine Erklärung gefunden zu haben, und wandte sich in grobschlächtigem Zorn an den Hebräer: »Du lügst!«

Bevor noch irgend jemand sich hierzu äußern konnte, meldete sich auch Gangolf zu Wort: »Du treibst deinen Spaß mit uns, auch wenn du vorgibst, es ernst zu meinen!«

Simon warf einen recht befremdeten Blick auf die beiden. »Welchen Grund sollte ich denn haben, solche – hrrm, äh, humm – so tapfere Kriegsmänner wie euch zu belügen oder zu verspotten?«

In der Zwischenzeit war mir ein Gedanke gekommen: Wenn nun dieser Ring nach Simons Urteil einen so unermeßlich hohen

* Trier.

Wert hatte, dann könnten ja auch unsere anderen Kleinodien viel wertvoller sein, als es die Händler dieser Stadt uns bisher hatten wissen lassen. Flugs holte ich den schmaleren und leichteren der beiden Armreife hervor und legte ihn vor Simon auf den Tisch. – »Wieviele Ochsen gibst du mir für diesen Reif da?«

»Aber das wissen wir ...« entfuhr es dem treuherzigen Smärregolf, den ich mit einer ärgerlichen Handbewegung gerade noch zum Schweigen bringen konnte.

Simon ergriff den Reif und wog ihn bedächtig schätzend in der Hand, brachte hierauf das uns schon bekannte kleine Glitzer-Etwas zum Vorschein und preßte es wiederum gegen das edle Metall. Die schwarzen Augen zusammengekniffen und die Stirn gerunzelt, formten seine Lippen unhörbare Silben – Simon schien zu rechnen. Den Wert des Metalls, dessen Gewicht, die Größe der Ochsen, deren Preis – all das ging ihm offenbar jetzt gerade der Reihe nach durch den Kopf. Dieses anhaltende Grübeln und Sinnieren bewies mir, daß der Hebräer seine Geschäfte mit großer Gediegenheit und Genauigkeit betrieb. Hier war offensichtlich ein Fachmann am Werk, und es machte mir Spaß, ihm zuzusehen.

»Vier Ochsen«, ließ er sich schließlich vernehmen, »vier – auf jeden Fall. Aber vielleicht auch fünf. Eine ausgesucht feine Schmiedearbeit, das«, fügte er hinzu und schob den Reif über den Tisch zu mir hin.

Sobald ich das diesermaßen geschätzte Stück Edelmetall in meiner Tasche vergraben hatte, angelte ich dort stracks nach dem größeren und schwereren Reif – »und was ist mit dem da?«

Simon wiederholte die gehabte Prozedur mit derselben gründlichen Sorgfalt wie zuvor und meinte dann: »Acht Ochsen wären das wohl – und noch dazu eine Handvoll Silbermünzen.«

Ich spürte, wie mir jetzt das Blut in den Schläfen pochte – das war das Geschäft, das ich schon die ganze Zeit in Sumelocenna abschließen wollte! Simons Preise waren mit Sachkenntnis und Verstand errechnet, nicht mit Verschlagenheit und Habsucht wie bei den übrigen Krämern. Jetzt konnte der Handel also beginnen!

Wieviele Silbermünzen für einen Sack Brotgetreide, wollte ich wissen, und wieviele Sack Brotgetreide für einen Ochsen? Ob auch Packpferde zu kaufen seien? Wieviele Packpferde für den dünnen

Armreif? Ob auch Futter für die Ochsen zu beschaffen sei? Ob das Futter im Preis für die Tiere dazugehöre?

Geduldig beantwortete der Hebräer alle meine Fragen, ja, er fand sichtlich Gefallen daran und hatte auch rasch begriffen, worauf ich hinaus wollte: Eine preislich möglichst günstige Mischung aus Ochsen, Getreide und Münzen in Gold und Silber.

Wir gingen also die mannigfachen Spielarten und Möglichkeiten durch, mal mit mehr Ochsen und weniger Getreide, mal mit weniger Ochsen und mehr Getreide und vielen Münzen, mal mit mittelgroßen Mengen allenthalben, mal mußte noch ein Packpferd hinzugerechnet werden, weil die Zahl der Säcke sonst nicht hätte transportiert werden können, was wiederum auf Kosten der Ochsen und der Münzen ging – solchergestalt kam Stück für Stück und Warenkombination für Warenkombination auch mein schwarzhaariger Geschäftspartner recht ordentlich in Fahrt.

Dabei blieb mir keineswegs verborgen, daß er eigentlich ganz gerne alle beiden Armreife an sich gebracht hätte, wodurch sich die Mengen der von mir gewünschten Handelsobjekte natürlich vergrößerten und selbstverständlich auch die Zahl der möglichen Varianten in die Höhe schnellte.

Gangolf und Smärregolf konnten diesem sich endlos hinziehenden Spielchen keinen Geschmack abgewinnen; sie schauten gelangweilt im Schankraum umher und klopften ungeduldig mit den Fingerknöcheln auf die Tischplatte. Simon und ich hingegen bekamen vor lauter Eifer feuchte Hände und rote Köpfe.

Nach einer halben Ewigkeit des Taktierens, Diskutierens und Schwadronierens hielt Simon mit sehr zufriedenem Blick die beiden Armreife in der Hand, während uns eine kleine Rinderherde, mehrere schwer beladene Packpferde und eine erkleckliche Anzahl Goldmünzen gehörten.

Der Hebräer gab uns das Geschmeide vorläufig noch einmal zurück und machte sich auf den Weg, die vereinbarten Tiere und Säcke herbeizuschaffen, während wir schon einmal die Vorkehrungen für unseren Aufbruch trafen.

Unterdessen hatte auch Smärregolf begriffen, daß der geschwätzige Raffgar uns ganz gehörig hatte übers Ohr hauen wollen. Den guten Smärregolf erfüllte dies mit bitterer Enttäuschung, ja, mit Zorn. Die Röte in seinen runden Bäckchen wandelte sich in ein bedrohliches Violett, und seine Riesenpratzen schlugen unaufhörlich donnernd auf den Tisch. Nur mit Mühe vermochte ich ihn davon abzuhalten, dem betrügerischen Händler die wohlverdiente Abreibung zukommen zu lassen – wenn wir uns nicht unauffällig verhielten, so gab ich zu bedenken, dann könnten uns die Römer wie Gesetzesbrecher gefangennehmen.

Nachdem Simon Brotfrucht und Vieh beigebracht und alsdann im Gegenzug das Gold erhalten hatte, ging es ans Abschiednehmen. Dem schwarzhaarigen Mann mit den traurigen Augen fühlte ich mich zugetan, so, als wäre er ein guter alter Bekannter. Es schmerzte mich der Gedanke, ihn nie wiederzusehen. Bei unserem Aufbruch wurden mir die Augen ganz feucht – ich gestehe es ein –, und es kostete mich einige Selbstbeherrschung, den Fluß meiner Tränen in schicklichen Schranken zu halten.

Hätte ich damals, beim Verlassen der Stadt Sumelocenna, gewußt, daß ich den ernstblickenden, schwarzhaarigen Mann wiedersehen würde, und zwar keineswegs unter freudigen Umständen, nein, ganz und gar nicht – dann hätte ich ein herzzerreißendes Wehgeschrei ertönen lassen!

Oh Wurd! Oh Göttin des Schicksals! Wie wenig wissen wir Winzlinge doch, welch widrige Wege zu wandeln du weisest!

Weil also glücklicherweise der Mensch mit seinem beschränkten Wissen das in der Zukunft lauernde Unheil nicht kennt, wog mein Abschiedsschmerz leicht, zumal meine Gedanken nach kurzer Zeit schon abgelenkt wurden.

Zehntes Kapitel

Unter Wölfen

Das Lenken und Antreiben der Ochsen war für mich eine völlig ungewohnte Tätigkeit. Wenn ich mit der Sippe zusammen war, scherte ich mich keinen Deut um das Viehzeug – das galt bei uns als Weiberarbeit. Ich, der Häuptling, ich ritt stets vorneweg.

Nachdem wir unsere Waffen aus ihrem Versteck geholt hatten, wollten wir ein gehöriges Stück Wegstrecke hinter uns bringen; allein – das gemächlich dahintrottende Hornvieh ließ unsere Absicht im Nu zunichte werden – alles Rufen, Prügeln und Peitschenknallen fruchtete wenig; selbst Smärregolfs weithin schallendes Organ beeindruckte die schwerfälligen Tiere kaum.

Die Wintersonne näherte sich bereits dem Horizont, als wir ungefähr den vierten Teil unseres Weges zurückgelegt hatten. Es galt nun, allmählich nach einem geeigneten Lagerplatz Ausschau zu halten. Ein solcher Ort sollte einen gewissen Schutz bieten gegen Kälte und Wind, er mußte jedoch so geräumig sein, daß Mensch und Vieh dort bequem ruhen konnten.

Noch bevor die Sonne den Himmelsrand erreicht hatte, war eine solche Örtlichkeit erspäht: Eine baum- und buschlose Senke von ungefähr fünfzig Schritt im Durchmesser, umgeben von mannshohem, fast undurchdringlichem Dickicht, nur an zwei oder drei Stellen Lücken lassend.

Smärregolf und ich begaben uns in das Unterholz, um Tannenreisig von den Bäumen zu schlagen für einen Windschutz und außerdem auch, um Brennmaterial zu sammeln. Gangolf hingegen blieb bei den Tieren. Wir mußten uns sputen, denn die Dunkelheit würde nicht mehr lange auf sich warten lassen.

Als nun die dürren Zweige und Äste um uns herum nur so knackten und krachten, hob Smärregolf plötzlich die Hand und zischte dabei leise durch die Zähne. »Sei mal still!« wollte er mir damit wohl sagen. Ich blieb stehen, regte mich nicht, hielt den Atem an und lauschte – lauschte – lauschte – lauschte. Schon wollte ich mit der Holzsuche fortfahren, da wiederholte Smärregolf seine Gebärde. Wiederum außer Vogelstimmen kein Geräusch, absolute Stille, nichts.

Da, nun hörte ich es: ein langgezogenes, wehmutsvoll klingendes, nicht allzu tiefes Heulen – Wölfe!

Zwar kannten wir uns mit Wölfen aus; je mehr Vieh wir bei uns gehabt hatten, um so dichter waren sie uns gefolgt. Aber nun lagen die Dinge doch anders, denn wir waren nur zu dritt und wollten eine kleine Rinderherde unbeschadet zu unserer Sippe bringen.

Wölfe: Wenn sie sich an Ochsen heranwagten, dann mußte es ein größeres Rudel sein, so an die fünfzehn bis zwanzig Raubtiere. Kleinere Rudel würden sich nie an Großvieh wagen, sondern mit Schafen und Ziegen Vorlieb nehmen. Ein größeres oder ein kleineres Rudel: Das aber würden wir erst im Laufe der Nacht feststellen können, und dann wäre es viel zu spät, um noch irgendwelche Vorkehrungen treffen zu können. Mit dem Schlimmsten, mit einem großen Rudel also, mußten wir auf alle Fälle rechnen.

Waren die Wölfe erst einmal auf unserem Lagerplatz bis in die unmittelbare Nähe der Ochsen vorgedrungen, so hatten wir eine Panik unter den Rindern zu gewärtigen. Sie würden wohl in heilloser Angst nach allen Seiten in den Wald ausbrechen. Unsere ganze Reise nach Sumelocenna wäre in diesem Fall umsonst gewesen. Wir mußten also danach trachten, die Wölfe möglichst weit von dem Hornvieh fernzuhalten.

Während mir all diese Gedanken durch den Kopf schossen, schwang Smärregolf seine Axt mit freudigem Ingrimm durch die Luft: »Wölfe! Graupelze! Isegrims! Ha! Kommt schon, kommt zu mir, ihr niedlichen kleinen Tierchen! Ich liebe euch, liebe euch, liebe euch!« Bei dem Wort »liebe« beschrieb er jedesmal mit seiner Axt einen gefährlich zischenden Bogen, wobei seine zusammengekniffenen Augen blutrünstig funkelten – Smärregolf erschien mir in diesem Augenblick genau wie die Wölfe darauf erpicht, ein lebendes Wesen in Stücke zu reißen.

Die rohe Mordlust meines Gefährten brachte mir den Einfall, wie wir uns die Bestien vom Leibe halten könnten: Durch eine Kette von kleinen Feuern auf drei Seiten an den Rändern unserer Lichtung. An der vierten, feuerlosen Seite würden die Wölfe dann herankommen – dort könnte Smärregolf seiner Blutgier freien Lauf lassen.

Die Verwirklichung dieses Planes bedeutete zunächst einmal Arbeit, sehr viel Arbeit. In größter Eile mußten riesige Mengen Brennholz zusammengetragen werden, denn die Feuer hatten so lange zu brennen, bis die vierbeinigen Räuber sich getrollt hatten – und das konnte dauern. An Schlaf war in der nunmehr herabdämmernden Nacht jedenfalls nicht mehr zu denken.

Armvoll um armvoll stapelten sich alsbald hoch aufgetürmte Reisighaufen rund um unseren Lagerplatz. Beiderseits der breiten Lücke, die wir für Smärregolfs blutsaufende Streitaxt offen hielten, sollten ihm besonders helle Brände für seine Metzelarbeit ausreichende Helligkeit spenden. Unablässig schleppten wir weitere und immer weitere Holzstöße heran, die in einer geschwungenen Klammerform um die Ochsen herum in gleichmäßige Haufen verteilt wurden.

Das gedehnte Geheul wiederholte sich in größeren Zeitabständen und klang von Mal zu Mal etwas lauter. Um so verbissener plagten wir uns mit dem Brennholz ab. In unserem Eifer ließen wir erst nach, als die völlige Dunkelheit uns an der Suche nach Brennbarem hinderte.

Damit war auch die Zeit gekommen, in einer langen, gebogenen Reihe Feuerchen um Feuerchen anzuzünden, dann darauf zu achten, daß keines von ihnen aus Mangel an Brennstoff zusammensank – und zu warten, zu warten, bis die von Hunger und Beutelust getriebenen Raubtiere über unsere Rinder herfallen wollten.

Gangolf und ich hatten bei dieser Warterei durch das unablässige Nachlegen mehr Ablenkung als der ungeduldige Smärregolf, dessen ohnehin rote Backen nun vor Kampfgier glühten. – Seine Streitaxt kampfbereit in den Händen haltend, schritt er in langsamem Trott zwischen den beiden Enden der halbrunden Feuerkette hin und her, die blutdürstenden Augen auf das Gebüsch gerichtet, aus welchem, wie wir erwarteten, die Wölfe nun demnächst hervorbrechen mußten.

Aber auch Gangolf und ich hielten beim Nachlegen bisweilen inne, griffen fest nach den Schäften unserer Äxte und bohrten unsere Blicke forschend in das Waldesdunkel.

Und wieder ertönte das langgedehnte, schauerliche Heulen – diesmal schon aus bedrohlicher Nähe. Da wurde mir erst richtig bewußt, daß der kampfgierige Smärregolf in der Lücke zwischen den Feuern sich möglicherweise einer Meute von zwanzig Wölfen zu erwehren habe. Zwanzig blindwütige, kräftige Tiere mit stahlhartem Gebiß – eine einzige Kampfaxt konnte dagegen wenig ausrichten, auch wenn sie von einem so stämmigen Kerl wie Smärregolf geführt wurde.

Bei diesem Gedanken ließ ich unwillkürlich das Feuer Feuer sein, gesellte mich zu meinem bärenpratzigen Kumpan und forderte Gangolf auf, es mir gleich zu tun.

So standen wir drei wie gebannt da, geduckt, die Äxte in den Händen, und warteten. Warteten. Warteten.

Da – wie aus dem Nichts schossen urplötzlich die graubepelzten Raubtiere auf uns zu. Sofort war die Luft erfüllt mit einem Kläffen, Knurren und Heulen, überdröhnt lediglich von Smärregolfs ohrenzerreißendem Gebrüll.

Im Widerschein der Feuer funkelten freßgierig die Augen, blitzten die fletschenden Zähne. Nun endlich war die Warterei vorüber, und wir ließen unsere Äxte sausend ihre mörderischen Kreise ziehen.

Hatten sich die Wölfe zunächst noch nicht in die Reichweite unserer Waffen gewagt, so wurden sie zunehmend frecher, rückten uns immer näher auf den Leib und schnappten bald schon nach unseren Beinen. Aber noch zuckten sie zurück, sobald ihnen die scharfe Schneide einer Streitaxt nahekam.

Plötzlich ging neben mir Gangolf zu Boden, niedergerissen von einer der blutrünstigen Bestien. Auf der Stelle fielen die vor Hunger fast irrsinnigen Raubtiere über ihn her, doch genauso schnell fuhr mein Beil unter sie; allenthalben klafften Wunden in den

Wolfsleibern. Fiepend und jaulend stoben die Tiere auseinander; drei von ihnen blieben liegen.

Nur wenige Augenblicke hielt sich die blaffende Meute jetzt von uns fern, doch bevor die Tiere uns wieder erreichen konnten, stürzte ich ihnen entgegen, um den verletzten Gangolf zu schützen. Auch Smärregolf ging einige Schritt vor, wobei er es nicht an wüsten Schimpftiraden fehlen ließ.

Wie die Halme unter der Sichel des Schnitters fallen, so fuhren unsere Äxte durch die wilde Wolfsbrut. Der Schnee zeigte schon viele große rote Flecken; das Blaffen und Kläffen wandelte sich mehr und mehr in ein Japsen und Jaulen; die Zahl der reglos liegenden Tierleiber nahm zu.

Schon dachten wir, die ausgehungerten Raubtiere würden von uns ablassen, als der größte und kräftigste unter ihnen, der Leitwolf, langsam auf uns zukam – mit gesträubtem Fell und lautem, bösartigem Knurren, seine lappigen Lefzen triefend vor Geifer, in seinen gelblichen Augen ein heimtückisches Blitzen.

Näher kam er und näher – dieses mächtige Tier wollte uns offensichtlich nicht mit einem Sprung aus der Ferne angreifen wie die anderen Wölfe des Rudels; die sahen wir nämlich zumeist so rechtzeitig, daß wir sie ohne große Mühe mit unseren Beilen abzuwehren vermochten. Nein, der listige Leitwolf beabsichtigte augenscheinlich etwas anderes: Einen kurzen, aber dafür überraschend schnellen Satz aus unmittelbarer Nähe, den wir mit unseren schweren Beilen nicht rasch genug parieren konnten.

So vermutete ich jedenfalls. Deshalb warf ich rasch die Streitaxt beiseite und griff nach dem leichten Kurzschwert, wobei ich geduckt und mit höchster Aufmerksamkeit jede Bewegung des stattlichen Leittieres scharf ins Auge faßte. Derweil war die eindrucksvoll große Bestie schon so nahe bei uns, daß der gute Smärregolf seine Streitaxt zum Schlag erhob.

Der Sprung des gewaltigen Leitwolfs erfolgte dann völlig unvermittelt; er kam so rasch, daß ich die Bewegung des Herannahens überhaupt nicht wahrnehmen konnte. Ich sah nur, wie Smärregolf nach hinten auf den Rücken fiel, den riesigen Isegrim auf der Brust. Dies jedoch sollte die letzte Tat sein im Leben des gefährlichen Graupelzes – mein Kurzschwert befreite Smärregolf in Gedankenschnelle aus seiner bedrohlichen Lage; und schon rollte die Bestie leblos von Smärregolfs Körper.

Die übrigen Wölfe hatten sich lauernd zurückgehalten, als ihr Leittier uns anfiel – nun, da es tot war, schien der letzte Funken von Angriffslust aus ihnen zu weichen; lautlos verschwanden sie einer nach dem anderen im Gehölz.

Tief atmete ich auf und wischte mir mit dem Ärmel den Schweiß von der Stirn – den Angstschweiß, wie ich heute unumwunden zugebe.

Mit einem langen, häßlichen Fluch erhob sich Smärregolf aus dem Schnee, packte den toten Leitwolf an den Hinterläufen und schleuderte ihn mit einer solchen Wucht gegen den nächsten Baum, daß ich ganz deutlich die Knochen in dem Kadaver krachen hörte.

Wie ich erst jetzt bemerkte, hatte Gangolf das tückische Herannahen des riesigen Isegrim sitzend verfolgt, die Waffe fest in der Hand. Nun legte er das Beil beiseite und begann, sein linkes Knie zu untersuchen: Ein Wolfsbiß hatte da geringe äußere Spuren hinterlassen, doch schien der Knochen um so stärker in Mitleidenschaft gezogen zu sein, denn der kleine, rundliche Gangolf hatte Schwierigkeiten, das Gelenk zu bewegen.

Ein dicker, fester Verband, so dachte ich, würde wohl das beste sein für diese Verletzung. Der arme Gangolf sollte noch viele Monde nach diesem Erlebnis große Schmerzen im Knie haben, und bis an das Ende seiner Tage pflegte er das linke Bein leicht nachzuziehen – als eine bleibende Erinnerung an den Überfall des Wolfsrudels in der Nähe von Sumelocenna.

Unsere Ochsen standen währenddessen in Furchtsamkeit eng gedrängt in einem Kreis beieinander, die Hinterteile nach innen und die gehörnten Schädel nach außen, so wie es eben die Art der Rinder ist, wenn ihnen eine Gefahr droht. Unsere Pferde hatten wir wohlweislich fest angebunden. Sie hatten in panischer Angst versucht, sich loszureißen, aber glücklicherweise war ihnen das nicht gelungen.

Die zahlreichen Feuer brannten immer noch mit recht hohen Flammen; dies gab uns das Gefühl, vor weiteren Gefahren in dieser Nacht sicher zu sein. – Nachdem wir die Wolfskadaver auf einen Haufen geworfen hatten, sanken wir völlig erschöpft in tiefen Schlaf.

Am nächsten Morgen machten wir uns zunächst an das Abhäuten der toten Wölfe, denn einen Wolfspelz zu besitzen ist bei unserer Sippe sehr erstrebenswert.

Den Rest unseres Reiseweges konnten wir ohne weitere Zwischenfälle hinter uns bringen. Trotzdem kostete es nach wie vor viel Schweiß, die trägen Rinder von der Stelle zu bewegen.

Natürlich war die Freude groß, als wir dann endlich wieder unter unseren Leuten weilten – nun hatten wir alle genug zu essen, mindestens bis zum Anbruch der warmen Jahreszeit und womöglich noch darüber hinaus.

Bis dahin blieb uns noch reichlich Zeit, Pläne zu schmieden für unsere Zukunft. »Bodensee« hatte der Hebräer Simon mir geraten und »Donau«, außerdem hatte er mir beim Abschied angedeutet, daß ich mich südlich halten müsse, um zur Donau zu kommen, vorbei an einer römischen Siedlung namens Arae Flaviae,* dann auf einer Römerstraße in südöstlicher Richtung bis zum Fluß.

* Rottweil.

Elftes Kapitel

Eine unerwartete Begegnung

Diesen Weg nahmen wir denn auch, als die Zeit gekommen war. Unsere Schar bewegte sich in der gewohnten Art, nämlich träge und schwerfällig wie ein schläfriger Lindwurm.

Um Gefahren und Hinternisse zu erkunden, ritt ich mit Smärregolf sowie den hakennasigen Zwillingsbrüdern Borgolf und Asgolf allen anderen weit voraus. Den großen Haufen aus Frauen, Kindern und Viehzeug führte Gangolf an, wobei ihm sein Bruder Hilgolf Gesellschaft leistete. Danach folgten alle übrigen waffenfähigen Männer. Sie hatten darauf zu achten, daß niemand unnötig trödelnd zurückblieb.

Der Nicar-Fluß nahm zunächst weiterhin einen südöstlichen Verlauf, bog dann aber in enger Kehre nach Südwesten und noch später wiederum eher nach Süden – ein unaufhörliches Geschlingel und Geschlängel hatten wir zu bewältigen, was unser Fortkommen keineswegs beschleunigte.

Als wir wieder einmal auf eine dieser Biegungen zuritten, vernahmen wir dahinter ein Klatschen und Schnalzen, das mich an die Geräusche erinnerte, die ein Rinderhirt beim Antreiben seiner Herde verursacht. – Sogleich stiegen meine drei Gefolgsleute und ich von den Pferden, um uns möglichst geräuschlos an die Flußwindung heranzuschleichen. Falls tatsächlich dort eine Viehherde sein sollte, so würde sich ein kleiner Überfall schon lohnen, denn einige weitere Rinder wären uns durchaus willkommen gewesen.

Unmittelbar an der Krümmung stand niederes Gebüsch, dem wir uns nur noch kriechend näherten, damit wir von der anderen Seite her nicht gesehen werden konnten. Dort angekommen, gab ich meinen Gefährten ein Zeichen, daß sie hier zurückbleiben sollten, und schob mich auf dem Bauche vorwärts, vorsichtig jedes Knistern und Knacken vermeidend, bis ich nur noch einen einzigen Ast beiseite zu biegen brauchte, um durch eine Lücke im Laub hindurchspähen zu können.

Zu meinem großen Erstaunen sah ich dort keine Kühe, auch keine Ziegen, die ich allenfalls gerade noch hätte gelten lassen – nein, ich sah etwas ganz anderes: Knapp fünfzehn Schritt von mir entfernt standen fünf zerzauste, ausgemergelte und verdreckte Männer im Kreis und blickten schweigend auf den Boden in ihrer Mitte.

Was dort lag, vermochte ich nicht zu erkennen. Einer von den Fünfen hielt eine Peitsche in der Hand, ein zweiter eine Weidenrute. – Mit diesen Werkzeugen waren wohl die Geräusche erzeugt worden, die wir zuvor vernommen hatten.

Nach einer Weile wortloser Unschlüssigkeit fragte der Kerl mit der Weidenrute: »Ist er jetzt tot?« Keiner aus der Runde fand sich zu einer alsbaldigen Antwort bereit, bis endlich der mit der Peitsche ärgerlich knurrte: »So schnell geht das nicht mit dem Abkratzen.«

Nach einer weiteren Pause überwand der Peitschenträger die allgemeine Entschlußlosigkeit, indem er einen dritten aus ihrem Kreise anfauchte: »Hol Wasser! Schütt's ihm über den Kopf!« Der Angeredete lief unverzüglich in Richtung Fluß und kam wenige Augenblicke später mit einem ledernen Gefäß zurück, das er über einen am Boden liegenden Körper ausgoß, dessen Anblick mir durch das hohe Gras verwehrt blieb.

Nun zog ein vierter die liegende Gestalt an den Schultern hoch, wohl, um sie wachzuschütteln. Jetzt konnte ich sie zum erstenmal sehen – und welch entsetzliche, furchtbare Überraschung! Dort am Boden, inmitten dieser fünf Strolche, lag – Simon der Hebräer!

Übel hatten ihn die Strauchdiebe zugerichtet: Ein Auge war dick verquollen, aus Mund und Nase rann Blut, sein halbnackter Körper war übersät von breiten, aufgeplatzten Striemen.

Mit einem weithin hallenden Wehschrei schnellte ich aus meinem Versteck hervor und fuhr wie ein wildes Gewitter unter die völlig entgeisterten Mordgesellen. Vor Wut wahnsinnig drosch ich mit meiner Streitaxt blindlings auf sie ein und sparte nicht mit wüsten Beschimpfungen: »Höllenhunde! Teufelsbraten! Lumpengesindel! Schlangenbrut! Rotzlümmel! Schleimkröten! Wechselbalge! Stinkmorcheln! Galgenstricke!« – Zu jeder Silbe fiel ein Axthieb, jedes Schimpfwort war ein Treffer. Ich wollte und konnte nicht aufhören, bevor nicht auch der letzte von ihnen aus meinem Gesichtskreis entschwunden war.

Als ich, vor Anstrengung keuchend, allmählich wieder zur Besinnung kam, kniete ich neben meinem Freunde Simon nieder und prüfte seinen Herzschlag – zu meiner großen Erleichterung pochte es zwar etwas rasch, aber immerhin regelmäßig. Hierauf zog ich mein Hemd aus, wickelte es zusammen und schob es dem Bewußtlosen unter den Kopf. Mit einem sauberen Stück Hemdzipfel suchte ich sein übel zugerichtetes Antlitz zu reinigen, bemühte mich achtsam, das angeklebte Blut und den fest haftenden Schmutz abzutupfen und wegzuwischen.

Berta mußte nun schleunigst her, die einbrüstige Berta, die ja am besten von allen Frauen in der Heil- und Kräuterkunde Bescheid wußte. Meine Gefährten hatten sich mittlerweile ebenfalls bei Simon eingefunden – Smärregolf rannte los, die kräuterkundige Berta herbeizubringen, und in der Zwischenzeit suchten Borgolf und Asgolf im Gelände nach den verstreuten Habseligkeiten des Hebräers, von denen sich Stück für Stück doch eine recht große Menge zusammentragen ließ, darunter hauptsächlich seine Kleider.

Nach weiterem Tupfen und Wischen häufte ich dies alles geordnet und sorgsam gereinigt neben dem Bewußtlosen auf. Nun kam Smärregolf auch schon wieder zurück in Begleitung von Berta, die auf der Stelle alle Wunden des immer noch reglosen Simon eingehend untersuchte und unter zahllosen mitfühlenden Glucksern und Seufzern jeglichen Schmutz von seinem Körper mit klarem Wasser in aller Sorgfalt entfernte. Alsdann schwärmte sie mit ihren Gefährtinnen aus, um in Wiese und Wald nach den erforderlichen Heilpflanzen Ausschau zu halten.

Nach und nach traf auch der Rest der Sippe am Ort des Geschehens ein – ich befahl, jetzt schon ebenda alles für das Nachtlager vorzubereiten. Insbesondere sollte ein großes Feuer neben meinem verwundeten Freunde Simon brennen, damit er auf gar keinen Fall frieren mußte.

Als Berta und die Frauen mit reicher Kräuterernte erschienen, da dampfte schon heißes Wasser in einem Kessel, da lagen schon angewärmte frische Tücher bereit, und die Heilbehandlung konnte beginnen.

Dies war seit alters her eine reine Frauensache, deshalb hatte ich mich hinwegzutrollen – nur aus der Ferne konnte ich wahrnehmen, was da alles geschah: Ein emsiges Reiben und Salben hub an, ein geschäftiges Träufeln, Tupfen und Pinseln, ein betriebsames Wischen und Walken, ein rastloses Läppern, Planschen, Gießen und Waschen; ständig wurde da verbunden, aufgelegt und angewärmt, gar kein Ende wollte es nehmen mit dem Eintunken, Abrubbeln, Wickeln und Zudecken.

Bei einem solchen Ausmaß von hingebungsvoller Zuwendung blieb dem Hebräer einfach gar keine andere Wahl, als auf dem schnellsten Wege wieder gesund zu werden. So ging das den lieben langen Tag weiter, und erst beim Einbruch der Nacht schien der Krankenpflege einigermaßen Genüge getan.

Nun durfte auch ich wieder auf den Plan treten. Sobald die Abendkühle herniedergesunken war, brannte ein wohlig warmes Feuer neben Simons Lagerstatt, und ich selbst hielt Wache bei ihm – nicht einmal für die Dauer eines Gedankenfluges wich ich von seiner Seite.

Während der Nacht zeigte er außer Herzschlag und Atem nun auch noch einige weitere Zeichen des Lebens – krankhafte freilich: Er begann zu schwitzen und zu fiebern; in heißem Fieberwahn warf er sich unruhig zappelnd hin und her, außerdem redete er unverständliches Zeug in einer fremden Sprache, und selten nur hörte ich aus seinen Wahnreden einzelne Wörter heraus, die mir bekannt waren.

Gegen Morgen legte sich die Unruhe – er sank in einen tiefen Schlummer und atmete nun mit langen, gleichmäßigen Zügen. Nachdem also im Zustand meines hebräischen Freundes eine gewisse Besserung eingetreten war, vermochte auch ich selbst dem Schlafe nicht länger zu widerstehen.

Als ich mich aus den Armen des Schlafgottes wieder befreien konnte, hatten die Frauen schon längst ihre emsig unentwegte Heiltätigkeit von neuem aufgenommen und waren mit Salben, Kräutern, Aufgüssen, zerdrückten Blattstengeln und gargekochten breiigen Mischungen unermüdlich zugange.

Gerne wäre ich hingegangen und hätte gefragt, wie es denn meinem Freunde gehe, aber solches wäre bei uns ein ungeheuerliches, ruchloses Eindringen in das ureigene Reich der Frauen gewesen – eine üble Schandtat, fast so verwerflich wie Meineid und Kindsmord. Mir blieb nur der Trost, daß andererseits die Frauen ja auch nicht mit Schwert, Helm und Speer in den Kampf zogen.

Nach langem ungeduldigem Warten kam schließlich die heilkundige Bertra zu mir und verkündete freudestrahlend, mein hebräischer Freund sei nun endlich überm Berg, nachdem es gestern keineswegs rosig mit ihm ausgesehen habe. Er müsse jedoch die nächsten Tage unbedingt ruhig liegen bleiben. Wenn wir ihn nicht alleine zurücklassen wollten, sei an eine Weiterreise vorläufig nicht zu denken. Gut – ich befahl sogleich, daß an diesem Platz noch mehrere Tage zu verweilen sei.

Mit brennender Neugier war ich nunmehr darauf erpicht zu erfahren, auf welche Weise es Simon in diese abgelegene Gegend verschlagen habe, doch die Frauen gestatteten eine längere Unterhaltung dieser Art erst am übernächsten Tag.

Schon früh am Morgen des genannten Tages kauerte ich neben dem noch schlafenden schwarzbärtigen Hebräer auf der Erde und wartete, bis er die Augen öffnete.

Sobald er seine Geschäfte in Sumelocenna abgeschlossen hatte, so erzählte er mir dann, sei er auf der Römerstraße nach Arae Flaviae* weitergereist. Dort habe er sich bis vor wenigen Tagen aufgehalten, um dann nach Tasgaetium** aufzubrechen – dieser Ort liege in leicht südöstlicher Richtung von unserem gegenwärtigen Standort.

* Rottweil.

** Stein am Rhein.

Da es sich um eine längere Reise handelte als sonst üblich, hatte er entsprechende Vorkehrungen zu treffen; mehr Lebensmittel, mehr Goldstücke und mehr Kleidung seien zu besorgen gewesen, und obendrein mußte er eine größere Wachmannschaft zu seiner Begleitung anheuern.

Natürlich seien seine Vorbereitungen in der Stadt nicht unbemerkt geblieben; dadurch habe er wohl die Aufmerksamkeit dieser Räuberbande auf sich gezogen, die ich dann ja kennengelernt hätte. Zudem hatte Simon bei der Auswahl der Wachmannschaft unglücklicherweise am falschen Platze gespart – gegen eine höhere Entlohnung habe er sich durchaus auch eine bessere Truppe zulegen können.

Bei der erstbesten Gelegenheit kurz nach Verlassen der Stadt sei er überfallen worden, und seine Wächter seien sofort geflohen. Aus Furcht vor dem Entdeckt- und Verfolgtwerden hätten die fünf Räuber einen weiten Halbkreis vom Süden der Stadt bis zu deren Norden geschlagen und ihn auf diesem Weg mit sich geschleppt.

Da er es vermeide, auf Reisen größere Kostbarkeiten mit sich zu führen, habe man bei ihm nicht viel holen können. So sei er denn beinahe totgeschlagen worden, weil die Räuber durch Hiebe die Beschreibung eines vermeintlichen Verstecks erzwingen wollten.

Während Simon dies alles schilderte, stand Berta ungeduldig neben uns und verordnete ihrem Schützling eine Ruhepause, sobald er mit seiner Geschichte zu Ende war.

Der Hebräer selbst fühlte sich unterdes nun eigentlich schon kräftig genug, um wieder zurück nach Arae Flaviae gebracht zu werden. Eine solche Beförderung des Genesenden wollte unsere Heilkundige allerdings erst zulassen, nachdem sie sich vergewissert hatte, daß bis dorthin wirklich nur eine sehr kurze Wegstrecke vor uns lag.

Aus mehreren Lederriemen, einigen Tierhäuten und zwei Tannenstämmchen zimmerten wir eine Art Sänfte, die von zwei Pferden getragen wurde. Nach einer knappen Woche Rast machten wir uns damit auf nach Arae Flaviae.

Als wir in der Stadt eintrafen, liefen die Bürger in höchster Erregung zusammen, denn es erschien ihnen unfaßbar, daß die Alemannen einem Hebräer das Leben retteten. Da wir denn schon in aller Munde waren, bestand keine Schwierigkeit, für den immer noch reichlich angeschlagenen Simon eine Bleibe zu finden, wo bis zu seiner völligen Genesung für ihn gesorgt werden konnte.

Nun hatten wir auch noch unsere Lebensmittelvorräte in dieser Stadt zu ergänzen, denn sie waren durch den unvorhergesehenen Aufenthalt schneller zur Neige gegangen als wir dachten. Der Händler, der uns den besten Preis nannte, schien sich in der dortigen Gegend gut auszukennen. Er rühmte insbesondere einen Flecken Land nahe der nächsten Römersiedlung weiter im Süden mit Namen Brigobanne.*

Diesen Landstrich schilderte er uns mit so großer Inbrunst und Begeisterung, daß mich wieder einmal der Wunderfitz im Nacken stach und ich mich mit meinen eigenen Augen davon überzeugen wollte, ob es dort wirklich so lieblich und angenehm sei, wie dieser Krämer es uns überschwenglich vorschwärmte.

Der Abschied von Simon fiel mir wahrhaftig nicht leicht, aber unsere Wege mußten sich eben an dieser Stelle trennen. Ein letzter Händedruck, ein letzter Gruß, ein letzter Blick aus den großen, so unermeßlich traurigen Augen, die mir bis heute unvergessen geblieben sind. Was wohl aus ihm geworden ist, aus meinem Freunde Simon? Ob er wohl je das Land seiner Väter zu Gesicht bekommen hat? Ich wünsche es ihm jedenfalls von ganzem Herzen!

* Hüfingen.

Zwölftes Kapitel

Am Ursprung der Donau

Die Fahrt in Richtung Brigobanne wurde uns nicht beschwerlich, denn wir konnten wiederum eine wohlbefestigte, ebene Römerstraße benutzen. An einem strahlenden Frühlingstag erreichten wir die Gegend, die der Händler in Arae Flaviae mir ausgemalt hatte.

Wir befanden uns in einem Tal, durch welches ein schmaler Fluß beschaulich sich hindurchwand. An den Ufern spendeten Weiden und Pappeln angenehmen Schatten; in dem Gebüsch, das die Ränder des munter plätschernden Gewässers umsäumte, zwitscherten zahllose Vögel, die in dem fast undurchdringlichen Gezweig sichere Brutplätze fanden. In dem flachen und nahezu durchsichtig klaren Wasser tummelten sich Forellen und Äschen, auch glitten riesige Schwärme von Greßlingen durch die hurtige Strömung.

Jenseits der Ufer auf beiden Seiten des Buschwerks erstreckte sich über die ganze Talsohle das volle, üppige Grün saftiger Wiesen, auf denen in unerschöpflicher Vielfalt alle erdenklichen Arten von Wiesenblumen blühten – so duftend, so schön und so zahlreich, als hätte sie die Frühlingsgöttin Ostara höchstselbst in frohgemuter Spenderlaune mit lockerer Hand über die satten Talauen dahingestreut.

Jenseits der Talsohle erhoben sich rechts und links mäßig steil ansteigende Berghänge, dicht bestanden mit schlank aufragendem Nadelgehölz von ungewöhnlich dunklem Grün.

Mit äußerst großem Entzücken gewahrte ich all diese Einzelheiten: Der fruchtbare Boden konnte in Fülle sowohl Brotgetreide und Gemüse hervorbringen wie auch Futter für Pferde, Rinder, Ziegen, Schafe und Schweine; der Fluß erweiterte unsere Kost um zahlreiche Fischarten; die Weiden am Gewässer lieferten Gerten für Körbe; die Baumstämme von den Hängen beiderseits des Tals dienten zum Bau von Häusern, Ställen und Schuppen, die Berghänge selbst schützten vor Wind und Kälte. – Das Ergebnis dieser Bestandsaufnahme stimmte mich sehr zufrieden: Hier wollten wir uns niederlassen.

Die Männer meiner Sippe waren mit mir der gleichen Meinung, und auch die Frauen erhoben keinen Widerspruch. – Nach alter Väter Sitte wären die Frauen sowieso nicht gefragt worden, ihre Meinung gab letzten Endes jedoch immer den Ausschlag.

Damit war also ein für allemal beschlossen: Wir wollten in diesem Tal eine Siedlung anlegen. Die Ausführung dieses Vorhabens brachte für uns keine ungewohnten Schwierigkeiten mit sich. Ein geeigneter Platz war schnell gefunden – nah am Fluß, aber doch nicht allzu nah wegen der Hochwassergefahr.

Mit dem Bau von Häusern gaben wir uns ganz besonders große Mühe, denn sie sollten ja von nun an länger bewohnt werden als nur einen einzigen Winter. Bedachtsam wählten wir die Baumstämme zum Hausbau, sorgfältig vernuteten wir das Gebälk, mit Emsigkeit mähten wir Schilfrohr für die Dächer, peinlich genau flochten wir die Wände und verstrichen sie mit einem Gemisch aus Lehm und Gras.

Sobald wir unsere Hütten vollendet hatten, wollten einige meiner Leute einen dichten Zaun aus hohen, spitzen Pfählen um die ganze Ansiedlung aufrichten. Die meisten aber hatten vom Hausbauen vorerst genug und wollten deshalb nichts davon wissen. Fast wäre es darüber zu einem großen Streit gekommen, doch konnte ich beide Parteien besänftigen, indem ich vorschlug, man könne sich ja im folgenden Jahr wieder mit diesem Zaun beschäftigen.

Großen Stolz empfand ich damals über diesen Vermittlungsvorschlag, ich Riesenrindvieh, und ahnte nicht, daß ich dadurch meine Sippe an den Rand schieren Verderbens brachte!

Schmuck standen sie da, unsere Häuser, schön mit Riedgras gedeckt. Und Einigkeit über den Palisadenzaun herrschte zudem – Grund genug, ein großes ausgelassenes Fest zu feiern, das wir alsbald vorbereiteten. Der lange Hilgolf verstand sich auf das Brauen berauschender Getränke, die er in riesigen, dickbauchigen Tonkrügen bereitstellte. Asgolf wußte die Flöte zu blasen, und Borgolf schlug die Trommel; so war dafür gesorgt, daß wir alle im Takte beschwingt hopsen und stampfen konnten.

Ja, tanzen! Was kann es Schöneres geben für einen zünftigen Alemannen! Und wie lange hatten wir uns schon darauf gefreut! Als es dann endlich losgehen sollte, da geschah zunächst einmal nichts. Wir standen allesamt herum und warteten auf die ersten Töne der Musik.

Ein Blick auf die beiden großnasigen Musiker ließ mich augenblicklich erkennen, weshalb sie noch nicht begonnen hatten: Mit hochroten und bitterbösen Gesichtern schauten sich die beiden an; vor Zorn hüpfte Asgolfs mächtiger Kehlkopf heftig auf und ab, während der Hautlappen an Borgolfs Hals sich haßerfüllt hin und her bewegte.

»Ein langsames Stück, schön sanft und getragen!« hörte ich Asgolf zischen.

»Du spinnst! Ein flottes, schnelles!« gab sein Zwillingsbruder zurück.

»Ein langsames!«

»Ein schnelles!«

»Ein langsames!«

»Ein schnelles!«

Es wurde höchste Zeit, diesem Zank ein Ende zu bereiten, und während ich Luft holte, um die beiden mit einem lauten Zuruf zum Schweigen zu bringen, da ertönte zu meiner Verblüffung aus dem Hintergrund ein markig donnerndes »Ruhe!«

Es kam aus dem Munde Smärregolfs, der nun zu den Zwillingsbrüdern hinzutrat. Er hielt seine gelblich glänzende Tuba spielbereit mit dem Mundstück gegen sein Gesicht, blickte mit hochroten Bäckchen siegesgewiß im Kreis auf die Umstehenden und sagte zu den beiden anderen Musikanten in gespielter Beiläufigkeit: »Also, worauf warten wir noch? Das erste Tanzlied, los!«

Sprach's und gab den Takt vor, indem er gleichmäßig auf den Boden stampfte.

Was nun folgte, war eigentlich noch viel überraschender als das Erscheinen Smärregolfs bei den Musikanten. Smärregolf nämlich verstand es, der Tuba Töne von einer solchen Zartheit und Reinheit zu entlocken, wie wir es noch nie zuvor gehört hatten. Selbst die Melodie, welche er spielte, schien durch den Klang seines Instruments eine völlig andere und viel schönere zu sein. Die sanft und weich dahinschmelzenden Töne ließen uns vergessen, daß wir ja eigentlich tanzen wollten – reglos und ergriffen lauschten wir der verzaubernden Musik.

Die wundersam schmeichelnden Wohllaute rührten mir das Herz – eine großmächtige, allumfassende Verzückung überflutete mir die Sinne, der Hals wurde mir eng, und die Tränen rannen mir die Wangen hinunter. Auch manch anderer von meinen Genossen wischte sich verstohlen die Augen.

Da setzte Smärregolf die Tuba verwundert ab und fragte verständnislos: »Was ist denn? Wollt ihr nicht tanzen?« Er wechselte das Tempo und ließ eine flotte, schmissige Weise erklingen, Trommel und Flöte fielen lustig trällernd und klappernd mit ein – nun zuckte es mir durch die Arme und Beine, und vor lauter freudiger Erregung entwich ein satter Juchzer meiner Brust.

Jung und alt, groß und klein, Männlein und Weiblein – sie alle zirkelten und rappelten und drängelten und drehten sich im Kreis.

Im Schein des hoch auflohenden Feuers erblickte ich ein wildes, wirres Gewühl von Schultern, Ellbogen, Bäuchen, Hinterbacken, Knien, Oberschenkeln, Brüsten und Köpfen mit fliegenden Haaren. An viel mehr kann ich mich nicht erinnern, denn ich hatte in meiner tiefen Ergriffenheit über Smärregolfs wundersame Tonkunst Hilgolfs berauschendem Getränk allzusehr zugesprochen, und bald versank ich in einen traumlosen festen Schlummer.

Ach, es waren schöne, hoffnungsfrohe Tage, die wir seinerzeit am Ursprung des Donau-Flusses verbrachten!

Mit allergrößter Selbstverständlichkeit machten sich damals die Frauen ans Roden, Hacken, Säen, Jäten, Düngen wie auch ans Melken, Füttern und Misten, so, als ob sie noch nie etwas anderes in ihrem Leben getan hätten.

Doch mit dem Feldbau und Viehzeug erschöpfte sich der Tatendrang der Frauen keineswegs. Aus Gräsern und Rinden gewannen sie feinere und gröbere Fasern, die sie zu Fäden und zu dünnen Schnüren drehten. Diese tauchten sie in Töpfe mit verschiedenen Arten von Pflanzensud, um dadurch unterschiedliche Färbungen zu erzielen.

Die gefärbten Fäden wiederum spannten sie in Längsrichtung auf einen mannshohen Holzrahmen. In Querrichtung zogen sie mittels einer langen, dicken Holznadel andere Fäden darunter und darüber, so daß nach kurzer Zeit schon herrlich gemusterte Tücher entstanden, welche sie dann zu Säcken, Taschen, Decken und Matten verarbeiteten, jedoch nicht zu Kleidern, denn dazu waren diese Gewebe viel zu grob und kratzig.

Nein, zu Kleiderstoffen diente die Wolle, die im Brachmonat den Schafen vom Leibe geschnitten wurde. War der Wollstoff einmal gewoben, so war es nur noch ein kurzer Weg bis zum Kleidungsstück, denn wir trugen damals (wie auch heute noch) nur ganz einfach geschnittene, hemdartige Gewänder – schlichter auf jeden Fall als einige der Römer, die wir in Sumelocenna gesehen hatten.

Bei soviel weiblicher Emsigkeit wollte ich selbst auch nicht völlig untätig bleiben – ich verlegte mich aufs Holzschnitzen und fertigte hauptsächlich Gegenstände, die man beim Essen braucht. Am Verfertigen von Löffeln, Schöpfkellen, Tellern und kleineren Trögen hatte ich meine besondere Freude.

Hilgolf hatte wegen seiner empfindlichen Augen und seiner Schiefnase noch nie übermäßige Freude am Umherziehen gehabt und war deshalb froh, wenn er ein schützendes Dach über dem Kopf haben konnte. So war denn auch er unter die Handwerker gegangen, seit er an einer Wildtränke etwas weiter unten am Fluß eine ausnehmend feine Lehm-Erde entdeckt hatte – unter seinen Händen entstanden Schüsseln und Krüge, die er im offenen Feuer brannte und die sich beim Ernten und Kochen als recht brauchbar erwiesen.

Das wohl schwierigste Handwerk hatte sich Smärregolf ausgesucht – er mühte sich, durch entsprechend große Hitze Eisen zu verformen. Hierbei mußte er jedoch bald einsehen, daß ein gewöhnliches Holzfeuer nicht zu einem solchen Ziele führte. So baute er sich denn abseits im Wald einen Kohlenmeiler. Dort verbrachte er ganze Tage mit dem Brennen, um nur spät abends rußgeschwärzt in unsere Siedlung zurückzukehren. Mehr als ein Monat mußte verstreichen, bis sich um seine Hütte die Holzkohle stapelte.

Nun errichtete er sich eine kleine Esse, bastelte einen Blasebalg, und endlich war tagaus, tagein emsiges Dengeln und Hämmern zu vernehmen. Für unsere eisernen Gerätschaften war Smärregolfs Tätigkeit von großem Nutzen, denn die Zahl der stumpfen Beile und schartigen Schwerter nahm fürderhin gewaltig ab.

Die übrigen Männer taten sich dagegen mit Handwerk und Landarbeit schwer; sie zogen es vor, sich am Fluß und in den Wäldern herumzutreiben, um dort zu jagen und zu fischen. Auch ich selbst, das muß ich offen gestehen, konnte mich trotz der Schnitzerei nicht leicht an dieses neue Leben gewöhnen.

Obwohl es angenehm war, geschützt vor Wind und Regen behaglich hinter sicheren Wänden des Abends an einem gemütlich knackenden Feuerchen zu sitzen ohne große Sorgen um den Reiseweg des folgenden Tages, eingekuschelt in einen warmen Wolfspelz – ich bemerkte irgendwo ganz tief in meinem Innern trotz alledem von Tag zu Tag immer deutlicher einen Rest von Unruhe und Unzufriedenheit.

Ich konnte mich einfach nicht völlig anfreunden mit dem Gedanken, daß ich hier, in diesem Talgrund, den Rest meines Lebens verbringen sollte – ein Leben, das ohne Frage geprägt sein würde von dem Fehlen solcher Widrigkeiten wie Unsicherheit und Gefahr.

Ein Leben, das andererseits Jahr um Jahr in steter Gleichförmigkeit dahinschleichen würde – auf den Frühling mit der Aussaat und der Geburt der Jungtiere würde der Sommer folgen mit der Getreideernte. Im Herbst würde man sich dann auf den Winter vorbereiten und hohe Schichten Brennholz aufhäufen. Der Winter wäre alljährlich wieder aufs Neue angefüllt mit Strümpfestricken, Würfelspielen und Geschichtenerzählen in der Geborgenheit des heimeligen Herdfeuers, und das alles immer und immer von neuem an ach so vielen, vielen, endlos langen Abenden.

Dann käme wieder das Frühjahr mit denselben Tätigkeiten und Freuden wie im Jahr zuvor, dann der Sommer, dann der Herbst – ein gleichförmiges, ebenmäßiges Drehen ohne erhebende Ereignisse, ein Drehen, an dessen Ende ich alt, grau, zahnlos und krumm würde, eh ich mich versah – das Leben wäre vorüber, ohne daß ich es überhaupt richtig gelebt hätte.

So hatte ich mir eigentlich meinen weiteren Lebensweg nicht vorgestellt – es gab ja noch so viel zu sehen auf der Welt, so viel zu erleben, so viele Abenteuer zu bestehen. Freilich, das mußte ich mir schon eingestehen: Sich genüßlich vor dem warmen Herdfeuer zu räkeln und von gefahrvollen Abenteuern zu plaudern, das war doch sehr viel angenehmer als irgendwo draußen weitab im Walde unter Einsatz von Leben und Gesundheit gefahrvolle Abenteuer tatsächlich durchzumachen.

Außerdem konnte ich mich ja ohnehin keineswegs wie ein ungebundener, leichtfüßiger Springinsfeld benehmen – mir als dem Sippenhäuptling oblag die Verantwortung für das Wohl meiner Gefolgsleute. Das hatte mir auch damals kurz nach meines Vaters Tod die grünäugige Frau im Wald klar gemacht. Sie hatte bisher recht behalten bei allem, was sie mir damals gesagt hatte – vor allem auch mit ihrer Warnung vor den dunklen Bergen.

Solchermaßen versuchte ich, mich im Laufe der Sommermonate allmählich an die Vorstellung zu gewöhnen, daß mein zukünftiges Leben in ruhigen, gleichmäßigen Bahnen fließen würde.

Dreizehntes Kapitel

Askos Lager

Diesergestalt vergingen die Monde der Aussaat, des Wachsens und Reifens bis zur Ernte, als ich an einem klaren, sonnendurchtränkten Spätsommernachmittag vor meiner Hütte saß und an einem Kochlöffel herumschnitzte, während ein Gutteil der Sippe sich auf den Feldern tummelte, um die letzten Ähren einzusammeln und um die dicken prallen Beeren von den Sträuchern zu pflücken.

Da zerriß ein angsterfüllter Schrei die beschauliche Ruhe – Hiltburg, die Frau Asgolfs, erspähte ich, wie sie von Westen her in panischem Schrecken auf unsere Hütten zurannte, so hastig, daß sie dabei immer wieder zu fallen drohte – ihre Wangen kreidebleich, weit aufgerissen vor Entsetzen ihre Augen, ihre Kleider zerrissen, blutig ihre Füße.

»Fort! Fort von hier! Sie kommen! Flieht! Sie kommen!« stieß sie mit schriller Stimme hervor, immer wieder unterbrochen von tiefen, keuchenden Atemzügen. »Dort! Dort! Schnell! Schnell!«

Jetzt war auch Asgolf da, nicht weniger atemlos und schrekkensbleich: »Hunderte sind es! Alle schwer bewaffnet! Sie kommen nicht im Frieden! Flieht!«

Im Nu hatten Hilburgs kreischende Angstschreie die ganze Sippe bei den Hütten zusammengetrieben; alle blickten mich erwartungsvoll und hilfesuchend an.

»Wie weit sind sie noch?« wollte ich wissen.

»Hinter der zweiten Flußbiegung! Ein Wald von Speeren!«

»Packt die Pferde! Treibt das Vieh zusammen! Nehmt nur Proviant und die kostbaren Sachen! Schnell!« rief ich hastig und begann selbst auf der Stelle, die von Geschmeide schweren Ledertaschen meinem kräftigsten Pferd aufzuschnallen, dazu kamen etliche von meinen handlichen Waffen – währenddessen überlegte ich fieberhaft, wie wir uns am besten retten könnten.

Mit Pferd und Kind, mit Kind und Weib mußten wir uns vor einer Übermacht verstecken – den diesseitigen Hang des Tales hinauf, in den Wald hinein, da, wo er am dichtesten ist – tief, ganz tief hinein, so tief wie nur irgend möglich. Ob aber dazu noch genügend Zeit blieb? Der Hang war doch recht steil für das Vieh, und die Rinder bewegten sich meist schleppend langsam vorwärts.

Ich mußte also versuchen, die heranrückende Schar aufzuhalten – mit einer Handvoll meiner Männer ihnen entgegenreiten in der Hoffnung, daß mir unterwegs noch etwas Vernünftiges einfallen werde.

Gangolf, der kleine Dicke, sollte den Treck in den Wald hineinführen – immer nach Norden, bis zum Anbrechen der Nacht, dann müßte ohne jedes Feuer gelagert werden, denn der Schein der Flammen wie auch der Geruch des Rauches konnten verräterisch sein.

Am folgenden Tage hätte Gangolf in rechtem Winkel gegen Osten hin abzubiegen, parallel zum Laufe des Donau-Flusses. In diese Richtung sollte er weiterziehen bis zum nächsten Gewässer, um dort zu warten. So lange zu warten, bis ich wieder zu ihnen stieße. Nicht länger als zehn Tage freilich, so meinte ich. Wenn ich dann aber immer noch nicht eingetroffen sei, dann – nun, dann sei wohl irgend etwas schief gelaufen, und die Sippe habe einen neuen Häuptling zu wählen. Soweit meine Anweisungen; ich gab sie in höchster Eile, denn es war kein Augenblick zu verlieren.

Mit dem trotzigen Wagemut der Ausweglosigkeit schwang ich mich aufs Pferd, hob zum Abschied den Arm und gab die Sporen. In meiner Begleitung befand sich eine erlesene, kleine Schar waffengeübter Männer: Smärregolf war dabei (er hatte seine Tuba nur widerwillig bei den Frauen gelassen), sodann die großnasigen Zwillingsbrüder Asgolf und Borgolf, desgleichen Wingolf, der

Priester, außerdem Smärregolfs dünnleibiger Vetter Mungolf, der vortrefflich mit dem Kurzschwert umzugehen wußte, weiterhin Zeugolf der Lustige, an dessen Scherzen ich mich in diesem Augenblick überhaupt nicht zu erfreuen vermochte. – Diese Männer folgten mir, und vielleicht noch ein, zwei andere, an die ich mich nicht mehr erinnern kann.

Während wir in gestrecktem Galopp flußaufwärts der feindlichen Rotte entgegenstoben, zermarterte ich mir das Hirn, auf welche Weise ich diese Leute zum Anhalten oder zu einer Rast bewegen könne, ohne unser eigenes Leben zu gefährden.

Nichts, rein gar nichts wollte mir einfallen; mein Schädel kam mir vor wie ein leerer Tonkrug – die Verzweiflung schnürte mir wie mit der Schlinge des Henkers die Kehle zu. Schon hatten wir die erste Flußbiegung hinter uns gebracht – ich starrte gebannt auf den in das Tal vorspringenden Hang, hinter dessen dunkelgrünen Tannen jeden Augenblick die bedrohliche Horde hervorbrechen mußte. In weitem Bogen jagten wir um den Vorsprung herum durch die Talaue, noch immer in scharfem Galopp.

Da sahen wir sie, etwa hundert Schritt vor uns: Es mochten vielleicht zehn oder fünfzehn Reiter sein, alle mit kleinen Schilden und langen Speeren bewaffnet; auf kleinen stämmigen Rössern zuckelten sie uns gemächlich entgegen.

Das muß die Vorhut sein, durchfuhr es mich. Beim Anblick der fremden Reiter fielen meine Gefährten hinter mir zurück; ich hingegen nahm das Herz entschlossen in die Hand, schoß in vollem Galopp weiter auf sie zu und brachte mein Pferd erst zu Stehen, als ich mich unmittelbar vor ihnen befand.

Mein ungestümes Vorpreschen ließ die unbekannten Reitersleute zurückweichen – sie musterten mich staunend, ja, vielleicht sogar ein wenig ängstlich, was mich meinerseits wiederum zu naseweiser Keckheit anspornte. »Herunter von den Pferden!« herrschte ich sie an, und durch ihr zögerliches Verhalten noch dreister geworden, belferte ich: »Auf die Knie, ihr Männer! Wißt ihr nicht, wen ihr vor euch habt? Seht mich an! Ich bin – äh – der Gelbe Wolf, der König der Alemannen!«

Und – oh Wunder! Tatsächlich ließen sich die wackeren Recken von meinem herrischen Auftreten einschüchtern, stiegen Mann für

Mann von ihren Gäulen herunter und beugten vor mir ehrfurchtsvoll die Knie.

Solche Unterwürfigkeit vermochte mich freilich nicht lange froh zu stimmen: König der Alemannen? Da hatte ich in meinem leichtsinnigen Übermut wohl doch ein gutes Stück zu hoch gegriffen, denn welcher echte, rechte, freiheitsliebende Alemanne würde einen König über sich dulden wollen? – Einen Herzog allerhöchstens, ja, aber keinesfalls mehr!

Aber geschehen war geschehen – das Wort »König« hatte ich nun schon einmal ausgesprochen, da ließ sich nichts mehr ändern. Ich konnte nur darauf hoffen, daß die geduckt knieenden Männer wie auch deren Sippengenossen sich nicht eines anderen besinnen würden. Da steuerte ich möglicherweise auf eine recht brenzlige Lage zu!

Meine Gefährten hatten sich mittlerweile ebenfalls am Orte des Geschehens eingefunden und blickten mit verblüfften Gesichtern auf die im Grase knieenden Gestalten. Vor allem bei Smärregolf mußte ich jetzt befürchten, daß er mit einer einfältigen Bemerkung mein schönes Theaterstück zerstörte. So verwies ich die Genossen mit gebieterischer Handbewegung zum Schweigen, wandte mich aber gleichzeitig huldreich an die Knieenden: »Ich grüße euch – seid in meiner Gunst! Nichts Böses wird euch von mir geschehen! – Steht wieder auf und bringt mich zu eurem Anführer!«

Gehorsam erhoben sich die Krieger, bestiegen ihre Pferde und ritten voran. Asgolf und Borgolf hatten rasch begriffen, welches Spiel ich spielte. Mit sichtlichem Vergnügen mimten sie meine Eskorte. Die beiden ließen ihre Pferde zu meiner linken und rechten Seite traben und setzten sich hoheitsvolle Mienen auf, wobei ihnen ihre kantigen Adlernasen trefflich zupaß kamen. Meine übrigen Männer hinwiederum hatten sich noch nicht so ganz in ihre Rollen hineingefunden. Sie folgten uns dreien etwas verdutzt und ein wenig linkisch.

Nur wenige Steinwürfe weiter sahen wir dann die Leute, die Hiltburg und Asgolf in so großen Schrecken versetzt hatten: Ein Trupp von weit über hundert Menschen, die allem Anscheine nach gerade eben dabei waren, sich zur Rast im Grase niederzulassen.

»Platz dem König! Platz dem König!« riefen meine beiden hakennasigen Begleiter hoheitsvoll und ehrfurchtgebietend. Die Menschen der fremden Horde, die locker gestreut auf dem Rasen zugange gewesen waren, strömten jetzt neugierig herbei und bildeten eine lange Gasse, an deren Ende ein vierschrötiger Mann stand, ein Mann mit mächtig wucherndem, feuerrotem Haupt- und Barthaar und buschigen Augenbrauen von derselben Farbe, unter denen schwarze flinke Mäuseaugen erwartungsvoll hervorblinkten. – Offensichtlich war er der Anführer.

»Sei mir gegrüßt«, rief ich leutselig, als wir bei ihm angekommen waren. Ich versuchte, so zu sprechen, wie es sich in meiner Vorstellung einem König ziemte, nämlich mit einer Mischung von Herablassung und Freundlichkeit. Das Pferd zügelnd, wiederholte ich meinen Gruß, stieg ab und ging mit ausgebreiteten Armen auf ihn zu – »Sei mir gegrüßt, mein lieber – äh ...«

»Asko,* Asko ist mein Name«, erwiderte der Feuerrote und hielt mir seine Rechte entgegen.

»Wir sind hier auf der Jagd«, begann ich locker plaudernd ein Gespräch, um zu erklären, weshalb ein König mit einem so kleinen Gefolge sich in dieser abgelegenen Gegend aufhielt, »mein Volk ist eine halbe Tagreise von hier gegen Mitternacht im Walde versteckt. Wir werden demnächst Arae Flaviae überfallen. – Deine Leute haben mit ihrem sorglosen Getöse das Wild aus dieser Gegend verscheucht, so scheint mir – doch komm, wir wollen uns setzen« – huldvoll nahm ich Asko am Arm und zog ihn sanft ins Gras.

Er ließ sich diese Behandlung gefallen, schien jedoch nicht völlig überzeugt zu sein von meinem Auftritt. Seine Mäuseaugen jedenfalls drückten sowohl Neugier aus als auch eine gute Portion Mißtrauen.

»Unser erfolgloser Jagdausflug hat uns hungrig und durstig gemacht«, ließ ich mich vernehmen.

»Oh ja, gewiß doch«, stieß Asko hervor, »ihr seid natürlich meine Gäste!« Sofort winkte er dem Nächststehenden seiner Männer, der uns von einem der lagernden Grüppchen das Gewünschte in ausreichender Menge herbeibrachte.

* Sagenumwobener Gründer Donaueschingens.

Gebratene Schnepfen gab es mit Schweinespeck, Zwiebeln, Pfifferlingen und Schwarzwurzeln, das ganze geschmacklich abgerundet mit Liebstöckel, Petersilie und Wacholderbeeren. Nichts gegen Bertas Kochkünste, aber dies war – schleck, schmatz – eine selten genossene Meisterleistung; Askos Leute wußten wahrhaft gut zu speisen!

»Und du?« fragte ich Asko während des Essens. »Was treibt dich in diese einsame Gegend hier?« Der Angeredete schaute auf den Boden und zauste sich nervös den wirren, feuerfarbenen Bart, so, als wäre er noch nicht schlüssig, ob er mir die für ihn weniger schmeichelhafte Wahrheit oder aber eine vorteilhaftere, erfundene Geschichte erzählen solle.

»Das ist eine verflucht unangenehme Sache, die mir da zugestoßen ist«, hub er an und entschied sich dabei augenscheinlich für die Wahrheit – beim Erzählen stieg ihm die Zornesröte ins Gesicht. »Wir trafen vor mehreren Tagen zwei römische Kaufleute. Selbstverständlich folterten wir sie – wir wollten ja erfahren, ob sie nicht irgendwelche Kostbarkeiten vor uns versteckt hielten. Sie gaben vor, uns zu einem römischen Gutshof unweit von hier zu führen. In der vergangenen Nacht sind sie jedoch verschwunden, diese Gauner, diese elenden Betrüger! Wenn du ihnen einmal begegnen solltest, bringe sie auf der Stelle um! Du tätest mir einen großen Gefallen damit. Der eine hatte eine schiefe Nase in seinem Galgengesicht, der andere große abstehende Ohren – du wirst sie sofort erkennen, wenn du sie siehst.«

Askos Geschichte bot mir Gelegenheit, ein längeres Gespräch anzuknüpfen über das Ausrauben von Bauern, von Kaufleuten und von anderen begüterten Menschen, denn mit solcherlei Tätigkeit hatte ich bis dahin die meiste Zeit meines Lebens zugebracht.

Bei meinen vielfältigen Schwänken und Schnurren unterließ ich es natürlich nicht, immer wieder und nur so ganz nebenbei einige unauffällige Bemerkungen fallen zu lassen über die Größe und die Tapferkeit meines Volkes.

Asko seinerseits gab mehrere seiner eigenen Abenteuer zum besten. Hierbei kam er so in Fahrt, daß er gänzlich die Zeit vergaß, was mir nur recht sein konnte, denn ich wollte ihn ja möglichst lange vom Weiterziehen abhalten.

Sobald ihm letzteres – das Weiterziehen nämlich – wieder in den Sinn kam, stand die Sonne schon ziemlich tief am Himmel. Dies rührte unseren Gastgeber jedoch nicht weiter an; er befahl seinen Leuten, das Nachtlager an Ort und Stelle vorzubereiten. Am liebsten hätte ich laut losgejubelt, als ich diesen Befehl hörte. Es kostete mich ein gerüttelt Maß an Selbstbeherrschung, eine gleichgültige Miene zu bewahren.

Der lebhafte Gedankenaustausch über das Plündern, Rauben, Morden, Brennen und Erpressen wie auch über alle möglichen Begleiterscheinungen all dieser Beschäftigungen hatte Askos Mißtrauen weitgehend zerstreut, und ich entschloß mich, die Einladung zum Übernachten in Askos Lager anzunehmen – was sich allerdings als äußerst unvernünftig und leichtsinnig erweisen sollte.

Mittlerweile hatte der feuerhaarige Häuptling eine richtige, große warme Mahlzeit für uns bereiten lassen, die jetzt aufgetragen wurde. Schon von weitem schmeichelte uns der angenehme Duft von Majoran in der Nase, und wir waren ordentlich gespannt, was man uns da vorsetzen würde.

Auf runden, flachen, glattgehobelten Holzscheiben lagen ebenso runde, saftige Fladenbrote – gleichwohl keine gewöhnlichen Fladenbrote, nein, mitnichten! In ihre Oberfläche waren vielerlei Pilze eingebacken: Hallimasch war dabei und Champignon, außerdem Steinpilz und Speisemorchel. Dazu kamen verschiedene Gemüsesorten, wie Zwiebeln, Knoblauch und Mohrrüben, weiterhin fand sich da leckerer gekochter Schinken, dezent gewürzt, wie auch in Scheiben geschnittene, hartgekochte Hühnereier.

All das war mit einer großen Menge von geriebenem Käse überbacken worden. Eine reichliche Zugabe von Majoran versah das ganze Gericht mit jenem unwiderstehlich betörenden Duft, der schon lange vor der Mahlzeit unsere Riechorgane beglückt hatte.

Meine Begleiter stürzten sich mit Wonne auf diese köstlichen Leckerbissen; im Vertilgen der üppigen Scheiben tat sich Smärregolf besonders hervor – etwas anderes hätte ich auch nicht erwartet. Kruntsch, mjam, knarz, jum, stopf! Auf meinen mannigfaltigen Raubzügen hatte zwar ich schon die verschiedenartigsten Speisen versuchen und genießen können, aber dieses hier war mir noch unbekannt! Ich sparte nicht mit Lob für das höchst vorzügliche Gericht und erkundigte mich angelegentlich nach den Zutaten und nach der Art der Zubereitung.

»Das ist mein Geheimnis, mein Lieber!« antwortete Asko fröhlich grinsend. »Aber eines verrate ich dir trotzdem: Als ich vor einigen Monaten einen Zug römischer Kaufleute überfiel, hatten diese einen Koch bei ihrem Gesinde. Entgegen meiner sonstigen Gewohnheit ließ ich ihn leben und nahm ihn für meinen eigenen Bedarf mit. Es hat sich gelohnt, wie du siehst, der Mann kocht wirklich ausgezeichnet! Ja, das wäre eine Sache, wenn ich noch mehrere von dieser Sorte hätte!«

Mit wohlig gespannten Bäuchen machten wir uns nach Sonnenuntergang daran, unser Nachtlager zu bereiten. Während dieser Beschäftigung traten einige von Askos Leuten auf uns zu. Unter ihnen befand sich eine junge Frau, die ein vier- oder fünfjähriges Mädchen auf dem Arm trug. Sie setzte ihr Kind behutsam vor mir ins Gras: Das arme Ding konnte seine dürren und viel zu kurzen Beinchen nicht bewegen.

Alle Scheu überwindend und sämtliche Regeln der Schicklichkeit beiseite lassend, sprach mich die junge Mutter an: »König Gelbwolf, bitte, bitte! Schau auf dieses kleine Kind – es ist gelähmt, das arme Wurm. Du mußt ihm helfen, König Gelbwolf, ich bitte dich, ich flehe dich an! Du bist unsere letzte Rettung! Du bist ja der König, du hast das Königsheil! Oh laß doch bitte dieses Kind den Saum deines Kleides berühren! Dann muß es gesund werden – oh bitte, König Gelbwolf, bitte bitte!«

»Königsheil?« brummte ich verlegen. »Ach ja, das Königsheil, das gute alte Königsheil. – Tja, häm, hrrrmh, das Königsheil. – Nun, das hat so seine Bewandtnis mit dem Königsheil. Für alte Weiber nämlich wäre jetzt gerade, so am Abend, genau die günstigste Zeit. Aber für kleine Mädchen? Ausgeschlossen. Völlig verkehrt. Vormittags ist am besten für kleine Mädchen – ja genau, richtig, vormittags. Kommt also morgen wieder!«

Das fehlte mir gerade noch! Um ein Haar hätte ich mir eine gefährliche Blöße gegeben; trotzdem konnte ich mir überhaupt nicht sicher sein, ob meine Ausrede glaubhaft wirkte. Die Leute waren wortlos von dannen getrottet, als ich sie weggeschickt hatte.

Diese kleine Begebenheit hatte mich immerhin eines gelehrt: Es war gar nicht so einfach, einen König zu mimen – ganz im Gegenteil: Das konnte ausgesprochen gefährlich sein! Meinen Theaterauftritt bei Asko mußte ich deshalb so kurz wie möglich halten – wir durften unter gar keinen Umständen bis zum nächsten Morgen hier verweilen.

Das allgemeine Durcheinander beim Herrichten des Lagers mit Auspacken, Wasserholen, Pferdeversorgen und Holzsammeln konnte ich geschickt ausnutzen, um unsere Reittiere unbemerkt ein Stück weit östlich des Lagers hinter einem Gebüsch anzubinden. Zeugolf der Lustige und Smärregolf sollten dort als Wachen bleiben.

Bei diesen beiden stand zu befürchten, daß sie durch unbedachte Worte uns verrieten – Zeugolf seiner übergroßen Schwatzhaftigkeit wegen und Smärregolf – nun ja, er hatte schon oft genug bewiesen, daß er beim Tuba-Blasen und beim Zerdrücken hölzerner Humpen mehr zu leisten vermochte als beim Denken.

Unsere Schlafstatt wählten wir etwas abseits am östlichen Rande des Lagers, damit wir zu nachtschlafender Zeit möglichst geräuschlos und rasch zu unseren Pferden gelangen konnten – und dann fort, donauabwärts, um an dem vereinbarten Treffpunkt unsere Lieben wiederzusehen. Doch diesen Punkt hatten wir leider noch lange nicht erreicht.

Die übrigen meiner Gefährten waren noch mit dem Zusammenlesen des Feuerholzes beschäftigt, als Asko einen seiner Männer zu mir schickte mit der Bitte, ich möchte ihm doch mit den Meinen an seiner Feuerstelle Gesellschaft leisten.

Diese Einladung nahm ich bereitwillig an. Nicht nur, daß es beleidigend gewesen wäre, sie abzulehnen, nein – wir brauchten somit kein Feuer zu entfachen; derjenige Teil des Lagers, in welchem wir uns für die Nacht eingerichtet hatten, würde ohne unser Feuer ganz besonders dunkel sein, was unsere Flucht nur erleichtern konnte.

Wir hatten uns noch nicht lange an der Herdstatt des Häuptlings niedergelassen, als wir feststellten, daß dort eine uns völlig ungewohnte Gepflogenheit herrschte. Während an den Feuern meiner eigenen Leute alles munter und unbeschwert wirr durcheinander lachte, sang, schwatzte oder auch keifte und schimpfte, so durfte im Kreise des rothaarigen Häuptlings immer nur ein einziger sprechen, und das war in aller Regel er selbst, wobei er dafür sorgte, daß sein Schlund mittels großer Mengen Mets fortwährend geschmeidig blieb.

Asko plauderte von vielen großen Taten und gefährlichen Abenteuern, in denen er allein und immer wieder nur er die Hauptrolle spielte. Je länger der Abend sich hinzog, um so halsbrecherischer wurden die Gefahren, um so riesiger die Kräfte, um so blitzartiger die Behendigkeit, die vonnöten war, um sich noch einigermaßen heil durch all diese grauslichen Situationen hindurchzuwinden.

Solches empfand ich samt und sonders als eine grenzenlose Aufschneiderei, und ich wunderte mich über die Zuhörer, die Askos Geschichten sich so gänzlich widerspruchslos anhörten. Die wilden Tiere, die bezwungen zu haben er vorgab, erschienen in seinen Erzählungen größer, kräftiger und bedrohlicher, als sie es ansonsten der menschlichen Erfahrung gemäß zu sein pflegten – dasselbe galt auch für die mannigfaltigen Zweikämpfe und Kriegsgetümmel, von denen unser Gastgeber zu berichten wußte.

Zuerst dachte ich, als Gast hätte ich zu alledem höflich zu schweigen, aber mein Unwillen wuchs von einem Lügenmärchen zum anderen, bis ich schließlich kaum mehr an mich halten konnte, als er ausmalte, wie er einstens eine Schwadron römischer Panzerreiter ganz allein überfallen und alle bis auf den letzten Mann niedergemetzelt habe. Doch nicht genug damit – den Befehlshaber dieser Abteilung wollte er gar mit einem einzigen Schwertstreich vom Helmbusch bis zum Sattelknopf der Länge nach in zwei Hälften zerhauen haben, die entseelt zur Rechten und zur Linken des Pferdes niedergesunken seien.

An diesem Punkt konnte ich mich nicht mehr länger beherrschen, da ging mir doch einfach der Gaul durch: »Ach, was du nicht sagst«, entfuhr es mir spöttisch, »mit solchen Spielchen pflegte ich mir schon als vierzehnjähriger Knabe die Zeit zu vertreiben. Und wenn mir heute einmal so ein römisches Panzerreiterchen über den Weg läuft, so haue ich gleich das ganze Pferd mit in zwei Teile.«

Peinliches Schweigen breitete sich aus; nur noch das Britzeln und Knacken des Feuers war zu vernehmen. Mit Spannung richteten sich aller Augen auf Asko.

Sein Gesicht sah so aus, als würde innerhalb weniger Augenblicke der Verstand daraus entweichen: Seine Augen begannen zunächst, verblüfft zu blinzeln, dann entgeistert zu starren und schließlich viehisch blöde zu glotzen. Währenddessen zeigte sich in seinem struppigen Vollbart ganz dicht unter der Nase ein immer größer werdendes rundes Loch – ein vor Fassungslosigkeit stummer, weit geöffneter Mund. Es fiel mir schwer, ein hämisches Lachen zu unterdrücken – ein derart strohdummes Gesicht hatte ich schon ewig lange nicht mehr gesehen.

Doch niemand in der Runde wagte zu sprechen oder sich zu bewegen; als einziges Geräusch war nach wie vor nur das muntere Knistern des Lagerfeuers zu vernehmen, das angesichts der ansonsten herrschenden bleiernen Stille wie das unheilvolle Prasseln eines riesigen Waldbrandes wirkte.

Nach vielen Herzschlägen ungemütlich angespannten Wartens fing Askos Gehirn sichtlich wieder an zu arbeiten. Ungläubig fuhr er mich an: »Was – was soll das heißen? Glaubst du mir etwa nicht?«

Nun ließ ich meiner Heiterkeit quiekend und prustend freien Lauf. »In der Tat, mein lieber Asko, in der Tat, ich glaube dir nicht! Solche üblen Aufschneidereien finde ich einfach zum Kotzen!«

Diese Sätze trieben ihm die Zornesröte in die Wangen; er kniff seine Mäuseaugen zu schmalen Schlitzen zusammen und geiferte bösartig: »Weißt du, was du da gesagt hast? Du wagst es, die Worte eines ehrenwerten hochgeachteten Sippenhäuptlings anzuzweifeln! Das kann sich auch ein Mann wie der Gelbe Wolf nicht ungestraft leisten!«

Erst jetzt wurde mir bewußt, was ich durch meine Spöttelei angerichtet hatte: Es war eine schwere Beleidigung, die möglicherweise nur mit Blut abgewaschen werden konnte. Solches mußte ich zu verhindern suchen.

»Aber, aber, mein lieber Asko«, warf ich beschwichtigend ein, »ganz so stark, wie du erzähltest, bist du sicherlich nicht. Und wenn doch, dann kannst du es ja uns allen beweisen – hier und jetzt. Wie wär's mit einem kleinen Ringkampf – du und ich? Wer den anderen zuerst auf den Rücken wirft, der ist der Stärkere. Damit soll die Angelegenheit abgetan sein, einverstanden?«

Einen Kampf mit Kriegswaffen hätte den sicheren Tod für einen der beiden Gegner bedeutet; das war die Sache nun doch nicht wert. Den Ringkampf wählte ich, weil ich in früheren Jahren alle meine Altersgenossen – einschließlich manchmal sogar Smärregolf – jederzeit mühelos ins Gras zu werfen vermocht hatte.

Asko wäre kein waschechter Alemanne gewesen, wenn ihn die Aussicht auf eine deftige Prügelei nicht mit freudiger Gier erfüllt hätte. So schien sein Zorn in Anbetracht dessen rasch dahinzuschmelzen. »Ja, einverstanden« grinste er händereibend.

Flugs war ein Kreis von zehn Schritt im Durchmesser gezogen – dort sollte das Kräftemessen stattfinden. Asko und ich hatten uns unterdes unserer Kleider entledigt, denn wir Alemannen schreiten grundsätzlich völlig nackt zum Kampfe, sofern sich dies irgend machen läßt. Unsere Zauberer behaupten zwar, so wollten es die Götter, gleichwohl vermag ich nicht zu sehen, welchen Nutzen die Götter aus unserer Nacktheit ziehen könnten.

Während ich schon wartend im Ring stand, wandte Asko sich einem seiner Leute zu, der eine große irdene Schüssel herbeibrachte. Mit beiden Händen griff er hinein und schmierte sich den Inhalt des Gefäßes auf die Haut – das war eine gelbliche, glitschige Masse, die bewirken sollte, daß ich ihn nicht fest zu fassen vermochte. Er kam sich dabei wohl mächtig schlau vor, der Feuerhaarige, doch hatte er zum Einreiben unbedachterweise seine eigenen Hände benutzt, die deswegen an meinem Körper nun ebenfalls keinen Halt finden würden.

Solange ich ihm beim Einschmieren zuschaute, suchte ich mich der vielfältigen Kunstgriffe zu erinnern, durch welche ich als Knabe den Ruf eines guten Ringers erworben hatte – allein, das war nun schon viele Jahre her, und mir wollte nichts Vernünftiges mehr einfallen, ausgenommen ein besonders läppischer Kniff, den wir damals »Tritt-in-den-Hintern« oder auch einfach »Arschtritt« genannt hatten.

Dabei mußte man dem Gegner Unachtsamkeit vortäuschen und so tun, als gäbe man ihm die Gelegenheit, einen selbst in den

Schwitzkasten zu nehmen. Doch bevor er zupacken konnte, mußte man wieselflink nach hinten ausbüxen, so daß man den Rücken des Gegners vor sich hatte. Der Rest war dann wahrlich kein Kunstwerk mehr: Ein kräftiger Tritt in den Allerwertesten, und der Gegner lag längelang mit dem Gesicht nach unten am Boden.

Freilich: Das reichliche und ausnehmend leckere Essen lag mir tonnenschwer im Magen, was mir ein tapsiges und ungelenkes Körpergefühl vermittelte. Dieser Zustand besserte sich keineswegs durch die zahlreichen Krüge süffigen Mets, die auch ich im Laufe des Abends in mich hineingeschüttet hatte. Nun hieß es eben: Aufpassen und alle fünf Sinne auf einen Punkt richten!

Der Kampf begann, indem Borgolf in die Hände klatschte. Ja, Borgolf – Asko war so großzügig gewesen, einen von meinen Leuten das Zeichen geben zu lassen. Rundum in glibbrige Schmiere eingehüllt, war er sich offenbar seiner Sache recht sicher.

Mit gespreizten Beinen und griffbereiten Händen bewegten wir uns vorsichtig tastend im Kreise, schleichenden Schrittes wie zwei bösartige Raubkatzen, den Gegner in höchster Aufmerksamkeit beäugend und mit gespannt lauerndem Blick eine schwache Stelle suchend.

Mein Ziel bei dieser Herumschleicherei war es, Seite an Seite neben Asko zu kommen, damit ich meinen Kniff anwenden konnte. Allerdings mußte das wie eine zufällige Achtlosigkeit erscheinen, sonst würde er möglicherweise meinen Plan durchschauen.

Der gute Asko begann schon, ungeduldig zu werden und suchte mich mit blitzschnellen Griffen an den Armen zu packen – allein, das viele Fett an seinen Fingern ließ mich ihm jedesmal aufs Neue entgleiten – es war fast, als wollten seine Hände einen Fisch im Wasser fassen.

Nun erschnupperte ich auch, woraus die glitschige Masse auf Askos Körper bestand: Es war das verführerisch duftende Fett eines meisterhaft gewürzten Rehbratens, welches mir das Wasser im Munde zusammenlaufen ließ. Aus der Entfernung hatte ich das leckere Aroma nicht wahrnehmen können, denn die Soße war längst abgekühlt. Angesichts dieses köstlichen Geruches bedurfte es aller Anstrengung, ganz bei der Sache – sprich: beim Ringkampf – zu bleiben.

Im Laufe seiner vielen vergeblichen (wenn auch wundersam wohlriechenden) Versuche, mich zu packen, verlor Asko allmählich seine anfängliche Aufmerksamkeit, und mir gelang es tatsächlich, seitlich neben ihn zu kommen. Was daraufhin sich ereignete, dauerte nicht länger als den Bruchteil eines Wimpernzuckens. Ich senkte den Kopf, er hob den Arm zum Schwitzkasten-Griff, ich wich zurück und hatte nun seinen breiten Rücken vor mir. Genüßlich hob ich das Bein – ein Stoß, ein dumpfes Aufschlagen, und Asko lag im Dreck.

Meine Gefährten jubelten, Askos Leute hingegen brauchten einige Zeit, um sich in diese ungewohnte Lage hineinzufinden. Nicht wenige unter ihnen ließen ein unzufriedenes, fast schon bedrohliches Knurren und Murren hören – ja, ich vernahm sogar Bemerkungen wie »Betrug!«, »Schwindel!«, »Haut ihm die Hucke voll!« – für mich ein weiterer Grund, nun möglichst bald das Weite zu suchen.

Dessen ungeachtet empfand ich eine gewisse Befriedigung darüber, daß ich zumindest noch den einfachsten Kunstgriff erfolgreich anwenden konnte.

Gleichzeitig aber überkam mich ein Gefühl des Bedauerns – des Bedauerns über das wohlriechende Bratenfett, das ich mir nun in kleinen Mengen genießerisch von den Fingern leckte, das jedoch unglücklicherweise in wesentlich größeren Mengen ungenießbar zu werden begann, weil es sich, an Askos Körper haftend, mit Dreck vermischte.

Dergestalt fiel es mir kein bißchen schwer, dem guten Asko wieder auf die Beine zu helfen. »Nimm's nicht so krumm«, suchte ich ihn zu beschwichtigen und klopfte ihm auf die Schulter, »morgen hast du die Gelegenheit zum Ausgleich. Heute ist es wohl schon zu spät; außerdem haben wir alle viel zu viel getrunken.«

Wie ein kleines Kind ließ Asko sich von dannen schieben, wobei er kopfschüttelnd Unverständliches in seinen wirren Bart grummelte, weil ihm der Ausgang des Ringkampfes immer noch ein Rätsel blieb. Wegen seines köstlich mundenden Balsams schob ich ihn gerne und bewegte meine Finger beständig zwischen seinem Rücken und meinen Lippen hin und her. »Morgen also die nächste Runde! Asko – schlaf wohl!«

Die Mitternacht rückte näher, und die Teilnehmer unserer Abendgesellschaft zogen ihren Schlafstellen zu. Die Asklinge hatten keinen weiten Weg – wir hingegen mußten uns im Dunkeln bis zum äußersten östlichen Rand des Lagers vortasten, und zwar mit größter Vorsicht, um ja keinen der Schläfer durch einen unbedachten Stoß zu wecken. Denn wachgestoßene, verärgerte Asklinge konnten wir jetzt überhaupt nicht brauchen.

Als wir uns bei unserer Schlafstatt einfanden, glimmten die Feuer reihum nur noch matt, und allenthalben herrschte vollkommene Stille. Schweigend lauschten wir eine Weile in die Runde, um sicher zu gehen, daß wirklich alles schlief; diese Zeit nutzte ich, um mich wieder anzukleiden.

Nichts regte sich, nur gleichmäßige Atemzüge überall.

Wir klaubten unsere Decken und Mäntel, unsere Sättel und Waffen leise zusammen und schlichen uns, einer nach dem anderen, zu jenem Gebüsch hin, bei welchem Zeugolf und Smärregolf mit den Pferden auf uns warteten.

Als letzter wollte ich mich selbst von dannen stehlen; ich hatte unseren Treffpunkt auch schon fast erreicht und wollte nur noch einmal einen spöttischen Blick zurück auf Askos Lager werfen – da erhob sich Knall auf Fall einer aus ebendiesem Lager und marschierte geradewegs auf unser Versteck zu.

Voll Schreck ließ ich mich ins Gras fallen und suchte mir verzweifelt eine Ausrede zurechtzulegen, falls er mich finden würde. Näher kam er und näher; ich drückte den Kopf an die Erde und hielt den Atem an.

Nur wenige Schritt entfernt von mir ging er vorüber, ohne mich zu bemerken, stapfte aber zielstrebig weiter, immer auf unseren Schlupfwinkel zu.

Was würde geschehen, wenn eines der Pferde wieherte? Würde der Askling Lärm schlagen? Kämen wir in die Lage, ihn zum Schweigen bringen zu müssen?

Solche Gedanken durchzuckten mir fiebrig den Schädel, während die nur schemenhaft erkennbare Gestalt am Rande unseres Dickichts angelangt war. Sachte erhob ich mich nun aus dem Grase, meinen Speer fest umklammernd, jeden Augenblick bereit, das todbringende Wurfgeschoß loszuschleudern.

Bei den Büschen stand er immer noch, bis nach bangen Augenblicken angestrengten Wartens ein leises und silbrighelles Plätschern ertönte – der Mann am Gesträuch schlug sein Wasser ab; seine volle Blase hatte ihn geweckt – das war alles!

Erleichtert ließ ich meinen Speer sinken. Freilich war die Gefahr noch keineswegs vorüber – der Pinkler würde auf demselben Weg, den er gekommen war, zu seiner Schlafstelle zurückkehren. So legte ich mich denn abermals auf den Rasen und verharrte dort reglos, bis das Rascheln des Grases unter den Füßen des Vorübergehenden verklungen war.

Meine Gefährten hatten von diesem atemberaubend gefährlichen Zwischenspiel rein gar nichts bemerkt (oh, glücklich die Unwissenden!). Nun machten wir uns aber stracks von dannen. Zunächst gingen wir noch zu Fuß und führten unsere Pferde am Zügel, weil wir durch ein dem Lager allzu nahes Getrappel keinen verräterischen Lärm verursachen wollten.

Nach ein- oder zweitausend Schritt aber schwangen wir uns auf die Pferderücken und ritten los. Die Dunkelheit der Nacht vermochte uns nicht weiter zu behindern, denn wir waren ja in dieser Gegend mehrere Monate lang daheim gewesen; wir kannten hier jeden Stein und jeden Baum; jedes Mauseloch und jeder Maulwurfshaufen waren uns bekannt.

Auf solchermaßen wohlvertrauten Pfaden bewegten wir uns in die Richtung der Hütten, die wir noch einen halben Tag zuvor beschaulich und geborgen bewohnt hatten. – Ach wie trügerisch und kurzlebig kann doch das Glück sein! So dachte ich voll Wehmut, als ich die Umrisse unserer Behausungen erspähte.

Doch hielt ich es für sicher, daß wir nur einige Tage im dichten Forst zu warten bräuchten, bis Asko und seine Leute weitergezogen waren. Dann würden wir wieder so zufrieden und sorgenfrei vor uns hinleben wie bereits den ganzen lieben Sommer. Wie hohl aber war diese Hoffnung! Für Schlechtes entschied sich das Schicksal; Wurd* wollte uns weh!

* Germanische Göttin des Schicksals.

Vierzehntes Kapitel

Auf der Flucht

Die vertrauten Gefilde ließen wir hinter uns und bewegten uns weiter fort, immer weiter nach Osten. Dem Laufe des Donau-Flusses folgend, hielten wir uns in der feuchten Talaue. An eine Rast oder gar an Schlaf war nicht zu denken; wir mußten zusehen, daß wir eine möglichst große Wegstrecke zwischen uns und Askos Lager brachten, denn der feuerhaarige Häuptling würde sicherlich alles daran setzen, uns zu fangen. Unsere Flucht mußte ihm beweisen, daß ich ein falscher König, ein Betrüger war. Nachdem ihm erst kurz zuvor zwei betrügerische Römer durch die Lappen gegangen waren, mußte er nun alles daransetzen, uns dingfest zu machen und so sein Gesicht zu wahren.

Mit fahlem Licht begann der Morgen allmählich zu grauen, als wir den Bach erreichten, an dessen Oberlauf wir unsere Angehörigen treffen wollten. Meine Gefährten strebten deshalb nach links hin, um bachaufwärts zu ziehen, den Unsrigen entgegen. Ich meinerseits zögerte noch: War das nicht zu leichtsinnig? Würden die Verfolger nicht unserer Spur nachgehen, die sich im feuchten Untergrund leicht erkennbar eingedrückt hatte? Unsere ganze Sippe würde dann Askos Meute zum Opfer fallen!

Um solches zu verhindern, legte ich mir einen Plan zurecht:

Es blieb uns keine andere Wahl als das Rinnsal zu überqueren und noch weiter am Donau-Fluß entlangzureiten. – An irgendeiner Stelle würden wir den Fluß durchwaten, um an dem gegenseitigen Ufer zurückzukehren bis zur Einmündung des Baches, an welchem wir uns gerade befanden. Dort wäre dann die Donau zum zweiten Male zu überqueren mit dem Ziel, stracks in diese Bachmündung hineinzureiten, weil solchermaßen keine Spuren entstehen konnten. Unsere Verfolger durften von einer solchen Rückkehr auf keinen Fall etwas merken, denn sonst würden sie meine Absicht durchschauen.

Sobald ich meinen Plan dargelegt hatte, wateten wir in munterem Trab durch die klaren Wellen des Baches und erklommen behend das jenseitige Ufer, den anderen voran mein Kumpan Smärregolf und ich. Mittlerweile hatte die Morgendämmerung so viel an Helligkeit zugenommen, daß wir unseren Weg deutlich genug sahen, um unseren Pferden ein herzhaftes Ausgreifen zu erlauben.

Ab ging es nun durch taunasses Riedgras über den feuchtweichen Boden der Talaue. Doch während die anderen unbeschwert in den jungen Morgen hineinritten und Smärregolf sogar ein munteres Liedchen trällerte, preßte ich die Lippen zusammen und ließ meinen Blick unentwegt scharf musternd am Ufer entlanggleiten, denn ich suchte nach einer steinigen Stelle.

Über ganz harten Boden hatten wir mit den Reittieren in den Fluß einzubiegen, denn keine Spur durfte Asko und seinen Leuten verraten, daß wir die Donau durchquerten, er sollte denken, wir seien geradeaus weitergeritten, er habe jedoch an einer steinigen Stelle unsere Fährte verloren.

Allzuviel Zeit blieb uns nicht, wie ich dachte, denn Asko würde unsere Flucht recht früh schon bemerken und spornstreichs die Verfolgung aufnehmen – spätestens in der Mitte des Vormittags würde er dann an der Bachmündung eingetroffen sein.

In der Hoffnung auf harten Untergrund trieb ich mein Tier zu größerer Eile, allein der Boden hatte überall dieselbe weiche Beschaffenheit. Ob mein Plan überhaupt noch durchgeführt werden konnte? Ob ich ihn abändern mußte? Aber wie? Ich grübelte und grübelte, zermarterte mir das Hirn – nach all dem reichlichen Essen und all dem süffigen Met, ohne seitdem ein Auge zugetan zu haben –, es wollte mir einfach nichts in den Sinn kommen.

Als ein schmales, quer durch die Talaue verlaufendes Gehölz uns den freien Weg versperrte, da stellte sich endlich der zündende Gedanke ein. Auf dem festen, trockenen Boden unter den Bäumen hielten wir an, ich nahm die Decke vom Rücken meines Pferdes und zerschnitt sie in vier gleich große Stücke, die ich dem Tier sackförmig um die Hufe band.

Mit staunendem Kopfschütteln schauten mir die Gefährten zu; Smärregolf gar stieß ein verwundertes »Ts-ts-ts« zwischen den Zähnen hervor. Er verstummte jedoch augenblicklich, als ich ihnen allen befahl, dasselbe zu tun. Zögerlich und mit verständnislosem Kopfschütteln machten sie sich ans Werk.

Meine Absicht war folgende: Die umhüllten Pferdehufe würden sich nur sehr schwach im Boden eindrücken, zumal ich das kleine Wäldchen bis zum Fluß nicht verlassen wollte und der Boden zwischen den Bäumen merklich fester war als in der grasbestandenen Talaue.

Auf diese Weise erreichten wir das dichte Gesträuch, welches das Flußufer säumte. Nachdem wir unsere Pferde von ihren ungewohnten Fußhüllen befreit hatten, trieben wir sie einfach durch das Ufergehölz und landeten unversehens im klatschenden und spritzenden Wasser. Wir hatten Glück, denn dieses reichte den Rössern kaum bis zum Bauch, und die Strömung war ebenfalls ohne größere Mühe zu bewältigen.

Dergestalt gelangten wir wohlbehalten ans andere Ufer, wo allerdings das Gebüsch eine nahezu undurchdringliche Mauer bildete. Wir mußten von unseren Pferden absteigen, uns mit aller Kraft in das wirre Dickicht hineinstemmen und die Tiere am Zügel hinterherziehen. Gerne ließ ich hierbei meinem Kumpan den Vortritt, der, mit seinen bärenstarken Armen das Geäst beiseite schiebend, uns rasch einen Weg bahnte.

Bisher war ja alles gut gegangen. Ach hätte ich nur nicht einen derart leichtsinningen und lebensbedrohlichen Plan ersonnen – zweimal einen völlig unbekannten Fluß zu durchschreiten, und zwar in großer Hast, ohne die nötige Zeit, eine seichte, ungefährliche Furt zu suchen! Aber im Nachhinein ist man immer klüger als vorher.

Wohlbehalten hatten wir also das jenseitige Ufer erreicht. Jetzt, so dachte ich bei mir, jetzt gerade könnte Asko unsere Flucht bemerkt haben. Halb genüßlich und halb mit Bangen stellte ich mir vor, wie er eben jetzt vor Wut schäumte, tobte und geiferte. Sämtliche Ungeheuer der Über-, Mittel- und Unterwelt wird er uns an den Hals wünschen; die schnellsten Rösser wird er sich jetzt gerade aussuchen, der gute Asko, und dann aber losbrausen, immer auf unserer Spur.

In gestrecktem Galopp also ritten wir zurück. Smärregolf und ich verfügten über die besten Pferde des ganzen Trupps, weshalb wir die anderen bald weit hinter uns ließen und lange vor ihnen zu der Stelle gelangten, wo auf der gegenüberliegenden Seite des Flusses der zuvor überquerte Bach einmündete. Ohne auf die übrigen Männer zu warten, schlugen wir beide uns mit Schwung in das Ufergebüsch, vorneweg Smärregolf, hinunter die Böschung, hinein in die Flut.

Wie zwei schwergewichtige Felsbrocken plumpsten wir beide mitsamt unseren Reittieren in das Wasser, das in seiner Tiefe kein Ende nehmen wollte. Ich verlor den Halt auf dem Pferderücken; das Gewicht von Schwert und Streitaxt zog mich immer weiter hinunter; ich fing an, voller Verzweiflung mit Armen und Beinen zu rudern und zu zappeln, erreichte noch einmal die Oberfläche für einen kurzen Augenblick, den ich zu einem japsenden Luftholen nutzen konnte. Doch sogleich versank ich wieder, trotz allen Fuchtelns und Strampelns. Die Luft ging mir allmählich aus, meine Gliedmaßen wurden mir schwer wie Blei. Einem kurz zuckenden Blitze gleich dachte ich daran, wie gut es doch sei, daß ich keine Töchter und Söhne hatte, die sich nach mir die Augen ausweinten – dann schwanden mir die Sinne.

Als ich wieder zu mir kam, sah ich Smärregolfs rotbackiges Gesicht über mir; seine kleinen, blauen Äuglein schauten mich sorgenvoll an. Bevor ich einen ersten Gedanken zu fassen vermochte, spürte ich einen schmerzhaften Knuff in der Seite, den mir Smärregolf aus lauter Erleichterung versetzte: »Tagolf, Mensch, du lebst ja noch! Heißa, jetzt bin ich aber froh!«

Ich befand mich im flachen Wasser der Bachmündung, nur mein Kopf ragte aus dem Naß heraus, denn er lag auf einem größeren, runden Stein. Smärregolf, der ein weitaus besserer Schwimmer war als ich, hatte mein Abtauchen rechtzeitig bemerkt und mich sofort auf sicheren Grund gezogen.

Die milde Spätsommersonne umschmeichelte lind mein Gesicht, als ich so dalag, das Wasser gluckerte und blubberte um mich her, die Halme des Riedgrases am Rande des Baches neigten sich sanft in einem leichten Hauch des Windes, mit munterem Gezwitscher trällerten die Vögel – ach, welche Lust war es, noch am Leben zu sein! Ich sog die frische Vormittagsluft wonnevoll tief in die Brust. Nach mehreren solchen Atemzügen suchte ich mich mit Smärregolfs Hilfe aufzurichten und blickte um mich her: Die Pferde standen wartend im Bachbett – sie hatten alleine ihren Weg aus den Fluten der Donau gefunden.

Mittlerweile waren auch meine übrigen Begleiter bei uns eingetroffen. Sie hatten von der Böschung aus unseren Kampf mit den tückischen Fluten beobachtet und waren uns deshalb nicht blindlings gefolgt, sondern hatten sich ein Stück weiter flußaufwärts eine Stelle gesucht, die sie nahezu trockenen Fußes zu durchqueren vermochten.

Sobald ich wieder auf meinen eigenen Beinen stehen konnte, schüttelte ich mir erst einmal das Wasser aus den Haaren – ich spürte, wie die alten Kräfte in die Glieder zurückkehrten und die anfängliche Benommenheit aus dem Kopfe wich.

»Asko«, durchfuhr es mich. »Asko! Er wird bald hier sein! Auf, nehmt eure Pferde am Zügel, auf, das Bachbett hoch!« Nach wenigen hundert Schritten traten die Bäume auf beiden Seiten des Rinnsals bis dicht an die Ufer heran. Von dieser Stelle aus hatte man einen Blick auf den Donau-Fluß wie durch einen Trichter. Wer dort unten vorbeiritt, den konnten wir von unserer schmalen Warte aus deutlich erkennen. Wir hingegen saßen geschützt hinter den Bäumen im Waldesdunkel und blieben völlig unbemerkt.

Dort warteten wir auf Asko und seine Leute. Es fiel uns recht schwer, beim Ausharren wach zu bleiben, denn wir hatten ja eine anstrengende, schlaflose Nacht hinter uns.

Der Vormittag war schon fast vorüber, bis wir vom Donau-Fluß her endlich das Rufen von Menschen und das Schnauben von Rössern vernahmen. Kurz darauf erspähten wir einen Trupp von mindestens fünfzehn Reitern, der in der Ferne hastig vorbeizog.

Nun mußten wir vielleicht noch bis zum frühen Nachmittag warten, bis wir unsere entmutigten Verfolger auf ihrem Rückweg

Von
Steffen Maier

beschäftigen werde.

Und noch weitere Themen stehen jetzt nach der Umfrage auf der Agenda: Die Donaueschinger wünschen sich ein neugestaltetes Brigachufer, einen besseren öffentlichen Nahverkehr, einen Ausbau des Radwegenetzes. Die jungen Anwortgeber, beim Ausfüllen der Bögen deutlich in der Minderzahl, wollen, dass sich die Politik für ein Kino in der Stadt und mehr Jugendräume in den Ortsteilen einsetzt.

Die Donaueschinger haben klar gemacht, welche Themen für sie interessant sind – und das bedeutete jetzt Hausaufgaben für die CDU und gleichzeitig Hausaufgaben für alle anderen Donaueschinger Parteien – die der CDU wiederum für das Umfrage-Experiment und den Einsatz zum Dank die Hand schütteln müssten.

Es ist ein passender und zugleich ein mahnender Zufall, dass am Donnerstagvormittag, noch bevor die CDU ihre Umfrage-Ergebnisse bekannt gab, die Sitzung des Hauptausschusses des Gemeinderats, die eigentlich am Dienstagabend hätte sein sollen, abgesagt wurde – Begründung: Themenmangel. Themenmangel? Von wegen: Spannende Themen gibt es, wie man dank der CDU-Umfrage sieht, genug.

Städtisches Wasserwerk: 0771/85 72 30, 0162/2923750

APOTHEKEN

SAMSTAG
Schellenberg-Apotheke Hüfingen: Hauptstraße 56, 0771/6 19 88

SONNTAG
Salinen-Apotheke Bad Dürrheim: Bahnhofstr. 4, 07726/79 59
Einhorn Apotheke Blumberg: Tevesstr. 53, 07702/47 69 11

REDAKTION

Lokalredaktion
Telefon: 0771/8 32 44 20
Fax: 0771/8 32 44 41
E-Mail:
redaktiondonaueschingen
@schwarzwaelder-bote.de

Die Donauquelle bewegt die Donaueschinger. Karikatur: Stopper

beobachten konnten. Unsere Spuren am Bachufer würden sie dann aber kein zweites Mal untersuchen können, denn sie waren ja inzwischen ihrerseits mit ihren vielen Pferden darüber hinweggetrampelt; unsere Fährte war somit getilgt.

Und es kam, wie ich vermutet hatte. Askos müder Haufen schlich langsam vorüber; die ermatteten Reiter hielten ratlos die Köpfe gesenkt. Als der letzte Askling aus meinem Blickfeld verschwunden war, machten wir uns erleichtert auf, um unsere Sippe weiter oben am Bach zu treffen. Unsere Sippe, unsere Angehörigen – wir sehnten uns danach, sie nach all diesen Gefahren wieder in die Arme schließen zu können!

Steil aufwärts quälten wir uns nun durch das glitschige Ufergestrüpp den Bach entlang. Als der Tag zur Neige ging, hatten wir uns die Rast wohl verdient.

Nun brauchten wir nur noch das Eintreffen der Sippenschar unter Gangolfs Leitung abzuwarten – dann waren wieder alle beisammen. Das Schlimmste, so glaubte ich, wäre dann wohl überstanden. Erst am folgenden Tag rechnete ich mit ihrer Ankunft am Bach; wir konnten uns für dieses Mal ohne weitere Sorge getrost aufs Ohr legen.

Da wir nicht genau wissen konnten, an welcher Stelle unsere Lieben auf den Bach treffen würden, bildeten wir am nächsten Morgen eine weit auseinandergezogene Kette von Posten an dem Rinnsal entlang, in heißer Vorfreude auf unsere Frauen, Kinder, Verwandten und Freunde, deren Herannahen sich gegen Mittag denn auch tatsächlich bemerkbar machte durch das Blöken der Schafe und das Meckern der Ziegen.

Heißa, das gab ein Herzen und Küssen, ein Lachen und Weinen, ein allseitiges Umarmen und Umhalsen vor Wiedersehensglück! – Wie schön, wie wunderbar herrlich war es doch, in großer Not und Gefahr seine Lieben um sich geschart zu sehen!

Der gefährlichste Teil unserer Flucht vor den Asklingen schien demnach geglückt – es würde wohl nicht lange dauern, bis wir wieder in unser geliebtes Dorf zurückkehren konnten.

Um aber Näheres über ebendiesen Punkt in Erfahrung zu bringen, mußte ich wissen, wann Asko sich zum Weiterziehen aufraffen würde. Zu diesem Zweck schickte ich Gangolf und Hilgolf, die ungleichen Brüder, als Späher in das Lager des feuerhaarigen Häuptlings.

Die beiden waren ja nicht mit mir bei Asko gewesen, sondern sie hatten unsere Sippe durch den Wald geleitet. Keiner von den Asklingen hatte sie also bei mir gesehen; die beiden Brüder konnten sich dort ganz locker und unbeschwert als Kaufleute oder sonst etwas ausgeben.

Sie brauchten bei Asko nur die Ohren offen zu halten und würden dann fast wie von selbst alles Wissenswerte erfahren. Der dicke Gangolf war geistesgegenwärtig genug, um eine solche Aufgabe zu meistern, und sein dünnleibiger Bruder würde ohnehin kaum den Mund öffnen. Schon Tags darauf machten sich die Brüder auf den Weg – ich schätzte, sie zwei Tage später wieder bei uns zu haben.

Ohne jede Schwierigkeit erledigten der kleine Runde und sein langer dürrer Bruder diesen Auftrag; schon am Abend des folgenden Tages waren sie wieder zurück. Freilich ließen alle beide traurig und bedrückt ihre Köpfe hängen – es war keine gute Nachricht, die sie uns brachten.

Asko und seine Leute wollten nämlich gar nicht weiterziehen! – Sie hatten sich häuslich eingerichtet – in unserer guten, alten, lieben Siedlung! Sie wohnten in unseren heimeligen Hütten, sie räkelten sich an unseren traulichen Feuerstellen, ohne auch nur einen einzigen Finger gekrümmt zu haben, um Bäume zu fällen, Balken zu behauen, Pfostenlöcher zu bohren, Dächer zu decken oder Wände zu winden!

Von bitterer Enttäuschung geschlagen und niedergedrückt von tiefem Schmerz kauerten wir still und wie versteinert in unserem nachlässig zusammengehudelten Lager, von dem wir dachten, es bald schon verlassen zu können und zurückzukehren in unsere sicheren, festgefügten Häuser.

Kein Heim zu haben – das schmeckte herb. Dumpf brüteten wir alle vor uns hin, die Augen starr vor Ratlosigkeit zu Boden gerichtet. Was nur sollte nun aus uns werden?

»Leute, hört mir zu! Wir alle gehören doch zum Volk der Alemannen, zu einem Volk also, das gewohnt ist, leichtfüßig und mit wenig Habe umherzuziehen.

Schon unsere Väter und Vorväter machten sich nichts aus der Sicherheit fester Wohnplätze – und haben nicht auch wir immer gespottet über die armen Tölpel, die jahrelang fleißig ihre Felder bestellten und unbeirrt ihre Tiere versorgten, nur damit wir ihnen alles rauben konnten?

Sollen wir denn die Bräuche unserer Vorväter so schnell vergessen und – äh – wie furchtsame Memmen seßhaft werden? Was ein rechter Alemanne ist, der freut sich an seinem freien Leben, der zieht hierhin und dorthin, ganz wie es ihm gefällt, und niemand kann ihn zwingen, etwas zu tun, das er nicht will – der weite Himmel ist sein Dach, der Boden sein Bett, das Weib seine Wärme, der Schild sein Schutz.

Los, ihr Freunde! Los, ihr Frauen und Männer! Frisch gewagt! Neue, unbekannte Flüsse warten darauf, daß wir von ihrem Wasser trinken, und neue, unbekannte Berge wollen, daß wir ihre felsigen Höhen erklimmen! Ziehen wir also frohgemut die Donau hinunter, dort soll es lieblich und schön sein! Auf!«

Heute, viele Jahre später, würde ich keinen einzigen von meiner Sippe mit solch süßlichem Gesülze vom Herdfeuer weglocken können. Wenn aber völlige Ratlosigkeit herrscht, wenn sich niemand einen Weg denken kann, der in eine bessere Zukunft führt, dann braucht es nur das wohltönende, hohle Plappern eines Narren, und alle sind sogleich hellauf begeistert.

Nach meiner markigen Ansprache kam augenblicklich Leben in die versteinerten Gesichter, die Tränen versiegten, die Kinder tollten wieder herum, die Frauen und Männer erwachten aus der Starrheit ihrer Schwermut und machten bald mit frischer Zuversicht alles bereit für den Aufbruch am folgenden Tage.

Freilich vermochte die Trauer nicht von heute auf morgen vollständig aus den Gemütern zu weichen. Es war ein trüber, von diesigem Frühnebel erfüllter Spätsommermorgen, als unser Zug sich schleppend in Bewegung setzte.

Wir zogen den Bach hinunter zur Donau und folgten dem Fluß in Richtung Osten – vorbei an kühn aufragenden Felsen, die sich zu beiden Seiten der Donau aus den dräuend engstehenden Waldhängen trutzig dem graubewölkten Himmel entgegenreckten. Mit ihren beängstigend bizarren Formen glichen manche der Felsen versteinerten Menschen, andere wirkten wie hinterhältige, bösartige Unholde, wieder andere erschienen als mächtige Orks oder als wuchtige Balrogs,* als zierliche Elfen, als häßliche Gnome oder als schaurige Werwölfe.

Aus dem steilen Gestein starrten immer wieder schwarze Löcher wie hohle Augen auf uns hernieder, manche nicht größer als Kalbsköpfe, manche so groß wie der Eingang einer Hütte, die meisten aber hoch oben in den Felswänden und für Menschen unerreichbar.

Bei jedem lauten Geräusch – sei es das Geblök eines Lammes, sei es das Schnauben eines Rosses – entquollen dichte Wolken aufgeschreckter Krähen diesen Löchern, fahrig flatternd und mit schrillem Gekreisch, das weithin von den Felswänden dumpf und unheilvoll widerhallte. – Eine kalte, abweisende, gespenstische Welt!

Am Abend des dritten Tages unserer Reise durch diese unwirtliche Gegend warteten wir vergebens darauf, daß sich Asgolf und Borgolf wieder bei uns einfanden – die Zwillingsbrüder waren, wie üblich, unserem Trupp ein gutes Stück Wegs als Vorhut vorangeritten. Ihr Ausbleiben erfüllte mich mit Sorge: Ob sie vielleicht irgendeiner blutrünstigen Horde in die Hände gefallen waren? Ob sie gefoltert würden, um die Größe und den ungefähren Lagerplatz unserer Sippe zu verraten? Ob uns möglicherweise ein Überfall bevorstand?

Zu unserer Sicherheit ließ ich das Lager für die Nacht an einer besonders geschützten Stelle errichten, nämlich in dem Winkel, der durch die Einmündung eines Flüßchens in die Donau entstand. Um unseren Schutz noch weiter zu vergrößern, stellte ich rund um das Lager Wachen auf, die mir jedes ungewöhnliche Geräusch auf der Stelle melden sollten.

Ich selbst fand keinen Schlaf, sondern versank in unruhiges Brüten: Was war am kommenden Morgen zu tun, wenn sich Asgolf und Borgolf dann immer noch nicht eingefunden hatten? Einen weiteren Tag ausharren? Oder besser vielleicht einfach donau-

* Orks, Balrogs: Germanische Fabelwesen, entdeckt von dem angelsächsischen Germanisten und Altertumsforscher John Ronald Reuel Tolkien.

abwärts vorrücken, als wenn überhaupt nichts geschehen wäre? Oder aber mit einem kleinen Spähtrupp jene Gegend absuchen, in welche die beiden hakennasigen Zwillingsbrüder vorgedrungen waren?

Die Nacht blieb still; nichts regte sich. Nur das gleichförmige Gurgeln des Wassers war zu vernehmen; dazu noch gelegentlich der Schrei eines Käuzchens im Wald auf der gegenüberliegenden Seite des Flüßchens. Die dauernde Anspannung trieb mich schließlich aus meiner Schlafstatt; aufgeregt schritt ich von Wache zu Wache um das Lager – rundum und immer wieder erneut rund um das Lager, bis endlich ein erster, ganz leichter Grauton im Osten das Herannahen des neuen Tages andeutete.

Sobald das jenseitige Ufer des Flüßchens im frühmorgendlichen Dämmerlicht zu erkennen war, erspähten wir an einer lichten Stelle des Ufergebüschs zwei Pferde ohne Reiter. Stracks schickte ich Hergolf hinüber, um die beiden Tiere einzufangen, denn dieser konnte am besten von allen meinen Leuten mit Pferden umgehen. Als Hergolf, durch das Gewässer watend, die beiden Rösser zurückbrachte, da gab es keinen Zweifel mehr: Wir hatten die Reittiere unserer Späher vor uns – den Zwillingsbrüdern mußte Schlimmes zugestoßen sein!

Mein Entschluß stand augenblicklich fest: Ein Stoßtrupp sollte donauabwärts vorrücken, um dort die beiden Vermißten zu suchen. Ich selbst wollte diese kleine Schar anführen; als Begleiter wählte ich mir Smärregolf und Hilgolf; für die Zeit meiner Abwesenheit legte ich die Leitung der Sippe in die nun schon mehrfach bewährten Hände des kleinen, dicken Gangolf.

Wir drei rüsteten uns für diesen ungewissen Ausflug, indem wir unsere besten Waffen zusammensuchten und hastig noch einige Bissen trockenen Fladenbrots in uns hineinmampften. Wir waren noch nicht aufgebrochen, als eine ungewohnte Aufregung im Lager entstand; Juchzer und Jubelrufe drangen an mein Ohr. Die Frauen und Männer bildeten ein freudig vibrierendes Menschenknäuel, und als ich mich in die Menge hineindrängte, da wurde ich sogleich ebenfalls von heftigem Freudentaumel erfaßt: Mitten im Gedränge nämlich standen die beiden Gesuchten – übernächtigt, abgerissen und völlig außer Atem.

»Gestern nachmittag entdeckten wir die Spuren von mehreren Reitern«, keuchte Asgolf, wobei sein Kehlkopf in ein schwaches Zittern verfiel, »und diese Spuren verfolgten wir natürlich ohne weiteres Zaudern auf der Stelle.« Asgolf mußte vor Anstrengung husten. »Sie konnten nicht weit entfernt sein, diese Reiter, denn die Eindrücke im Gras waren ganz frisch. Die Spuren führten uns der Donau entlang, und so kamen wir immer weiter weg von euch. Als dann schließlich die Dunkelheit hereinbrach, sahen wir in einiger Ferne ein kleines Lagerfeuer. Wir banden die Pferde an einem Baum fest und schlichen uns dort hin: Sechs Männer saßen dort, ganz vertieft in die Zubereitung eines Wildschweinbratens. Auf allen Vieren krochen wir näher heran, bis wir schließlich so dicht bei ihnen waren, daß wir hören konnten, was sie sprachen. So konnten wir erfahren, daß sie auch einen Vortrupp bildeten, wie wir selbst auch.« Asgolf schnaufte heftig. »Sigmar* heißt ihr Häuptling, diesen Namen hörten wir mehrfach ganz deutlich. Sobald wir genug erlauscht hatten, wollten wir uns zurückschleichen, und da geschah es – keuch! –: Borgolf trat auf einen dürren Ast ...«

»Stimmt nicht! Stimmt nicht!« geiferte der Genannte stracks zurück und schüttelte dabei energisch den Kopf, was zu einem kräftigen Schlackern des Hautlappens an seiner Kehle führte.

Dieser Widerspruch versetzte Asgolfs Adamsapfel in krampfhaft zuckende Bewegung. »Stimmt doch! Stimmt doch!«

»Ruhe!« unterbrach ich mit Stentorstimme das müßige Gezerfe und forderte Asgolf auf, seine Geschichte zu Ende zu erzählen.

»Die sechs Männer entdeckten uns sofort – sie fuhren hoch und rannten auf uns zu. Es kam zu einer kurzen Rangelei, bei welcher unsere Lage vollkommen aussichtslos war: sechs gegen zwei. Bevor wir kurz und klein geprügelt wurden, machten wir uns lieber aus dem Staub.« Noch immer ächzte Asgolf und japste nach Luft. »Dabei schlugen wir allerdings nicht die Richtung ein, aus der wir gekommen waren, denn damit hätten wir unseren Verfolgern den

* Nach Ansicht von Professor Dr. Zwentibold E. Korn, einem ausgewiesenen Kenner dieser Materie, handelt es sich hier mit allergrößter Wahrscheinlichkeit um die Sippe Sigmars, des Begründers von Sigmaringendorf, von wo aus dann später Sigmaringen gegründet wurde.

Weg zu euch gewiesen. Nein, wir rannten im rechten Winkel zu dieser Richtung, weg vom Fluß, bergan in den dichtesten Wald. – Die ganze Nacht sind wir gerannt, ununterbrochen. Irgendwann bogen wir links ab und kamen dann an dieses Flüßchen. Dem folgten wir bis hierher.«

Bei aller Wiedersehensfreude galt es nun, einen raschen Entschluß zu fassen, denn wir saßen in der Klemme: Vor uns an der Donau hatten wir die Sigmarlinge und hinter uns die Asklinge. Die Donau mußten wir also schleunigst verlassen, wenn wir nicht zwischen diesen beiden Horden zerrieben werden wollten. – »Auf, ihr Leute! Wir ziehen weiter! Diesen kleinen Fluß entlang! Auf! Schnell!«

Während Frauen und Kinder hastig in die schmale Talaue einbogen, hatten die Männer ihre liebe Not, durch Schläge und mit Verwünschungen das bedächtig trottende Vieh in eine schnellere Gangart zu bringen – Rutenhiebe und Stockschläge bewirkten hierbei mehr als Worte, und bald schon war auch die letzte lahme Ziege aus dem Donautal verschwunden.

Unsere Spuren suchten Smärregolf und ich durch dürres Reisig zuzudecken und zu verwischen, was uns natürlich nur sehr unvollkommen gelingen konnte. Die Rettung lag für uns wohl eher in einer möglichst raschen Flucht.

Unter Aufbietung aller Kräfte hielten wir unsere Rinder, Ziegen und Schafe in hurtigem Hoppelschritt bis zum frühen Nachmittag, dann hatten auch wir selbst eine Rast nötig – eine Rast, die mir Muße gab zum Nachdenken. Und das war wohl bitter nötig, denn was sollte nun aus uns werden?

Vom Donautal mußte ich wohl endgültig Abschied nehmen. Dorthin würde es immer wieder große Alemannenhorden ziehen, die unser kleines Trüppchen bei jeder Begegnung zur Seite schöben. Wir mußten wohl mit kleineren Flußläufen vorlieb nehmen, mit einem solchen etwa, an dem wir gerade entlangzogen. – Aber wollte ich das?

Doch weiter kam ich nicht mit meinem Sinnieren; wir mußten aufbrechen, denn zu einem längeren Verweilen war es jetzt noch viel zu früh – die Reiter, denen wir eben auszuweichen suchten, würden gewiß neugierig werden, wenn sie die vielfältigen Eindrücke von Füßen, Hufen und Klauen entdeckten, die wir hinterlassen hatten – von Roßbollen, Ziegenbohnen und Kuhfladen ganz zu schweigen. Aber ihre Neugier würde hoffentlich nachlassen, sofern sich die Verfolgung als langwierig erwies.

Deshalb war nach wie vor größtmögliche Eile geboten, und eine Rast gestattete ich erst wieder beim Beginn der Abenddämmerung. Ein weit auskragender Felsen bot uns angenehmen Unterschlupf für die Nacht.

Während der Schlafenszeit hatte ich flußabwärts Gangolf und Hilgolf als Wachen aufgestellt, denn ich war mir nicht sicher, ob nicht vielleicht doch irgendwelche Kundschafter der fremden Horde uns gefolgt waren.

Diese Maßnahme verschaffte mir trotzdem keine Ruhe, und ich konnte wieder nur wenig Schlaf finden. Nicht nur die Angst vor einer möglichen Verfolgung plagte mich, nein, genauso viel Sorge bereitete mir die Zukunft, die nun wieder völlig ungewiß erschien.

Zuerst das Westland. Dann die Donau. Und jetzt? Wohin sollten wir jetzt noch ziehen? Welches Ziel ansteuern? Wo in aller Welt würde sich's jetzt noch gut leben lassen? – Erst kurz vor Morgengrauen hatte ich mich wieder einigermaßen gefaßt und meine Gedanken halbwegs geordnet. Ich sah jetzt nur noch eine einzige und recht kümmerliche Möglichkeit für uns: Weiter diesem Flüßchen folgen und währenddessen Ausschau halten nach einer günstigen Stelle für eine Siedlung. Reichlich trostlos, diese Aussicht.

Ein heftiger, naßkalter Wind peitschte dunkelgraue Wolkenfetzen vor sich her, als wir am nächsten Tag unseren Weg müde trottend wieder aufnahmen. Gedrückt, verzagt und freudenleer setzten wir schleppend einen Fuß vor den anderen.

Trinke, Trauernder, trinke den tranigen Trunk der Trübsal!
Trage, Trostloser, trage die triefende Tracht der Tränen!
Und trotze trefflich dem Trug trällernder Träume!

Hohe Felswände traten bedrohlich dicht an das Flußufer heran; seltsam furchterregende Formen zeigte das Gestein, düsterer und noch schrecklicher als im Tal der Donau. Wie lange noch würde das so weitergehen? Fast schon dünkte mich, das beste sei, wenn ein gütiger Zauber uns alle in Steine verwandelte!

Fünfzehntes Kapitel

Truchtolf

Eine Ablenkung von diesen trüben Gedanken brachte Gangolf, der nun vorübergehend die Rolle des Vorreiters übernommen hatte, um die etwas angeschlagenen Zwillingsbrüder zu schonen – Gangolf nämlich machte mich auf einen verlassenen Lagerplatz an unserem Wege aufmerksam.

Das rundum niedergetretene Gras hatte sich noch kaum erholt, und die erkalteten Feuerstellen waren augenscheinlich von Füchsen und Wildkatzen besucht worden – demzufolge müßte dieses Lager vor ungefähr zwei Tagen verlassen worden sein, so schätzte ich. Die hier Lagernden hatten sich mindestens fünf oder sechs Tage hier aufgehalten, wie an den vielen abgenagten Knochen zu ersehen war.

Die Zahl dieser Menschen konnte nicht allzu groß gewesen sein: Ich zählte sechs Brandstellen; genauso viele Feuer pflegten auch wir zu entfachen, wenn wir unter freiem Himmel nächtigten. Somit dürften sich hier etwa zwischen fünfzig und sechzig Personen aufgehalten haben.

Von ihrer Zahl her konnten uns diese Menschen also nicht besonders gefährlich werden – Vorsicht oder gar Furcht waren demnach nicht geboten; statt dessen entbrannte in mir ein ganz anderes Gefühl mit Macht: nämlich der Wunderfitz, die Neugier. Was konnten das für Leute sein? Konnte man sich mit ihnen vielleicht sogar zusammentun, um einem stärkeren Gegner gewachsen zu sein?

Da gab's nur eines: Ich schickte schnurstracks Gangolf und Hilgolf als Späher los – sie sollten dies alles herausfinden und mir dann schleunigst berichten. Die beiden steckten sich noch einige Fladenbrote ein, stürmten dann im Galopp davon und verschwanden bald hinter der nächsten Flußbiegung.

Trotz dieses eiligen Aufbruchs blieb mein Wissensdurst lange, quälend lange ungestillt. Sofern die vorgefundenen Spuren tatsächlich zwei Tage alt waren, brauchten die beiden gegensätzlichen Brüder höchstens einen einzigen Tag, bis sie diesen mit seinem Viehzeug schleppfüßig dahinzuckelnden Trupp eingeholt hätten. Mit dem Rückweg und vielleicht noch mit einem weiteren Tag Aufenthalt bei diesen Leuten machte dies alles in allem drei Tage.

So lange wollte ich jedoch keineswegs warten. Wenn ich mit meiner ganzen Sippe ohne viel Getrödel an dem Flüßchen weiterziehen würde, dann könnte sich die Zeitspanne möglicherweise um einen oder gar um zwei Tage verkürzen.

Seltsam – die dumpfe, hoffnungslose Dahinbrüterei war mit einemmal verflogen, und das nur, weil ich ein paar verkohlte Äste angeschaut hatte – voll frischen Mutes mahnte ich meine Sippschaft zu rascherem Ausschreiten, und mit munterem Scherzwort gab ich dem rotbackigen Smärregolf einen freundlichen Stoß in die Rippen, als ich mich mit ihm zusammen an die Spitze unserer Schar begab.

Die tiefhängenden Wolken verzogen sich allmählich, und die altweibersommerlich strahlende Sonne erwärmte nicht nur unsere Leiber, sondern schickte auch wieder ein wenig Freude und Zuversicht in unsere Herzen. Smärregolf holte seine Tuba aus ihrem Holzkasten und schmetterte ein lustiges Lied nach dem anderen.

Ich begann nun, den Kopf wieder zu erheben und mich an der uns umgebenden Landschaft zu erfreuen, die mittlerweile aufgehört hatte, Düsternis und Bedrückung zu verbreiten.

Wie ich in späterer Zeit sagen hörte, wurde das Flüßchen »Lauchert« genannt, dessen Lauf wir folgten. Es schlängelte sich in vielen fröhlichen Windungen durch ein schrittweise sich öffnendes, heiteres Tal; die Erhebungen auf beiden Seiten der Aue traten immer mehr zurück, und seltener lugten graue Felsen durch das

Grün der waldigen Hänge, so daß am Ende sich der Blick auftat auf das weite Land – wellenförmig sanfte Berge umgrenzten den Horizont, ein leichter Dunst ließ die fernen Höhen in mattem Graugrün verschwimmen.

Die Aussicht in die Ferne genoß ich wohl, dennoch unterließ ich es nicht, immer wieder in jene Richtung zu spähen, in welcher meine beiden Kundschafter entschwunden waren – ja, bisweilen glaubte ich, das Getrappel herannahender Pferde zu vernehmen, und mitunter malte ich mir aus, wie der wohlbeleibte Untersetzte zusammen mit dem hageren Hochgewachsenen wohlgemut winkend hinter der nächsten Talbiegung auftauchten.

Solche Trugbilder wurden durch meine bis zum Äußersten angespannte Neugier erzeugt. Vor lauter Ungeduld fing ich an, mir die Barthaare auszurupfen und die Fingernägel zu zerkauen – bis dann endlich, endlich das lang herbeigesehnte Geräusch der Pferdehufe zu vernehmen war.

Wie groß war freilich meine Bestürzung, als uns der lange Hilgolf ganz alleine entgegenkam! In Windeseile flog ich ihm in gestrecktem Galopp entgegen und rief ihm schon von weitem meine Frage zu: »Was ist? Wo ist dein Bruder?«

»Äh – sie fürchten, wir könnten sie – äh – überfallen«, lautete die unter fortwährendem Schniefen gegebene Auskunft, »äh – deswegen behielten sie Gangolf – äh – als Geisel. Der Anführer dieser Sippe heißt – äh – Truchtolf. Er möchte dich – äh – sprechen, aber – äh – allein und ohne Waffen.«

Hilgolf hielt nach solchem Redeschwall erst mal für eine Weile inne, um seine dunkelrot angelaufene Nase mit dem Handrücken von Feuchtigkeit zu befreien.

»Und dein Bruder?« wollte ich wissen, »was ist mit ihm?«

»Äh, hurrm, äh. Sie nahmen ihm die Waffen ab und – äh – banden ihn an einen Baum.«

»Und? Drückt man ihm das Blut ab? Hat er Schmerzen?«

»Nein – äh – nein; sie haben ihn ganz locker gefesselt – äh –, Schmerzen hat er gewiß nicht. Aber – äh – er kann nicht weg – äh –, weil er gefesselt ist. Und du, Tagolf – äh – hurrm.«

Dem wortkargen Hilgolf waren die Worte ausgegangen, aber er hatte damit die längste Rede gehalten, die je seinen Lippen entschlüpft war – das Wohl seines Bruders lag ihm offensichtlich sehr am Herzen.

»Wenn du Truchtolf überzeugen kannst, daß du sein Freund sein willst«, fuhr der lange Dürre in ungewohnt flottem Redefluß fort, »dann kommt Gangolf frei.« Mit diesem Satz beendete Hilgolf seine Rede und richtete seine geröteten Augen bittend und erwartungsvoll auf mich. Während er mich so flehentlichen Blickes ansah, vergaß er sogar, das eben sich wieder neu sammelnde Tröpfchen von seinem langen, spitzen Riechorgan abzuwischen.

Weitere Einzelheiten über Truchtolfs Leute ließ Hilgolf sich nur mit Mühe aus der Nase ziehen; seine Maulfaulheit war mit aller Macht zurückgekehrt, nachdem er über Gangolfs Gefangennahme berichtet hatte.

Die Sippe Truchtolfs bestand aus ungefähr fünfzig Personen, so fand ich heraus (ich hatte also die Spuren seines Lagers einigermaßen richtig gedeutet) – zwölf davon waren gut ausgerüstete Krieger. Truchtolf selbst hatte die Mitte des Lebens bereits überschritten und schien ein kluger, verständiger Mensch zu sein.

Nun brauchte ich nur noch zu wissen, ob irgendwo zwischen Truchtolfs jetzigem Lager und unserem Standort eine größere baumlose Fläche zu finden sei, auf der ich mich mit dem Sippenführer treffen könnte. – Er habe unterwegs mehrere davon gesehen, gab mir Hilgolf Auskunft.

Da ich den armen Gangolf nicht unnötig lange in seinen Fesseln schmachten lassen wollte, war keine Zeit mehr zu verlieren. Auf der Stelle ritt ich mit Hilgolf los; er sollte mich zu einem als Treffpunkt geeigneten Platze führen.

Zwei Drittel des Wegs zu Truchtolfs Lager hatten wir vielleicht schon in gestrecktem Galopp zurückgelegt, als wir uns einer saftiggrünen Matte ohne jeden Baum- oder Buschbestand näherten, deren Ausdehnung etwa zweihundertfünfzig Schritt im Geviert betrug.

»Hier soll es sein«, bestimmte ich, »ich werde Truchtolf hier an dieser Stelle morgen vormittag erwarten, sobald die Sonne ein Viertel ihrer Bahn durchlaufen hat. Sollte er früher da sein als ich, so mag er mit seinen Leuten am gegenüberliegenden Saum auf meine Ankunft warten. Sofern ich selbst der erste sein werde, warte ich am diesseitigen Rande auf ihn. Wir werden alsdann Waffen und Kleider ablegen und uns in der Mitte dieser Rasenfläche treffen. – Du, Hilgolf, reitest jetzt wieder zurück zu Truchtolf, zum Zeichen, daß ich keine List im Schilde führe.«

Noch ein flüchtiger Abschiedsgruß, und ich sah meinen langgewachsenen knochigen Gefolgsmann eilig und schniefend von dannen traben – nun etwas weniger unglücklich als bei seiner Rückkehr von den Truchtolflingen.

Am nächsten Vormittag stand ich erneut am Rande jener Matte, und zwar punktgenau an derselben Stelle. Hinter meinem Rücken hatte sich meine ganze Sippe dicht gedrängt zusammengeschart; am anderen Ende des Rasenplatzes erblickte ich in einer langen Reihe die Leute Truchtolfs – stumm, abwartend und neugierig.

Bedächtig legte ich Schwert, Streitaxt und Messer auf die Erde, häufte daneben meine Kleider aufeinander und schritt gemessen und würdevoll auf die Mitte des Rasens zu. Kaum hatte ich die ersten Schritte getan, da löste sich aus der Menge der Truchtolflinge eine kräftige, unbekleidete Gestalt mit schütterem Haupthaar und breit wallendem Graubart – Truchtolf.

Während wir solchermaßen stocksteif aufeinander zustolzierten, erschien mir dieses aufgeblasene Gehabe doch recht lächerlich. Deshalb rief ich meinem Gesprächspartner ein herzliches »Truchtolf, ich grüße dich!« entgegen und streckte beide Arme aus, um ihn wie einen alten Freund zu umarmen. Truchtolf tat ohne Zögern dasselbe, und wie wir dann beieinander standen und uns brüderlich umhalsten, da war das Eis zwischen uns gebrochen. Zwar verströmte Truchtolf den widerlich beißenden Geruch von Achselschweiß in atemberaubenden Mengen, doch überwand ich meinen Ekel unserer neuen Freundschaft zuliebe.

Hüben wie drüben brachen unsere Leute unversehens in lautes Jubelgeschrei aus, sie rannten in wilder Freude aufeinander zu, um sich allenthalben in die Arme zu sinken. Ein herrliches Glücksgefühl durchdrang sowohl Truchtolflinge wie auch Tagolflinge: Anstatt daß wir uns mißtrauisch und bösartig beäugten, hatten wir neue Freunde gefunden!

Ein herzliches Händeschütteln, Schulterklopfen und Küßchengeben hub an, und überall hörte man ein unbeschwertes, fröhliches Lachen und Jauchzen. In der einträchtigen Menge erblickte ich auch meinen kurzgewachsenen, rundlichen Gangolf, dessen Gefangenschaft nunmehr überflüssig geworden war – natürlich in Begleitung seines klapperdürren Bruders, dem die Freudentränen aus den geröteten Augen über die knochigen Wangen liefen, und dessen rötliche Nase im Glück noch mehr Wasser absonderte als sonst.

Über dem ganzen ausgelassenen, freudetrunkenen Gejohle und Gewiehere dröhnte ein alles übertönender, mächtiger Baß – das unverkennbare Organ meines guten alten Smärregolf, der im Überschwang der Gefühle wieder einmal nach seinem Tuba-Kasten griff und seinem Instrument stracks die muntersten und lustigsten Töne entlockte.

Da konnten der Pfeifer Asgolf wie auch der Trommler Borgolf nicht zurückstehen, und spornstreichs herrschte an allen Ecken und Enden ein mopsfideles, übermütiges Gehopse, Gewirbel, Gewusel und Gewimmel, das erst spät in der Nacht allmählich zu einem Ende kam. Dazu kreisten Humpen, angefüllt mit einem angenehm süßlichen Gesöff, wahrscheinlich hergestellt von einem der Truchtolflinge.

Ungern erinnere ich mich an den Tag danach. Mir war, als hätte sich mein Schädel in einen Bienenkorb verwandelt: Ein unerträgliches Schwirren und Surren erfüllte jenen Ort, in welchem sonst Gedanken sich zu tummeln pflegen. Sobald ich die Augen zu öffnen versuchte, verursachte das gleißende Glänzen des Tageslichts stechende Schmerzen, so daß ich stracks die Augendeckel mit aller Kraft wieder zudrückte. Immerhin erkannte ich, daß ich mich dicht beim Flußufer befand.

Nach vielen vergeblichen Versuchen gelang es mir endlich, mich zu erheben. Tastend torkelte ich zum Flusse und ließ mich mit viehischem Prusten in das kalte Wasser fallen.

Lange hielt ich den schmerzenden Kopf in das klare, erfrischende Naß, bis nach und nach das Getön der emsigen Immen leiser und leiser wurde. So wagte ich es denn schließlich auch, hinter vorgehaltener Hand vorsichtig die Lider zu heben, damit die Helligkeit in erträglichem Maße das verletzliche Innere meiner gequälten Denkhülse träfe.

Dergestalt gewöhnten sich meine leidgeprüften Sehorgane blinzelnderweise Schritt für Schritt an ihre gewohnte Tätigkeit. Nun vermochte ich wahrzunehmen, daß meinen Leuten die überschäumende Ausgelassenheit der letzten Nacht nicht weniger zu schaffen machte als denen von Truchtolfs Sippe: Blasse, schweigsame Gestalten wankten unsicheren Schrittes allenthalben zum Wasser, allesamt mit derselben Absicht, wie ich sie hatte.

Die Sonne stand nun schon hoch am Himmel. Und sie sollte noch höher stehen, bis ich wieder einen halbwegs vernünftigen Gedanken zu fassen und anschließend auch auszuführen imstande war: Ich suchte Truchtolf, um mit ihm zu bereden, was wir denn nun mit unserer so urplötzlich wie unvermutet entstandenen brüderlichen Eintracht anfangen wollten. – Doch wohl nichts anderes, als miteinander diesen Fluß entlang weiterzuziehen – mehr wollte mir in jenem Augenblick um keinen Preis einfallen.

Truchtolf hatte die Nacht wesentlich besser überstanden als ich und wartete schon auf mich. Er führte mich zu einem Baum, an welchem ein jüngerer, zartgliedriger Mann festgebunden war. Die glattgeschabten, bartlosen Wangen, sein kurzgeschorenes, pechschwarzes Haar und seine feine, tuchene Kleidung machten ihn als Römer kenntlich.

»Schau dir diesen Römer an«, erklärte Truchtolf. »Er kam vor ein paar Tagen zu uns, völlig ausgehungert war er und am Ende seiner Kräfte. Er spricht unsere Sprache recht gut, und als wir ihm zu essen gaben, da erzählte er uns, er sei Aufseher auf einem römischen Gutshof, nur zwei Tagesreisen von hier entfernt. Man habe ihn dort des Diebstahls bezichtigt, er sei jedoch unschuldig. Trotzdem habe man ihn ausgepeitscht und mit Schimpf und Schande fortgejagt. Wegen dieser Demütigung habe er sich Rache geschworen: Er werde nicht ruhen, bis dieser Gutshof in Flammen aufgegangen sei – liebend gerne wolle er uns dorthin führen, damit wir dieses Anwesen überfallen und ausplündern könnten. – Reichtümer, so behauptet er, gebe es dort in Hülle und Fülle.« Fragend schaute Truchtolf mich an: »Was hältst du davon?«

Unentschlossen grummelte ich vor mich hin und dachte nach. Hauen, Stechen, Brennen und Rauben, ganz so wie früher – das kam mir doch sehr überraschend. Nie und nimmer hätte ich geglaubt, daß die guten alten Zeiten je einmal wieder zurückkommen würden! – Das war das eine.

Aber außerdem und hauptsächlich: Nun endlich, endlich würde ich doch noch eine Gelegenheit finden, mir standesgemäß nach alter Vätersitte eine Ehefrau zu erwerben – nämlich sie zu rauben! Aber trotzdem – irgendwie wollte mir diese Geschichte nicht so richtig schmecken. »Tja«, antwortete ich matt, »und wenn alles gelogen ist?« Ich hielt inne; meine Gedanken wurden nun etwas klarer. »Ich meine, das könnte doch eine List sein, um dich in einen Hinterhalt zu locken?«

Truchtolfs dichter Bartbausch zog sich lächelnd in die Breite. »Daran dachte ich selbstverständlich auch schon«, meinte er, indem er dem jungen Römer das Hemd aus dem Leibriemen zerrte und es hinten am Rücken bis zu den Schultern hochschob – »Da schau!«

Ein erschreckender Anblick bot sich mir dar: Vom Hals bis zum Hintern hatte der arme Kerl auf seinem blaurot angelaufenen Buckel Strieme an Strieme, an einigen Stellen war die Haut sogar aufgeplatzt, doch das Blut hatte sich bereits verkrustet. – Da konnte also wirklich und wahrhaftig keine Finte dahinterstecken!

»Du hast recht«, stimmte ich Truchtolf zu, »wer so jämmerlich geschunden und geschlagen wird, dessen erster Gedanke wird Rache sein, und Rache auch sein letzter! – Aber sag, warum hast du ihn gefesselt, wenn du ihm seine Geschichte glaubst?« Truchtolfs Lächeln verwandelte sich in ein verschmitztes Grinsen: »Warte mal, bis du in mein Alter kommst, mein lieber Tagolf«, kicherte er, »dann hat dir das Leben so viele Knüffe und Püffe versetzt, daß du ebenfalls die Vorsicht über alles andere stellst.«

Rasch wurde seine Miene wieder ernst, und sein bauschiger Bart nahm die ursprüngliche schmalere Form an. »Sag nun, Tagolf – machst du jetzt mit oder nicht?« Bei dieser Frage warf er mir einen forschenden, ja geradezu strengen Blick zu. »Mit meinen zwölf Kriegern allein kann ich es kaum schaffen«, so suchte er mich zu überzeugen, »aber mit deinen Leuten zusammen sind wir fast dreißig – das könnte reichen.«

In meiner Erinnerung stiegen die alten Bilder auf, die Bilder von besseren Tagen: Aus brennenden Dörfern schleppten wir schwere

Truhen, bis zum Rand gefüllt mit Juwelen und Geschmeide; in der Ferne ertönte das schmerzerfüllte, trostlose Wehgeschrei der Beraubten, während wir unter höhnischem Gelächter Pelze, Tuche, Kleider, Decken, Waffen und Werkzeuge auf den Rücken der Packpferde festbanden und ihnen johlend ihr Vieh wegtrieben.

Heißa, was waren das doch früher für herrliche Zeiten! Diese wonnevollen Erinnerungen versetzten mich in eine dermaßen gehobene Stimmung, daß ich mit einem lustvollen Juchzer den verdutzten Truchtolf kräftig an den Schultern packte und vor Begeisterung heftig hin und her schüttelte.

»Riesig! Stark! Toll!« krakeelte ich und geriet noch mehr außer mir. »Truchtolf, das ist ein Wort! Klar doch, da mache ich mit! Endlich, endlich wieder mal ein Überfall! So richtig schön mit Sengen, Brennen, Angstgeschrei! Jippie, jucheh, das wird ein Spaß! Und eine Frau werd ich mir schnappen, eine runde, saftige, fesche Römerin! Judeldudeljihöh!«

Auf der Stelle rief ich meine Männer zusammen: »Gangolf! Asgolf! Borgolf! Alle mal herhören! Hilgolf! Smärregolf! Zeugolf! Kommt alle her! Wingolf! Hergolf! Radogolf! Mungolf! Ich habe euch was wichtiges zu sagen! Beute gibts! Beute, ja, Beute! Freut euch! In zwei Tagen machen wir einen Überfall! Ja, einen Überfall, einen echten, richtigen Überfall! Auf geht's, packt eure Sachen!«

Kaum hatte ich das Wort »Überfall« ausgesprochen, da kam augenblicklich frohgemute Bewegung in die ganze Sippe – wo man hinsah, funkelten Augen beutegierig und kampfeslüstern; mit munterem Geplapper und fröhlichem Trällern eilten die Frauen und Männer auseinander, um Körbe, Kessel, Näpfchen, Kleider und Decken einzusammeln und um aufzuklauben, was sonst noch so alles herumlag.

Ich fieberte dem allzu lange entbehrten Erlebnis eines Überfalls ungeduldig entgegen und drängte meine Leute deshalb zur Eile. Sobald aber der nunmehr nahezu doppelt so lange Zug von Menschen, Lasttieren und Vieh sich träge in Bewegung gesetzt hatte, wich die kopflose Begeisterung einem nüchternen Rechnen.

Bisher waren mir solche römischen Gutshöfe nur in Form ausgebrannter, längst verlassener Trümmer untergekommen. Wie sie in vollem, lebenskräftigem Betrieb aussahen, das wußte ich nicht.

Es taten sich demzufolge allerhand Fragen auf – so trieb ich mein Pferd an die Seite Truchtolfs, um mich bei ihm zu erkundigen: »Was meinst du, Truchtolf, wie viele Leute leben denn auf diesem Gutshof? Ist er umgeben von Wall und Graben? Und wie steht es mit Wachttürmen?«

Der Graubärtige lachte: »Keine Sorge, Tagolf! Unser römischer Freund hat mir das alles schon genau beschrieben: Ungefähr fünfzig Menschen wohnen dort, vielleicht auch ein paar mehr, das spielt keine Rolle. Zwanzig davon sind jedenfalls Männer in waffenfähigem Alter. Und der Gutshof selbst? Ist wohl klar: Der kann dann auf keinen Fall sehr groß sein. Wir werden ihn ja bald mit unseren eigenen Augen sehen!«

Das hörte sich recht vielversprechend an. Meine Vorfreude auf Kampf, Beute und Ehegemahlin steigerte sich zu einer wilden Begierde, zu einem unbeherrschbar heißen Verlangen.

Schon bald nach unserem Aufbruch verließen wir das Lauchert-Flüßchen und bogen in ein Seitental ein, durch welches ein sehr dünnes Rinnsal* uns entgegenplätscherte. Diesem folgten wir aufwärts bis zu seiner Quelle, hierauf ging es weiter bergan durch lichtes Kieferngehölz.

Wenig später konnten wir zwischen den Bäumen in einen Taleinschnitt** hinunterblicken, an dessen schmalem und hochgelegenem Anfang wir uns befanden. Wie mit einem scharfen Messer schien diese Senke in die Landschaft eingekerbt, wobei der Schnitt zu unseren Füßen sich zunächst eng und wenig tief zeigte. Je weiter wir jedoch unsere Augen schweifen ließen, um so breiter und tiefer wurde die riesige Furche. Dort unten, verkündete unser römischer Führer, hinter mehreren Talwindungen und nur noch eine einzige Tagreise entfernt – dort warte der Gutshof darauf, von uns erobert zu werden.

Der Abstieg in das Tal verursachte keine nennenswerten Mühen, denn das Gelände fiel sehr sachte Richtung Nordwesten hin ab. Nach und nach traten die Anhöhen rechts und links weiter zurück und gaben den Blick frei auf die dahinter emporragenden

* Wie dem kundigen Wandersmann erkennbar, handelt es sich um die Vehla.

** Starzeltal.

Kuppen. Eine davon zu unserer Linken, eine besonders spitze, nannte der Römer »Tolla«* und meinte, die Ureinwohner dieser Gegend hätten dort ihr Heiligtum. Nicht weit entfernt von dort befände sich auch unser heiß herbeigesehnter Gutshof. Am nächsten Tag ließen wir den Tolla-Berg links hinter uns; das Ziel unseres Zuges mußte nun in ganz unmittelbarer Nähe sein.

* Hohenzollern.

Sechzehntes Kapitel

Das römische Landgut

Nach einer Biegung des Flusses* in Richtung Westen sahen wir den Gutshof schließlich vor uns – auf der gegenüberliegenden Seite des Tales, ringsum die Wälder gerodet, an einer Stelle, wo das Gelände eine schräge Fläche bildete und sich leicht und anmutig nach Süden hin absenkte.

Wie groß, wie unermeßlich groß war jedoch meine Bestürzung! Eine Handvoll mittelgroßer Hütten hatte ich mir vorgestellt, und nun das hier!

Vor uns lag ein herrisch über das Tal blickendes, ausgedehntes Anwesen,** umgeben von einer mehr als mannshohen Mauer. In der Mitte des umfriedeten Raumes erhob sich ein prächtiger Steinpalast, der mit weißer Tünche und hellrotem Ziegeldach weit über das Land hin erstrahlte. Der zu uns, also nach Süden hin ausgerichtete Haupttrakt war schöner und stattlicher gebaut als die dahinter liegenden Gebäudeteile. An seinen beiden Flanken standen untersetzte, turmartige Klötze, die ein langgezogener, niedriger Bau miteinander verband, in dessen Mitte eine Freitreppe zu einem offenen Torbogen emporführte.

Lange standen wir da und begafften mit offenen Mäulern dieses Prachtwerk römischer Baukunst. Noch immer habe ich jenen An-

* Starzel.

** Villa rustica bei Stein, östlich von Hechingen; teilrestauriert und überaus sehenswert.

blick so deutlich und lebensecht vor mir, als hätte sich alles erst gestern zugetragen: Dieser weithin sich ausdehnende, hellglänzende Herrensitz – durch seine berückende Fremdartigkeit zog er mich wie mit Zauberkraft in seinen Bann. So – oder zumindest so ähnlich –, so mußten wohl die Wohnsitze der Götter aussehen! Und auf irgendeine geheimnisvolle Weise spürte ich, daß sich dort, in diesem strahlenden Bauwerk, mein Schicksal erfüllen würde, daß dort mein Leben eine ganz entscheidende Wendung nehmen würde – eine unbestimmte, aber dennoch sehr angenehme Vorahnung durchzog meine Gedanken – zart und leicht wie Schäfchenwolken an einem sonnigen Frühsommermorgen ...

Es verstrich geraume Zeit, bis der überwältigende Eindruck so weit nachgelassen hatte, daß ich wieder an unsere eigentliche Absicht denken konnte – das anfängliche Staunen wich einer Bestürzung, die in eine bodenlose Enttäuschung einmündete: Wie sollten wir mit unseren ärmlichen zwei Dutzend Kriegern dieses gut befestigte und so weitläufig angelegte Anwesen erobern?

Die Enttäuschung wiederum wich einem Gefühl des Ingrimms: Denn wer hatte uns mit irreführenden Auskünften hierher gelockt? Ich hielt Ausschau nach Truchtolf, meinem neuen Weggenossen, und ging zu ihm hin, sobald ich ihn erspäht hatte. »Ein Gutshof, ja, ein klitzekleines Gutshöflein, das«, bemerkte ich spöttisch, um dann schärfer zu werden: »Du hast doch gewußt, wie groß dieses Ding ist, gib's zu!«

Der Angesprochene tat, als stünde er noch ganz im Banne der eindrucksvollen Baulichkeiten, doch war mir völlig klar, daß er nur kneifen wollte, weil ihn ein schlechtes Gewissen plagte – ein kräftiger Puff auf die Rippen bereitete seiner gespielten Versunkenheit ein plötzliches Ende.

»He! Was ist?« fragte er, Verwunderung mimend, worauf ich meine Frage wiederholte, die nun, beim zweiten Mal, dem guten Truchtolf die Röte der Verlegenheit ins Gesicht trieb.

»Tja, weißt du, äh, hm, ich ...« meinte er gewunden, »also, die Sache ist die: Vor ein paar Jahren wurde der Gutshof schon einmal von Alemannen überfallen. Damals konnten sie unter beträchtlichen Verlusten die Außenmauern überwinden und mehrere Nebengebäude in Brand stecken, der mächtige Hauptbau jedoch blieb unbezwungen. Trotzdem gab der Besitzer den Hof danach auf und zog weg. Mit ihm ging der größte Teil der Handwerker und Landarbeiter. Einen Verwalter ließ er zurück, der seitdem mit einigen wenigen Leuten mehr schlecht als recht die Landwirtschaft betreibt. Ihnen steckt gewaltige Angst vor umherziehenden Alemannen in den Knochen, deshalb entfernen sie sich selten von dem Gut über die Sichtweite hinaus – ja, meistens bleiben sie sogar ganz innerhalb des Mauergevierts. Da die Nebengebäude damals niederbrannten, wohnen jetzt die paar Männchen alle zusammen im Herrenhaus. So erzählte es mir unser römischer Freund.«

Diese Erklärungen verfehlten bei mir die von Truchtolf beabsichtigte Wirkung – er wollte mich besänftigen, ich aber zeigte nach wie vor ein mürrisches Gesicht. Deswegen fuhr er nach einer kurzen Pause fort: »Natürlich machte ich mir die vergangenen Tage so meine Gedanken, wie diese Nuß hier wohl zu knacken wäre. Der Römer beschrieb mir alles haargenau.«

Truchtolfs Rede wurde schneller und lebhafter sein Tonfall. Mit ausgestrecktem Arm deutete er auf die Baulichkeiten. »Das ganze Anwesen liegt am Hang, wie du siehst. Aus diesem Grunde sind die Mauern des Herrenhauses zum Tal hin sehr hoch, zum Hang hin jedoch ausnehmend niedrig. Und schau dir mal den Bau rechts hinter dem Haupthaus an.«

Dort befand sich ein etwas niedrigeres und schlichteres Gebäude, das mit dem eigentlichen Herrenhaus durch einen überdachten Säulengang verbunden war.

»Da hinten siehst du das Badehaus. Du glaubst mir nicht? Die feinen Herren Römer, mußt du wissen, lieben es, halbe Tage lang in einem großen Becken warmen Wassers zu planschen. Das finden sie dermaßen wichtig, daß sie dafür besondere Bauwerke errichten. Seit dem Überfall der Alemannen verzichten sie aber auf dieses Vergnügen, denn sie müssen mit ihrem Brennholz äußerst sparsam umgehen. Kaum einer von ihnen traut sich mehr zum Holzsammeln in den Wald – zu groß ist ihre Furcht vor Leuten wie uns.«

Er unterbrach seine eigene Rede mit einem selbstgefälligen, zischelnden Kichern; offenbar fand er Vergnügen an der Vorstellung von furchtsam sich verkriechenden Römern.

Doch kam er gleich wieder zurück zu seinem Thema: »Nachts, wenn es keiner merkt, müssen wir also dort hinten über die Mauer. Dann verschaffen wir uns Zugang zu dem leerstehenden Badehaus und haben anschließend nur noch wenige Schritte bis zu dem großen Steinhaus. Sind wir da erst einmal drin, überraschen wir sie im Schlaf. Wenn sie die Augen öffnen, haben sie eine blinkende Schwertspitze an der Kehle.«

Truchtolf hatte sich in eine überschäumende Begeisterung hineingeredet; bei seinem letzten Satz griff er tatsächlich nach seinem Schwert und hielt es mit blutgierigem Blick und bleckenden Zähnen auf einen bestimmten Punkt gerichtet, so als ob sich dort wirklich die Gurgel eines Römers befände.

»Na, Tagolf, was hältst du davon?« fragte er mich zum Abschluß seiner Vorstellung und steckte seine Waffe fröhlich wieder in die Scheide.

Die Sache begann mir allmählich zu gefallen, dachte ich ja immer stärker daran, bald eine appetitliche Römerin zu besitzen, doch entdeckte ich mehrere Stolpersteine in Truchtolfs Plan:

»Nicht schlecht, dein Vorhaben, wahrhaftig nicht schlecht – doch sag, hast du auch an die Hunde gedacht? Wie willst du sie zum Schweigen bringen? Und ein Zweites: Wie sollen wir uns bei rabenschwarzer Nacht in dem großen Römerhaus zurechtfinden? Äh – und ein Drittes: Glaubst du wirklich, daß die Römer die Tür zwischen Badhaus und Hauptgebäude über Nacht unverriegelt lassen?«

Truchtolfs Miene, eben noch an ein zähnefletschendes Raubtier erinnernd, nahm binnen weniger Augenblicke den blöde glotzenden Ausdruck eines Rindviehs an. – »Hä? Wie? Was? Hunde? Riegel?« meinte er ziemlich entgeistert, doch er fand rasch seine gewohnte Selbstsicherheit wieder.

»Riegel, Badhaus. Hm. Unser Römer, der müßte das wissen. Und die Dunkelheit? Nun, wir werden schlichtweg kurz vor Tagesanbruch losschlagen, beim allerersten Lichtschimmer. Die Römer seien ausgemachte Langschläfer, wenn ich das richtig ...«

»Und die Hunde ... die Hunde?« unterbrach ich den Graubärtigen, »da kommt mir gerade ein großartiger Gedanke! Ich habe da eine Frau in meiner Sippe, die kennt sich bestens mit Kräutern aus.

Es müßte doch irgendein Gewächs geben, das, in Fleisch eingerieben, jedem Köter das Kläffen verleiden wird. Der Römer dürfte wissen, wie man mit den Hundsviechern des Gutshofes umzugehen hat – er soll sie mit solchem Zeug füttern. Holen wir doch gleich mal den Römer!«

Der schwarzhaarige, schmächtige Mann war flugs herbeigeschafft: Wenn er das vergiftete Fleisch bekäme, so besorge er schon den Rest, denn mit den Hunden stünde er auf gutem Fuße; sie würden bei seinem Herannahen sicherlich ruhig bleiben. Nur mit der Tür zwischen Badhaus und Hauptgebäude sei das nicht so einfach; diese Tür werde jeden Abend verriegelt und ohne großes Gepolter lasse sie sich keinesfalls öffnen.

Wiederum herrschte ratlose Stille, dieses Mal von längerer Dauer. Nach einiger Zeit war erneut ich es, der mit einem Vorschlag aufwarten konnte: »Ich hab's! Das Dach!« rief ich. »Die römischen Dächer sind ja sehr flach, und man kann ohne Mühe auf ihnen herumspazieren. – Also: Am nördlichen Ende des Badhauses hinauf auf das Dach, dann über den Verbindungsgang zum Herrenhaus, die Dachziegel beiseite geschoben und schon – schwupp! – sind wir drin! Ein guter Plan, nicht wahr, Truchtolf?«

»Das ist es!« jubelte der Angeredete und schlug sich vor Freude auf die Schenkel. Der junge Römer indessen verzog keine Miene. »Ich fürchte, das geht nicht«, meinte er unfroh, »die Ziegel sitzen sehr fest. Sie wegzuräumen würde genug Lärm verursachen, um das ganze Haus aufzuwecken.«

Von neuem schwiegen wir uns jetzt an. Jeder von uns dreien zeigte eine umwölkte Denkerstirn und ließ die Blicke in die Ferne schweifen, als ob ein guter Gedanke mit scharfem Auge irgendwo am Himmel oder am Horizont zu erspähen sei. Doch trotz dieser Mühen wollte keinem etwas einfallen. Sollte am Ende die gesamte Unternehmung nur an diesen dreimal verfluchten Dachziegeln scheitern?

Ich fing an, mich unruhig am Bart zu zupfen. Noch mehr als mich schien die allgemeine Ratlosigkeit den jungen Römer zu bedrücken. Aufgeregt bewegte er seine Kauwerkzeuge wie einer, der einen riesigen Brocken zähes Fleisch mit seinen Zähnen zu zerkleinern sucht; seine Augenbrauen zuckten unstet wie unter Krämpfen und seine Augen flackerten fieberhaft. Die Rachsucht trieb seinen Denkkasten offenbar zu ganz außergewöhnlich großen Leistungen an.

»Ja, warum denn eigentlich nicht!« rief er schließlich triumphierend und klatschte sich auf die Stirn. »Ja, das ist's! Das geht ganz einfach!« Er blickte siegesgewiß mit haßerfüllter Freude in die Runde und hielt noch einige Augenblicke inne, um dadurch unsere Spannung zu erhöhen. – »Ganz einfach. Wir klettern über das Dach des Arkadenganges auf der Ostseite. Dann sind wir sofort im Innenhof. Von dort führen mehrere unverschlossene Türen in die Schlafräume.«

Truchtolf zog erstaunt die Augenbrauen hoch. »Was? Es gibt einen Innenhof?« – Ein Innenhof erleichterte unser Vorhaben gewiß beträchtlich. Der Plan des Römers schien mir ganz annehmbar, doch wollte ich noch einige weitere Einzelheiten wissen: »Wie breit ist dieser Arkadengang? Und sind die Ziegel darüber stark genug, um einen bewaffneten Mann zu tragen?«

»Da gibt es keine Schwierigkeiten«, erwiderte der Römer, »der Gang mißt ungefähr drei Schritt in der Breite, und die Ziegel sind bei zwei Daumen Dicke von allerbester Qualität. Hopsen darf natürlich keiner.«

Damit war der Plan also gefaßt – freudestrahlend rieb ich mir die Hände und rief: »Worauf warten wir noch? Wir brauchen vergiftetes Fleisch, einige Fackeln für alle Fälle und außerdem vier Leitern, nämlich zwei für die Außenmauer und noch zwei weitere für den Arkadengang! Auf, an die Arbeit!«

Ich fieberte schon der nächsten Nacht entgegen und sah mich bereits mit blanker Waffe an der Schlafstatt eines reichen Römers. Und selbstverständlich würden wir dann auch Gefangene machen – eine rundliche, knuddlige Römerin für mich, eine Gemahlin für Tagolf, den Häuptling!

Eben waren Truchtolf und ich dabei, unseren Männern den Plan für den Überfall zu erklären, da ertönte mit kreischend lautem Zetern Bertas wutschnaubende Stimme: »Seid ihr denn nicht mehr ganz bei Trost, ihr kaltherzigen Unholde! Ihr gewissenlosen Verbrecher, ihr! Was fällt euch ein, euch an harmlosen, unschuldigen Tieren vergreifen zu wollen, ihr fiesen Mordbuben! Und ich soll das Gift herbeischaffen! Ich! Ha! Nichts werde ich tun, gar nichts! Was glaubt ihr, wer ich bin? Keinen Finger werde ich rühren! Im Gegenteil: Euch sollte man umbringen, euch, ihr niederträchtigen Dreckskerle! Und mit dir, Tagolf, du Schuft, du ekliger Widerling, mit dir bin ich fertig! Aus! Vorbei! Schluß!«

»Aber Berta, mein allerliebstes Lieblingsbertilein, mein süßes ...«

»Bleib mir vom Leib, du Biest! Hau ab! Verschwinde, und zwar für immer! Ich will dich nie wiedersehen! Hörst du, nie, nie wieder!«

Nichts mehr mit Berta! Schlimm! Das traf mich härter noch als der härteste Keulenschlag! Was sollte ich nur ohne sie anfangen?

Und was wurde nun aus unserem Plan? – Die Hunde mußten wir trotz alledem unschädlich machen! Oder mindestens irgendwie zum Schweigen bringen! – Wir brauchten Bertas Gift, um alles in der Welt!

Ich selbst konnte mich bei Berta jetzt freilich nicht mehr blicken lassen. So schickte ich Gangolf zu ihr. Wenn überhaupt einer, dann vermochte er es, da noch etwas zu erreichen.

Hinter einem Baum versteckt, beobachtete ich, wie Gangolf zu ihr hinging. Und dann legte der kleine Dicke los: Trauriges Kopfschütteln. Ernste Worte. Gewichtige Armbewegungen. Was da nur alles geredet wurde? Das dauerte und dauerte!

Einfühlsames Nicken. Verständnisvolles Schulterklopfen. – Kein Ende nehmen wollte das. – Einträchtiges Lächeln. Freundliches Popotätscheln.

Hierauf kam der kleine Dicke wieder zurück. Er hatte immerhin erreicht, daß Berta sich herbeiließ, ein wirksames Schlafmittel für die Wachhunde zusammenzubrauen.

Unsere große Stunde rückte heran, als das Dunkel der Nacht sich über die Landschaft gebreitet hatte und in den Fenstern des Gutshofes matter Kerzenschimmer aufleuchtete. Als dann, später, ein Licht nach dem anderen verlöschte, machten wir uns auf den Weg, ein Stück weit an dem Starzel-Fluß entlang, durch das Wasser, die leichte Steigung hoch, in weitem Bogen seitlich vorbei an den römischen Gebäuden, die sich friedlich in den sanften Hang hineinschmiegten. Von hinten wirkte das Anwesen weit weniger majestätisch als von vorn, und die Umfassungsmauer schien uns kein unüberwindliches Hindernis mehr zu sein.

Mehrere hundert Schritt von der Nordostecke der Anlage entfernt, im dichten Gehölz, jenseits der bebauten Felder, machten wir Halt. Nun kam der große Auftritt unseres jungen römischen Begleiters - er hatte die Hunde mit dem vorbereiteten Fleisch zu füttern.

Noch immer hatte Truchtolf sich einen Rest Mißtrauen gegen ihn in seinem Herzen bewahrt, und in der Tat, der Römer hätte uns jetzt mit Leichtigkeit in eine Falle locken können.

Zur Vorsicht schickte ich Asgolf, den Bogenschützen, hinter ihm her. Bei dem geringsten Zeichen eines Verrats sollte Asgolf einen seiner tödlichen Pfeile abschicken oder, wenn ihm dies nicht gelänge, viermal den Ruf des Waldkauzes nachahmen – dann wären wir gewarnt und könnten uns wieder zurückziehen.

Der Bogenschütze kam bald wieder zurück. Der Dünnling, so berichtete er hastig, sei durch eine winzige Rinne unter der Mauer hindurchgekrochen. (Auf diese Weise wurde der Gutshof mit Wasser versorgt.) Weder Licht noch ein Geräusch seien wahrzunehmen gewesen, und kurz darauf habe er den jungen Mann wieder aus der Rinne zurückschlüpfen sehen.

Kaum hatte Asgolf ausgesprochen, da war auch schon der schmächtige Römer wieder unter uns. Truchtolf, mißtrauischer denn je, band ihm die Hände auf den Rücken, knebelte seinen Mund und hielt ihm ein Messer an den Hals – falls der Überfall in einen Hinterhalt münde, drohte er ihm, dann steche er augenblicklich zu. – Eine solche Gefahr schien aber nicht zu bestehen. Ganz nach unserem Plan schlichen wir aus dem Wald heraus und auf die Mauer zu. Erste Leiter anlehnen, hochsteigen, zweite Leiter hochziehen, auf der Innenseite der Mauer herunterklettern – dies alles geschah flink und geräuschlos; ebenso geräuschlos kam die dritte Leiter an das Dach des Arkadenganges und die letzte Leiter hinunter in den Innenhof. Hurtig bewegte sich ein Krieger nach dem anderen über die Leitern, und alle sammelten sich nach und nach am Ziel.

Als der zehnte Mann das Arkadendach überquerte, war ein ganz schwaches Knarren zu vernehmen – dieses Geräusch rührte

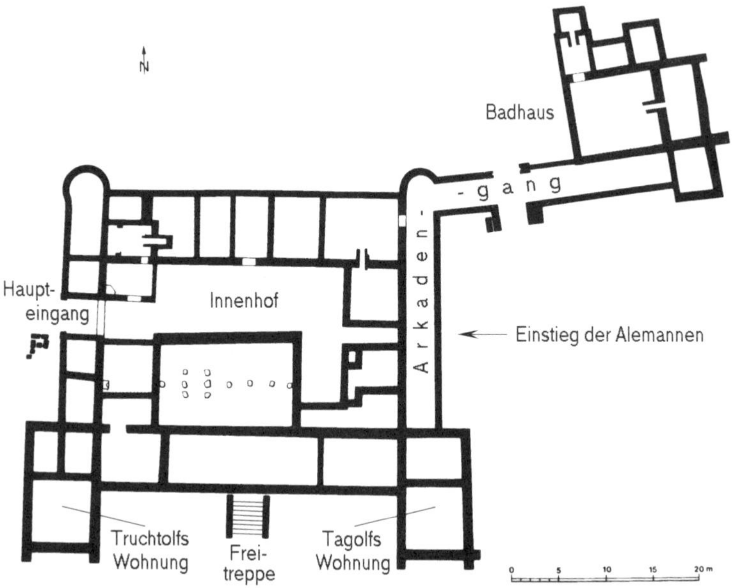

daher, daß eine der Dachlatten sich unter dem Gewicht der Männer leicht bog. Von Mann zu Mann, von Mal zu Mal nahm dieses Knarren an Lautstärke zu, bis dann beim zweiundzwanzigsten Krieger ein scharfes Quieken durch die Nacht schrillte.

Noch fünf Leute mußten hinüber – beim nächsten Quiekton erschrak ich ängstlich, so laut war mittlerweile das Geräusch geworden. Dann, beim drittletzten Krieger, da geschah es – noch heute bekomme ich eine Gänsehaut, wenn ich daran denke. Mit ohrenbetäubendem Krachen und Splittern brach der Mann durch das Dach, die Ziegel fielen laut scheppernd auf den Estrich, und es war Glück, daß sich der Krieger selbst gerade noch an einen anderen Balken klammern und sich so wieder aufs Dach hinaufziehen konnte.

Viel zu früh geschah dies, als daß wir schon mit dem Überfall hätten beginnen können, denn es war immer noch stockdunkel! Die Männer im Innenhof hielten ihre Schilde kampfbereit vor den Körper und zogen gleichzeitig ihre Schwerter, zu allem entschlos-

sen – unter äußerster Anspannung aller Sinne warteten sie darauf, daß die männlichen Bewohner des Gutshofes auf sie zustürzten.

Es folgten bange Augenblicke vollkommener Stille; in den Räumen des nachtschwarzen, riesigen Bauwerks regte sich zunächst – nichts. Nichts! Hätten wir nicht zuvor den Kerzenschimmer gesehen, dann hätte ich geschworen, das ganze weitläufige Gemäuer sei unbewohnt.

Schwer ging mir der Atem; ich spürte den Herzschlag hämmernd im Hals. Wir standen in einem von hohen Steinmauern umgebenen Geviert. Die glatten, steinernen Flächen waren in regelmäßigen Abständen unterbrochen von schwarzen, viereckigen Höhlen, in denen ich die Römer vermutete. Mit zusammengekniffenen Augen suchte ich fieberhaft Höhle um Höhle ringsum ab, aber es war so dunkel in dieser mondlosen Nacht, daß ich beim besten Willen nichts sehen konnte. Und die leisen Geräusche, die ich hörte, rührten von unseren eigenen Leuten her. Nichts regte sich. Jedes Leben schien erstorben.

Doch dann – hier ein schwaches Knirschen – dort ein leichtes Scharren – ein Fenster öffnete sich anderswo und dort eine Tür, um aber sofort wieder zugeschlagen zu werden. Nun ertönte hinter den Mauern erregtes Stimmengewirr, einige schrille Schreie folgten, hierauf ein Füßetrappeln, Rumpeln, Schieben und Türenschlagen, danach – nichts mehr, nichts. Nichts anderes als völlige Lautlosigkeit.

Sämtliche Fasern meines Körpers waren bis zum Zerreißen gespannt, meine Hände fingen an zu zittern, die Schweißtropfen kullerten mir die Schläfen herab in den Bart.

War dies ein Hinterhalt? Oder hatten sich die Römer vor uns versteckt? Das Warten schien mir unerträglicher als die Furcht vor einem Hinterhalt – so schwang ich denn schließlich beherzt die Streitaxt und rief (zunächst mit etwas dünner, dann mit zunehmend fester Stimme): »Auf, ihr Männer, hinein in das Haus! Schlagt die Römer, wo ihr sie trefft! Immer feste drauf! Hurra! Hurra!«

Unversehens wich die angespannte Starre aus den Körpern der Krieger. Mit viehisch lautem »Hurra!« stürmten die Männer in das Gebäude, wobei ganz nach unserem Plan die einen in den hinteren, die anderen in den vorderen Teil eindrangen.

Von diesem markerschütternden Gedröhn hallten die Mauern wider – über allen anderen Stimmen schwebte wie eine dicke, schwarze Wolke der mächtig rollende Baß aus der Kehle Smärregolfs. Ich selbst blieb noch zögernd stehen, um den Schmerzenslauten der Verwundeten und Sterbenden zu lauschen, aber nichts dergleichen war zu vernehmen – ich hörte lediglich das Gepolter von umgeworfenen Tischen und Stühlen, dazu das Fluchen der Männer, die im Dunkeln dagegengestoßen waren.

Die Römer hatten sich allem Anschein nach versteckt, und nur bei Licht würden sie aufzuspüren sein. »Die Fackeln! Die Fackeln an!« brüllte ich nun und versuchte meinerseits ebenfalls, mir mit Stahl, Stein und Zunder Helligkeit zu verschaffen.

Siebzehntes Kapitel

Schwarze Augen

Eine matt vor sich hinblakende Fackel hochhaltend, begab ich mich nun in die unteren Gemächer des vorderen Gebäudeteils. Im Schimmer der schwankenden Flamme zeigten sich mir im ersten Raum kunstvoll getischlerte Möbel, Stühle mit fein geschwungenen Lehnen und Beinen, auf Tischplatten wunderbare Einlegearbeiten, an den Wänden bunte Malereien von Blumen und Vögeln, die so lebensecht getroffen waren, daß ich fast ihren Duft und ihr Gezwitscher wahrzunehmen glaubte. – Menschen jedoch bemerkte ich nicht, dafür aber sah ich im hintersten Winkel eine Treppe, die nach unten führte.

Neugierig, wie ich war, wollte ich natürlich wissen, wie es dort unten aussah – in der einen Hand die unstet flackernde Fackel, in der anderen das im Feuerschein rötlich blitzende Schwert, so tastete ich mich vorsichtig Stufe um Stufe die Treppe hinab.

Das Bild, das sich mir dort unten darbot, hat sich tief in mein Gedächtnis eingegraben: Ich blickte in einen langen, schmalen Raum, an dessen rückwärtiger Wand sie eng zusammengedrängt kauerten: zwei Männer und vier Frauen, aus deren schreckensbleichen Gesichtern weit aufgerissene und furchterfüllte Augen mich anstarrten, als wäre ich der große, schwarze, todbringende Oberbulrog* in höchsteigener Person.

* Riesiges, bösartiges Untier der germanischen Mythologie, entdeckt vom angelsächsischen Germanisten und Altertumsforscher John Ronald Reuel Tolkien.

Mein weiteres Verhalten, das gebe ich unumwunden zu, dürfte sicherlich nicht dazu angetan gewesen sein, das Ansehen der Alemannen bei den Römern zu verbessern: Wie ein Wolf, der vor einem klimperkleinen Karnickel steht, so fletschte ich voll genüßlichen Ingrimms die Zähne, knurrte dazu tief grollend und hielt ihnen die Schwertspitze bedrohlich dicht vor die Nasen.

Mit einem urplötzlich losgebrüllten »Ha!« brachte ich die ohnehin schon zu Tode verängstigten Leute zu entsetztem Zusammenzucken, woran ich eine diebische Freude hatte, ja, ich aalte mich geradezu in dem grausigen Schrecken, den ich diesen bedauernswerten Menschen zufügte. – Was nützt es ihnen ein halbes Menschenleben später, wenn ich mich heute für mein Verhalten schäme?

Lange trieb ich dieses bitterböse Spiel nicht, weil eine der Frauen, kaum älter als ich, mir einen Schritt entgegentrat und mich mit tadelnder Stimme anredete. Ihre Worte konnte ich nicht verstehen, denn sie sprach lateinisch; trotzdem vermochte ich mich dem Banne ihrer Stimme und dem Zauber ihrer Augen nicht zu entziehen – ihrer großen, schwarzen Augen, die mich voll strafender Strenge ansahen.

Ich hörte auf zu knurren, ließ das Schwert sinken und ging einen Schritt zurück. Die Frau redete weiter und nahm ihre Augen nicht von mir; ihre Stimme klang nun sanft und beschwichtigend.

In der Tat stand da eine eindruckheischende Gestalt vor mir: Das rundliche, hellhäutige Gesicht umrahmt von tiefschwarzem, bläulich schimmerndem Haar, das in der Mitte gescheitelt war und am Hinterkopf durch einen straffen Knoten zusammengehalten wurde, die hohe, leicht gewölbte Stirn, die schmalrückige Nase wie auch die ebenmäßig geschwungenen, vollen Lippen verliehen ihr eine vornehme und hoheitsvolle, aber zugleich auch anziehende und liebreizende Ausstrahlung. Ihren Körper hatte sie in einen faltenreichen, dunkelbraunen Überwurf gehüllt, dessen Enden bis zum Boden reichten. Trotz dieses weiten, grobtuchigen Gewandes konnte ich unschwer erkennen, daß diese Frau mehr dem Fülligen als dem Hageren zuneigte.

Was mich aber vollkommen und allumfassend in ihren Bann schlug, das waren ihre Augen, diese ausdrucksstarken, mitteilsamen Augen, so groß und von einer so abgrundtiefen Tiefe, wie auch der allertiefste Tiefbrunnen tiefer nicht sein kann.

Der Blick aus diesen Augen durchflutete mich mit einer heimeligen Wärme, die bis in die kleinsten und hintersten Fäserchen meines Körpers drang und mich in einem heißglühenden Glücksgefühl erbeben ließ.

Während also besagter Blick mir die Röte in die Wangen trieb und meine Knie fast schon in Butter verwandelt hatte, hörte ich hinter mir vielfache, stampfende Schritte, begleitet von mehreren enttäuscht grummelnden Männerstimmen. Es waren einige unserer Leute, die enttäuscht waren, denn sie hatten niemanden zum Totschlagen finden können. Sobald die Römer uns bemerkt hatten, waren die meisten von ihnen Hals über Kopf zum Haupteingang hinaus geflohen, welcher sich auf der unserem Einstieg gegenüberliegenden Seite des Anwesens befand.

Nur die Herrschaft und ihr Gesinde flüchteten sich in den Keller, weil wir ihnen den Weg vom Herrschaftshaus über den Innenhof zum Ausgang versperrt hatten. – Ebendiese Menschen hatte ich im Keller aufgespürt.

Berstend vor Blutgier war das ganze Sinnen und Trachten der Mannen auf eine genüßliche Metzelei gerichtet gewesen – ein Gemetzge mit den angstvollen Schreien der Bedrohten, mit dem Röcheln von Sterbenden, mit abgeschlagenen Gliedmaßen, gespaltenen Schädeln, weit klaffenden Wunden und eben mit allem, was das Herz eines zünftigen Alemannen im Kampfe erfreut. Nun aber hatten sich die erwarteten Opfer so einfach mir nichts dir nichts aus dem Staube gemacht. Der Frust saß tief.

Als nun die herannahenden Krieger des verängstigten Menschenhäufleins in dem Kellergewölbe ansichtig wurden, erhoben sie ein ohrenzerfetzendes Mordgebrüll, welches in dem engen Raum auch bei sehr beherzten Leuten Todesfurcht ausgelöst hätte. Allem Anscheine nach erhofften sich die Männer, hier nun einen kleinen Ersatz zu finden für das entgangene Schlachtvergnügen.

Fackel und Schwert kampfentschlossen erhoben, stellte ich mich breitbeinig vor die bedauernswerten Römermenschlein, die am ganzen Leibe zitterten und sich dem sicheren Tode nahe wähnten.

»Zurück, ihr Schwachköpfe! Ihr Blödmänner, weg da! Verschwindet hier, ihr Dummlinge!« donnerte ich aus vollem Halse, kam aber damit nicht durch, denn die Männer hatten nur Augen für die armseligen, wehrlosen, schlotternden Leutchen.

Doch sobald der vorderste Krieger sich an mir vorbeizudrängen versuchte, schlug ich mit der Flachseite meines Schwerts laut scheppernd so kräftig auf seinen Helm, daß ihm die Kampfhaube bis über die Augen herabrutschte.

Erst nach diesem drastischen Streich verstummte das blutgierige Geheul. Die Mannen trollten sich langsam, leise maulend und mit etwas dümmlichem Glotzen von dannen – nicht ohne daß ich ihnen eine riesengroße Ladung Schimpfworte und Verwünschungen hinterherschleuderte.

Die Frauen und Männer mußten mittlerweile begriffen haben, welch guter Schutzgeist ich ihnen geworden war (auch wenn ich mich anfänglich ganz anders gebärdet hatte). Durch Zeichen gab ich ihnen zu verstehen, daß sie sich nicht von der Stelle rühren sollten – dann eilte ich die Stufen hoch, durch die Zimmer hindurch zurück zum Innenhof.

In der Zwischenzeit hatte sich die erste fahle Morgendämmerung eingestellt, und die Männer waren damit beschäftigt, überall in den Gebäudeteilen emsig nach Kostbarkeiten zu wühlen. Alle Schätze wanderten auf einen mannshohen Haufen im Innenhof und warteten dort auf ihre Verteilung durch die beiden Sippenhäuptlinge.

Wenig Schmuck befand sich dabei, fast gar keine Münzen waren darunter; dafür aber jede Menge Hausrat aus edlen Metallen, prachtvolle Erzeugnisse der Schmiedekunst und dazu noch eine ganze Reihe weiterer Gegenstände, die zwar wertvoll aussahen, deren Verwendungszweck ich jedoch nicht kannte.

Unter wildem Gefuchtel, lautem Krakeelen, langatmigem Feilschen und endlosem Palavern hub nun das Verteilen der angesammelten Kriegsbeute an – natürlich wollte jeder die besten Dinge für sich selbst haben, und jedesmal schwoll der Lärm zu neuer Stärke an, wenn jemand ein besonders schönes Stück an sich gebracht hatte, denn die Krieger mißgönnten einander sogar die kleinste Glasperle. – Habsüchtig und mißgünstig waren die Krieger schon immer, wenn es um das Verteilen der Beute ging. – Die Mittagszeit zog näher schon, bis der große Berg von Gerätschaften zu einem winzigen Häuflein zusammengeschmolzen war. Ich selbst hatte nicht weniger hingebungsvoll als die anderen an der Verteilerei mitgetan, denn welcher Alemanne hätte beim Anblick dieser Schätze an etwas anderes denken können!

Als am Ende nur noch ein bißchen unerheblicher Krimskrams herumlag, fielen mir plötzlich wieder die Leute in dem Kellergewölbe ein. Ob sie sich inzwischen aus dem Staube gemacht hatten? – Da sickerte es mir siedend heiß in das Hirn: Unter den Römerinnen in diesem Keller gehörte mindestens eine mir, mir, mir! Eine davon mußte meine standesgemäße Ehefrau werden! Oh die schwarzen Augen – wie konnte ich sie nur neben all dem Edelmetall vergessen! Oh welch aufschäumendes Glücksgefühl durchwallte mich, da ich jetzt wieder an sie dachte!

Stracks rannte ich hin, um nachzusehen, atemlos vor Erregung, und siehe da, in ihrer übergroßen Furchtsamkeit hatten sie sich nicht von der Stelle gerührt, sie waren alle noch da, auch die Frau mit den großen schwarzen Augen.

Den verhockten Gestalten gab ich zu verstehen, daß sie mir folgen sollten, und mühte mich dabei, freundlich zu erscheinen. Gewiß wußten sie, daß ihnen nichts anderes übrig blieb, als mir zu gehorchen. Verzagt und verschüchtert schlichen sie, einer nach dem anderen, ans Tageslicht.

Beim Anblick meiner Kriegsgefangenen (denn das waren sie ja in der Tat) erhob sich von neuem ein unbändiges, gellendes Gezänk und Gezerfe, denn jeder Krieger wollte sich eine Römerin grapschen.

Truchtolf und ich hatten größte Mühe, die habgierigen Männer einigermaßen in Schach zu halten, obwohl sie alle wußten, daß nach altem germanischem Brauch die Verfügungsgewalt über die Kriegsgefangenen einzig und allein den Häuptlingen zusteht. Letztendlich gelang es uns aber doch, den Handel unter uns alleine auszumachen.

Die Rechnung zwischen Truchtolf und mir war denkbar einfach: zwei Frauen für ihn, zwei für mich, ein Mann für ihn und einer für mich.

Die Schwarzäugige mußte auf jeden Fall bei meinen drei menschlichen Beutestücken dabei sein, aber meine anderen beiden sollten auch nicht gerade zum Schrott gehören. Deshalb galt es, den guten Truchtolf möglichst umfassend an der Nase herumzuführen.

»Diese beiden rüstigen Frauen da, mein bester Truchtolf«, so flötete ich, auf die alten Schachteln deutend, »die können gewiß ausgezeichnet kochen und nähen, waschen und putzen. Erstklassig für den anspruchsvollen Haushalt, genau das Richtige für mich. Aber was soll's – ich lasse sie dir: Kleine Geschenke erhalten die Freundschaft!«

Sprach's und schob die beiden alten Weiber mit großzügiger Geste schon mal zu ihm hin.

Leider hatte mein graubärtiger Kumpan den Braten sogleich gerochen: »Aber nicht doch, nicht doch, Tagolf, mein Lieber«, flötete Truchtolf gleicherweise zurück, »du beschämst mich, wirklich! Ein solches Geschenk kann ich doch unmöglich annehmen!« – Sprach's und schob die beiden nicht mehr ganz blutjungen Weibsbilder wieder zu mir hin.

Nun war die Reihe erneut an mir: »Ich bitte dich, Truchtolf, mein Gutester«, säuselte ich in süßesten Tönen, »unter echten Freunden ist doch das Feinste als Geschenk wirklich gerade gut genug. Ich bestehe darauf, ich bleibe dabei: Nimm diese Freundschaftsgabe an!«

Dergestalt schoben wir die beiden älteren Frauen eine ganze Weile noch hin und her, bis wir schließlich des höflichen Spielens müde wurden und überein kamen, uns die beiden Alten zu teilen: er eine – ich eine.

Jetzt war die Zeit, uns über die zwei jüngeren Frauen zu einigen. Nunmehr wollte ich nichts mehr wissen von diesem verlogenen »Bitte du – nein, bitte du«, denn höchst Wichtiges stand für mich auf dem Spiel – ich mußte sie haben, sie, unbedingt, auf jeden Fall mußte ich sie haben, diese Frau mit den großen, ausdrucksvollen, schwarzen Augen.

Truchtolf erkannte meine Absicht natürlich auf der Stelle und wollte mir die Schwarzäugige überlassen, wenn er im Gegenzug dafür den Kräftigeren von den beiden Männern haben könne. In dieses Geschäft willigte ich freudig ein, obwohl ich mir damit ein äußerst kleinwüchsiges und bis zur vollkommenen Fleischlosigkeit schmächtiges Männlein einhandelte, für welches mir auch bei schärfstem Nachdenken kein vernünftiger Verwendungszweck einfallen wollte.

Stumm und steif wie Steinsäulen standen die drei nun vor mir – die Alte, die Schwarzäugige und der Schmächtige. Streng sah ich ihnen in die fahlen, reglosen Gesichter. »Ich bin Tagolf«, begann ich mit achtunggebietender Stimme und schlug mir dabei die flache Hand auf die Brust, »und ihr drei, ihr gehört jetzt mir. Habt ihr mich verstanden?«

Der Schmächtige verneigte sich daraufhin unterwürfig und antwortete: »Gewiß, Herr Tagolf, ich habe verstanden. Wenn du erlaubst, werde ich deine Worte übersetzen.« Hierauf brabbelte er auf Lateinisch los und schaute mich zwischendurch immer wieder mit kriecherischem Gesichtsausdruck an.

»Wie heißt ihr drei denn überhaupt?« wollte ich nun wissen.

»Dies ist Vetula, oh Herr«, erwiderte der Schmächtige diensteifrig, auf die Alte deutend, »und hier steht Aurelia, meine Herrin. Und ich, ich bin Sedulius, dein gehorsamer Diener, oh Herr.«

»Sedulius. Hm, hm, so, so. Also, Sedulius, sage deiner Herrin, daß sie meine Frau wird.«

Und nun schaute ich wieder in diese tiefschwarzen Augen, die mich so sehr verzauberten, daß ich mich wie in eine andere, bessere, schönere Welt versetzt fühlte – »Aurelia«, wollte ich ihr dahinschmelzend zuraunen, doch das Wort kam mir nicht aus dem Munde heraus.

Es bedurfte eines kräftigen Räusperns und eines tiefen Atemzuges, bis ich endlich herausbrachte, was mir so überaus dringlich auf dem Herzen lag: »Aurelia! Äh – hum – Aurelia! Wenn du meine Frau bist, dann herrschst du über mehr als sechzig Tagolflinge. Du kannst alles haben, was du willst: schöne Kleider und kostbares Geschmeide in Hülle und Fülle. Alles, was du wünschst, wird geschehen. Den Himmel werde ich dir auf die Erde herunterholen, oder auch anders herum, wenn du es willst: Die Erde hebe ich dir hoch bis zum Himmel – alles tu ich für dich, alles auf deinen Befehl!«

Noch bevor Sedulius übersetzte, zuckte kurz ein spöttisches Lächeln um die Mundwinkel der mandeläugigen Frau. »Nichts anderes habe ich mir erwartet, Häuptling Tagolf«, ließ sie mir sagen, »doch darfst du nicht meinen, daß ich mich fortan wie eine Germanin benehmen werde.«

Ein unfaßbar weiter, hoher, himmlischer Wonnerausch stieg in mir auf – diese Frau, diese berückende, betörende, hinreißende Frau, sie sollte meine Gemahlin werden!

Ein schmetterndes »Jijipiejejahuuuh!« jubelte ich hinaus, zog sie mit herzhafter Deftigkeit an mich und drückte ihr einen laut schallenden Schmatz auf die kühle Wange.

Hölzern und steif ließ sie sich dies gefallen. Sedulius glaubte, diesen Mangel an liebender Hingabe entschuldigen zu müssen: »Die Römer, Herr, sie zeigen ihre Gefühle eben etwas anders. Besonders den Germanen gegenüber.«

Jetzt endlich hatte ich Augen für die neue Umgebung, für den soeben eroberten Gutshof. Wie ein alter Kater, der in ein fremdes Haus gesetzt wird, schnüffelte und schnoberte ich überall herum, in den Kellergewölben, unter den Dächern, in den Heizöfen, hinter dem Badhaus, zwischen den Dachbalken, hinter den Truhen und Kisten – so lange, bis ich meinte, auch den allerhintersten Winkel kennengelernt zu haben. Dabei fiel mir auf, daß die römischen Wachhunde verschwunden waren. Wahrscheinlich hatte Berta ihnen die Freiheit geschenkt; sie hatte es ja schon immer mit den Tieren gehalten (wenn auch nicht gar so sehr wie mit den Pflanzen). Vielleicht war das auch besser so. Zudem konnte ich den jungen, dünnleibigen Römer nirgendwo finden, der uns den Weg hierher gewiesen hatte. Er hatte sich wohl aus dem Staub gemacht.

Sedulius, mein soeben frisch erworbener Eigenmann, begleitete mich auf meinen Rundgängen und erläuterte mir alles, wobei er sich die allergrößte Mühe gab, seinen neuen Herrn in jeder Beziehung zufriedenzustellen.

In helles Erstaunen versetzten mich die steinernen Menschengestalten, die in einigen Räumen wie auch vor dem Eingangstor auf Sockeln herumstanden. Sie sahen aus, als habe ein zorniger Zauberer mit einem Bannstrahl einige Frauen und Männer in Stein verwandelt.

»Das sind die Götter der Römer«, erklärte mir Sedulius, als er meine Verwunderung wahrnahm, »dies hier, zum Beispiel«, fügte er hinzu, auf eine überschlanke, unbekleidete Frauenfigur deutend, »das ist Venus, die römische Göttin der Fruchtbarkeit.«

Fruchtbarkeit? Fruchtbarkeit? Da war ich doch fürbaß verblüfft! In einem derart dünnleibigen Frauenzimmer sahen die Römer die Fruchtbarkeit! Da stellte ich mir schon etwas anderes, etwas wesentlich Habhafteres vor: fleischige Arme, große Brüste, breite Hüften, dicker Hintern, runder Bauch und fette Schenkel – so müßte doch eine Fruchtbarkeitsgöttin aussehen! Mit offenem Mund betrachtete ich das dünnliche Fräulein. – Das konnte ich einfach nicht fassen! – »Diese Römer«, entfuhr es mir, »sie wissen überhaupt nicht, was schön ist! Eine wirklich schöne Frau sieht doch ganz anders aus!«

Da legte Sedulius den Zeigefinger beschwörend an seine zugespitzten Lippen: »Psst – wenn ich dir einen guten Rat geben darf, oh Herr: Sage so was ja nicht in Gegenwart einer Römerin! Sie wäre zutiefst in ihrer Frauenehre gekränkt!«

Verständnislos schüttelte ich den Kopf: Seltsame Menschen, diese Römer!

Sedulius zeigte mir auch die Vorratsräume, und wiederum geriet ich ins Staunen, als ich die länglichen Tonkrüge sah, in denen die Römer ihre Nahrungsmittel aufbewahrten. »Die Römer nennen diese Krüge Amphoren. Eine sehr vorteilhafte Einrichtung, diese Krüge«, erläuterte Sedulius, »denn mit ihnen ist es ein Leichtes, unersättliche Nagetiere fernzuhalten.« Das leuchtete mir augenblicklich ein – und damit zeigten sich die Römer mir wieder in einem etwas günstigerem Lichte.

Meine bisherige Verachtung der römischen Lebensweise begann sich schließlich in Hochschätzung umzukehren, als der diensteifrige Zwerg mich in einen rußgeschwärzten Kellerraum führte: Dort, so ließ er mich wissen, werde in der kalten Jahreszeit ein großes Feuer entfacht, dessen Wärme durch kleine Pforten in Hohlräume unter dem Estrich der Fußböden gelangte. Dadurch verbreite sich während des Winters in den unteren Räumen des Bauwerks wohlige Wärme, deren Genuß nicht durch Rauch und Ruß beeinträchtigt werde.

Ja, Sedulius! Dieses dürre Männlein war schon drollig anzusehen mit schütterem Haarwuchs, mit einem Bart von einigen wenigen schwarzen Haaren, mit langer, spitzer Nase und ebensolchem Kinn – seine Vorzüge indessen ruhten unsichtbar unter seiner spärlich bewachsenen Kopfhaut, wie ich bald schon feststellen sollte.

Der Innenhof des Gutshofes, so erzählte er mir, sei bis zu dem Alemannenüberfall einige Jahre zuvor wesentlich größer und ansehnlicher gewesen als jetzt. Aus Furcht vor weiteren Angriffen habe man erst im Vorjahr einen Getreidespeicher im Innenhof gebaut. – Sehr klug, dachte ich, uns kommt solches durchaus ebenfalls zupaß.

Die traumhaft schöne Anlage des Landguts lernte ich bei meinem Herumschnobern kennen und schätzen, denn von innen war es fast noch schöner anzusehen als von außen. Keine Frage, hier würden wir uns niederlassen, und zwar wir alle – ich und Trucholf mitsamt unseren Sippen.

Ich bestimmte gleich den östlichen Eckturm für mich und meinen Haushalt. (Den westlichen Eckturm nahm Truchtolf dann für sich und die Seinen, ohne daß darüber je ein weiteres Wort gesprochen worden wäre.)

In dem östlichen Eckturm hatte zuvor bereits die römische Herrschaft gewohnt – die Räume waren üppig ausgestattet mit kunstvoll geschreinerten Stühlen, Sesseln, Tischchen, Betten, Kästchen und Wandborten, alles aus feinstem Birnbaumholz.

Derart fein getischlertes Holzwerk hatte ich zuvor noch nie benutzt; deswegen wohl bereitete es mir ein geradezu kindisches Vergnügen, diese edlen Gegenstände zu gebrauchen und dabei so zu tun, als hätte ich mein ganzes Leben lang immer nur solch feines Gerät um mich gehabt.

Dabei hatte ich meine ganz besondere Freude an den Polstern der Diwane und Sessel; sobald ich mich unbeobachtet fühlte, drückte ich mit dem Daumen eine tiefe Mulde hinein, zog die Hand sodann ruckartig zurück und beobachtete daraufhin ganz genau, wie die Mulde allmählich immer flacher wurde, bis ich die Eindruckstelle schließlich fast überhaupt nicht mehr wahrzunehmen vermochte.

Auch hatten es mir die feinen Tuche der Römer angetan – mattglänzende Tuche, die, ganz wie ein Pelz, auf der einen Seite mit unzähligen kleinen Härchen bedeckt waren. Die Härchenoberfläche sacht zu streicheln, das erfüllte mich mit wonnigsamer Lust. Solcherlei Sinnenkitzel gönnte ich mir aber nur, wenn ich das Gefühl hatte, allein zu sein.

Das Glas der Fenster übte gleichermaßen einen seltsamen Reiz auf mich aus. Je mehr man von der Seite her auf die flachen Scheiben blickte, um so grünlicher schienen sie zu werden. Und wenn das Sonnenlicht hindurchfunkelte, dann konnte es sein, daß an der Kante eines Glasstücks die Farben des Regenbogens aufschimmerten.

Und dann der herrliche Blick aus den Fenstern nach Süden hin! Hoheitsvoll ragte dort der Tolla-Berg in den Himmel, umgeben von weiteren Erhebungen, die sich in seinen Schatten duckten, als wären sie ihm untergeben.

Nicht sattsehen konnte ich mich an dieser großartigen Landschaft. Während meine Augen wieder einmal wie gebannt an dem prächtig erhabenen Bergkegel hafteten, begann mein Begleiter Sedulius zu erzählen:

»Die Ureinwohner dieser Gegend – sie selbst nennen sich Walen, wir aber Kelten –, sie verehren diesen Berg als ihr Heiligtum. Zur Sommersonnenwende pilgern sie von weit her in hellen Scharen dort hinauf. Sobald es dunkel geworden ist, sieht man sie von hier fackelschwingend hinanziehen; ihre Priester tragen wallende weiße Gewänder und singen ihre dumpf hallenden Lieder.

Man munkelt, sie würden auf dem Tolla-Berg ihren Göttern Menschenopfer darbringen, aber das halte ich für ein leeres Gerücht. Solches wird über viele andere Religionen ebenfalls verbreitet und ist doch erwiesenermaßen nichts anderes als üble Nachrede.

Nicht mehr viele Kelten wohnen hier – in den letzten paar Jahren sind die meisten von ihnen weggezogen. Man erzählt sich, im Nordwesten Galliens an der Küste zum Atlantik gebe es ein Dorf, das schon seit Jahrhunderten sich den Römern widersetzt. Dort wollen sie wohl hin, die Kelten. Schade nur, daß man sie heutzutage nur noch selten trifft – sympathische Leute, ich hab' sie gern, über Staatsform und Freiheit läßt es sich trefflich mit ihnen diskutieren. Ihr scharfer Intellekt imponiert mir. Hatte auch immer Spaß an ihrem bissigen Humor. Ich vermisse sie sehr, wirklich.«

Von Sedulius vermochte ich viel zu lernen – er kannte sich rundum aus; sein vielseitiges Wissen erstaunte mich immer wieder.

Dieser zwergenmäßige Gnom beherrschte unsere Sprache fast genauso gut wie das Lateinische, er wußte auch bestens Bescheid über die Lebensart der Germanen, er kannte ihre Sitten und Gebräuche so gut, als habe er jahrelang unter ihnen gelebt. Seine großen, abstehenden Segelohren hörten auch das leiseste Tönchen, und seinen kleinen, flinken Mäuseaugen entging absolut nichts.

Mit solcherlei Eigenschaften machte sich der Winzling schon in den nächsten Tagen unentbehrlich:

War eine Nadel verlorengegangen – Sedulius fand sie wieder. War ein Kamm zerbrochen – Sedulius beschaffte einen neuen. Brüllte ein Säugling ein halben Tag ohne Pause – Sedulius fand den Grund heraus.

Vor allem aber verfügte Sedulius über eine merkwürdige, an Zauberei grenzende Kunst: Er malte nämlich auf ein weißliches, stoffähnliches Band kleine schwarze Zeichen, mit denen er die gesprochene Sprache festzubannen wußte – eine Fertigkeit, die ich immer wieder aufs neue bestaunen würde; eine Fertigkeit zudem, die ich mir in späteren Jahren auf mancherlei Weise zunutze machen konnte. Auch diese Geschichte hier wurde diesermaßen von ihm festgehalten.

Achtzehntes Kapitel

Fährnisse der Zweisamkeit

Der kleingewachsene Römerling sollte indes vorübergehend etwas in den Hintergrund treten, als die Vorbereitungen zu meiner Hochzeit begannen. Dafür blieb nicht sehr viel Zeit, denn bis zum nächsten Ziu-Tag waren es nur noch vier Tage. – Bei uns Alemannen müssen die Hochzeiten ja bekanntlicherweise am Ziu-Tag stattfinden, am Tage des Kriegsgotts und nicht etwa am Tage der Fruchtbarkeitsgöttin; hat doch die Ehe, wie jedermann weiß, mehr mit dem ewigen Kampf der Geschlechter zu tun als mit zärtlicher Zuneigung.

In diesen verbleibenden vier Tagen gab es noch allerhand herbeizuschaffen: Kleider, Kränze, Girlanden, Blumen und Bänder, ferner Brennholz in Mengen, denn es sollten drei Ochsen an offenen Feuern gebraten werden. Smärregolf war nicht mehr zu sehen – wohl tief im Walde verschwunden, um unbemerkt und ungestört einige neue Tanzlieder für das Fest auf seiner Tuba einzuüben. Eine Gruppe von Männern zimmerte und hämmerte an einem Tanzboden herum und außerdem an einem erhöhten Podest für die Musik.

Die eigentliche Vermählungsfeierlichkeit wurde ausschließlich von den Frauen der Sippe ausgerichtet. Sie nahmen zunächst einmal die Braut in Beschlag – wuschen sie, rieben sie ein mit wohlriechenden Salben und Wässerchen, bestreuten sie unter beschwörenden Gesängen mit Blütenblättern, umwanden sie mit Flechtwerk aus heilkräftigen Kräutern. Solchergestalt sollte die Braut gerüstet und gewappnet werden, um in dem lebenslangen erbarmungslosen Kampf der Geschlechter möglichst viele Runden zu gewinnen.

Schließlich wurde auch ich selbst am Vorabend des Ziu-Tages in die Vorbereitungen der Frauen mit einbezogen. Die Frauen kamen zu mir in meinen fürstlich vornehmen Eckturm, holten mich ab und geleiteten mich in langsam-festlichem Zuge zum Badhaus, wo ich einer gründlichen Reinigung des Körpers unterzogen wurde.

Eine halbe Ewigkeit lang schabten und schrubbten die Weiber mir am Leibe herum. Mit reinem Körper müsse ein Häuptling die Ehe eingehen, behaupteten sie, sonst würde er den Zorn der Götter auf die ganze Sippe ziehen.

Es blieb jedoch nicht bei dem Bade, nein, es kam noch schlimmer. Die liebe lange Nacht hatte ich alleine in einem Kellergewölbe zuzubringen: Rein müsse auch das Innere des Körpers sein und rein auch der Geist, meinten diese dreimal verfluchten Frauenzimmer. Um dies zu gewährleisten, dürfe ich nichts essen und nichts trinken, auch mit niemandem sprechen. Widerwillig schmollend fügte ich mich, denn wer will schon die Wut Wotans gewärtigen!

Am Morgen des Tages, der dem Gotte Ziu geweiht ist, am Tage des großen Ereignisses also, da fühlte ich mich unausgeschlafen, gerädert und rundum hundeelend.

Die Frauen geleiteten mich von meinem Schlafgelaß zu einem der oberen Räume, in welchem sie die letzten Vorbereitungen trafen. Wie einen Festochsen behängten sie mich mit Bändern und Blumen und führten mich nach einer unerträglich langen Wartezeit schließlich hinaus auf den Säulengang im Süden des Hauptgebäudes, wo ich neben dem großen Portal aufgestellt wurde, zu welchem die Freitreppe führte.

Unmittelbar an der untersten Stufe der Freitreppe war ein Bretterboden gezimmert worden, der nahezu so breit erschien wie die Vorderfront des gesamten Gebäudes. Dort – genau in der Mitte des Bretterbodengevierts – stand ein über und über mit Blumenblüten überhäuftes, römisches Bett aus meinem Eckturm.

An mir vorbei wandelten jetzt in feierlichem Zuge die festlich geschmückten Frauen, alle mit blütenbekränzten Häuptern, in den Händen dicke Blumensträuße. Vorneweg zwei, die zwischen sich eine Schüssel trugen, gefüllt mit Erde und Wasser. Ihnen folgte eine Frau mit einer brennenden Fackel. Die runde Form der Schüssel wie auch deren Inhalt bedeuteten das Weibliche in der Welt – Erde und Wasser gelten ja auch bei uns Alemannen als die Elemente des entstehenden Lebens, des Werdens und Gebärens; die Fakkel hingegen steht für das Männliche, für das Verzehrende und Vergängliche.

Die letzten beiden im Zuge schleppten große, breite Kupferbecken (aus der Küche des Gutshofes entliehen), auf welche sie mit kurzen dünnen Stäbchen klimperten und klapperten. Dazu stimmten sie einen sanft säuselnden Singsang an, dessen beschwörende Worte bei dem schnarrenden Schettern kaum zu verstehen waren:

O Freya, Freya, Freya,
o Freya, frage die Frau,
ob Frost erfriere den Mut,
wenn Frechheit frißt ihre Lust.

O Freya, Freya, Freya,
o Freya, frage die Frau,
ob Freude erfrische ihr Herz,
denn fröhliches Freien macht
fromme friedliche Frucht.
O Freya, Freya, Freya.

Nachdem der Zug dreimal unter unaufhörlichem Geklapper und Geschepper der Becken das Bett umschritten hatte, hielten die Frauen an, und das Lärmen verstummte. Die Fackelträgerin schwang ihren widerlich qualmenden Brennstab einige Male auf und ab, um ihn sodann stumm in die Schüssel zu stoßen, wo die Flamme zischend verlöschte.

Wahrscheinlich hätte nun irgend etwas geschehen sollen, aber es regte sich nichts. Alles blieb still, mucksmäuschenstill – ich wagte kaum zu atmen.

In der Menge der blumenbekränzten Frauen entstand eine Unruhe; ein Ziehen und Zerren begann, ein Drücken und Schieben, ein Brummeln und Murmeln, aus welchem sich eine laute, ängstliche Stimme erhob, die Stimme Aurelias.

Nun begriff ich. Meine Braut kannte unsere Hochzeitsbräuche wohl nicht gut genug; insbesondere war ihr die Sitte fremd, beim Verlöschen der Fackel die Kleider abzulegen. Die Frauen wollten ihr offenbar hierbei behilflich sein, Aurelia jedoch wehrte sich dagegen – als stolze Römerin, die sie war.

Aller Widerstand blieb letzten Endes aber vergebens, und so stand sie nun da – zitternd, nackt und furchtsam; ein steinerweichendes Häuflein Elend, wie es erbarmenswerter wohl kaum sein konnte. Ihr fülliger, weißer Körper wollte mich nur wenig erregen; vielmehr empfand ich kaum etwas anderes als Mitleid.

Die Frauen ließen sie freilich nicht lange in dieser Lage und schubsten sie mit sanfter Bestimmtheit auf das Bett.

Damit war mein Auftritt gekommen: Feierlich schritt ich die Freitreppe hinan, legte meine Kleider ab und bestieg die Liegestatt, ganz in der Art, wie das bei uns Alemannen üblich ist.

Die mandeläugige Aurelia lag jedoch keineswegs so im Bett, wie man sich eine liebeheischende Braut vorstellt: Gekrümmt und verkrampft ihr schöner, weißhäutiger Körper, die Arme hielt sie über der Brust verschränkt, den Kopf zur Seite gedreht, die Stirn in verquälten Falten, die Augen geschlossen und die vollen Lippen vor Abscheu fest aufeinandergepreßt.

Die arme, arme Aurelia, sie tat mir leid. Aber was hätte ich denn tun können, um ihr die Angelegenheit erträglicher zu machen? Ich brachte meine Lippen dicht an ihr Ohr und gab einen liebevollen Grunzton von mir. Sie antwortete mit einem angsterfüllten Wimmern.

Ich schaute in die Runde: überall erwartungsvolle Blicke. So durfte ich denn länger nicht zögern: Jetzt mußte eben gehochzeitet werden, da biß die Maus keinen Faden ab.

Während ich mich also an das hochzeitliche Werk machte, fingen die Frauen wieder an, mit den kleinen Schlegelchen auf den wuchtigen Becken herumzuklappern. Aurelia rührte sich nicht; sie lag da wie ein kalter, weißer Marmorstein. – Meine Hochzeit hatte ich mir eigentlich etwas lustiger vorgestellt.

Nach einer Weile erstarb der Lärm. »Jetzt ist's genug!« rief eine der umstehenden Frauen. »Die arme Braut!« eine zweite, »bist du denn immer noch nicht fertig?« eine dritte.

»Doch, schon zweimal«, bekannte ich der Wahrheit gemäß, aber nun ging es erst richtig los mit dem Gezeter: »Dreckschwein!« – »Lustmolch!« – »Sauigel!« – »Stinkbock!« – »Scheißrammler!« Und schließlich kreischten sie alle wie aus einem Munde: »Runter mit ihm! Holt ihn aus dem Bett!«

Noch nicht lange schrien sie so, als ich spürte, wie sie mich an den Füßen packten und nach hinten zogen, bis ich am unteren Ende der Liegestatt auf den Boden plumpste. Hastig raffte ich meine Kleider zusammen und verschwand. In einem dunklen Winkel versteckte ich mich wie ein geprügelter Hund.

Keine schöne Hochzeit, das! Weiß der Himmel! Wenn schon der erste Teil der Feierlichkeiten schiefgelaufen war, so wollte ich mich wenigstens am zweiten Teil schadlos halten, und der zweite Teil, der bestand aus Tanzen und Singen und Fressen und Saufen, so echt und recht nach guter alter Alemannenart.

Ich kannte meine Sippe gut genug, um zu wissen, daß dieser zweite Teil unmittelbar nach dem ersten vorbereitet wurde: Die Tanzmusikanten packten ihre Instrumente aus, die Getränke wurden bereitgestellt, die Feuer brannten schon für die Ochsen am Spieß.

Beim ersten Ton aus der Tuba Smärregolfs kroch ich wieder aus meinem Versteck hervor und mischte mich unter das Volk. Smärregolf hatte die vergangenen Tage viel geübt; im Nu riß er die anderen Musikanten in einen wilden Taumel hinein; Tuba, Trommel und Pfeife fetzten einen brausenden Orkan von mitreißenden Tönen daher, so daß die Tänzer die Welt um sich herum vergaßen und nur noch das eine wahrnahmen – die entfesselten, urig tobenden Klänge, die den Körper mit heißem Prickeln erfüllten, ein Prickeln und Rauschen, das die Tanzenden in wahnwitzige Taumel der Begeisterung versetzte. Das Fieber der Verzückung erhöhte sich noch durch den süßen roten Saft, den die Römer in diesen hohen, schmalen Tonkrügen zurückgelassen hatten – ein stark berauschendes Getränk von äußerst lieblichem Geschmack, das ich in größter Wonne mir becherweise durch die Kehle rinnen ließ, so lange, bis mir die Sinne schwanden.

Was ich in diesem Zustande trieb, daran vermag ich mich nicht im geringsten zu erinnern, doch die Enkel meiner damaligen Gefährten erzählen sich noch heute, daß ich, ihr Anführer und Häuptling, wie ein Besessener herumgehampelt sei, die wundersamsten Verrenkungen vollführt und die lachhaftesten Grimassen geschnitten habe, über die eigenen Beine gestolpert sei, um irgendwann zur Erde zu sinken und dort in steinernen Tiefschlaf zu fallen. Woran ich mich dann wieder erinnere, das ist das hinlänglich bekannte Pochen im Schädel – diesmal noch grausiger und schmerzhafter als je zuvor. Als würde ein zehnmal mannshoher Riese mit einem ausgerissenen Eichenstamm in irrsinniger Wut auf einen Kupferkessel von der Größe eines Hauses eindreschen, so allgewaltig donnerte und krachte es in meinem Hirnkasten.

Ohne daß ich die Augen geöffnet hatte, sah ich grelle Blitze, schillernde Kugeln und gleißende Ringe, die in hell glänzenden Farben leuchteten und schwindelnd schnell sich im Kreise drehten.

Ich wußte zwar aus leidvoller Erfahrung, daß ich nur lange genug auszuharren brauchte, um eine Milderung dieses Zustandes zu erfahren. Doch dieses Warten, dieses endlose Warten wurde zur unerträglichen Qual.

Schließlich faßte ich mir mit beiden Händen an den Kopf – vorsichtig, ganz vorsichtig, als wäre er ein rohes Ei – und gab langgedehnte Seufzer von mir – das verschaffte mir eine gewisse Linderung.

Sehr rasch verbesserte sich mein Zustand jedoch, als ich plötzlich ein kaltes, nasses Tuch auf Stirn und Schläfen spürte. Einen Wimpernschlag lang wagte ich es, in das gleißende Licht zu blinzeln – ich sah über mir das Antlitz einer Frau, wenig älter als ich, das bläulich schimmernde schwarze Haar in der Mitte gescheitelt und straff am Kopf anliegend, große, schwarze, ausdrucksvolle Augen, die besorgt auf mir ruhten: Aurelia!

Die grelle Helligkeit brachte den pochenden Kopfschmerz schlagartig zurück, doch ich achtete nicht darauf: Aurelia war bei mir, Aurelia!

Ihre sorgenvolle Miene zeigte mir, daß ich ihr doch nicht so gänzlich gleichgültig war. Alsbald begann ich, steinerweichend jämmerlich zu wimmern, um dadurch ihr Mitleid weiter zu vergrößern, und sogleich spürte ich ihre tröstende, mitfühlende Hand sachte, fast schon zärtlich auf meiner Wange – eine Berührung, die mir einen wonnevollen Schauer nach dem anderen durch den Leib jagte. Vielleicht, durchzitterte es mich, vielleicht würde doch noch alles ins Lot kommen.

Nach mehreren vergeblichen Versuchen gelang es mir schließlich, die Augen zu öffnen, den Kopf langsam anzuheben und mit Aurelias fürsorglich abstützender Hilfe mich aufzurichten. Sie brachte mich in meine Gemächer, wo ich stracks weiterschlief, kaum daß ich meine Liegestatt unter mir spürte. Irgend jemand mußte in der Zwischenzeit das Bett hierher zurückgetragen haben.

Während der nächsten Tage unternahm ich die ersten tastenden Schritte in das Eheleben. Es stellte sich heraus, daß Aurelia unsere Sprache weitaus besser beherrschte, als es zunächst den Anschein gehabt hatte. Zudem erwies sich mein gnomenhafter römischer Knecht Sedulius als ein äußerst fähiger Sprachlehrer.

Diese ersten Schritte in den Alltag einer Ehe – mit Schaudern und kaltem Frösteln denke ich an sie zurück. Es begann ja noch ganz harmlos.

Bei unserer ersten gemeinsamen Mahlzeit warf ich einen abgenagten Hühnerknochen neben mir auf den Boden, ganz wie ich das eben so gewohnt war – da zog Aurelia die Augenbrauen hoch, erhob den Zeigefinger und meinte mißbilligend: »No, no, no, no! Nicht auf den Boden! Auf den Tisch!« Etwas verdutzt bückte ich mich und angelte nach dem Knochen.

Dieses kleine Ereignis hätte ich längst vergessen, wenn sich nicht wenige Tage später ein ähnliches zugetragen hätte. Da wartete nämlich ein richtig leckerer Schweinebraten darauf, verzehrt zu werden. Das von schmackigem Fett heftig triefende, köstliche Fleisch hinterließ glibbrige Spuren im Bart und an den Fingern, was mich selbst noch nie zuvor gestört hatte.

Nach Beendigung dieses äußerst wohlschmeckenden Mahles lehnte ich mich genüßlich grunzend und rülpsend zurück und wischte mir die klebrigen Hände in die Haare – alle Germanen pflegen dies zu tun; noch nie sah ich es anders.

Aurelia jedoch nahm Anstoß an meinem Verhalten. »Porco madetto«, rief sie zornig, »wie bist du doch schmutzig! Was meinst du, wofür wir hier eine Schüssel mit warmem Wasser und ein Tuch haben? Wasch dir gefälligst die Hände! Instantamente! Mach schon! Bitte!«

Verblüfft und mit großen Augen ob dieses Ausbruches tat ich, wie mir geheißen, obwohl ich dazu eigentlich überhaupt keine Notwendigkeit zu erkennen vermochte. Aber was tut ein frisch vermählter Ehemann nicht alles, um seine Angetraute zu erfreuen!

Damit nicht genug: In der kalten Jahreszeit geschieht es verschiedentlich, wie man weiß, daß der Mensch von Schnupfen geplagt wird – Rotz füllt Nase und Kopf, Schlonz umnebelt die Sinne – und man muß zusehen, dieses Übel möglichst schnell wieder loszuwerden.

So saßen denn Aurelia, mein schnupfenfreies Ehegespons, und ich, im Gegensatz dazu von einem ausnehmend bösen Schnupfen gequält, eines Tages beim Mahle, als ich spürte, wie sich eine große Menge Nasenschleim löste und mir darob der Kopf wieder wohltuend klar wurde – flugs und ohne viel zu fackeln sammelte ich den Auswurf im Rachen und spie ihn herzhaft in großem Bogen dicht vorbei an Aurelias Haupt bis an die Wand hinter ihr, wo die grünliche Masse mit lautem Klatschen hängen blieb.

Ich fühlte, wie mir noch mehr Schleim von der Nasenhöhle innerwärts bis zum Gaumen herabrann – ich saugte, ich sammelte, ich zielte, und zschüpp! schon hing ein zweiter großspatzeter Rotzschlegel keine Handbreit entfernt vom ersten.

Da schlug Aurelia zornentbrannt mit der Faust so kräftig auf den Tisch, daß die Schüsseln nur so durcheinander schepperten: »Mostro nauseato! Stronzo gigante! Mit was bin ich denn verheiratet! Übel wird mir, wenn ich dich ansehe!« Sprach's, stand auf und verließ das Zimmer.

Was hatte ich denn jetzt schon wieder falsch gemacht? Haben die Römer keinen Schleim in der Nase, wenn sie vom Schnupfen heimgesucht werden?

Ich wußte nicht, ob ich mich über Aurelia ärgern oder ob ich mich ob meiner Speikünste schämen sollte. Bisher war ich auf selbige eigentlich immer sehr stolz gewesen, weil ich bis auf drei Schritt Entfernung stets mein Ziel traf.

So hatte ich es mir zur Gewohnheit gemacht, immer nach einer menschlichen Zielscheibe auszuschauen, wenn mir zum Rotzeln zumute war. Meinem Gegenüber ließ ich den Auswurf dann so dicht wie möglich am Ohrläppchen vorbeiflutschen – und noch nie hatte jemand mit meinem Sabberschlonz nähere Bekanntschaft machen müssen – nicht ein einziges Mal. Solcher Kunstfertigkeit hätte Aurelia doch eigentlich beileibe keine Verachtung, sondern vielmehr in höchstem Grade Bewunderung entgegenbringen müssen!

Mein Leidensweg hatte damit gleichwohl kein Ende gefunden; im Gegenteil, es kam noch schlimmer.

Eingedenk unseres ersten fleischlichen Aufeinandertreffens – welches für meine holde Angetraute denkbar unangenehm verlaufen war – hatte ich mich ihr wochenlang nicht mehr genähert, ja, ich hatte sogar darauf verzichtet, mit ihr die Schlafstatt zu teilen. Aber irgendwann einmal, da mußte doch die Zeit hierfür gekommen sein!

So ließ ich denn einige Tage nach jenem unerfreulichen Zielspucken verstreichen, um dann aber endlich einmal so richtig mit Saft und Kraft zur Tat zu schreiten. Zum Bersten angefüllt mit Abertausenden von liebevollen Gefühlen stürmte ich zur Bettzeit in ihr Schlafgemach und ließ mich erwartungsfroh neben sie auf die Pfühle plumpsen, um sie alsbald herzinniglich an mich zu drücken.

»Mein Schatz! Meine Beste! Meine Liebste!« wollte ich ihr gerade zärtlich ins niedliche Öhrchen hauchen, doch geriet mir das Liebesgeflüster zu einem gequälten Aufstöhnen, denn ich verspürte zwei äußerst schmerzhafte Stöße – nämlich einen in die Rippen, verursacht von Aurelias Ellbogen, und einen weiteren in den Unterleib, verursacht von ihrem Knie.

»Bestia feroce! Cane puzzolento!« kreischte sie mir gellend ins Ohr. »Du wagst es, so zu mir zu kommen? Schämst du dich nicht, verdreckt wie du bist? Du stinkst ja mehr als zehn ausgewachsene Ziegenböcke zusammengenommen! Verschwinde hier und wasch' dich erst einmal!«

»Aber Aurelia, mein Täubchen«, suchte ich zaghaft einzuwenden, »zum Baden ist es aber heute nacht viel zu kalt, außerdem haben wir fast schon Winter, da wird doch kein vernünftiger Mensch ...«

»Was? Kein Mensch?« unterbrach sie mich mit erneuter Heftigkeit. »Mamma mia, was seid ihr Germanen doch für schmutzige, unkultivierte Rüpel! Barbaren eben, schlimmer geht's nicht! Aber warte nur, dir werde ich schon beibringen, was unter Zivilisation zu verstehen ist! In mein Bett kommst du erst wieder, wenn du makellos rein und sauber bist! Capito?«

Und was tut ein verliebter Gockel nicht alles, um die Gunst seiner Angebeteten zu erlangen!

Wir Germanen waren es zwar auch damals schon gewohnt, uns regelmäßig einige Mal im Jahr einer körperlichen Reinigung zu unterziehen, doch konnten wir diese Regel früher bei dem dauernden Umherziehen selten genug richtig einhalten. Nur in Zeiten längerer Seßhaftigkeit kehrten wir gelegentlich zu unseren ursprünglichen Gepflogenheiten zurück.

Also auf ins Badhaus!

Dort konnte ich mich nächtens freilich ohne Beleuchtung nicht zurechtfinden, so daß ich gezwungen war, den kundigen Sedulius herbeizuholen. Den Grund für meine spätabendliche Wasch-Unternehmung erahnend, gab mir der pfiffige Römer den Rat, nach dem Waschen frische Kleider anzuziehen – selbiges würde, so meinte er, die Wirksamkeit meiner Säuberung um ein Beträchtliches vergrößern.

Die Mitternacht war bereits in greifbare Nähe gerückt, als ich mich frisch gewaschen und gestriegelt, ein brennendes Kerzchen haltend, aufs Neue in Aurelias Schlafkammer einfand. Natürlich war sie längst eingeschlafen.

Da lag sie: den Kopf zur Seite gedreht, das bläulich glänzende, schwarze Haar aufgelöst, die Wangen leicht gerötet, die fruchtig vollen, kirschroten Lippen leicht geöffnet – ein Anblick für Götter! Lange, sehr lange blieb ich ergriffen vor ihrem Bette stehen und sog dieses Bild andächtig in mich hinein, dieses wunderbare, herrliche Bild – das Bild der schlafenden Aurelia, die mir weitaus schöner erschien als die allerschönste der Walküren.

Tief ergriffen beugte ich mich schließlich über sie, um sie voll sanfter, hingebungsvoller Zärtlichkeit auf die Wange zu küssen. Da räkelte sie sich schlaftrunken und schlang mir die bettwarmen Arme um den Hals, zufrieden und verliebt glucksend.

Nun gab es für mich kein Halten mehr – ich legte mich neben sie, kuschelte glückselig in die Wärme zu ihr hin und streichelte sie so leise, so sachte und so behutsam, wie ich nur konnte. In dieser glückseligen Nacht holten wir das nach, was bei unserer Hochzeit dermaßen erbärmlich schiefgegangen war.

Der nächste Morgen sah mich in allerbester Laune. Dies blieb auch Sedulius nicht verborgen, als er das Frühstück brachte. Sobald ich den letzten Bissen zu mir genommen hatte und fröhlich trällernd mir die Hände wusch (das hatte ich mir mittlerweile angewöhnt), da gab er mir durch einen leichten Wink zu verstehen, daß er mir etwas Wichtiges mitzuteilen habe: Der gute Sedulius hatte ein Techtelmechtel mit meiner Magd Berta angefangen – mit Berta, die man zu Unrecht die Einbrüstige zu nennen pflegte, mit Berta, der ich unzählige wunderschöne Nachtstunden verdankte.

Schlau, wie er war, hatte er den durchaus passenden Augenblick ausgewählt, um mich dieses wissen zu lassen. In meiner unverwüstlich glänzenden Stimmung konnte ich ihm in keiner Weise böse sein – im Gegenteil, ich war ganz froh darüber, denn fortan brauchte ich der treuherzigen Berta gegenüber kein schlechtes Gewissen zu haben wegen Aurelia, die mich so unerwartet und nachgerade unvermittelt zu einem überglücklichen Menschen gemacht hatte.

Trotz alledem gelangte ein Wermutstropfen in den Becher meiner Freude. Es war meine inniglich geliebte Aurelia, die mir Kummer bereitete.

Zumeist verbrachte sie nämlich die Stunden zwischen den Mahlzeiten damit, am Fesnter ihres Gemaches zu sitzen und hinauszuschauen, reglos und stumm, hinaus nach Süden – dorthin, wo sie geboren worden war, dorthin, wo sie ihre Kindheit verbracht hatte. Oft hörte ich sie schwermütig seufzen, und nicht selten sang sie sehnsüchtig ein trauriges Lied, ein Lied von hoheitsvoll getragenen Klängen, aber mit fremden Worten, die ich nicht verstand, ein Lied, das sie immer und immer wieder anstimmte.

Stets verlangsamte ich meine Schritte an ihrer Tür, wenn ich vorüberging, blieb auch stehen und lauschte ihrem trostlos klagenden Gesang. Ach, wie oft verweilte ich solchermaßen an ihrer Tür – und wie oft vernahm ich diese herzverengenden Klänge! Wie fest prägten sich die Worte dieses düsteren Liedes mir ins Gedächtnis ein – Worte, deren Bedeutung ich nicht verstand! Dies war für einen Alemannen auch damals schon eine außergewöhnlich große Denkleistung, denn unter allen germanischen Stämmen galten wir Alemannen schon immer als diejenigen, die sich von jedem Lied nur den allerersten Reim zu merken vermochten.

Manchmal ging ich dann zu ihr hin, um den Arm um sie zu legen und sie zu trösten – doch jedesmal stieß sie mich unwirsch von sich.

»Was hast du, Aurelia?« wollte ich dann mitfühlend wissen, »warum bist du so traurig?«

»Laß mich in Ruhe! Geh weg! Du kannst das doch nicht verstehen! Ich möchte jetzt allein sein, geh!«

So oder ähnlich pflegte sie dann mit mir zu sprechen. Und Mal für Mal aufs Neue trottete ich bedrückt von dannen, bedrückt und hilflos, weil ich nicht wußte, wie ich ihr hätte helfen können.

Lange grübelte ich, wie ich es am besten anstellen könnte, um ihre Niedergeschlagenheit zu lindern. Ich sah, daß ich ihr einen Beweis liefern mußte für die Ernsthaftigkeit meines Mitgefühls – und ich mußte ihr zeigen, daß ich Anteil nehmen wollte an dieser für mich so fremden und unverständlichen Welt.

Kaum waren mir diese Gedanken gekommen, eilte ich stracks zu ihrem Zimmer, wo sie mich unwillig und mit gerunzelter Stirn empfing.

»Du weiß doch, daß ich meine Ruhe haben möchte!« Da begann ich, die Worte des Liedes aufzusagen, das ich sie so oft hatte singen hören – Worte, deren Sinn mir unbekannt war:

»Vox mea ad deum ascendit et clamo,
vox mea ad deum, ut audiat me;
die angustiae meae dominum quaero.
Manus mea per noctem extenditur indefessa;
consolationem renuit anima mea.
Cum dei recordor, ingemisco;
cum recogito, deficit spiritus meus.

Tenes vigiles oculos meos;
conturbor nec possum loqui.
Perpendo dies antiquos
et pristinos annos recordor:
Meditor nocte in corde meo,
recogito et scrutatur spiritus meus.«

Während ich also stockend und stotternd vor mich hin radebrechte, füllten sich Aurelias ausdrucksvolle, schwarze Augen mit Tränen, und noch bevor ich richtig zu Ende gekommen war, warf sie sich mir heftig schluchzend an den Hals.

»Oh Tagolf! Immer muß ich daran denken, wie wir damals als Kinder am Strand spielten«, so sprudelte es nun aus ihr heraus, »damals bei Luna,* an der Küste Etruriens.« Sie hielt inne, nahm ihre Arme von meinem Nacken, drehte sich zum südlichen Fenster hin und schaute mit tränennassen Augen sehnsuchtsvoll in die Ferne.

»Bei strahlend azurblauem Firmament lachte uns die Sonne und malte auf die sanft gekräuselte Oberfläche des Meeres tanzende, glitzernde Kringel«, fuhr sie mit umflorter Stimme fort, »wir Kinder bauten im weißgelben Sand herrliche Paläste, die wir mit Muscheln und Seetang verzierten; die Fischer flickten in der Nähe ihre Netze und intonierten dazu aus voller Brust ihre temperamentvollen Lieder.

Die Nächte waren in Etrurien so lau, daß wir weder des Tags viel Kleider noch zum Schlafen eine Decke brauchten. Die Menschen freuten sich allenthalben unbeschwert ihres Lebens, jedermann hatte allezeit ein Scherzwort auf den Lippen – überall vermochte man ein lustiges Trällern, Pfeifen und Lachen zu vernehmen.

Dies ist nun alles fort, wie weggeblasen, in unerreichbar weiter Ferne. Hier im Norden dagegen hängen die Wolken oftmals tief am Himmel, die Sonne läßt sich selten blicken, häufig herrscht hier eine so furchtbar strenge Kälte, daß man ohne dicke Pelze und warme Decken auf der Stelle erfröre – bei dieser naßkalten Witte-

* Südöstlich des heutigen La Spezia.

rung ist man gezwungen, sich im Hause aufzuhalten. Im Freien sieht man deswegen kaum jemanden; alle verstecken sich hinter dicken Mauern.

Die Menschen sind mürrisch und verschlossen, keiner lacht, keiner scheint irgendwann einmal Freude zu empfinden, ein jeder mißtraut seinem Nachbarn, allerorten lauern Hader und Mißgunst.

Und außerdem vermisse ich das Meer: Mir fehlt hier der Blick in die Weite. So gerne würde ich wieder einmal das beruhigende, gleichmäßige Rauschen der Wellen in der Brandung hören, wie auch das Geräusch des Windes, der über dem Wasser sich ganz anders bewegen kann als hier zwischen diesen tristen Bergen.

Ich vermisse auch die Gerüche am Meer, diese Mixtur aus Algen, Salzwasser und faulendem Fisch. Ich sehne mich nach den kleinen Fischerbooten, wenn sie am Horizont auftauchen, dann unmerklich näher kommen und schließlich in den Hafen hereinsegeln. Wie sehr sehne ich mich nach der Neugier, die ich als kleines Mädchen empfand, wenn die Kähne entladen wurden: Was haben die Fischer gefangen? Garnelen, Sardinen oder Pfeffermuscheln? Brassen, Thunfische oder Oktopus? Makrelen, Barsche, Seezungen, Langusten oder auch Steinbutte? – Ach, ich habe ja schon längst vergessen, wie all diese Tiere aussehen! Und nicht einmal alle ihre Namen weiß ich noch, und schon gar nicht in eurer Sprache. Vermutlich gibt es bei euch noch nicht einmal Namen für all die Meerestiere, weil ihr sie gar nicht kennt.

Voll Melancholie denke ich zurück an die freundlichen, weiß gekalkten Häuser meiner Heimatstadt, an diese Häuser mit ihren flachen Dächern, auch an das Bramarbasieren und Schwadronieren der Händler auf dem Markt, damals in Luna, an das bunte, lebhafte Menschengewimmel in den engen Gassen.

Und hier, was ist hier? Hier ist alles tot, leblos, abgestorben – keine Musik, kein Lachen, keine Sonne, kein Meer, keine Farben, keine Freude, keine Wärme, keine Herzlichkeit!

Alles, alles hier ist grau, öde, kalt und herzlos – so entsetzlich herzlos – ich kann das Leben bald nicht mehr ertragen hier! Ihr Germanen, was seid ihr denn nur für Menschen! Schwer, hart und kalt, wie Steine! Ihr Germanen, ihr habt doch alle kein Herz!«

In wilder Verzweiflung warf sich die Römerin auf ihr Bett, wo sie unter krampfartigem Zucken ihres Körpers in hemmungsloses Schluchzen ausbrach. Bekümmert und von Mitleid gerührt, setzte ich mich zu ihr, strich ihr besänftigend über das glatte, pechschwarze Haar und wartete, bis sie sich wieder etwas beruhigt hatte.

Dies gab mir Gelegenheit, darüber nachzudenken, was mir die so erbärmlich Weinende über ihre Heimat erzählt hatte: Meer, Sand, Muscheln, Seetang, Oktopus, Fischkutter, Langusten, Hafen – alles Dinge, die ich bestenfalls vom Hörensagen kannte, von denen ich allerdings kaum eine Vorstellung besaß.

Wie fremdartig mußte demnach das Land sein, aus dem die Römer stammten, wie fremdartig und andererseits doch wiederum auch von einer berückenden Schönheit! Nahezu unfaßbar schien es mir, daß die Menschen aus diesem dermaßen anders gearteten Land fast genauso aussahen wie wir Alemannen!

Des weiteren fand ich es äußerst befremdlich, daß ein Mensch derartig inbrünstig an der Gegend hängen konnte, in welcher er einmal früher gelebt hatte – eine Regung, die mir vollkommen fremd war.

Sobald Aurelias Schluchzen etwas abebbte, stellte ich ihr die Frage, die sich mir aufgedrängt hatte angesichts ihres herzzerreißenden Seelenschmerzes: »Sag mal, Aurelia, warum hast du denn deine Heimat verlassen, wenn du sie doch so sehr liebst?«

Da sahen mich ihre großen schwarzen Augen ernst und eindringlich an. »Ich kam nicht freiwillig hierher. Ich mußte fliehen.«

»Fliehen? Warum?«

»Ich wurde von den Häschern des Kaisers verfolgt. Hätten sie mich geschnappt, wäre ich mißhandelt und umgebracht worden; vielleicht hätten sie mich sogar den wilden Tieren zum Fraße vorgeworfen. Die Gründe dafür würdest du im Augenblick sicher nicht verstehen. Später, wenn du mehr weißt über die Römer und über ihre Lebensart, dann werde ich dir alles ganz genau erzählen. – Nur eines jetzt schon. Es ist nicht, weil ich gestohlen, betrogen, gemordet oder sonst etwas Derartiges getan hätte. Aber nur Geduld – eines Tages wirst du die Geschichte mit allen Einzelheiten erfahren.«

Wenn Aurelia so nachdrücklich betonte, sie habe weder geklaut noch gemetzelt, so fand ich dies überaus erheiternd: Gibt es für uns Germanen denn irgendetwas Ergötzlicheres, als auf diese Weise für den Lebensunterhalt zu sorgen?

Obwohl Aurelia den Wunderfitz in mir gewaltig aufgestachelt hatte, wollte ich nicht weiter in sie dringen, denn ich befürchtete, sie könnte wieder in jene abweisende Verschlossenheit zurückfallen, mit welcher sie mir die ganze Zeit über begegnet war, bevor ich ihr die Worte ihres traurigen Liedes aufsagte.

Aber da sie sich jetzt gerade so gesprächig zeigte, wagte ich schließlich doch noch eine Frage, die mir auf der Zunge brannte: »Nicht so schlimm, Aurelia, ich kann warten. Aber – hrrm – was hat es mit diesem traurigen Lied auf sich, das du hier am Fenster so oft singst? Was bedeuten seine Worte?«

»Es ist ein Gebet«, gab sie bereitwillig Auskunft, »ich spreche damit zu meinem Gott. Ich trage meine Trauer zu ihm hin. Kannst du das verstehen?«

»Hmmm«, brummelte ich, »nicht so ganz. Bist du denn eine Priesterin?«

Aurelia lächelte nachsichtig – offenbar hatte ich eine unpassende Frage stellt. »Nein, das bin ich wohl nicht«, erwiderte sie, hielt inne und blickte versonnen vor sich hin. »Oder vielleicht doch!« fuhr sie nach einer Pause fort. »Deine Frage ist gar nicht so übel. Ja, vielleicht bin ich doch ein ganz klein wenig so etwas wie eine Priesterin. Jedenfalls gebe ich mir große Mühe, es zu sein.«

Noch nie hatte Aurelia so viel über sich selbst gesprochen. Ich war wie verzaubert von all dem, was sie mir erzählt hatte. Eine Priesterin, die nach Süden hin am Fenster steht und zu ihrem Gott in einer fremden Sprache spricht!

Zart und voller Ehrfurcht berührte ich sie am Arm – wie einen kostbaren Schatz, dessen Wert um ein Vielfaches höher ist, als man sich je vorzustellen vermag.

So hatte sich denn meine Ehe doch noch zum Glücklichen gewendet. Und als glücklich erwiesen sich auch die übrigen Lebensumstände auf dem römischen Landgut – die nun folgenden Monate gehörten zu den geruhsamsten und angenehmsten meines ehedem noch jungen Lebens.

Der Sorgen um die alltäglichen Bedürfnisse waren wir nahezu gänzlich enthoben – die aus dem Gutshofe vertriebenen Römer hatten schon für den Winter Vorkehrungen getroffen und Küche, Keller, Scheune und sonstige Vorratsräume bis zum Rande angefüllt mit Getreide, Öl, Wein, Honig, Pökelfleisch, Dörrobst, Käse und Brennholz – alles fanden wir vor in üppigen Mengen.

Die Mauern und die Ziegeldächer boten uns einen zuvor nie gekannten Schutz vor den Unbilden der Witterung. In aller Ruhe und Gelassenheit konnten wir demnach auf das Hereinbrechen der Herbststürme warten, und auch der Gedanke an frostklirrende Winterkälte vermochte uns nicht zu grämen.

Wohlgeborgen und sicher behütet lugten wir aus den Fenstern unserer Wohngemächer und schauten zu, wie die schneidenden Sturmböen des Nebelmonds die dürren Blätter vor sich herjagten, wie später dann die ersten Schneeflocken im Winde tanzten und wie schließlich die ganze weite Landschaft unter einer dicken, gleißend weißen Decke versank.

Den Widrigkeiten des Winters brauchten wir uns in jenen unbeschwerten Tagen nicht auszusetzen – wir taten es nur, wenn unsere Arme und Beine nach Bewegung drängten; dann aber ging es auf die Jagd, wobei wir wie die Kinder ausgelassen und vergnügt herumtollten.

Die vielen langen Winterabende verbrachte ich mit meinen Hausgenossen und Getreuen mit Würfelspielen, Rätselraten, Strümpfestricken und Liedersingen; am liebsten jedoch lauschte ich den Geschichten meines römischen Untergebenen Sedulius – er wußte von vielen fremden Völkern zu berichten, von deren Sitten und Göttern, von deren Königen, Feldherren, Kriegen und Abenteuern.

Lebhaft erinnere ich mich noch an die Sagen der Hebräer, der Griechen und natürlich der Römer. Immer wieder aufs Neue mußte Sedulius uns die Geschichte des hebräischen Helden erzählen, der die Säulen des Hauses umstürzte, in welchem seine Feinde wohnten, die dann allesamt in den Trümmern ums Leben kamen. – Unter den griechischen Recken bewunderte ich allen voran jenen, der mit seinen bloßen Händen einen riesigen Stier bezwang. Meine allergrößte Hochachtung indes genoß jener wackere römische Kämpfer, der, von seinen Widersachern gefangen genommen und mit der Folter bedroht, aus eigenem Antrieb seine rechte Hand ins Feuer hielt – damit wollte er zeigen, wie sehr er die Drohung seiner Feinde verachtete. Ein großartiger Kerl, das! – Um ganz ehrlich zu sein: Ich hätte nicht gedacht, daß bei den Römerlingen solche Leute zu finden wären! Und ich beschloß, fortan jedem zu widersprechen, der großmäulig behauptete, die Römer seien verweichlichte Feiglinge.

Noch lange bevor der Winter sich seinem Ende zuneigte, sah Sedulius den Vorrat seiner Erzählungen dahinschwinden. Deshalb schlug er vor, es sollten zur Abwechslung einmal Erlebnisse und Begebenheiten aus dem Kreise der Zuhörer dargeboten werden.

Nun wollte aber jeder dem anderen den Vortritt lassen, denn alle warteten mit Spannung auf eine gänzlich neue Geschichte – so wollten Sedulius und Aurelia beispielsweise weitere Einzelheiten über unsere Sippe erfahren, während ich, Truchtolf und unsere Genossen gerne noch mehr gehört hätten über die Römer, über deren Kaiser, über ihre Straßen und Städte oder auch über ihr sonstiges Tun und Treiben.

Ein ausgedehntes und umständliches Austauschen von Höflichkeiten entspann sich, das jedoch zu keinem Ende führen wollte. Schließlich bot ich mich selbst als ersten Erzähler an und schilderte die Geschichte meines Stammes ungefähr so, wie sie hier aufgeschrieben steht.

Dabei kamen fortwährend Ergänzungen und Berichtigungen aus dem Kreise der Zuhörer: Asgolf und Borgolf, die hakennasigen Zwillingsbrüder, begannen ein Streitgespräch über die Größe des Auerochsen, den wir einstens erlegt hatten unter Einsatz unseres Lebens. Dieser Streit nahm den gewohnten Verlauf, und nur ein markiges »Schluß jetzt!« aus meinem Munde konnte die beiden zum Schweigen bringen. – Smärregolf beschrieb mit volldröhnendem Donnerbaß die Wettspiele, die er in der Herberge gewann, als wir in Sumelocenna Lebensmittel einkauften, und Gangolf zeigte die Narbe, die vom Biß des Leitwolfs herrührte, dessen Rudel uns auf dem Rückweg von Sumelocenna überfiel – fast ein jeder konnte sich an der Geschichte beteiligen. – An selbigem Abend kamen wir denn auch reichlich spät in die Pfühle.

Neunzehntes Kapitel

Anaximarchos von Samothrake

Dem folgenden Abend fieberte ich mit besonderer Neugier entgegen, denn ich wollte alles unternehmen, daß die Reihe des Erzählens weitergeführt werde mit Aurelia, meiner schwarzäugigen Gattin.

Sie meinte jedoch, jetzt sei Truchtolf an der Reihe. Der aber hatte sich fürchterlich erkältet und krächzte heiser wie ein huntertjähriger Kolkrabe. Nun schob Aurelia meinen südländischen Diener Sedulius vor, der uns ja längstens genug mit seinen Geschichten unterhalten hatte. Seine eigene Lebensgeschichte habe er allerdings noch nicht zum Besten gegeben, meinte meine mandeläugige Angetraute – da setzte sich das kleingewachsene Männlein stracks eine hochgewichtige Miene auf und kam umgehend zur Sache:

»Eigentlich bin ich gar kein Römer«, begann der Winzling zu unserer Überraschung, »nein, ich bin Grieche. Das ist ein gewaltiger Unterschied, wenn auch für einen Alemannen nicht unbedingt auf den ersten Blick sichtbar.

Eigentlich heiße ich auch nicht Sedulius. Diesen Namen legten mir die Römer zu, als ich mich längst schon im Erwachsenenalter befand; mein richtiger Name lautet Anaximarchos. Für einen Alemannen wohl etwas ungewohnt, dieser Name. Ich wiederhole: Ana – xi – mar – chos.

Und eigentlich bin ich auch kein Verwaltungsadjunkt, wie man vielleicht meinen könnte, wenn man mich hier so sieht – nein,

Samothrake
Epidaurus
Syracus
Roma
Pisae
Luna
Argentorate
Augusta
Treverorum
Narbo
Tacape

eigentlich bin ich Philosoph.« Bei diesem Wort legte Sedulius eine längere Pause ein, damit es auf seine Zuhörer gehörig wirken könne. Er schloß dabei die Augen und spitzte selbstgefällig den Mund. Offenbar erwartete er, das Wort »Philosoph« würde uns beeindrucken, doch hatte er außer acht gelassen, daß von den anwesenden Alemannen kein einziger diesen Ausdruck je gehört hatte. Als die erhoffte Bewunderung ausblieb, zupfte er sich leicht verärgert an seinem dünnen Kinnbart und ließ uns alsdann seine Lebensgeschichte hören:

»In meinem Leben bin ich weit herumgekommen und eigentlich, so will ich meinen, hätte ich ein wesentlich besseres Schicksal verdient. – Das Licht der Welt erblickte ich zur Zeit des römischen Kaisers – na, äh, wie hieß er doch gleich – Septimius Severus,* äh, ja, wahrscheinlich. Mein Geburtsort ist Tacape** in Nordafrika, südlich von Karthago. Ach ja, ihr könnt natürlich nicht wissen, wo das liegt. Also: Von hier aus immer nach Süden, über den Lacus Brigantinus hinaus – äh, will meinen: Bodensee –, über das Gebirge der Alpen, dann über das große mittlere Meer. Dort also liegt mein Geburtsort, direkt an der Küste.

Mein Vater stammte von der Insel Samothrake, ganz im Nordosten der Ägäis, und meine Mutter kam aus Armenien. Als junger Mann fuhr mein Vater zur See und kannte so ziemlich alle Häfen des Mittelmeers, doch irgendwann hatte er eben genug von diesem unsteten Dasein.

Er machte im Hafen von Tacape eine kleine Kneipe auf, die sich allerdings keines besonders guten Rufes erfreute, aber immerhin konnten wir ganz gut davon leben. Zwielichtiges Volk aus aller Herren Länder verkehrte bei uns: Hehler, Schieber, Taschendiebe, Schmuggler, Dirnen und Seeräuber; manchmal befanden sich aber ausnahmsweise auch anständige Leute unter unseren Gästen. So lernte ich denn aus deren Erzählungen schon als Knabe die ganze Welt kennen.

Oh ja, eine wunderbare Kindheit verbrachte ich, damals in Tacape. An schwülen Abenden saßen wir auf der Straße, und zum

* 193–211 n. Chr.

** An der tunesischen Mittelmeerküste, im Meerbusen der »Kleinen Syrte«.

Klange der Bouzouki sangen wir nächtelang mitreißende Lieder. Einige Jahre später, als ich zum Jüngling herangewachsen war, trieb ich mich vorzugsweise auf dem Marktplatz herum und lauschte verzückt den Volksrednern und Weltverbesserern.

Und eines schönes Tages, da beschloß ich, Philosoph zu werden. Es dauerte nicht lange, bis ich mir ein Patentrezept zusammengeschustert hatte, mit welchem ich den Urgrund alles Seienden erklären zu können glaubte: Ich nannte es ganz simpel das reziproke Absolute. Ja, das reziproke Absolute. Schade nur, daß ich jetzt nicht mit euch darüber diskutieren kann. Wirklich schade. Wo ich doch für mein Leben gern über das reziproke Absolute diskutiere.

Hinfort stand ich Tag für Tag auf dem Markt zwischen Tintenfischen, Tonkrügen und Wassermelonen und pries mit wohlgesetzten Worten meine neuesten Erkenntnisse über das reziproke Absolute an.

Was ich am Tage mündlich zum besten gab, das hielt ich des Abends schriftlich fest und sah mich in meinen Träumen schon unter den größten Geistesheroen jener Zeit – ich legte mir scharfsinnige Dialoge zurecht, die ich mit solchen Berühmtheiten wie Ammonios, Origines, Nikomachos, Hermogenes oder Numenios* halten wollte – aber diese Namen werden euch ohnehin fremd sein.

Wenn ich auch zumeist nur belächelt wurde, so gab sich dennoch dann und wann einer von den reichen Müßiggängern in der Stadt mit mir ab, und mitunter lud mich sogar jemand zum Essen ein. Ich armer verblendeter Irrer wollte nicht erkennen, daß diese Leute in ihrer Langeweile mich nur zur Zersteuung gebrauchten, vielmehr glaubte ich immer wieder, endlich einen einflußreichen Gönner gefunden zu haben, und wähnte mich schon auf der ersten Stufe des Erfolgs.

In diesen Tagen heiratete ich die Tochter eines nicht ganz bettelarmen Fischhändlers. Mein Schwiegervater war zunächst stolz darauf, einen zukünftigen Philosophen in der Familie zu haben,

* Philosophen der griechisch-römischen Welt aus dem späten zweiten und frühen dritten Jahrhundert.

doch schwand seine Freundlichkeit rasch dahin, als ich ihm ständig nur auf der Tasche lag und die Ruhmeslorbeeren nach Jahr und Tag immer noch auf sich warten ließen.

Nach dem Tode meiner Schwiegereltern war das Erbe nach kurzer Zeit aufgebraucht, was zu fortwährenden Streitereien mit meiner Frau führte. ›Preise doch lieber Sardinen und Garnelen an, als andauernd nur von Kosmos und Pneuma zu faseln, du nichtsnutziger Hohlkopf, du! Ein guter Mann, der schafft was ran! Aber du, was machst du? Tagaus, tagein lungerst du auf dem Markt herum und stiehlst dem lieben Jupiter die Zeit! Was bringt mir denn dein reziproker Scheißdreck? Keine müde Drachme, du Lahmarsch, du! Harte Währung will ich endlich mal sehen, verstehst du! Moneten, Lire, Denare, Sesterzen, Drachmen, Silberlinge, Goldstücke, ist das klar? – Hätte ich doch nur auf meinen Vater gehört und die Finger von dir gelassen, du stinkfauler Hallodri, du!‹ – Mit solch schmeichelhaften Predigten pflegte sie mir ins Gewissen zu reden.

Irgendwann war ihre Geduld zu Ende, und sie brannte mit einem Ägypter durch – nicht ohne sich vorher noch eine stattliche Geldmenge auf den Namen des elterlichen Geschäftes geliehen zu haben. – Ich blieb mit einem riesengroßen Schuldenberg zurück und mußte sehen, wie ich den Gläubigern entrinnen konnte.

In dieser Situation gab es nicht viel zu überlegen – mit dem nächstbesten Schiff machte ich mich aus dem Staube und landete unversehens in Syrakus auf der Insel Sizilien. Das ist eine große, beeindruckende Stadt mit breiten Straßen, repräsentativen Plätzen und luxuriösen Prachtbauten. Im Hafen herrschte ein ständiges Kommen und Gehen, eine Kneipe reihte sich an die andere, man fand quirliges Leben an allen Ecken und Enden. Ich war völlig hingerissen, denn ich kannte ja bisher nichts anderes als Tacape, dieses mickrige, verschlafene Hafenstädtchen.

Meine Versuche, als Philosoph in der blühenden Handelsmetropole Fuß zu fassen, zeitigten allerdings wenig Erfolg, doch lernte ich eine Menge Leute kennen, und bald schon hatte ich eine Anstellung als Hauslehrer bei einer begüterten Familie.

Die Geschäfte meines Arbeitgebers blieben mir auch nach längerer Zeit weitgehend undurchsichtig. Soviel ich zu erkennen vermochte, verband er diplomatische Missionen und politische Intrigen mit lukrativen Handelsgeschäften.

In Syrakus verweilte die Familie freilich nicht sehr lange – die breitgefächerten Aktivitäten meines Brötchengebers führten den ganzen Haushalt zu einem völlig anderen und weitab gelegenen Fleckchen Erde, nämlich nach Epidaurus* an der Küste Illyriens.

Auch dort ließ es sich vorzüglich leben; die Villa meines Herrn lag in der besten Wohngegend hoch über dem anmutig-malerischen Hafen inmitten eines großzügig angelegten Gartens mit Pinien und Oleanderbüschen. Wehmütig erinnere ich mich an die vielen lauschig-lauen Abende auf der ausladenden Terrasse, wo meine Herrschaft sich beim Wein lustig plaudernd vergnügte, während die Sonne blutig rot im weiten Meer versank – ein majestätischer Anblick, den ich immer wieder aufs neue genoß. Doch vorbei sind die schönen Tage von Epidaurus – panta rei, wie der Weise zu sagen pflegt, alles vergeht.

Trotz all dieser Annehmlichkeiten hielt es meinen Herrn in dem lieblichen Epidaurus nur kurz; die nächste Station hieß Narbo,** weitab im Westen gelegen, an der gallischen Küste. Wiederum wurde eine piekfeine Villa bezogen, doch die gewohnte Leichtigkeit des Lebensstils wollte sich diesmal nicht mehr so richtig einstellen.

Mein Herr postierte Leibwächter an sämtlichen Eingängen; das Haus verließ er nur noch selten und ausschließlich nachts in aller Heimlichkeit.

Überhaupt veränderten sich sein Charakter und seine Gewohnheiten, seit wir an der gallischen Küste lebten. So wunderte es mich nicht weiter, als er mich in den ersten Wochen einmal zum Gebrauch seiner Sänfte nötigte; ja, ich fühlte mich sogar sehr geschmeichelt, ich Tölpel, und nahm sein Anerbieten freudig an, ich Vollidiot!

So wollte ich denn einige Freunde mit der Sänfte besuchen und ihnen vorführen, was für einen großzügigen Herrn ich hatte. – Und wie ich dieses komfortable Transportmittel genoß: vorne ein

* An der kroatischen Mittelmeerküste in der Nähe des heutigen Dubrovnik.

** Narbonne; damals noch Hafenstadt.

Sklave, hinten ein Sklave und mittendrin ich, gelangweilte Blasiertheit mimend wie ein feiner Pinkel! Alsbald tat ich es den hohen Herren noch weiter gleich und zog die Vorhänge der Sänfte zu. Durch den verbliebenen Spalt beobachtete ich genüßlich die Passanten, wie sie meinem luxuriös ausgestatteten Nobelgefährt mit einer Mischung aus Neid und Respekt nachschielten.

Dieses Vergnügen währte freilich nur so lange, bis mir beim Passieren des Hafenviertels einer der Sklaven zu verstehen gab, daß er seinen Darm entleeren müsse. Bei seinem richtigen Herrn hätte er sich's wohl verkniffen, aber bei mir – na ja. Wir peilten also die Hofeinfahrt eines offensichtlich leerstehenden Lagerschuppens an; ein Ort, der mir für das anstehende Geschäft geeignet erschien.

Die Sklaven setzten die Sänfte ab, entfernten sich – da geschah es: Ein kurzer Ruck am Vorhang der Sänfte direkt über meinem Kopf, ein dumpfer Schlag hinter mir, eilige Schritte eines Davonrennenden in der Ferne. Als ich mich umdrehte, um zu sehen, was den Schlag hinter mir verursacht haben könnte, da wollte mir das Blut in den Adern gefrieren – in der Rückwand der Sänfte steckte ein Stilett!

Wenn mein Herr statt meiner dagesessen hätte, so hätte ihm dieses Mordwerkzeug jetzt im Halse gesteckt! – Nur meine geringe Körpergröße, ansonsten eher von Nachteil, hatte mich in diesem Falle vor einem gräßlichen Ende bewahrt.

Natürlich war meine Vergnügungsfahrt damit abrupt zu einem Ende gekommen. Ich verließ die Sänfte schleunigst und eilte zurück zum Hause meines Herrn, wohl wissend, daß er mich losgeschickt hatte, damit ich an seiner Stelle beseitigt werde.

Ich betrat das Haus in der festen Absicht, mich nach Erhalt einer finanziellen Kompensation aus dem Staube zu machen und dann nach einer anderen Stelle zu suchen.

Meinem Herrn gelang es jedoch, mich von diesem Entschlusse abzubringen: Durch Wein, Weib und Gesang wie auch durch eine konsiderable Erhöhung meines monatlichen Salärs ließ ich mich umstimmen. Zudem stellte er einen weiteren Ortswechsel in Aussicht – die zukünftige Bleibe werde garantiert keine Gefahren mehr mit sich bringen.

Er hielt Wort, mein Herr; der Umzug ließ nicht lange auf sich warten.

Diesmal ging die Reise nach Pisae, in den Westen Italiens also. Die daselbst erworbene luxuriöse Villa war aber noch nicht vollständig eingerichtet, da brach die Katastrophe herein: Mein Herr wurde von den Schergen eines politischen Gegners gemeuchelt, sein ganzer Besitz konfisziert, die Bediensteten verliefen sich, seine Witwe fand mit ihren Kindern Unterschlupf im Haushalt eines vermögenden Weinhändlers als Aufseherin über die Sklavinnen.

Ich selbst kam unter bei einem höheren römischen Beamten, einem Zolleinnehmer, der die Zahlenkolonnen seiner Abrechnungen mit einer dermaßen kompromißlosen Pedanterie bearbeitete, daß ihm neben dieser Tätigkeit kaum noch Zeit zum Schlafen oder zum Essen blieb.

Für alle anderen seiner dienstlichen Obliegenheiten, wie etwa das Festsetzen der Tarife oder das Anmahnen säumiger Steuerzahler, brauchte er einen wendigen und zuverlässigen Assistenten, den er zu seiner vollsten Zufriedenheit schließlich in mir fand.

Bei all der Hektik meines vorigen Herrn hatte ich meine philosophischen Studien vernachlässigen müssen, aber nun kehrten Ruhe und Stetigkeit ein, wie das ja bei einem Staatsbeamten als Arbeitgeber auch nicht anders zu erwarten war.

Über meine Beschäftigung mit Origines kam ich alsbald auf die Schriften des Paulus, die eine seltsame Faszination auf mich ausübten. Bei der Suche nach weiteren Informationen über diesen brillanten Autor lernte ich die Mitglieder einer Sekte kennen, deren Riten meine Neugier erweckten. Sie nannten sich ›Christen‹.

Es währte nicht lange, bis ich die Schriften des Lukas und ebenso die der Hebräer* studierte, auch die Veröffentlichungen des Tertullian** blieben mir nicht verborgen. Kurzum: Ich wurde ein Mitglied dieser Christensekte und gab nach wenigen Wochen schon bei ihren Glaubensdebatten den Ton an, was angesichts meiner profunden und weitumfassenden Philosophiekenntnisse

* Gemeint ist das Alte Testament.

** Bedeutender frühchristlicher Theologe; geboren um 160, gestorben nach 220 n. Chr.

wie auch meiner faszinierenden rhetorischen Fähigkeiten keineswegs erstaunen kann.

Nun legte indes die Gemahlin meines neuen Herrn, des Zolleinnehmers, ein lebhaftes Interesse für exotische Religionen an den Tag – unter anderem auch für die Glaubenspraktiken der Christen. Aus diesem Grunde war es mir ein leichtes, sie mit meinen Schwestern und Brüdern im Glauben bekanntzumachen. Auch bin ich überaus glücklich darüber, daß es mir gelang, sie von dem einzigartigen Wert dieser Theologie zu überzeugen.«

Sedulius hielt inne und schielte nach Aurelia. »Meine Herrin – äh, meine frühere Herrin wird über den Rest meines Werdegangs genauso gut berichten können wie ich. Bescheiden wie ich bin, möchte ich mich jetzt nicht weiter in den Vordergrund stellen.« Wiederum strich er sich selbstgefällig über das Kinn und versuchte einen wenig geglückten frommen Augenaufschlag.

Der Abend war schon weit vorangeschritten, und wir wollten uns den Leckerbissen, nämlich Aurelias Geschichte, für die Abendstunden des folgenden Tages aufbewahren.

Zwanzigstes Kapitel

Das Schicksal der Christin

Als es dann endlich soweit war, suchte Smärregolf den graubärtigen Truchtolf und dessen Geschichte wieder ins Gespräch zu bringen. Mir selbst lag natürlich mehr an Aurelias Bericht, doch wollte ich andererseits nicht bei Truchtolf den Eindruck erwecken, daß ich an seiner Erzählung nicht interessiert sei.

Glücklicherweise aber befand sich der kahlköpfige Graubart gar nicht bei uns, und als wir nach ihm suchen ließen, da schickte er die Nachricht, er habe sich den Magen verdorben und leide unter einer üblen Blähsucht.

Aurelia, meine schwarzäugige Gattin, konnte sich nunmehr unseren inständigen Bitten nicht länger entziehen und begann:

»Ich stamme aus Luna, einer kleineren Stadt an der Küste des Mittelmeers, im Norden der Provinz Etrurien gelegen. Mein Vater gehörte zu den reichsten Männern meiner Heimatstadt, denn er besaß einen der zahlreichen Marmorsteinbrüche in jener Gegend.

Zusammen mit meinen acht Geschwistern verbrachte ich meine Kindheit unbeschwert und sorgenfrei mit Kinderfrau und Hauslehrer, die mich in allem unterrichteten, was eine wohlerzogene Tochter aus besserem Hause wissen muß. Daneben fehlte es nicht an übermütigen Spielen und ausgelassenen Festen, die teils am Strand, teils in der elterlichen Villa stattfanden.

Mein Leben veränderte sich grundlegend erst durch meine Heirat, und das kam so: ›Mädchen‹, pflegte mein Vater zu sagen, ›vergiß die Träumereien und sei vernünftig. Nimm einen Mann, der was taugt, nimm einen Beamten, da bist du gut aufgehoben und hast Sicherheit für dein ganzes Leben. – Beamte repräsentieren die Staatsgewalt‹, belehrte er mich, ›und genießen deshalb hohes Ansehen. Beamte sind ruhige, zuverlässige und intelligente Leute.‹

Er wird wohl recht haben, dachte ich damals, denn als Geschäftsmann stand er mit beiden Beinen fest auf der Erde und sah die Welt so, wie sie ist. Zwar machte mir so mancher alerte Handelsgehilfe den Hof, doch in den Augen meines Vaters waren meine Freier allesamt nichts anderes als pflichtvergessene, leichtfüßige Windhunde und für seine Tochter in keiner Weise gut genug. – Oh hätte ich mich nur nicht so gänzlich auf sein Urteil verlassen, ich Kuh!

Unaufhaltsam nahm das Schicksal seinen Lauf: Eines Tages brachte mein Vater seinen Wunschbräutigam mit nach Hause, einen vielversprechenden, karrieresüchtigen Nachwuchsbeamten mit Namen Minutius Flatus, seines Zeichens Untersteuereinnehmer in Luna.

Obwohl sein Äußeres mich nicht gerade in einen Freudentaumel versetzte – seine glasigen Schweinsäuglein, seine platte Nase und seine feisten Hamsterbacken stießen mich eher ab –, so vereinigte dieser Mensch doch einige bemerkenswerte Vorzüge in seiner Person. Seine dienstlichen Vorgesetzten sahen in ihm einen Ausbund von Schaffenskraft, Pünktlichkeit, Gewissenhaftigkeit und Strebsamkeit, sein Verantwortungsbewußtsein und seine Loyalität gegen Kaiser und Staat galten als unüberbietbar, seine Familie gehörte zu den renommiertesten in der Stadt, denn sein Vater hatte es in der Verwaltungshierarchie bis zum Stellvertreter des Vizepräfekten gebracht. Einem jungen Manne mit einer solchen Summe exorbitanter Qualitäten konnte ich schlichtweg meine Hand nicht verweigern, ich dumme Gans!

Tja, und wenig später schon war dann der Casus knacktus eingetreten: Ich war verheiratet. Obwohl ich es mir keineswegs allzu rosig vorgestellt hatte, Frau Flatus zu sein – die Realität überbot meine schlimmsten Befürchtungen um ein vielfaches.

Der erste Keulenschlag traf mich gleich nach der Trauung: Minutius hatte sich seinen Tagesrhythmus rigide nach mathematischen Prinzipien eingeteilt. Dreimal am Tag wurde gegessen; die Mahlzeiten lagen exaktissime gleich weit auseinander. Auf jede Gefährdung dieser Norm reagierte er so panisch, als trachte man ihm nach dem Leben. Jeder Tag bestand somit aus drei gleichen Teilen. Zwei davon widmete er seiner Arbeit und dem dritten dem Schlafe; andere Tätigkeiten preßte er notdürftig dazwischen.

Auch die Körperpflege unterwarf er mathematischen Regeln. Jeden Tag erfolgte eine Rasur, jeden zweiten Tag ein Bad und jeden zehnten Tag ein Haarschnitt, obwohl trotz seiner Jugend nur noch ein schütteres Kränzlein um Ohren und Hinterkopf sein Haupt schmückte.

Zudem hatte er die enervierende Angewohnheit, jeden Morgen sofort nach dem Aufstehen das ganze Haus zu inspizieren, ob nicht in der Nacht ein Dieb unbemerkt eingedrungen sei und irgend etwas gestohlen habe – überall schaute er nach, vom Dachboden bis zum Keller, in allen Räumen und Gelassen, in allen Truhen und Kästen.

Bevor er des Abends zu Bett ging, unternahm er einen ähnlichen Rundgang: Er überprüfte, ob alle Türen und Fensterläden richtig fest und sicher abgeschlossen, versperrt und verriegelt waren. Wenn er nachts nicht einschlafen konnte (was nur allzu oft der Fall war), dann vertrieb er sich die Zeit mit einer ganzen Folge weiterer hektisch-irrsinniger Inspektionsrunden.

Ging in der Stadt das Gerücht um, es seien Einbrecher zugange, so verdoppelte der arme, furchtsame Minutius seine Kontrollen und bestand darauf, daß ich ihn der größeren Sicherheit wegen begleite – noch heute kommt mir die Galle hoch, sobald ich an all diesen perversen Schwachsinn denke!«

An dieser Stelle unterbrach Aurelia ihren Redefluß, verdrehte ihre schönen, schwarzen Augen, holte tief Luft und gab einen langgezogenen Seufzer von sich.

»Wenn mein Minutius in seiner frenetischen Hektik zwischen Arbeiten, Essen und Schlafen überhaupt noch Zeit fand, sich mit mir zu unterhalten, dann gab es nur ein einziges Thema: das römische Steuerwesen. Dergestalt mußte ich mir jahraus, jahrein dieses endlose, dröge Gelaber anhören über Freibeträge, Tarife, Privilegien, Stundungen, Konfiskationen, Strafgebühren, Gutschriften, Zwangseintreibungen, Dispensen, Verstöße, Bußgelder, Naturalabgaben, Rechtsmittel, Akzise, Kontributionen, Zehntpächter, Ausstände, Restbeträge, Buchungsbelege und so weiter und so weiter und so weiter.

Heute ist mir völlig unbegreiflich, wie ich das die ganze Zeit über zu ertragen vermochte, ohne psychischen Schaden zu nehmen. Immerhin, eine einzige positive Seite konnte ich diesem immensen Steuerwesenwortschwall abgewinnen: Immer wenn ich des Nachts nicht einschlafen konnte, ließ ich mir die Steuergesetzgebung erklären, und zwar diejenige des Kaisers Augustus, unter besonderer Berücksichtigung seiner Tätigkeit als Zensor* in der Spätphase seiner Regierungszeit. Solche Ausführungen ließen mich garantiert nach kürzester Frist ins Reich der Träume gelangen.

Die tödliche Monotonie der Arbeitstage wurde dennoch bisweilen unterbrochen durch die arbeitsfreien Feiertage. Minutius Flatus pflegte dann seine Arbeitskollegen einzuladen.

Unser Haus füllte sich an solchen Tagen bis zum Bersten mit unzähligen Untersteuereinnehmern, mehreren Hauptsteuereinnehmern und einigen wenigen Obersteuereinnehmern.

Was ich da so alles zu Gesicht bekam, das gab ein probates Exempel dafür ab, daß der Beruf die Menschen bis zur totalen Verzerrung zu prägen vermag. Jedenfalls hatte wohl der langjährige Umgang mit dem Geld fremder Leute den Gesichtszügen dieser Steuermenschen einen schweineartigen Ausdruck angedeihen lassen. Überall begegnete ich diesen gierigen Schweinsäuglein, diesen geldschnüffelnden, rüsselähnlichen Riechorganen, diesen feisten, an Geldbörsen gemahnenden Hängebacken. – Und je höher der Rang in der Steuereinnehmerhierarchie, um so schweiniger die Physiognomie.

Der einzige Gesprächsstoff war selbstverständlich der allbereits geschilderte, nur ergaben sich nun weitere Gesprächsformen. Zu dem sattsam bekannten Steuereinnehmermonolog gesellten sich der Steuereinnehmerdialog sowie das Steuereinnehmer-Rundgespräch, alles überstrahlt vom Steuereinnehmer-Witz, welchem

* Hauptaufgaben: Vermögensschätzungen und Volkszählungen.

stets das wissende Gelächter der gesamten Steuereinnehmerbelegschaft wie auf dem Fuße folgte.

Dieses Leben hätte ich ja zur Not ertragen können, doch dabei blieb es nicht.

Aufgrund seiner exemplarischen Leistungen wurde mein engagierter Steuergatte am frühestmöglichen Zeitpunkt zum Bezirkssteuereinnehmer im Range eines Hauptsteuereinnehmers befördert. Dies war ein ganz großer Tag im Leben des stolzen Minutius; alle Kollegen statteten ihm der Reihe nach ihren kleinen Besuch ab, um pflichtschuldigst zu gratulieren.

Die Freude sollte indes nur von kurzer Dauer sein, denn die Beförderung brachte einen Umzug in die Provinzhauptstadt mit sich. Wir kamen somit nach Pisae, und ich sah mich zum ersten Male in meinem Leben von meiner Familie, von meinen Freundinnen, von meiner gewohnten Umgebung getrennt – unentrinnbar ausgeliefert meinem angetrauten Minutius Flatus, seinem Sicherheitsfimmel und seinem heißgeliebten Steuerwesen.

Durch seine neuen dienstlichen Obliegenheiten war der bedauernswerte Flatus jedoch hoffnungslos überfordert. Die Zahlenkolonnen, die er nunmehr zu revidieren hatte, waren bedeutend länger und komplexer als jene in Luna.

Angesichts der ihm eigenen überängstlichen Penibilität brauchte er für seine Arbeit wesentlich länger als je zuvor. Der Berg der unerledigten Steuerabrechnungen in seinem Dienstzimmer wurde von Tag zu Tag höher, und bei meinem armen Flatus stellten sich die ersten Symptome einer Nervenkrankheit ein. Sein Appetit nahm zu, ja, er entwickelte einen irrwitzigen Heißhunger und warf schließlich sogar seine Regel von den drei Mahlzeiten pro Tag über Bord. Kaum, daß man das Geschirr der einen Mahlzeit abgetragen hatte, begann er auf der Stelle mit der nächsten; nachts geisterte er durch das Haus und suchte nach Eßbarem.

Dergestalt rundeten sich bei ihm nicht nur Beine und Arme, sondern auch vor allem seine Leibesmitte, die bei all dieser Fresserei zu einem ungeheuren wabbligen Wanst anschwoll. Aber deswegen hätte ich ihn kaum bemitleidet. Was mir übergroßen Kummer bereitete, das war das Zittern seiner Hände, das Flackern der Augen, seine Neigung zum Stottern, seine innere Unruhe.

Um das Übel bei der Wurzel zu fassen, besorgte ich ihm einen Assistenten, der ihm bei seinen Dienstgeschäften behilflich sein sollte – er sitzt heute abend hier in unserer Mitte; es ist Sedulius.«

Aurelia gönnte sich eine kleine Pause, um dem kleingewachsenen Griechen Gelegenheit zu geben, sich in der Sonne allgemeiner Anerkennung zu aalen, was er denn auch in vollen Zügen tat. Er lächelte geschmeichelt, gab einige verlegene Gluckser von sich, wackelte wichtigtuerisch mit dem Kopf und versuchte, mit einem leisen »na, na, na« Bescheidenheit vorzugaukeln.

»Dieser umtriebige Mann«, fuhrt Aurelia nach einer angemessenen Frist des Zuwartens fort, »dieser Mann ließ die gigantischen Massen der unbearbeiteten Steuerverzeichnisse in einem geradezu atemberaubenden Tempo dahinschwinden, in einem Tempo, das bei einem Beamten ansonsten absolut undenkbar ist.

Der Gesundheitszustand meines erbarmungswürdigen Flatus besserte sich daraufhin umgehend: Seine Sprache wurde entspannter, seine Bewegungen wurden ausgeglichener, seine Blicke ruhiger; Freßlust und Schlaflosigkeit nahmen ab.

Dafür aber kam nun ein anderes Gebrechen bei ihm zu Vorschein: Die nachgerade spielerische und völlig mühefrei scheinende Effizienz, mit welcher Sedulius die Steuerlisten kontrollierte, nagte am Selbstwertgefühl meines Gatten und ließ ihn schließlich an seiner Existenzberechtigung zweifeln.

Den beklagenswerten Minutius traf ich immer häufiger dabei an, wie er stumm und starr in einer Ecke saß und stundenlang dumpf und teilnahmslos vor sich hinbrütete. Verwandte und Bekannte wollte er nicht mehr empfangen; wenn man ihn ansprach, so reagierte er meistens gar nicht.

Unsere sozialen Kontakte schrumpften somit zusammen bis auf einige Reste. Meine Freundinnen kamen nicht mehr, ins Theater ging Minutius ohnedies noch nie gerne, selbst die Kollegen blieben aus. So saß ich mit meinem griesgrämigen Gatten mutterseelenallein in unserem geräumigen Haus und wußte nicht, wie ich mir die Zeit vertreiben sollte.

Diesen Zustand ertrug ich nicht sehr lange; ich begann, mich für die Mythen und Religionen fremder Völker zu interessieren. Der findige Sedulius konnte mir sehr viel darüber erzählen, er brachte auch Schriftrollen herbei und lud Gelehrte ein, die ich mit meinen Fragen überschüttete.«

Der Genannte räusperte sich an diesem Punkte laut, so daß wir alle zu ihm hinschauten, worauf sein Gesicht vor Verlegenheit allmählich eine leicht rötliche Farbe annahm. Aurelia ließ sich dadurch aber nicht beirren und redete ohne lange Unterbrechung weiter:

»Vor allem schwärmte ich für Mithras,* Christus, Jahwe, Zarathustra** und Hermes Trismegistos*** – das waren meine erklärten Lieblinge. Natürlich beließ ich es nicht dabei, mich über diese Gottheiten und Propheten zu informieren, nein, ich wollte sehen, auf welche Weise sie verehrt werden. Auch diesen Wunsch wußte der kundige Sedulius mir zu erfüllen.«

Der kurzgewachsene Grieche war mittlerweile bis zu den äußersten Spitzen seiner abstehenden Ohren karminrot angelaufen.

»Binnen weniger Wochen kannte ich alle Tempel, Weihestätten und Versammlungsorte der Griechen, Perser, Ägypter und Hebräer in der weiteren Umgebung von Pisae; ich suchte sie samt und sonders mit größtem Eifer und bei jeder Gelegenheit auf. Natürlich blieb mir der Zutritt zu den höheren Mysterien**** verwehrt, aber immerhin wußte ich von deren Existenz.

Die Priester fühlten sich von meinem gewaltigen Wissensdurst geehrt und versuchten, mich von den Vorzügen und von der Einzigartigkeit ihrer jeweiligen Lehre zu überzeugen.

Am besten gefiel es mir bei den Christen, denn sie waren immer so ausgesprochen freundlich und nett zueinander; in ihrem Kreise fühlte ich mich durch und durch wohl, weil sie mich spontan in die bei ihnen herrschende Atmosphäre der gegenseitigen herzlichen Zuwendung mit einbezogen. Ihre Frauen besuchten mich sogar in der tristen Einöde unseres Hauses und mühten sich in rührender Weise um den lethargischen Minutius.

* Altorientalische Gottheit, im spätrömischen Reich sehr populär.

** Altiranischer Prophet.

*** Griechisch-ägyptische Gottheit; steht im Zentrum eines Mysterienkultes, der in der Spätantike eine bedeutende Rolle spielt.

**** Sakrale Handlungen, zu denen Außenstehende nicht zugelassen sind.

Es dauerte nicht lange, bis ich das Gefühl hatte, eine der ihren zu sein, und in dieser Gefühlslage drängte es mich danach, in aller Form ihrer Gemeinde anzugehören.« Bei diesen Worten war ein leichtes Zittern in Aurelias Stimme gekommen. Nun hielt sie einige Augenblicke inne, holte tief Luft und sprach dann weiter, sichtlich bemüht, das Zittern besser zu beherrschen. – Es mußten schon herzensgute Menschen gewesen sein, diese Christen, wenn deren Verhalten meine Aurelia solchermaßen in Rührung versetzte!

»So wurde ich denn eine Christin«, fuhr Aurelia fort, »wobei allerdings die Glaubenssätze dieser Leute für mich zunächst eine sekundäre Rolle spielten. Existentiell wichtig dagegen war mir das allumfassende Klima der Geborgenheit, welches ich bei ihnen vorfand. Unserem Faktotum Sedulius erschien meine Hinwendung zum Christentum nicht unangenehm – er gab mir zu erkennen, daß er dieser Glaubensgruppe schon längere Zeit angehörte.«

»Jetzt erkläre uns doch endlich mal, was es mit diesen Christen auf sich hat – was ist denn das Besondere an ihnen?« Mit dieser Zwischenfrage unterbrach ich meine Gemahlin, denn das war es ja, was ich schon lange von ihr wissen wollte.

»Nun ja, äh, hm«, begann sie zögernd, »ich glaube, ihr würdet das ja doch nicht kapieren.«

»Auf, komm schon, so blöd sind wir bestimmt nicht«, brüllte Smärregolf in seiner rauhbauzigen Art dazwischen, »sag es uns, heraus damit!«

»Wie ihr wollt!« begann Aurelia ihre Erklärung. »Die Christen halten von euren Göttern überhaupt nichts. Sie glauben nur an einen einzigen Gott, der keine anderen Götter neben sich duldet. Seinen Sohn schickte er zu den Menschen, ja, Gottes Sohn wurde selbst Mensch, er starb am Kreuz für uns alle, um ...«

»Bah, was soll das, nur ein einziger Gott!« – »Ein Gott stirbt für Menschen, wer glaubt denn so was!« – »Kann nicht sein, das alles, Schwachsinn!« – »Seltsame Leute, diese Christen!« – »Menschen töten ihren Gott, das gibt's doch nicht!« – »So ein Gott, was kann der schon taugen?« – »Hat der Gott der Christen keine Blitze, keinen Donner, keine Raben, keine Rösser?*«

* Insignien germanischer Gottheiten.

Die Zuhörer schwatzten und schimpften aufgebracht und wirr durcheinander, bis ich mit kräftiger Stimme wieder für Ruhe sorgte.

Aurelia zeigte die überhebliche Miene der Besserwissenden und gab den ungläubigen Nörglern schnippisch zurück: »Na, was sage ich? Wußt' ich's doch! Ihr kapiert eben nichts. – Aber wie dem auch sei – ich war nunmehr Christin, und ich wurde es mehr und mehr von Tag zu Tag. Was ich aus Neugier und Langeweile begonnen hatte, das entwickelte sich zu einer tiefen und festen Religiosität.

Deswegen vermochte ich mich fortan wieder unbeschwert meines Lebens zu erfreuen; die gedrückte Stimmung, die mein melancholischer Gatte verbreitete, focht mich nicht mehr an; die Tage waren vorbei, da es mich Überwindung kostete, ihn zu umsorgen. Das tat ich nun mit allen meinen Kräften. Was mir daneben an Zeit verblieb, verbrachte ich in der Gesellschaft meiner neu gewonnenen christlichen Freundinnen.«

Aurelia stockte erneut. Das Zittern in ihrer Kehle hatte sich wieder eingestellt, stärker und unbeherrschbarer als beim ersten Mal. Nun bedeckte sie ihr Gesicht mit beiden Händen. Augenscheinlich fiel es ihr nicht leicht, die Fassung zu bewahren.

Schon wollte ich beruhigend meinen Arm um sie legen, da ließ sie die Hände sinken und warf den Kopf trotzig in den Nacken, als wolle sie dadurch ihre Erregung abschütteln. Mit etwas lauterer, aber unüberhörbar belegter Stimme setzte sie ihre Erzählung fort:

»Diese glückselige Zeit währte nur kurz. Unser Kaiser erließ ein Edikt, dem zufolge alle Christen des Reiches vor einem kaiserlichen Standbild ein Rauchopfer darbringen mußten. Nun wollten die Christen aber keinem anderen als ihrem eigenen Gott eine solche Ehre erweisen; hätten sie dem Kaiser geopfert, dann hätten sie damit ihrem Glauben abgeschworen.*

Nach Bekanntwerden des Edikts verschwanden die meisten meiner Freundinnen plötzlich von der Bildfläche. Kaum eine war übrig, als die ersten Listen mit den Namen derer publiziert wurden, die des Christentums verdächtig waren. Mein eigener Name

* Gemeint ist wohl das Edikt des Kaisers Decius aus dem Jahr 250 n. Chr.

befand sich zu meinem Erstaunen jedoch nicht dabei – dafür hatte Sedulius gesorgt.

Mit viel Geschick war es ihm gelungen, den guten Ruf meines Gatten zu meinem Schutze einzusetzen. Freilich ließ der wendige Grieche mich wissen, daß die Situation trotzdem sehr heikel sei; er würde vorschlagen, einen weitreichenden Ortswechsel vorzunehmen. Es sei nicht schwer, für den psychisch angeschlagenen Minutius eine Versetzung zu erreichen, meinte er, am besten weit weg in die Provinz, weit weg nach Norden, wenn möglich sogar über die Alpen.

Man hörte viel von Folter und grausamen Todesarten, welche die standhaften Christen zu erleiden hätten; man hörte auch blutrünstige Geschichten von der sadistischen Verfolgungswut der kaiserlichen Häscher. Ich sah keine andere Möglichkeit – wir mußten fort. Eine lukrative Stelle in der germanischen Provinzhauptstadt Augusta Treverorum* war für Minutius bald gefunden, unsere fahrende und liegende Habe rasch günstig verkauft. Ohne Sedulius wären wir völlig hilflos gewesen – nachdem wir sein Salär wie auch sein Freizeitpensum erhöht hatten, zog er mit uns in den Norden.

Obwohl im Lande der Germanen ein rauheres Klima herrschte als in Italien, fand ich mich in der neuen Umgebung schnell zurecht, denn die Menschen jener Stadt hatten eine offene, heitere und bemerkenswert umgängliche Natur. Ein Zuzug aus Italien war ihnen höchst willkommen, und wir wurden allseits mit offenen Armen empfangen.

Die kaiserliche Verfolgungswelle schien die nördlichen Provinzen noch nicht erreicht zu haben. Ich wähnte mich deshalb so sicher, daß ich alle Warnungen in den Wind schlug und unvorsichtigerweise Kontakt zu der örtlichen Christengemeinde suchte.«

Wiederum räusperte sich Sedulius und schüttelte dabei tadelnd den Kopf – die Warnung an Aurelia stammte also wohl von ihm.

»Christen fand ich allerdings keine, denn man war mir gegenüber sehr zugeknöpft, weil man in mir eine kaiserliche Spionin vermutete. Den wahren Spionen freilich war ich nicht unverbor-

* Trier.

gen geblieben, sie setzten mich spornstreichs auf ihre Liste, wie ich später von Sedulius erfuhr. Davon bekam ich glücklicherweise noch rechtzeitig Wind – so waren wir denn abermals gezwungen, das Feld zu räumen, was ich sehr bedauerte, denn in dieser angenehmen Stadt mit ihren Theatern, Thermen und Palästen hatte ich mich ansonsten pudelwohl gefühlt.

Die ganze Prozedur mit Stellenwechsel und Hausverkauf wiederholte sich; diesmal ging es an einen wesentlich kleineren Ort, der wirklich weitab vom großen Weltgeschehen lag – wir kamen in das verträumte und idyllische Sumelocenna.*

Diese Kleinstadt wie auch die umliegende Gegend befanden sich nach unserem Dafürhalten in einer anderen, für uns völlig fremden Welt. Endgültig vorbei waren die umtriebigen, unternehmungsreichen Tage von Augusta Treverorum; hier, am Rande des Imperiums, wirkten die Menschen schwerblütiger und weniger behende, das Leben ging einen geruhsamen, ja gemächlichen Gang. Die Bürger schienen es zufrieden, des Abends nach getaner Arbeit beieinander zu sitzen und Klatschgeschichten auszutauschen; im übrigen traf man sich auf dem Marktplatz, wo es selbst im tiefen Winter Neuigkeiten zu erfahren gab.

Ich vermißte die Kultur: keine Theater, keine Wettspiele, keine Dichter oder Philosophen – nichts anderes als Offiziere, Verwaltungsleute und Händler. Da bei nüchterner Einschätzung unserer Lage wenig Aussicht bestand, je wieder aus diesem abgelegenen Provinzstädtchen wegzukommen, entschloß ich mich, mein Schicksal selbst in die Hand zu nehmen. Ich wollte den Versuch wagen, dem unerträglichen, geistlosen Einerlei ein Ende zu setzen: Wenn schon kein kulturelles Leben existierte, dann mußte es eben geschaffen werden.

Deshalb organisierte ich Dichterlesungen und Liederabende, zu welchen ich die Frauen der höheren Beamten und Offiziere persönlich einlud. Nach wenigen Veranstaltungen fanden die Gäste in der Halle unseres Hauses kaum noch Platz, mit wohlwollender Erlaubnis des kunstsinnigen Präfekten durften meine Soirees und Matinees im Rathaus stattfinden.

* Rottenburg.

Der Ruf meiner Dichterabende drang nach einiger Zeit über Sumelocenna hinaus; es fanden sich Kunstliebhaber aus Arae Flaviae* und aus Grinario** ein; von mir eingeladen zu werden, galt als eine besondere gesellschaftliche Auszeichnung. Ich fühlte mich rundum wichtig und bedeutsam – in vollen Zügen genoß ich die respektvolle Achtung, die man mir allseits entgegenbrachte. Die Meinung von Frau Minutius Flatus hatte Gewicht; ihrem Kunstverstand wagte sich niemand entgegenzusetzen; die besser gestellten Frauen versuchten sogar, meine Gewohnheiten, meine Frisur und meine Garderobe zu imitieren.

Glück und Erfolg waren mir indes nur wenige Jahre beschieden, was ich aber ausschließlich meiner eigenen Unbedachtsamkeit zuzuschreiben habe. Neben der Darbietung der Werke von Horaz und Vergil, Tibull und Properz, Terenz und Ovid*** strebte ich danach, mein altes Interessengebiet einzubringen, nämlich die Religionen und Mythologien der Völker.

Damit hatte ich ein glühend heißes Eisen angefaßt, an dem ich mir weidlich die Finger verbrennen sollte. Allzuoft betonte ich bei meinen philosophischen Abenden die Relevanz christlicher Philosopheme, worüber ich unversehens in den Geruch kam, eine Kryptochristin**** zu sein.

Derlei Verdächtigungen berührten mich keineswegs unangenehm, ganz im Gegenteil – ich empfand solches vielmehr als eine besondere Auszeichnung. Was kann es denn auch höheres und besseres auf dieser Welt geben, als dem Christentum anzugehören? In meiner leichtsinnigen Selbstsicherheit dachte ich keinen Moment daran, daß ich dadurch auch in der fernsten Provinz eine Bedrohung heraufbeschwören könnte, ich dämliche Ziege.

Eines Tages machte das Gerücht von einer neuerlichen Verfolgungsaktion die Runde – eine Liste sei unterwegs nach Sumelocenna mit den Namen derer, die dem Kaiser Weihrauch opfern müßten.

* Rottweil.

** Köngen.

*** Größen am römischen Dichterhimmel.

**** Eine, die so tut, als wäre sie keine, die aber trotzdem eine ist.

Daraufhin begannen sich meine Kulturabende zu entvölkern, die Offiziersfrauen hatten plötzlich wichtigere Dinge zu tun als irgendwelchen Rezitationen zu lauschen, der Präfekt konnte den Vortragssaal des Rathauses mit einemmal nicht mehr für kulturelle Zwecke zur Verfügung stellen, und schließlich blickten die Leute auf der Straße zur Seite, wenn sie meiner ansichtig wurden.

Die Künstler, die sich mir zuvor stets bis zur Aufdringlichkeit und Schleimerei angebiedert hatten, sie mieden fortan mein Haus, und selbst meine besten Freundinnen zogen sich mehr und mehr von mir zurück. Von allen Seiten erlebte ich Kränkungen und Herabwürdigungen aller Art, zumeist versteckt und indirekt, deswegen aber um so schmerzhafter.

Die soziale Isolation brachte eine ungeheure psychische Belastung mit sich: Schlaflosigkeit, Nachtschweiß, Herzflimmern, Atemnot und Schwindelanfälle. Dabei war meine eigene Verfassung noch recht ordentlich im Vergleich zu der meines Gatten.

Minutius hatte die Ortsveränderung psychisch überhaupt nicht verkraftet. Jeder Lebensmut schien aus ihm gewichen; sein Zustand verschlechterte sich von Woche zu Woche. Zunächst kehrten die alten Symptome wieder: das Augenflackern, das Händezittern, die Rastlosigkeit, die Neigung zum Stottern, die endlos langen, wirren Selbstgespräche. Dazu gesellten sich länger werdende Phasen der Geistesabwesenheit, ja, es kam gelegentlich zu überraschenden Ohnmachtsanfällen, die von Mal zu Mal dramatischere Formen annahmen. – Und von einem – – – von einem der – – – von einem der Ohnmachtsanfälle sollte er nicht wieder erwachen.«

Aurelias Stimme erstickte in bitterlichem Schluchzen, sie verhüllte ihr Haupt mit ihrem Schultertuch und verharrte in diesem Zustand viele, viele Atemzüge lang. Keiner der Zuhörer wagte es, sie in ihrem so jäh hervorbrechenden Wehklagen zu stören, ausgenommen Sedulius, aus dessen Ecke ein unruhiges Geschnaube und Geschniefe ertönte.

»Nun ja«, hub Aurelia wieder an, sich die Augen wischend, nachdem sie sich einigermaßen gefaßt hatte, »immerhin waren wir beide ein paar Jährchen miteinander verheiratet gewesen. – Äh ... tja ... hum ... Trotzdem ging das Leben weiter. Sedulius hatte sich entschlossen, in der Abgeschiedenheit eines Landgutes ein bedeutendes Werk über die christliche Philosophie zu schreiben. Das Geld für seinen Lebensunterhalt wollte er dort als Assistent des Gutsverwalters bestreiten. Fix und geräuschlos, wie das so seine Art ist, hatte er alle notwendigen Vorbereitungen getroffen, wobei er sich in der christlichen Tugend der Nächstenliebe übte und gleichzeitig auch mir, der hilflosen Witwe, eine Stelle auf eben diesem Gutshof beschaffte – ich sollte der Gemahlin des Gutsverwalters als Gesellschafterin zur Seite stehen.

Auf diese Weise kamen wir beide hierher. Nach dem letztjährigen Überfall der Barbaren – äh, will sagen: der Alemannen – zogen wir es im Gegensatz zu den meisten anderen Beschäftigten des Gutes vor, den Ort nicht fluchtartig zu verlassen, sondern vielmehr hier am Platze zu bleiben, denn wir hatten von einer neuerlichen und ganz besonders üblen Verfolgungsjagd gegen die Christen gehört, welcher sogar in Sumelocenna mehrere unschuldige Bürger zum Opfer gefallen sein sollen.

Als wir in der denkwürdigen Herbstnacht eures Überfalls feststellen mußten, daß ihr schon in den Innenhof eingedrungen wart, da gab es für mich nicht viel zu überlegen: Die Flucht nach Sumelocenna hätte meinen sicheren Tod bedeutet. So wollte ich denn lieber auf eine ungewisse Zukunft zusteuern. – Und nun bin ich hier – hier bei euch.

Das also ist meine Geschichte.«

Als Aurelia geendet hatte, herrschte lang anhaltendes, nachdenklich-betretenes Schweigen. Ein derart aufreibendes, mitleiderregendes Gehetztwerden, wie meine Aurelia es hatte erleiden müssen, das ging mir doch ganz gewaltig unter die Haut. Hatte ich selbst ja die Welt bisher vornehmlich aus der Sicht des Jägers gesehen, seltener aus der eher unangenehmen Sicht des Gejagten. – Noch nie hatte ich darüber nachgedacht, welch großes Leid der Jäger seinem Opfer zufügt!

Je länger ich solchermaßen sann und brütete, um so teurer und wertvoller wurde mir meine Aurelia mit ihrem so unsäglich traurigen Lebensweg. So fand ich denn erst während der Morgenstunden in einen unruhigen, fiebrigen Schlaf.

Einundzwanzigstes Kapitel

Schlechte Nachbarschaft

Leicht gerädert, aber dennoch außerordentlich neugierig harrte ich auf den folgenden Abend. Endlich wollte ich die Geschichte Truchtolfs hören, die nun schon zweimal aufgeschoben worden war. Welche Abenteuer hatte der Graubärtige wohl erlebt? Waren es Kämpfe mit Wölfen und Auerochsen? Waren es Gemetzel mit Römern und Räubern? Hatte er hohe Felsengebirge mit steilen Hängen überquert, war er durch enge, tiefe Schluchten gekommen, in denen sich vielleicht gräßliche Ungeheuer verborgen hatten? Welchen fremden Völkern war er begegnet? Absonderlichen oder mörderischen? Hatte er auf seinen verwegenen Streifzügen möglicherweise auch Drachen, Riesen, Gnome, Zauberer, Feen und Hexen getroffen?

Den Abend konnte ich kaum erwarten, so neugierig war ich. Als es dann endlich soweit war und wir alle mit unserem Strickzeug am Herdfeuer saßen (denn beim Geschichtenerzählen pflegten wir auch damals schon Strümpfe zu stricken), da begann ich mir alsbald auszumalen, wie mein graubärtiger Genosse sich mit solcherlei Ungeheuern herumbalgte.

Dann aber traf mich hart die herbe Enttäuschung: Der wackere Truchtolf hatte sich den Unterkiefer verrenkt und konnte kaum lallen, geschweige denn eine Geschichte erzählen. Vergrämt ob dieser unguten Nachricht legten wir die Wolle beiseite und widmeten uns dem Würfelspiel – ein Zeitvertreib, von dem wir nie genug bekommen konnten.

Immerhin war ja noch nicht aller Tage Abend, und irgendwann würde unser geschätzter Truchtolf doch noch seine Erlebnisse zum besten geben müssen.

Freilich schien er es damit keineswegs eilig zu haben. Kaum hatte er sich einen Tag später von seiner Verrenkung erholt, da begann ihn ein hartnäckiger Schnupfen zu plagen, und sobald sein Riechorgan zu träufeln aufgehört hatte, da klagte er über unsägliche Kopfschmerzen, die ihn vor allem des Abends am Herdfeuer mit niederschmetternder Wucht heimsuchten. – Kein Wunder also, wenn die allgemeine Neugier auf Truchtolfs Erlebnisse von Abend zu Abend stetig nachließ.

Der Winter neigte sich ja auch seinem Ende zu, und wir fingen an, Pläne für unsere Zukunft zu schmieden. Es hatte sich allmählich bei sämtlichen Sippengenossen das Bedürfnis verbreitet, so richtig auf Dauer in dieser prächtigen römischen Villa zu bleiben. Insbesondere die Frauen standen hinter diesem Wunsche, der sich damit wie von selbst in einen unumstößlichen Entschluß verwandelt hatte.

Und diesen Entschluß wollten wir feiern – mit einem großen, rauschenden Fest der Seßhaftwerdung, mit einem Fest, so überbordend und überschäumend, wie es noch kein Alemanne je erlebt hatte – und wir Alemannen, wir sind ja hinlänglich bekannt für unsere wilden ausufernden Mummereien und Kugelfuhren.

Bis es aber soweit war, bedurfte es noch ausgedehnter Vorbereitungen. Truchtolfs Leute wußten ein Gebräu aus Gerste anzusetzen, von welchem sie behaupteten, es würde auch den allerbesten Met in den Schatten stellen – vielleicht meinten sie damit jenes gelbliche, schäumende Gebräu, das wir vor Jahren einmal in dem gastlichen Hause des freigiebigen Plokko kennengelernt hatten.

Hilgolf, der lange, dürre Bruder des rundlichen Gangolf, der sich ja unter den Tagolflingen als Getränkemeister bewährt hatte, brauchte den Truchtolflingen nicht lange zuzusehen, bis er begriffen hatte, wie man es macht, und so konnten wir bei unserem Trinkgelage diese süffige Flüssigkeit schließlich sogar in zweierlei Sorten genießen. Hilgolfs Gebräu unterschied sich von dem der Truchtolflinge jedoch eindeutig im Geschmack – es war merklich salziger. Dies rührte gewiß daher, daß wohl das eine oder andere

Tröpflein den Weg von seiner Schniefnase in den Braubottich gefunden hatte.

Auch unsere Musikanten taten das ihre; sie übten unentwegt und unüberhörbar auf ihren Instrumenten – allen voran Smärregolf mit seiner Tuba, die er verklärten Blickes zärtlich zu streicheln pflegte. So tutete, schrillte und klapperte es denn wochenlang aus allen Ecken und Winkeln.

In Küche und Keller entstand rege Geschäftigkeit; körbeweise schnitten einige der Frauen die ersten Blütenzweige von den Büschen, um sie zu Kränzen und Girlanden zu winden. Andere Frauen wiederum schneiderten an feinen Festtagsgewändern, wieder andere fertigten bunte Bänder und Wimpel; die Männer zimmerten einen zünftigen Tanzboden, und wem sonst nichts einfiel, der putzte, schrubbte und wischte an seinen Waffen herum, bis sie nur so blinkten und blitzten.

Die allseitige Vorfreude wurde indes getrübt durch einen Umstand, der mir selbst zunächst wenig erheblich erschien, der aber mehr und mehr zu einem garstigen Untier wurde, das bitterböse Zwietracht in unsere Herzen säte. Die Frage hatte sich nämlich erhoben, welchen Namen unsere neue Heimstatt nun eigentlich tragen solle. Nach alemannischer Sitte sollte die Antwort nicht so schwer fallen, wie man meinen möchte: Jede neu gegründete Ansiedlung erhielt einfach den Namen des betreffenden Anführers.

Nun herrschten aber hierorts deren zwei – neben mir eben dieser Truchtolf. Ohne lange nachzudenken hielt ich mit größter Selbstverständlichkeit meinen eigenen Namen für den einzig richtigen. Als Truchtolf dies erfuhr, geriet er in eine berserkerhafte Wut und brüllte, als ob der leibhaftige Werwolf in ihn gefahren sei.

Mit hochrotem Kopf, blutunterlaufenen Augen und einer vom Brüllen schon ziemlich heiseren Stimme kam er zu mir hergerannt und geiferte mir die Frage entgegen, ob ich denn das mit meinem Namen tatsächlich allen Ernstes meine.

Aus einem wüsten Wortwechsel entstand nach kurzer Zeit unversehens eine haßerfüllte Prügelei mit geräuschvollem Poltern und Krachen. Ich hatte ja zunächst gedacht, mein Gegner wäre mir unterlegen, weil er doch einiges älter war als ich – ein böser Irrtum. Truchtolf hatte noch genug Schmalz in seinen Armmuskeln, um mir ordentlich eins überzuziehen. Von den ungewohnten Geräuschen angelockt, versammelte sich im Nu der männliche Teil beider Sippen, wobei ein jeder für seine eigene Seite handgreiflich eintrat. Auf diese Weise erhob sich alsbald ein allgemeines Balgen und Keilen, das erst zu erlahmen begann, als die besseren Hälften mit Rührlöffeln und Besenstielen anrückten und unter giftigem Keifen und Schelten auf ihre viehisch rohen Gatten unbarmherzig eindroschen, um sie wieder zu Vernunft und Friedfertigkeit zu bringen.

Damit war die Ausgangsfrage freilich noch immer nicht geklärt, nämlich, wie denn unsere neue gemeinsame Siedlung heißen solle: Truchtolfingen oder Tagolfingen, das war hier die Frage.

Der pfiffige Sedulius versuchte, eine Mischform aus beiden Namen herzustellen. Tracholfingen, Trugolfingen, Tachofingen schlug er uns zur Auswahl vor. Darin jedoch sahen Truchtolf ebenso wie ich selbst eine beleidigende Verunglimpfung unserer ehrenwerten Namen und lehnten solcherlei Kunstfügungen entrüstet ab.

Aurelia suchte ebenfalls eine ausgleichende Lösung. »Tolla-Haus« wie auch »Tollaringen« brachte sie ins Gespräch und dachte dabei an den großen heiligen Berg südlich unseres Anwesens. Dann redete sie noch von »Starzel-Dorf« und »Starzalingen«, weil doch der Starzel-Fluß ganz in unserer Nähe durch das Tal dahinfloß.* – Wenn Truchtolf solchem zugestimmt hätte, dann wäre auch ich damit einverstanden gewesen. Allein er lehnte dies alles in Bausch und Bogen ab, weil diese Anregungen von meinem angetrauten Eheweib herrührten, also von einem Mitglied der gegnerischen Sippe.

Da wir uns also nicht einigen konnten, aber andererseits auch nicht auf unser großartiges und schon halbwegs vorbereitetes Gründungsfest verzichten wollten, so bürgerte es sich ein, daß Truchtolfs Leute ihren westlichen Teil des Landgutes Truchtolfingen nannten, wohingegen ich und meine Sippengenossen unsere östliche Hälfte Tagolfingen hießen, was ja auch – in meinen Ohren jedenfalls – viel schöner klingt.

* Ähnliche Diskussionen sollten dann erst wieder um 1970 im Zuge der Gemeindereform stattfinden.

Das widerwärtige Feuer der Zwietracht hätte nun eigentlich nach und nach sachte verglimmen können. Ein unglückseliger Zwischenfall jedoch entfachte die Glut wieder zu jäher Lohe, und das kam so:

Am neblig-trüben Abend eines frühen Vorfrühlingstages klopfte ein einsamer Wandersmann an unser Tor und bat um eine Unterkunft für die Nacht. Smärregolf befand sich in der Nähe des Tors, öffnete dem Anklopfenden und brachte ihn zu mir.

Dieser junge Mann mußte eine schwere Zeit hinter sich haben, wie an seinen abgerissenen Kleidern und an seinem ausgehungerten Leib zu ersehen war. Dennoch trat er festen Schrittes vor mich hin und grüßte mich, wobei seine lebhaften graublauen Augen mir unter dicken, buschigen Augenbrauen freundlich und mit vertrauenerweckender Offenheit entgegenlächelten.

Er hieß Gunthahar und gehörte zum Stamme der Brukterer,* die hoch im Norden lebten. Seine Sippe sei wiederholt von feindlichen Stämmen überfallen worden, und er alleine sei noch am Leben; nun suche er nach einem Trupp, dem er sich anschließen könne.

Neugierig lauschte ich seinem Bericht. Zwar sprach der Fremde dieselbe Sprache wie wir, doch tat er dies abgehackt, mit ungeheurer Geschwindigkeit und ohne den samtigweichen Singsang, den wir Alemannen in der Stimme zu haben pflegen.

Er würde sicherlich viele unterhaltsame Geschichten erzählen können, der junge Gunthahar, Schnurren und Berichte von all den Abenteuern, die er auf dem weiten Weg vom Norden bis zu uns erlebt haben mußte. Das wäre ja zudem auch ein kleiner, tröstlicher Ersatz gewesen für Truchtolfs Geschichten, die er uns noch immer schuldig war und die er mir und den Meinen nach all dem Streit bis auf weiteres vorenthalten dürfte. So hieß ich diesen jungen, liebenswürdigen Menschen denn bei uns herzlich willkommen und bat ihn, unser Gast zu sein.

Währenddessen hatte die Botschaft von der Ankunft eines Fremden die Runde gemacht, und von allen Seiten strömten Kinder, Weiber und auch Mannsvolk herbei, um den Ankömmling zu bestaunen. Unter ihnen befand sich auch der graubärtige Truch-

* Germanischer Volksstamm, der damals im Ruhr-/Wupper-Gebiet lebte.

tolf, der mißtrauisch die Stirn runzelte und voller Ablehnung die Unterlippe vorwölbte. Unauffällig nahm er mich beiseite und machte mir heftige Vorhaltungen – dieser Fremde könne doch ein Spion sein, der gekommen sei, um herauszufinden, wie man unseren ehemals römischen Gutshof am besten überfallen könne.

Ich hingegen schalt ihn einen ängstlichen Hasenfuß und furchtsamen Hosenscheißer – wenn Smärregolf uns nicht mit seinen bärenstarken Armen auseinandergehalten hätte, so wäre es auf der Stelle wiederum zu einer verbissenen Keilerei gekommen.

Nach einigem Überlegen sah ich freilich ein, daß ich dem Fremdling gegenüber vielleicht doch etwas zu vertrauensselig gewesen war. Da er sich aber schon einmal mitten unter uns befand, ließen wir ihm recht widerwillig unsere weithin berühmte, großzügige Gastfreundschaft angedeihen – die er, altem germanischen Brauch gemäß, auch gar nicht lange in Anspruch nahm. Neu eingekleidet und mit vollem Bauch verabschiedete er sich alsbald von uns. – Ihn zum Geschichtenerzählen zu bitten, dazu war mir durch Truchtolfs Mißtrauen gründlich die Lust vergangen.

Eigentlich hätte der Fremde rasch wieder in Vergessenheit geraten können, doch sein kurzes Erscheinen wirkte wie der Schatten eines kommenden Ereignisses. War er nun ein Spion oder nicht? Niemand hat es je herauszufinden vermocht, und noch heute streiten sich die Alten unserer Sippe darüber, wenn ihnen sonst nicht Gescheiteres einfällt.

Truchtolf jedenfalls hielt den Brukterer nach wie vor für einen gefährlichen Spion; der Graubart hörte nicht auf, mir bittere Vorwürfe zu machen wegen meiner leichtfertigen Gutgläubigkeit. Höchste Gefahr sei nunmehr im Anzuge, klagte er, und befahl seinen Leuten, alles vorzubereiten für die Abwehr eines Überfalls.

Selbstverständlich erwartete der besorgte Truchtolf dasselbe von mir, doch hielt ich solche Maßregeln für schieren Humbug, weshalb ich die Meinen anwies, sich nicht um Truchtolf zu scheren und fortzufahren mit den Vorbereitungen für unser großes Fest.

Während der nächsten Tage machten sich die Truchtolflinge also daran, auf der Krone unserer Umfassungsmauer in regelmäßigen Abständen Steine aufzuhäufen und lange starke Astgabeln bereitzulegen, um damit an die Außenseite der Mauern angelehnte

Sturmleitern wegstoßen zu können. Außerdem spannten sie feste, aber dünne Fäden durch das Gelände rund um unser Anwesen, an welchen sie in regelmäßigen Abständen selbstgebrannte Tonglöckchen befestigten, deren heller Bimmelklang den Besuch ungebetener Gäste anzeigen sollte. Weiterhin ließ der zweifelsüchtige Truchtolf tagtäglich zwei seiner Leute in weitem Bogen die Wälder rund um unser Landgut durchstreifen. Sie sollten ein scharfes Auge haben auf alle Spuren, welche auf die Anwesenheit eines Menschen hindeuteten. – Meine Männer verlachten die Truchtolflinge wegen diesem ganzen Getue, doch ich befahl, die Häme zu unterlassen, denn ich wollte die Zwietracht so kurz vor unserem Fest nicht mutwillig vergrößern.

Dergestalt verging Tag um Tag, ohne daß irgendein Zeichen feindlicher Annäherung bemerkt worden wäre, und mit jedem neuen, friedvollen Tag schien Truchtolfs Argwohn Stück für Stück dahinzuschwinden. Unser großes Fest, so hoffte ich, würde dann die alte, herzliche Freundschaft wiederherstellen.

So geschah es denn auch – freilich auf eine vollkommen andere Weise, als ich es mir vorgestellt hatte.

Mittlerweile war der Wonnemonat in greifbare Nähe gerückt, und wir hatten unsere Festvorbereitungen weitgehend abgeschlossen: Auf dem großen Rasenplatz im Süden vor dem Hauptgebäude standen hohe Stangen, an denen bunte Bänder munter im Winde flatterten, über dem offenen Arkadengang zwischen den beiden Ecktürmen zogen sich bauschige Girlanden dahin, gewunden aus farbenfrohen Frühlingsblumen; der Tanzboden wartete fest gezimmert auf die ausgelassenen Hopser des Jungvolks; der schäumende Gerstensaft stand schön gekühlt im Keller bereit; die vielfarbig bestickten, bebordeten und bepaspelten Feiertagsgewänder lagen fertig zum Anziehen in Truhen und Kästen; die Musikanten gaben durch vielsagende Blicke zu verstehen, daß ihre neu eingeübten Tanzlieder alles bisher Gehörte bei weitem übertreffen würden – ihnen voran Smärregolf, der den Truchtolflingen zum Trotz tagelang tief im Walde verschwunden war, um insgeheim und ungestört sich seinem geliebten Horn widmen zu können.

Gerade zu diesem Zeitpunkt, als unser Fest unmittelbar bevorstand, da erscholl an einem diesigen Spätfrühlingsmorgen beim allerersten Dämmerlicht ein ohrenzerreißend schriller Schrei: »Ein Überfall! Sie kommen! Sie kommen!«

Die vom letzten Morgenschlaf trunkenen Augen aufgerissen, aus den Pfühlen hochgefahren und an das Fenster gehastet, das war eins – und da sah man sie schon: Schemenhafte Gestalten von Osten her, schwerbewaffnete alemannische Krieger, die sich aus dem schwadig wabernden Frühdunst langsam herauslösten, die immer näher an unsere Umfassungsmauer herankamen; jeder ihrer Schritte brachte uns dichter an Tod und Verderben.

Doch schon stürmten die ersten Männer aus dem Hause, rannten die Stiegen der Mauer hoch. Von dort schleuderten sie die bereitliegenden Steine den vordringenden Feinden entgegen. Immer größer wurde die Zahl der Verteidiger und dementsprechend der Steinhagel immer dichter. Zu der Menge der Steinewerfer gesellten sich einzelne Bogenschützen, deren haargenau treffende Pfeile unsere Gegner das Fürchten lehrten. Hierbei tat sich vor allen anderen mein Gefolgsmann Asgolf hervor, was mich mit besonderem Stolz erfüllte.

Als Folge unserer tatkräftigen Verteidigung brauchte es keine lange Zeit, bis die Angreifer sich wieder zurückzogen. So groß unser Schrecken war, als diese Feinde uns aus dem Schlafe rissen, so groß war jetzt natürlich unsere Erleichterung, denn die Gefahr schien damit gebannt, und im ersten Überschwang der Freude wollten wir unser großes Fest auf der Stelle beginnen – es wäre nun aus doppeltem Anlaß begangen worden: nicht nur als Fest der Seßhaftwerdung, sondern obendrein als eine Siegesfeier.

Doch es zeigte sich sogleich, daß unsere Widersacher stracks wieder auf der Bildfläche erschienen, sobald unsere Köpfe von der Mauer verschwanden. Diese Leute waren demnach nicht gewillt, das Feld schnell zu räumen, und schon bald mußten wir erkennen, daß uns eine längere Belagerung ins Haus stand.

Eine solche Aussicht konnte uns freilich keinen Kummer bereiten, denn für unsere Freudenfeier hatten wir Lebensmittel in beachtlichen Mengen herbeigeschafft.

Während der folgenden Tage suchten wir herauszufinden, wie viele Männer uns da eigentlich belagert hielten. Das geschah auf einfachem Wege: Wir ließen sie dicht bis an die Mauer herankommen, um sie abzählen zu können, und erst dann trieben wir sie wieder zurück. Nach mehrerem Heranlassen und Verjagen kannten wir jeden unserer Angreifer genau. Ihre Zahl belief sich auf nicht mehr als zwanzig, ein für uns höchst erfreuliches Ergebnis.

Angesichts eines dermaßen schwachen Gegners wollten wir sogar einen Ausfall wagen. Und da fackelten wir nicht lange: Am vierten Belagerungstag mußten unsere Angreifer ihrerseits einen Überfall über sich ergehen lassen.

Ein ausgetüftelter Schlachtplan war hierzu nicht nötig. Sobald unsere Feinde wieder einmal aus ihrem Waldversteck heraus auf die Mauer zustürmten, sprangen wir ganz einfach über die Mauer und rannten ihnen entgegen, worauf sie spornstreichs das Hasenpanier ergriffen und nie wieder gesehen wurden. – Es wird vor allem Smärregolfs berserkerhaftes Kriegsgeheul gewesen sein, das diese ebenso rasche wie durchschlagende Wirkung erzielte.

Nun würde man wohl meinen, die wiederversöhnten Tagolflinge und Truchtolflinge hätten jetzt, von der so urplötzlich aufgetauchten Gefahr befreit, ein weitaus größeres Fest gefeiert als jenes, das ursprünglich vorbereitet war.

Aber weit gefehlt – dieser Überfall hatte uns einen lähmenden Schlag versetzt, und eine launige Feierstimmung wollte einfach nicht wieder aufkommen. Dieses römische Anwesen mit seiner drei Spannen dicken Umfassungsmauer und seiner abgeschiedenen Lage – wir hatten es bislang für einen ganz und gar sicheren Hort gehalten. Und jetzt mußten wir einsehen, wie trügerisch diese Sicherheit doch war – allenthalben zogen alemannische Horden im Lande umher, und über ein römisches Landgut würden sie sich allemal mit derselben Gier hermachen wie die Gans über den Apfelbutzen.

Truchtolf hatte also völlig recht gehabt mit seiner – von mir verspotteten – Umsichtigkeit; um der frisch gebackenen Eintracht willen vermied es der Graubart jedoch, den Besserwisser hervorzukehren. Wenn sich die Steine nun erneut auf der Mauerkrone stapelten und wiederum unsere Wachmannschaften scharfäugig die Umgebung durchstreiften, so wirkte ich diesmal eifrig mit – ja, ich schickte sogar meine besten Leute als Wachposten los.

Zweiundzwanzigstes Kapitel

Häkko

Solcherlei Maßnahmen sollten sich in Kürze als unabdingbar erweisen. Nur wenige Tage hatten wir etwas Ruhe gehabt, als mir Gangolf nach einem seiner Streifzüge meldete, talaufwärts flatterten die Raben auffallend unruhig über den Wäldern.

Jetzt war äußerste Vorsicht geboten. Von nun an durfte sich niemand mehr außerhalb des schützenden Mauergevierts aufhalten; das Tor wurde geschlossen und fest zugeriegelt; auf den Dächern der hohen Eckbauten späten die scharfsichtigsten Männer unserer beiden Sippen so weit ins Land, wie es nur ging; bei uns allen herrschte eine bleiern schwer niederdrückende, alles lähmende Stille: Würde jemand kommen? Und wenn ja: Wieviele? Und wenn viele: Würden sie friedlich sein? Oder kriegerisch?

Und wenn kriegerisch: Was dann? Was dann? WAS DANN?

Fester umfaßten unsere Männer die Griffe ihrer Schwerter, und die Frauen suchten ihre Säuglinge zum Schweigen zu bringen, denn die Kleinsten litten besonders stark unter der qualvoll drükkenden, unheilträchtigen Stimmung.

Truchtolf und ich schritten in würdevoll gemessener Gangart auf und auf, auf und ab. Wir vermochten unter Aufbietung sämtlicher Selbstbeherrschungskräfte gerade noch, den Schein von Überlegenheit und Sicherheit vorzutäuschen. Sogar der ansonsten gegen derlei Regungen völlig unempfindliche Smärregolf konnte ein unruhiges Zucken um die Mundwinkel nicht unterdrücken. – In dieser würgenden Gemütslage harrten wir aus, bis die Abenddämmerung sich allmählich auf die Landschaft zu senken begann. Noch immer rührte sich nichts, noch immer lag dieses brustbeengende Schweigen über unserem Landgut.

»Alle fünfzig Schritt eine Doppelwache auf die Mauer! Und viermal Wachablösung bis zum Morgengrauen!« Trucholf hatte diese Befehle beherzt in die quälende Stille hineingeschleudert und erzielte damit ein gewisses Nachlassen der allgemeinen Angespanntheit.

Die Frauen sammelten ihre Kinder ein (sofern sich diese nicht schon ohnehin an den bergenden Busen ihrer Mutter gedrückt hatten) und huschten in die Geborgenheit des mächtigen Steinhauses; die Männer verteilten sich auf die angegebenen Stellen zur Wacht.

Ich selbst, das gebe ich unumwunden zu, ich selbst vermochte in dieser Nacht kein Auge zu schließen. Nicht einmal ruhig daliegen konnte ich. In angstgeschwängerter Unruhe eilte ich rastlos über die Umfassungsmauer von Wache zu Wache, um mich zu vergewissern, daß alles auch seine Richtigkeit habe.

Je länger sich die Nacht hinzog, um so mehr keimte in mir die Hoffnung, daß die unheilverkündend flatternden Raben doch nichts weiter zu bedeuten gehabt hätten, daß eben doch keine Gefahr im Anzug sei. Diese Hoffnung verstärkte sich, als beim ersten Schimmer des anbrechenden Tages noch immer keine feindlichen Schemen im frühmorgendlichen Dunst auszumachen waren, und als wir am hellichten Vormittag nach wie vor unsere Augen vergeblich in die Luft bohrten, da schien es mir doch gewiß, daß wir einem leeren Schreckgespenst aufgesessen waren.

Die Anspannung ließ nach. Bleierne Müdigkeit legte sich auf meine Glieder, und ich beschloß, mich nun doch ein wenig hinzulegen, um mich durch einige Stunden Schlaf für die schwierige Entscheidung, wie wir weiter verfahren sollten, in eine bessere körperliche Verfassung zu bringen. Ich war gerade dabei, mich umzudrehen, um zum Haus zurückzugehen, da zupfte mich der triefnasige Hilgolf, bei dem ich stand, am Ärmel. Schweigend deutete er mir mit einer Kopfbewegung an, ich möge den Blick heben.

Was ich dann sah, ließ mir das Blut in den Adern gefrieren. Hinter Bäumen traten sie hervor, sie brachen durch das Gebüsch, aus dem Walde quollen sie in größer und größer werdenden Mengen: bärtige Männer mit schimmernden Helmen, schmalen hölzernen Schilden und langschaftigen Speeren. Ehe wir noch wußten, wie uns geschah, hatten sie unsere Mauern eingekreist.

Die Wälder der ganzen Umgebung schienen diese Krieger förmlich auszuspeien, denn ihre Zahl wuchs weiter und weiter – schließlich waren es Hunderte von ihnen.

Nach kurzer Zeit schon stand uns ringsum eine unabsehbar große Masse wehrhafter Männer gegenüber, Männer, die fest entschlossen zu sein schienen, uns jeden Augenblick ohne Gnade den Garaus zu machen.

Aus ihren dicht gedrängten Reihen löste sich ein hochgewachsener Krieger mit scharf geschnittenen Gesichtszügen, der leicht bekleidet und ohne Waffen auf unser Tor zutrat, beide Hände zu einem Schalltrichter geformt an den Mund hielt und zu uns herüberrief: »Laßt mich zu euch hineinkommen! Ich will mit eurem Anführer sprechen!«

Ich warf einen fragenden Blick auf Truchtolf, dessen vor innerer Anspannung gekrümmter Rücken und seine aus demselben Grunde hochgezogene Schultern ihm das Aussehen eines geprügelten Hundes verliehen: Er nickte. Was blieb uns denn auch anderes übrig, als diesem Ansinnen zu willfahren? Jeder noch so erbitterte Widerstand gegen diese unüberwindlichen Mengen von bestens gerüsteten Kriegern mußte unweigerlich zu unserem sicheren Untergang führen – eine Gegenwehr war vollkommen zwecklos.

Also befahl ich, das Tor einen Spalt breit zu öffnen. Truchtolf und ich schritten auf das Tor zu, wo wir bangen Herzens und mit zugeschnürter Kehle auf den hochgewachsenen Fremdling warteten. – Als er durch unser Tor schritt, wirkten seine Gesichtszüge noch scharfkantiger als aus der Ferne – sein selbstbewußter Gang und seine herrische Miene verrieten, daß er Widerrede nicht gewohnt war.

»Ich komme zu euch als der Sendbote des Kriegsherzogs Häkko,* der alle diese Kriegerscharen befehligt. Eine kurze Handbewe-

* Der legendäre Gründer von Hechingen. Alle Indizien sprechen dafür, daß wir in ihm den Stammvater der Hohenzollern vor uns haben.

gung meines Herrn würde genügen, um euch alle hier binnen weniger Augenblicke mit Stumpf und Stiel auszurotten.« So redete er uns in leicht herablassendem Ton an und hielt dann inne, um seine Worte auf uns wirken zu lassen.

Er hatte ganz eindeutig das Recht des Stärkeren auf seiner Seite, und es wäre töricht gewesen, ihm zu widersprechen. Verächtlich ruhte sein hochmütiges Auge auf uns beiden ärmlichen Sündergestalten, als er dann fortfuhr: »Aber Häkko, mein Herr, hat keinesfalls die Absicht, euch abzuschlachten, nein, im Gegenteil. Er bietet euch an, seine Gefolgsleute zu werden. Das bringt für euch nur Vorteile mit sich – Häkko, mein Herr, wird euch unter seinen Schutz und Schirm stellen, ihr werdet ein sicheres Leben führen können und braucht nicht mehr wie die Hasen vor jedem Feinde davonzulaufen.«

Der hochnäsige Fremde schwieg erneut und erwartete offenbar eine rasche Antwort von uns, doch wir zögerten. Sicherheit würden wir wahrscheinlich bei diesem Häkko schon bekommen – doch das war nur die eine Seite.

Von der anderen Seite hatte er nicht gesprochen, und das machte uns stutzig. Wenn ein Herr Schutz und Schirm gewährte, so forderte er dafür in gleichem Maße Rat und Hilfe ein, und Hilfe, das dürfte aller Erfahrung nach auf Gehorsam, Unterwerfung und schwere Steuerlast hinauslaufen. Damit hätte unsere Freiheit ein Ende, doch uns blieb ja keine andere Wahl – es sei denn, wir beabsichtigten, in den sicheren Tod zu gehen.

Wenn ich mich aber schon in dieses Schicksal fügen mußte, dann wollte ich dabei zumindest den äußeren Schein wahren. Deshalb antwortete ich dem anmaßenden Sendboten mit aalglatter Freundlichkeit: »Oh, aber ich bitte dich! Es wird uns eine übergroße Ehre sein, deinem Kriegsherrn Folge zu leisten, und nach nichts verlangt uns mehr, als den wohledlen Herrn Häkko höchstselbst kennenzulernen! Was täten wir lieber, als jetzt augenblicklich stehenden Fußes zu dem hochmögenden Herrn Häkko zu eilen, um ihm unsere untertänigste Aufwartung zu machen!«

Ob solch süßlichen Gesülzes schwieg unser Sendbote, runzelte ungnädig die Stirn und gab uns durch eine herrische Kopfbewegung zu verstehen, daß wir ihm folgen sollten.

Mehrere hundert Schritt weit ging es an den Scharen der Waffenträger vorbei, die solche zu Kreuze kriechenden Leute wie Truchtolf und mich gewohnt zu sein schienen, denn sie beachteten uns überhaupt nicht.

Zwischen ihren aufragenden Lanzen hindurch erblickten wir Häkko, den Kriegsherrn, hoch zu Roß. Einer achtunggebietenden Gestalt sahen wir uns gegenüber, an der alles schmal zu sein schien: schmal sein Körper, schmal seine Hände, schmal sein Gesicht, schmal seine Lippen, und schmal auch stach seine Nase hochmütig in die Luft.

Während sich andere germanische Sippenführer vor ihrem Gefolge durch braune Augen und durch braunes Haupthaar hervortaten, glitzerten seine Augen wässrig blau, schimmerte sein dünnes, leicht gewelltes Haar gelb, und anders als andere germanische Männer hatte er sich den Kinnbart abrasiert, wodurch der Blick frei wurde auf ein spitzes, schmales Kinn.

Dafür aber trug er einen großmächtig langen, dicken Schnauzbart, dessen Enden er spitz nach oben gezwirbelt hatte. Da diese Enden rechts und links weit über sein schmales Gesicht hinausragten, entstand der Eindruck, als habe er sich eine Mistgabel unter die Nase geklebt, deren zwei Zinken bei jeder Mundbewegung aufgeregt hoch und nieder zuckten.

Mehr noch als dieser riesige Schnauzer fiel jedoch sein Helm ins Auge. Während wir Alemannen üblicherweise hohe, spitze Helme tragen, war der seine rund und breit wie eine Suppenschüssel; an den beiden Seiten wie auch am Hinterkopf diente ein weit ausgestellter Rand als Nacken- und Schläfenschutz; an der oberen Hälfte prangten rechts und links handtellergroße silberne Adlerschwingen, und an der höchsten Stelle dieser wunderlichen Kopfwehr zeigte ein fingerlanger, silberner Dorn keck gen Himmel.

Dorn und Adlerschwingen sollten dem Helmträger wohl ein erhabenes, vielleicht sogar göttergleiches Aussehen verschaffen; aber ganz ehrlich: Wotan oder Donar habe ich mir weniger lächerlich vorgestellt!

Solch krasse Prunksucht ist uns Alemannen im Grunde unseres Herzens zuwider – Bescheidenheit und Biederkeit halten wir dagegen als besondere Tugenden hoch.

Und wie der äußere, so auch der innere Mensch: Mit seinem dünkelhaften, überheblichen Wesen war der Sendbote nur ein schwaches Abbild seines Herrn, und während ich gegen den Boten lediglich gelinde Abneigung empfand, kam siedendheißer Haß in mir hoch, sobald ich dieses Herrn Häkko ansichtig geworden war.

Als wir uns ihm näherten, begann er unvermittelt, sich dem Schmutz unter seinen Fingernägeln zu widmen. Unseren biedermännischen Grußworten schenkte er keinerlei Beachtung; wir standen da wie dümmliche Dorftrottel und mußten ehrerbietig warten, bis der gnädige Herr seine Nägel ausgepuhlt hatte. »So, so«, flötete er herablassend vor sich hin und würdigte uns keines einzigen Blickes, sondern beäugte statt dessen aufmerksam das Ergebnis der vorliegenden Nagelputzarbeit, »wollt Gefolgsleute werden, was? Wieviel Mann habt ihr zu bieten? Alter? Gesundheit? Bewaffnung? Keine Memmen bei mir, keine Schwächlinge! Brauche Männer! Kräftige, kerngesunde Männer, verstanden? Also?« Seine abgehackten knappen Sätze schlugen scharf wie Peitschenhiebe.

Nun erst streifte er uns kurz mit einem ebenso geringschätzigen wie gnadlos forschenden Blick.

Einen derart verächtlichen Umgangston waren wir freiheitsliebenden Alemannen nicht gewohnt. Unter günstigeren Umständen hätte dieser aufgeblasene Widerling die Schneide meiner Streitaxt als Antwort zu spüren bekommen; nun aber dachte ich an die unschuldigen Frauen und Kinder unserer Sippen und vor allem auch an meine so herzinniglich geliebte Aurelia – sie alle würden jämmerlich zugrunde gehen müssen, wenn ich mich jetzt nicht in mein Schicksal fügte.

So ballten wir denn eben nur unauffällig die Fäuste und gaben dem schnauzbärtigen Flügelhelm die gewünschten Auskünfte. Der schwang sich daraufhin von seinem Roß und bellte uns in seiner giftspritzenden Art aufs neue an: »Helm ab zum Gefolgschaftseid!«

Es wäre mir heute viel wohler, wenn ich vergessen hätte, auf welche Weise dieser Eid geleistet wird, denn in uns Alemannen wehrt sich jede Faser gegen eine solch hinterfotzige Form der Unterdrückung: Der Gefolgsmann legt seine Hände mit den

Handflächen zusammen und streckt sie seinem zukünftigen Herrn entgegen. Dieser nimmt die zusammengelegten Hände des Gefolgsmannes in seine eigenen Hände. – Das ist das Zeichen, das genügt, einen freien, gleichberechtigten Mann einem anderen zu unterstellen. Mir schwillt noch heute der Kamm, wenn ich nur daran denke!

Kaum war die Handlung beendet, da ging das Gebaffe nun erst richtig los: »Zur Mittagszeit wieder hier, mit fünfundzwanzig Mann. Beritten, gut bewaffnet. Verpflegung für vier Tage. Wegtreten!«

Die frisch gebackene Gefolgschaft fing ja bestens an, dachte ich mir, brachte doch dieser Treueid nach der Regel Verpflichtungen für beide Seiten. Doch alles, was bisher geschehen war, roch ganz klar nach einseitiger Verpflichtung des Gefolgsmanns gegenüber dem Herrn – es roch nach Gefolgschaft bis in den Tod, es roch nach Krieg. Über die Verpflichtung des Herrn, über Schutz und Schirm also, hatte Häkko noch kein einziges Wort verloren.

So fühlte ich mich denn wie ein ganz anderer Mensch, als ich zu unserem Landgut zurückkam: unfrei, geknechtet, der Willkür eines menschenverachtenden Unterdrückers ausgeliefert – schlichtweg ein Nichts.

Dennoch hatte ich für das Überleben der Sippe zu sorgen. – Wenn wir mit fünfundzwanzig Leuten unserem neuen Herrn folgen mußten, so blieben fünf übrig zum Schutze unserer Sippen. Ich sorgte dafür, daß Gangolf unter diesen Fünfen war – schon immer schien er mir der klügste von meinen Männern zu sein, und noch nie hatte ich mich in ihm getäuscht.

Und nun hieß es Abschied nehmen. Als ich mich aus Aurelias Umarmung riß, da war mir, als würde mir ein Stück meines eigenen Körpers weggerissen, drohte doch diese Trennung ein Abschied auf ewig zu werden.

Benommen vom scharf schneidenden Abschiedsschmerz kehrte ich, wie geheißen, zusammen mit Truchtolf und fünfundzwanzig Reitern zu Häkkos Männern zurück, die mit uns nach Norden hin aufbrachen. Unterwegs erfuhren wir dann, wohin die Reise ging: Häkko wollte das stark befestigte, nahegelegene Sumelocenna erobern.

Der Weg war nicht weit: Wir ritten das Tal des Starzel-Flusses hinunter bis zu jener Stelle, wo dieser in den Nicar-Fluß einmündet. Dort bogen wir nach rechts in das Nicar-Tal ein und gelangten kurz darauf zu einem ausgedehnten Heerlager, in welchem Häkko die Erstürmung Sumelocennas vorbereitete.

So ungefähr fünfzig Lagerfeuer schickten da ihren Rauch gen Himmel. Um sie herum gruppierten sich jeweils ein Dutzend niedrige Unterstände aus Tannenzweigen, bei denen mehrere hundert Krieger emsig zugange waren. Allenthalben lagen Schilde, Helme und Streitäxte im Grase herum, überall erblickte man Brünnen, Schwerter und Kettenhemden wie auch Messer, Lanzen und Beinschienen. Daneben standen Wurfmaschinen, Rammböcke und Sturmleitern in großer Zahl bereit. – An einem der Lagerfeuer wurde uns ein Platz angewiesen, an welchem wir mehr schlecht als recht zwei Unterstände zusammenbastelten.

Bei dem geschäftigen Hin und Her in Häkkos Lager lernte ich eine Menge Leute kennen. Die meisten von ihnen gehörten kleineren Sippen an, die sich kaum unterschieden von unseren Tagolflingen und Truchtolflingen. In der Schar der Sippenhäuptlinge fühlte ich mich augenblicklich zu Hause; alles in allem erwiesen sie sich als handfeste, zuverlässige, treuherzige Kerle, genauso wie Truchtolf und ich es waren; waschechte Alemannen eben.

An einige von ihnen kann ich mich noch sehr gut erinnern, weil sie absonderliche Eigenheiten an sich hatten. Da war beispielsweise Mettiso,* ein eitler Geck, der fortwährend an seiner Kriegskleidung herumputzte. Um den Hals hatte er ein mit Glitzerfäden durchwirktes buntes Band geschlungen, das vorne kunstvoll geknotet war, außerdem trug er einen prächtigen Waffenrock aus kostbarem Tuch, den ihm seine Frau Tag für Tag mit einem heißen Eisen geplättet hatte, als er noch bei den Seinen weilte.

Weiterhin erinnere ich mich an den fingerfertigen Trosso,** der ununterbrochen kleine Pfeifchen und Flötchen schnitzte und solcherlei Blasgeräte ständig in großer Zahl mit sich führte, um sie zu verkaufen. Eifrig erklärte er jedem, wie man sie zu blasen habe

* Der Gründer von Metzingen.

** Der Gründer von Trossingen.

und welche Löcher zuzuhalten seien, wenn man einen bestimmten Ton damit erzeugen wolle. Ich selbst erwarb eines dieser Pfeifchen, weil mir sein munter dudelnder Klang so sehr gefiel. Lange Jahre trällerte ich zu meinem Vergnügen immer wieder darauf herum, bis es dann eines Tages verloren ging.

Von der übrigen Schar der in Häkkos Lager versammelten Sippenhäuptlinge hob sich der säuerlich riechende Essilo* ab – dieser führte mehrere Packpferde mit sich, auf deren Rücken er jeweils zwei riesige Tonkrüge befestigt hatte. Diese enthielten unauslotbare Mengen kleiner Sauergurken, von welchen er stets eine zwischen Daumen und Zeigefinger hielt. Solchergestalt tippelte er die ganze Zeit in Häkkos Lager hin und her und schaute forschend um sich, denn er war darauf erpicht, jemanden zu finden, dem er das saure Gemüse zwischen die Zähne schieben könne. Ich ließ mir's gern gefallen, denn das Zeug schmeckte ausnehmend lecker! – Nur, das muß ich zugeben, nach der zehnten oder zwölften Gurke, da trat an die Stelle des Wohlgenusses ein gewisses Gefühl der Lustlosigkeit, das nach der dreißigsten Gurke schließlich einem handfesten Überdruß wich, weshalb ich später weitere Angebote dankend ablehnte.

Da war noch ein anderer komischer Kauz, der schwachsichtige Tuwo,** der vorgab, alle Lebewesen von Unter-, Mittel- und Obererde ganz genau zu kennen, der Prahlhans. Mit seinen besserwisserischen Sprüchen belaberte er Hinz und Kunz, obwohl kein Mensch ihm überhaupt zuhören wollte. Genau andersherum verhielt es sich mit seinem Knecht Gaugo*** –dieser verfügte über einen unerschöpflichen Schatz an Witzen und hörte nicht auf, sie zum besten zu geben. Leider konnte ich seine Stimme nur sehr undeutlich von Ferne hören, denn zu groß und dicht war die Menge seiner Zuhörer, die ihn fortwährend umlagerten und in regelmäßigen Abständen in wieherndes Gelächter ausbrachen.

* Der Gründer von Esslingen.

** Der Gründer von Tübingen.

*** Nach ihm werden die Ureinwohner Tübingens heute noch genannt; die Gabe des Witze-Erzählens ist auch in der Gegenwart noch nicht verloren gegangen.

Ferner traf ich dort auch den feisten Reutilo,* der zwar in schäbigster Gewandung herumlief, dafür das prächtigste Schlachtroß im ganzen Lager sein eigen nannte – einen großen, breit gebauten Rappen edelster Züchtung. Reutilo brüstete sich damit, er selbst wie auch ein jeder seiner Sippengenossen verfüge über einen unermeßlich großen Besitz an Goldstücken, deren Zahl sich auf Tausende und Abertausende belaufe. Alle lachten darüber, denn wer hätte ihm Glauben schenken wollen?

Tuwo und Reutilo hatten bei aller Unterschiedlichkeit eines gemeinsam, nämlich eine gelinde, aber dennoch unübersehbare Abneigung gegeneinander: Der beleibte Reutilo warf dem sehschwachen Tuwo vor, er sei ein erbärmlicher armer Schlucker, weil er vor lauter Bildung und Aufschneiderei das Geldverdienen vergesse. Tuwo hinwiederum hatte für Reutilo nur verächtliche Worte übrig: Er schalt ihn einen ungebildeten und ungehobelten Bastard, der dem schnöden Gold Vorrang gebe vor allen geistigen Gütern. – Solche Sprüche kann ich bis heute nicht verstehen, da einem rechten Alemannen das Gold doch allemal wichtiger ist als dieses hirnlose Gelaber von Tuwo!

Unter Häkkos Leuten lernte ich schließlich auch Ansmut** kennen, eine Bekanntschaft, die für unsere Zukunft überaus folgenreich werden sollte. Schon damals war Ansmut weithin berühmt als unübertrefflicher Meister der Schmiedekunst. Besonderes Lob fanden die von ihm verfertigten Helme, Brustpanzer und Beinschienen. Kurz und vierschrötig war sein Leib – kurz und vierschrötig auch seine Beine und seine stark behaarten Arme. Sein fast gänzlich kahler Kopf erinnerte an einen viereckigen Block mit gleichmäßiger Kantenlänge. Den quicken, schwarzen Augen des Schmieds schien nichts zu entgehen; sein kleiner, dünnlippiger Mund redete selten mehr als notwendig.

Da mangels Masse ihm eine Haarpflege auf dem Schädel nicht möglich war, ließ er um so größere Sorgfalt seinem kurz getrimm-

* Der Gründer von Reutlingen, bekannt als Stadt der Millionäre. Wie man sieht, zeigte sich damals schon dort eine Vorliebe für schwarz glänzende Fortbewegungsmittel der Luxusklasse.

** Der Gründer Onstmettingens.

ten, pechschwarzen Vollbart angedeihen. Er wußte um seinen Wert, der Schmied, und hatte es deswegen in keiner Weise nötig, sich unter den Kriegern durch Prahlereien oder Scherzpinseleien hervorzutun. Auch war ihm überstürztes Handeln von Grund auf zuwider; vielmehr zeichnete er sich durch abwartende und abwägende Bedachtsamkeit aus. – Schade nur, daß dieser eine Abend sich als viel zu kurz erwies, um noch mehr Krieger aus Häkkos Lager kennenzulernen!

Tags darauf rief der Flügelhelmige alle seine Kriegsleute zu sich, um ihnen, wie ich dachte, seinen Kriegsplan zu erläutern. Freilich war Häkko es nicht zufrieden, daß wir einfach so um ihn herumstanden, nein, er verlangte von uns eine ganz besondere, hirnrissige Aufstellung und Körperhaltung. Allesamt schnurgerade nebeneinander, so befahl er es mit kehlig belferndem Gequäke, ein jeder dicht am Ellbogen des nächsten, außerdem Brust raus, Bauch rein, Kopf hoch, Fersen zusammen, Hände an die Oberschenkel und Augen geradeaus.

Als dies einigermaßen seinen Vorstellungen entsprach, übte er mit uns weiteren Schwachsinn: Augen rechts – Augen links, rechts um – links um – ohne Tritt Marsch und was ihm sonst noch alles für Narrheiten einfielen.

Den ganzen lieben langen Tag plagte er uns mit solchem Bockmist. Wozu das alles gut sein sollte und ob man mit Brust raus und Augen links tatsächlich auch eine Festung besser stürmen könne, das ist mir auch dieser Tage noch schleierhaft. – Ganz im Gegenteil: Es wäre weitaus besser gewesen, mit dem Sturm auf Sumelocenna auf der Stelle zu beginnen, anstatt die Zeit mit solchem lächerlichen Übungsmumpitz zu vergeuden, denn am Himmel zogen dunkle Regenwolken auf, und es stand ein ausgiebiges Unwetter ins Haus.

Nach diesem dackelhaften Drill fielen wir am Abend zu Tode erschöpft alsbald in tiefen Schlaf. Ein lustiges Lagerleben mit all den neuen Bekannten wäre uns damals gewiß lieber gewesen, zumal sich keiner von uns in der Sicherheit wiegen konnte, den kommenden Tag zu überleben – denn Tags darauf sollten wir zum eigentlichen, herben Kriegsgeschäft schreiten.

Dreiundzwanzigstes Kapitel

Der Sturm auf die Römerstadt

Der nächste Morgen begrüßte uns mit schwarzen, tiefhängenden Regenwolken. Trotzdem wollte Häkko die Bestürmung von Sumelocenna nicht verschieben. Seine Fuhrleute begannen, die Zugtiere anzuschirren, um die Belagerungsmaschinen dicht an die Römerstadt heranzubringen. Kurz nur sah ich diesen Männern bei ihrer Arbeit zu, da ließ Häkko Truchtolf und mich zu sich rufen.

Der Flügelbehelmte erwartete uns neben seiner Feuerstelle. Er schien heute recht guter Laune zu sein; diesmal sah er uns sogar ins Gesicht, als er uns anredete.

»Habt euren römischen Gutshof mit kleinster Mannschaft geknackt, was?« fragte er Truchtolf und mich freundlich, worauf wir beide etwas zögerlich mit einem »Nun, äh, ja« antworteten.

Sofort verfinsterten sich seine Gesichtszüge, und unwirsch baffte er zurück: »Das heißt nicht ›ja‹, sondern ›jawoll‹! Verstanden?«

Er besänftigte sich aber sogleich wieder und fuhr in milderem Tone fort: »Gute Leistung, das. Muß ich anerkennen. Seid wohl Meister auf diesem Gebiet, was?« – Dies war das erste und letzte Mal, daß dieser Flügelhelmling mir nicht völlig widerwärtig erschien.

»Kann schon sein«, nickte ich geschmeichelt, erinnerte mich aber augenblicklich an die von ihm befohlene Wortwahl und fügte rasch hinzu: »Äh – jawoll!«

»Kann solche Leute brauchen. Für wichtige Aufgabe. Also, herhören!« Häkko griff nach einem Ast und malte einen Halbkreis in die Asche des Lagerfeuers. »Hier – der Neckar«, erläuterte er. »Und hier« – nun zeichnete er an die Außenseite des Halbkreises ein Viereck, dessen rechte Seite wesentlich länger war als die linke – »Sumelocenna«. Hierauf deutete er mit seinem Zeigestab auf jenen Punkt des Vierecks, wo die linke, kurze Seite auf den Neckarbogen traf: »An dieser Stelle – Mauer am niedrigsten, und gerade da – unser Angriff. Natürlich sind die Römer nicht dumm. Warten dort auf uns. Werden deshalb auf diesen Fleck nicht achten« – er zeigte auf den Punkt, wo die rechte lange Linie auf den Flußbogen kam. »Dort steigt ihr über die Mauer. Legt Brände in der Stadt. Viele, überall. Ist Feuer entdeckt, entsteht große Verwirrung. Das lenkt ab von unserem Angriff. Alles klar?«

Zufrieden musterte er uns – so, als würde er jubelnde Zustimmung von uns erwarten. Eine solche Aufgabe erschien uns jedoch undurchführbar: Die hohen Mauern – die weitgehend unbekannte Stadt – unsere kleine Zahl – und vor allem das herannahende Regenwetter: Wie sollte das nur gutgehen?

Durch unser verhaltenes Schweigen stutzig geworden, fühlte sich der Flügelbehelmte bemüßigt, seinem Plan einige weitere Erläuterungen hinzuzufügen in der Absicht, uns davon zu überzeugen, wie einfach doch das Vorhaben auszuführen sei.

»Diese Ecke immer menschenleer. Niemand wird stören. Weiß es genau. Habe Spione in der Stadt. – Mauer zu hoch? Keine Schwierigkeit für Messmerich. Mein bester Mann im Klettern. Werde ihn schicken. Außerdem Ansmut. Helles Köpfchen. Kann denken. Seltene Gabe, das. – Kann also nichts schiefgehen. Werden die Römer abstechen wie Karnickel.«

Ein wohlgefälliges Lächeln umspielte nun seine Lippen, und seine Schnurrbartspitzen zitterten lustvoll, aber nur für einen kurzen Augenblick, denn drohend erhob er den Zeigefinger: »Könnt mich nicht an der Nase herumführen, mich nicht! Habe an alles gedacht: Geiseln aus euren Sippen bei mir. Läuft etwas schief, dann – sssssst!«

Bei diesem Zischlaut fuhr er sich mit seinem soeben gerade noch drohend erhobenen Zeigefinger waagrecht über die Gurgel, um dadurch den Schnitt eines Messers anzudeuten. – »Noch irgendwelche Fragen? Nein? Gut! Wegtreten!«

Dieser todverheißende Zischlaut aus dem Munde des Flügelbehelmten zeigte nun ganz offen und glasklar, wo es mit Häkkos Gefolgschaftstreue hinging: in Knechtschaft und Tod! Und Geiseln! Geiseln aus meiner Sippe! Eine mulmige Flauheit empfand ich im Gedärm und rief besorgt die Meinigen zusammen, um zu sehen, wen das herbe Los der Geiselnahme getroffen habe.

Das Ergebnis lieferte meinem glühenden Haß gegen Häkko frische Nahrung: Zwar hatte der silberflüglige Schnauzbart sich nur einen einzigen von meinen Leuten geschnappt, aber ausgerechnet meinen allerbesten Freund, den rauhbauzigen Smärregolf!

Wenn dieser neunmal verfluchte Gefolgschaftseid mich nicht geknebelt hätte – auf der Stelle wäre ich mit geschwungener Streitaxt auf ihn los! Doch wie die Dinge eben standen, mußte ich abermals mich zähneknirschend und fäusteballend in ein widriges Los fügen und dabei hoffen, die ganze Angelegenheit werde doch noch einen guten Ausgang nehmen.

Noch war ich in Gedanken versunken, da näherte sich uns einer von Häkkos Leuten. An ihm fiel vor allem sein überaus dichter Haarwuchs auf, durch welchen sein Kopf die Form einer Kugel erhielt. Sein Gesicht war dermaßen von einem undurchdringlichen Haarpelz überzogen, daß aus diesem Bartesdickicht lediglich zwei quicklebendige Äuglein und eine kleine, putzige Knollennase herauslugten.

Es war Messmerich, den Häkko uns als den besten Kletterer seines Stammes angepriesen hatte. Bereitwillig versorgte er uns mit allem, was wir zum Erklimmen der römischen Stadtmauer brauchten: Leitern, Stangen, Seile, Wurfanker und Mauerhaken – an alles war gedacht.

Dergestalt ausgerüstet, machten wir uns auf den Weg zu der vorbestimmten Stelle der gutbefestigten Stadt Sumelocenna – wohl wissend, daß wir einem höchst ungewissen Schicksal entgegengingen. Der ohnehin schon dräuend wolkenverhangene Himmel öffnete währenddessen seine Schleusen; ein langanhaltender, prasselnder Sturzregen verwandelte alle Wege und Wiesen im Bereiche der Neckarstadt in rutschigen, glitschigen Morast.

Unter solchen Umständen war es besonders quälend und mühsam, die sicherlich vier Klafter langen Leitern fortzubewegen. Wir hatten die Leitern an den Sätteln der Pferde befestigt, und zwar so, daß ein Vierbeiner vorne und ein weiterer hinten an einer Leiter zu tragen hatte. Von flottem Reiten konnte also keine Rede sein, zumal wir uns mit unserem sperrigen Klettergerät immer wieder zwischen engstehenden Bäumen und Büschen hindurchzwängen mußten.

Während wir diesermaßen bedächtig voranschritten, begann ich, mich mit unserem neuen Begleiter Messmerich zu unterhalten, dessen ausgefallene Behaarung meine Neugier erweckte – ich wollte einfach wissen, was für ein Mensch hinter diesem dichten Gesichtspelz versteckt war.

»Sag mal, Messmerich«, redete ich ihn an, indem ich mein Pferd zu dem seinigen hinlenkte, »dein Häuptling – der ist ja schon ein wenig sonderbar.«

»Nun ja«, erwiderte der Haarige, »du hast nicht ganz unrecht. Weiß der Himmel, einige Macken hat er schon. Manchmal schäme ich mich ein wenig, wenn Fremde über seinen Flügelhelm und seinen hochgezwirbelten Schnauzbart schmunzeln.

Allerdings hat er durchaus auch seine Vorzüge. Wenn er einen Raubzug vorbereitet, denkt er an alles, und keine Kleinigkeit wird vergessen – du hast es heute morgen ja selbst gesehen: Alles, was man zum Erklettern einer hohen Mauer braucht, wurde gründlich und sorgfältig vorbereitet und herbeigeschafft.

Auch sonst kann man sich auf ihn stets verlassen. Sagt er: ›Morgens bei Sonnenaufgang‹, dann meint er dies auch genau so und keinen Atemzug früher oder gar später. Auf ihn warten mußte ich noch nie. Zuverlässigkeit, Pünktlichkeit und vollkommener Gehorsam – das bedeutet meinem Häuptling viel.

Seine Zuverlässigkeit artet aber leicht aus in Sturheit. Wenn er einmal einen Plan festgelegt hat, dann bleibt er dabei, was auch sonst immer sich ändern mag. So ist es gerade heute: Wir sollen Strohdächer anzünden, wo jetzt doch auf Tage hinaus alles triefend naß ist!

Ach ja, dann ist da natürlich noch etwas anderes. Seine maßlose Dünkelhaftigkeit. Sie wird immer unerträglicher. Du hast es ja erlebt. Lange werden wir uns das nicht mehr gefallen lassen. Wenn Sumelocenna fällt, soll uns die Beute für eine Weile besänftigen. Wenn nicht, dann ist Schluß mit Häkko. Am neunten Tag des Nebelmonds – da jagen wir ihn fort!«

»Warum gerade an diesem Tag?« wollte ich wissen. »Warum nicht am zehnten oder achten?«

»Weißt du das nicht?« erwiderte Messmerich erstaunt. »Jede Tat hat ihren Tag. Am dritten Tag des Hornung zündet man Kerzen an.* Am vierzehnten Tag des Hornung verehrt man seiner Liebsten ein Angebinde.** Am letzten Tag des Brachmond ißt man Kirschen.*** Am dritten Tag des Nebelmonds erlegt man Hirsche,**** am elften Tag des Nebelmonds schlachtet man Gänse,***** und am neunten Tag des Nebelmonds – ja, da verjagt man eben Häuptlinge.****** Hast du das nicht gewußt?«

Der Dichtbehaarte fuhr fort, von seinem Herrn zu erzählen, indem er das Gesagte mit vielen Beispielen und Begebenheiten breit ausmalte.

Mittlerweile hatte sich der Himmel weiter verdunkelt und die Wolken hingen noch tiefer. Von Ferne rollte der Donner. Lustlos

* 3. Februar: Der Tag, an welchem seit alters her der Blasius-Segen gespendet wird.

** 14. Februar: Valentinstag. Das Beschenken der Liebsten an diesem Termin ist also eine vorchristliche Sitte.

*** 30. Juni: Zeit der Kirschenernte; zugleich Festtag des Apostels Petrus – deshalb auch der »Kirschenpeter«.

**** 3. November: Tag des Jägerpatrons Sankt Hubertus, dessen Attribut bekanntlich der Hirsch ist.

***** 11. November: Tag des heiligen Martin von Tours; deswegen werden die an diesem Tage geschlachteten Gänse »Martinsgans« genannt. – Durch diese Beispiele ist augenfällig belegt, wie sich uraltes germanisches Brauchtum bis in unsere Tage bewahrt hat.

****** So mit Erfolg geschehen am 9. November 1918 (Ende des deutschen Kaiserreichs) und am 9. November 1989 (Volkserhebung in der DDR, die deren Ende einleitete). Den Aufständen im März 1848, am 20. Juli 1944 und am 17. Juni 1953 wäre wahrscheinlich mehr Erfolg beschieden gewesen, wenn sie auf einen 9. November hätten verlegt werden können. Vgl. auch Zwentibold E. Korn, Mythos und Polemos in der deutschen Geschichte. In: Radebeuler Studien zur Philologie 78 (NF 57), 1990.

trotteten wir durch die Nässe. Die Stadt wollte und wollte nicht näher kommen. Schon befürchtete ich, wir hätten uns verirrt, da gewahrten wir durch dichten Regen und Gesträuch die schemenhaften Umrisse der mächtig aufragenden Mauern Sumelocennas.

Diese Mauern hatten wir ja schon in früheren Jahren gesehen, aber jetzt, in dem trüben Lichte dieses Unwetters, da schienen sie uns noch massiger, noch höher und noch unüberwindlicher, als wir sie in Erinnerung hatten.

Wir hielten unsere Pferde an und schauten hinüber – da stand sie, die Mauer, wuchtig und herrisch wie ein unbesiegbares, riesiges Ungetüm aus den längst vergangenen Tagen, als Grendel und seine Mutter* noch die Erde unsicher machten. Stockenden Atems und wild schlagenden Herzens blickte ich zurück auf unsere kleine Schar – bestand da überhaupt nur ein einziger Funke Hoffnung für uns, dieses gewaltige Bollwerk zu bezwingen?

Ich gab das Zeichen weiterzuziehen – rechtshin zu der Stelle, wo die Mauer auf den Fluß traf. Bei einer Baumgruppe stiegen wir von den Pferden, banden die Zügel an den Zweigen fest, lösten die Leitern von den Riemen, nahmen das übrige Klettergerät zur Hand und näherten uns dem ungeschlachten Steinwall. Keiner wagte zu sprechen; die Erwartung des unbekannten Kommenden vor uns ließ uns die Gliedmaßen schwerer werden; unsere Schritte verlangsamten sich.

Um das in meinem Halse aufsteigende Würgen zu lindern, räusperte ich mich, und ich suchte den Druck in der Kehle noch weiter zu verringern, indem ich, an Messmerich gewandt, mit leicht gequälter Stimme bemerkte: »Wie gut nur, daß dort oben auf der Mauer keine Wachposten lauern! Dann wäre die ganze Unternehmung völlig aussichtslos! Wie gut, daß Häkko seine Spione in der Stadt das alles auskundschaften ließ!«

Kaum hatte Messmerich das Wort »Spione« gehört, da blieb er wie vom Donner gerührt urplötzlich stehen: »Spione?« stieß er mit ungläubigem Erstaunen hervor, »Spione? Wie kommst du darauf?«

* Ungeheuer der germanischen Mythologie. Sie spielen die Hauptrolle im ersten Teil des Beowulf-Liedes.

Ich rührte mich nun ebenfalls nicht mehr von der Stelle und senkte meinen Schild: »Hat Häkko selbst gesagt!« entgegnete ich aufgebracht und war jetzt meinerseits gehörig befremdet.

»Aber Häkko hat gar keine Spione!« regte sich Messmerich auf, »ganz bestimmt nicht! Keinen einzigen!« – »Ja – glaubst du denn, dein Häuptling hätte uns belogen?« gab ich heftig zurück.

Der dichbehaarte Kletterkünstler schwieg einige Augenblicke. »Nun ja«, antwortete er schließlich zögernd, »warte ab. Du wirst selbst sehen, was geschieht, wenn wir näher an diese Mauer herankommen!«

Messmerich schien seiner Sache offensichtlich vollkommen sicher zu sein – ich verstand nun gar nichts mehr. Fieberhaft suchte ich, meine verwirrten Gedanken zu ordnen, und langsam dämmerte eine ungeheuerliche Ahnung in mir: Wenn Häkko tatsächlich keine Spione in der Stadt hatte, dann war er nichts mehr und nichts weniger als ein Lügner – ein abgefeimter Schurke, der unseren kleinen Trupp ohne jede Gewissensregung so mir nichts dir nichts in den sicheren Tod schickte, um dadurch die Römer vielleicht ein wenig von seinem eigenen Angriff abzulenken!

Nein. Unmöglich. Kann nicht sein. Unvorstellbar. – Obwohl – andererseits – wenn Häkko uns wirklich derart hinterhältig ins Verderben lockte – ja, dann, dann hätte der Flügelhelmige den Gefolgschaftseid schändlich mißbraucht – und wenn der Herr den Eid bricht, dann ist auch der Gefolgsmann nicht mehr an ihn gebunden, ja, dann hätten wir überhaupt keine Verpflichtung mehr diesem widerlichen hochnäsigen Kerl gegenüber!

Ein schöner Gedanke. Zu schön. Zu unwirklich. Ja, völlig abwegig. Unsinnig. Ausgeschlossen. – Vergessen wirs! Trotzig entschlossen nahm ich meinen Schild wieder auf und stapfte grimmigen Muts weiter, der dräuenden Mauer entgegen. Messmerich hielt sich etwas zurück, doch folgten sie mir alle, wenn auch in einigem Abstand. Fünfzig Schritt hatte ich noch zurückzulegen bis zu dem gewaltigen Festungswerk – noch dreißig Schritt – noch zwanzig – noch zehn.

Da glaubte ich über mir ein Geräusch zu vernehmen, das dem Gekrächze von Raben ähnelte. Bevor ich noch Zeit fand, nach oben zu blicken, spürte ich wuchtige Stöße auf Schild und Helm – faustgroße Steine prasselten von der Mauerkrone auf mich nieder, und ich sah zu, daß ich schleunigst außer Reichweite kam.

Messmerich hatte recht, schoß es mir durch den Kopf – auf der Mauer standen römische Wachposten, die uns entdeckt hatten! Siedendheiße Wut stieg in mir auf: Von wegen Spione! Von wegen unentdeckt! Häkko hatte uns belogen, getäuscht, schmählich hintergangen!

Dieser fiese Schwindler! Dieser gemeine Heuchler! Dieser falsche Hund! Setzt heimtückisch und wortbrüchig unser Leben aufs Spiel, nur um seines eigenen Kriegsruhmes willen! Für diesen schleimigen Verräter würde ich keinen einzigen Finger mehr krümmen! Wer so log und betrog, der hatte auch den allerletzten Anspruch auf Gefolgschaftstreue verspielt!

»Kommt, Leute, wir verschwinden hier«, rief ich in meinem Zorn, indem ich mich den mir folgenden Leiterträgern zuwandte, »seht ihr die römischen Soldaten da oben? Häkko versicherte mir, da oben wäre alles wie ausgestorben! Für einen solchen Lugenbeutel tragen wir unsere Haut nicht mehr zu Markte!«

Truchtolf und Ansmut schauten immer noch ungläubig die Mauer hinauf; sie konnten es einfach noch nicht fassen – indessen machte ich mich mit meinen Leuten schon mal von dannen. Als sich zu den Steinewerfern auf der Mauerkrone noch Bogenschützen hinzugesellten, da gab es für die Zögernden freilich auch kein Bleiben mehr. Selbst Messmerich schloß sich uns an, nachdem er noch eine ganze Weile vor der Festungsanlage unentschieden herumgetrödelt hatte.

Die Leitern wie auch den übrigen Belagerungskram ließen wir kurzerhand liegen, wir schwangen uns auf die Pferde, und ab ging's. – Natürlich lenkten wir unsere Reittiere nicht dorthin, wo wir hergekommen waren, denn was lag uns ferner, als Häkkos Lager wiederzusehen! Nein, wir strebten auf unser Landgut zu, wir wollten wieder heim, zurück an den häuslichen Herd, zu Weib und Kind.

Je weiter wir uns von Sumelocenna entfernten, um so mehr schwand meine Wut auf den doppelzüngigen Häkko, und um so mehr freute ich mich auf Aurelia, denn bei unserem Abschied war es ja höchst ungewiß gewesen, ob wir uns je wiedersehen würden.

Trotz Morast und regennasser Glitschigkeit ging der Ritt recht flott vonstatten, denn wir hatten nun ja keine sperrigen Leitern mehr mit uns zu schleppen. Auch der Regen hatte an Heftigkeit abgenommen.

Während ich mir vorstellte, wie ich die rundliche Schwarzäugige in meine Arme schloß und sie fest an mich drückte, um die Wärme ihres Körpers gegen den meinen zu spüren, während ich mir die frohe Vereinigung der zurückkehrenden Männer mit ihren Familien in allen Einzelheiten und Schattierungen ausmalte – da durchfuhr mich ein beißend schmerzhafter Gedanke wie ein scharfschneidiges Schwert: Einer würde fehlen in der Runde der zurückkehrenden Männer – Smärregolf!

Er weilte ja nicht bei uns – er befand sich in Häkkos Hand, als Faustpfand für unsere Treue! Sein Schicksal stand nach unserem Rückzug von Sumelocenna buchstäblich auf Messers Schneide! – Freilich wähnte uns Häkko noch immer vor der Stadt oder sogar schon darin; demzufolge bestand für meinen tubablasenden Freund gegenwärtig wenigstens noch keine unmittelbare Gefahr.

Aber ob es eine Möglichkeit gab, ihn aus der Gefangenschaft zu befreien? An welchem Ort überhaupt mochte Häkko meinen großprankigen Kumpan festgesetzt haben? Unter meinen Begleitern konnte dies im günstigsten Falle nur einer wissen: Messmerich.

Ich mußte also den haarigen Kletterer in ein Gespräch verwikkeln, um herauszufinden, was er wußte. Einfach nur fragen durfte ich ihn allerdings nicht, er hätte dann möglicherweise eine Auskunft rundweg abgelehnt. Immerhin gehörte er zu Häkkos Sippe, und er war sich wohl noch nicht völlig im Klaren, inwieweit er seinem Häuptling noch die Treue halten müsse. Vorsichtiges Vortasten, das schien der beste Weg, um zu erfahren, was ich wollte. Ich tat sicherlich gut daran, mir jedes einzelne Wort wohl zu überlegen, das ich mit ihm redete. Ein Glück nur, daß ich mich bereits auf dem Herweg ein wenig mit ihm bekannt gemacht hatte.

Wie schon einmal früher an selbigem Tag lenkte ich mein Pferd neben das seine, um einen Plausch mit ihm zu beginnen. »Was hast du jetzt vor, Messmerich?«

Der Angesprochene ließ sich Zeit mit einer Antwort. Versonnen schaute er vor sich hin. Das hielt ich schon mal für kein schlechtes

Zeichen; deshalb wagte ich es, genauer zu werden: »Wenn du willst, Messmerich, kannst du mit uns kommen.«

Der Haarige blickte mir daraufhin kurz ins Gesicht, schaute dann wieder geradeaus in die Luft, bequemte sich aber immer noch nicht zu einer Antwort. Geduldig ritt ich neben ihm her, ohne ihn weiter mit Fragen zu behelligen. Bis er endlich ganz von alleine unvermittelt den Mund auftat: »Ob ich mit euch kommen werde? Ob ich zu meiner Sippe zurückkehren werde? – Ich weiß es noch nicht. Nein, ich weiß es noch nicht. – Auf jeden Fall begleite ich euch erst einmal bis zu eurem Gutshof; dann sehen wir weiter. Aber da ist ja noch eine andere Sache: Was soll aus euren Gefolgsleuten werden, die Häkko als Geiseln festsetzte? Wollt ihr sie ihrem Schicksal überlassen?«

Der gute Messmerich war damit ganz von selbst auf das Thema gekommen, zu welchem ich ihn hinführen wollte – mein geduldiges Zuwarten hatte sich also gelohnt.

»Hum, rmm, ich weiß nicht«, markierte ich den Unentschlossenen, »was meinst du – was könnte man tun?«

»Ich dachte, ihr wolltet sie aus Häkkos Lager herausholen – jetzt auf der Stelle, solange sich dort nur die Wachen aufhalten.«

Damit sah er mich aus seinem dichten Haarpelz mit fragenden Augen an. Mein Herz jubelte, denn ohne große Mühe war ich mit dem Kletterer haargenau an dem Punkt angelangt, an welchem ich ihn haben wollte. Es fiel mir außerordentlich schwer, meine Freude zu verbergen und mich gleichgültig zu stellen.

»Wieviele Wachen werden dort sein, deiner Schätzung nach?« – Ich versuchte, meiner Stimme einen gleichgültig klingenden Tonfall zu geben.

»Nicht mehr als fünf.«

»Und du weißt, wo Häkko seine Gefangenen festhält?«

»Ja, gewiß!«

Jetzt fehlte nur noch ein klitzekleines Stückchen, dann wußte ich das Nötige, nur noch ein winziges, kurzes Sätzchen: »Und du würdest es mir zeigen?«

Wieder eine lange Pause. »Hrrmh«, kam nach einer Weile die unschlüssige Antwort. Messmerich hatte gewaltig mit sich zu ringen. Schwer wog bei ihm noch immer die Treue zu seinem Herrn, auch wenn dieser ihn zusammen mit uns geradewegs in den Tod geschickt hatte. »Hrrrrmmmmh«.

Erneut mußte ich mich in Langmut üben, doch wiederum wurde ich dafür belohnt. Zuerst aber setzte der Klettermeister zu einer langen Rede an, der ich verständnissinnig lauschte: »Ja, Häkko, unser Häuptling. Häkko ist bei den Männern unserer Sippe sehr unbeliebt. Er demütigt uns fortwährend mit seinen läppischen Übungen – Augen links, Brust raus, rechts um – du kennst es ja.

Große Erfolge erreichte er damit bisher noch nicht. Als wir vorgestern zu eurem Landgut kamen, da freuten sich die meisten von uns, weil sie glaubten, es gäbe endlich einmal wieder einen richtigen Überfall. Aber nein – Häuptling Häkko wollte es anders. Sumelocenna mußte es sein – Sumelocenna, die größte Römerstadt weit und breit. Alles andere ist viel zu mickrig für unseren hohen Herrn Häkko.

Und Sumelocenna – das wird er nicht schaffen. Das ist einfach viel zu groß für ihn. Es wird eine jämmerliche Niederlage geben, da bin ich mir sicher, und anschließend wird der Unmut seiner Männer neue Höhen erreichen. Keine Frage: Nur noch bis zum neunten Tag des nächsten Nebelmonds wird er Häuptling sein!

Die Geiseln, die er nahm – in Anbetracht der anstehenden Niederlage völlig sinnlos. Also, ähmm, ich werde dir zeigen, wo die Geiseln sind. – Aber unter einer Bedingung: Die Wächter dürft ihr nicht umbringen, immerhin sind sie meine Sippengenossen.«

Messmerichs Beschreibung zufolge hatten wir am Rande des Lagers nach einem ausgedehnten Schlehenbuschwerk zu suchen, das in der Form eines Halbkreises gewachsen war, mit der Öffnung vom Lager abgewandt. Im Innern dieses Halbkreises würden wir eine kleine Baumgruppe finden – und dort seien die Gefangenen angebunden.

Der Dichtbehaarte empfahl mir, mich mit einigen meiner Gefährten an jene Stelle heranzuschleichen, so daß die Wächter uns nicht bemerkten. Er selbst wolle unterdessen mit den übrigen Männern weiterreiten. Mitkommen wollte er nicht. Das konnte ich verstehen; dadurch hätte er sich wohl doch zu sehr als Verräter gefühlt. – Seinen Vorschlag nahm ich gerne an – jetzt hatte ich nur noch Truchtolf und Ansmut ins Benehmen zu setzen. Das war sogleich geschehen, und alle beide wollten es sich nicht nehmen lassen, dieses Unternehmen selbst auszuführen.

Häkkos Lager war nun nicht mehr allzu fern, und wir drei trennten uns von unseren Leuten, um auf unser Ziel zuzusteuern. Ungefähr achthundert Schritt von den tannenzweigbedeckten Unterständen entfernt banden wir die Pferde an und gingen den Rest zu Fuß, denn wir wollten ja jeglichen Lärm vermeiden, um ja nicht die Aufmerksamkeit der Wächter auf uns zu ziehen.

Sobald wir des Lagers ansichtig wurden, legten wir uns auf den Boden und krochen bäuchlings auf allen Vieren weiter – eine höchst unangenehme Übung in dem naßkalten Gras. Jeden Busch, jeden Maulwurfshaufen, jedes Krautbüschel als Deckung benutzend, schoben wir uns langsam, Handbreit um Handbreit und Schritt um Schritt, auf das Lager zu, wobei wir unentwegt mit scharfem Auge nach den Wächtern Ausschau hielten.

Schon hatten wir die verkohlten Reste des ersten Lagerfeuers erreicht, aber noch immer waren keine Häkklinge zu sehen. Erst als wir sehr lange und sehr gewissenhaft unsere Blicke über all die angebrannten Äste, die abgenagten Knochen, das ungewaschene Geschirr, über die leeren Töpfe und Kessel, die halbvollen Körbe und all das verstreut umherliegende Handwerkszeug hatten schweifen lassen, da sahen wir ihrer acht schließlich am Boden liegen, in einer großen Pfütze zwischen umgestürzten Tonkrügen, reglos und in absonderlichen Körperhaltungen: Offensichtlich hatten sie sich am Honigweine gütlich getan – und jetzt schlafduselten sie auf dem Rasen herum, vom Rausche übermannt.

Ansmut wollte schon erleichtert aufstehen, doch ich hielt ihn zurück – wie hätten wir denn auch sicher sein können, daß sie nicht jeden Augenblick aufwachten? Und in der Tat: So reglos waren sie dann doch wieder nicht, wie es zunächst den Anschein gehabt hatte – da drehte sich grunzend der eine, da wälzte sich schnurchelnd ein zweiter, da zuckte schnaubend ein dritter.

Geduckt und alle Geräusche sorgfältig meidend, huschten wir in weitem Bogen um sie herum zu jener Stelle hin, die Messmerich uns beschrieben hatte. Hierbei war es nicht zu vermeiden, eine zwanzig Schritt weite Strecke zu durcheilen, die keinerlei Dekkungsmöglichkeiten bot.

Justament an dieser Stelle gab einer der Wächter einen urgewaltigen Pruster von sich – wir drei ließen uns stracks zu Boden fallen und hielten den Atem an in der Hoffnung, dieser Mann würde uns vielleicht doch noch übersehen.

Unter höchster Anspannung aller Nerven und Sehnen beobachteten wir aus allernächster Nähe, wie er unter fortwährendem Geschniefe und Geschnaufe sich streckte, wie er mit ungelenken und schlaftrunkenen Bewegungen versuchte, auf die Beine zu kommen, wie er tapsig einige Schritte torkelte, sich aber doch nicht aufrecht zu halten vermochte, schließlich in sich zusammensackte und weiterschnurchelte – genau wie schon zuvor.

Trotzdem wagten wir noch nicht, uns zu erheben – viele Atemzüge lang blieben wir mit heftig pochenden Schläfen platt am Boden liegen. Erst als sich lange, lange Zeit sonst nichts geregt hatte, erhoben wir uns ganz langsam und vorsichtig – den Blick dabei mit höchster Wachsamkeit auf die schnarchenden Häkklinge gerichtet. Als diese sich jedoch nicht regten, huschten wir schließlich geräuschlos und wieselflink zu dem Schlehdorn hin und erreichten wenige Atemzüge später die von Messmerich beschriebene Öffnung im Gebüsch.

Meine beiden Gefährten wollten sogleich auf die gefangenen Freunde losstürzen, um sie zu befreien – ich hielt sie jedoch zurück. Wie ich meinen guten Smärregolf kannte, würde er bei unserem Anblick sofort in ein donnerndes Jubelgeschrei ausbrechen, mit welchem er sogar Tote hätte erwecken können. So lugten wir zunächst einmal vorsichtig am Rande der Hecke in den sich öffnenden Halbkreis hinein, um uns erst einmal ein Bild der Lage zu verschaffen.

Tatsächlich blickten wir auf eine runde Rasenfläche von zehn oder fünfzehn Schritt im Durchmesser, in deren Mitte eine Gruppe von mehreren jungen, schlanken Birken stand.

An diesen schmalen Bäumchen waren unsere Männer angebunden, und zwar mit dem Rücken zum Holz und mit dem Gesicht von uns abgewandt. Truchtolf öffnete schon den Mund, um einen Freudenjuchzger von sich zu geben – mit knapper Not konnte ich ihm gerade noch den Schnabel zuhalten, um solches zu verhindern.

Sachte und geräuschlos schlichen wir zu den Birkenstämmchen. Es galt nun vor allem, den treuherzigen Smärregolf davon abzuhalten, sein übermäßig lautes Stimmorgan zu gebrauchen.

Obwohl wir nur die hinter den Stämmchen festgebundenen Hände zu erkennen vermochten, war es mir ein leichtes, unter ihnen die Riesenpranken meines alten Freundes auszumachen. Vorsichtig näherte ich mich ihm von hinten, legte ihm die Fingerspitzen fest auf den Kehlkopf – in unserer gefahrvollen Lage durfte ich in der Wahl der Mittel nicht zimperlich sein –, hielt sodann meinen Mund an sein Ohr und wisperte: »Keinen Laut! Verstanden?«

»Glugg! Blubb! Hurmpff!« ließ er sich hören, und ich sah mich gezwungen, ihm noch etwas fester auf die Kehle zu drücken. »Keinen Laut! Hörst du!« wiederholte ich mit Nachdruck, durch die Zähne zischend, »sonst kommen die Wächter!«

Er schien begriffen zu haben, denn jetzt blieb er endlich still. Nun konnte ich die Hände von seiner Kehle nehmen und zerschnitt ihm die Fesseln. Es folgte ein wortloses, aber nichtsdestotrotz herzliches Wiedersehen, das für mich im Nu atemberaubende Formen annahm, denn der herzensgute Smärregolf drückte mich dermaßen fest an sich, daß mir schwarz vor Augen wurde.

Unterdessen hatten auch Truchtolf und Ansmut ihren Leuten zur Freiheit verholfen. Damit waren wir aber noch lange nicht in Sicherheit – noch mußten wir zurück zu unseren Pferden, vorbei an den stockbesoffenen Wächtern, die ja zuvor schon gewisse erste Anzeichen der Ernüchterung gezeigt hatten.

Um jegliche Gefahr zu meiden, wollte ich auf dem Rückweg einen sehr weiten Bogten um die Wachen schlagen. Ich setzte mich daher an die Spitze unseres kleinen Trupps und hastete schnellfüßig durch das nasse Gras, um die Entfernung zwischen uns und den halbwachen Trunkenbolden möglichst rasch zu vergrößern.

Sehr weit war ich noch nicht gekommen, da ertönte hinter mir ein durchdringend lautes Klatschen und Platschen, das mir das Blut in den Adern gerinnen ließ. – Hatten Häkkos Wächter uns entdeckt? – Zu allem entschlossen, riß ich gedankenschnell die Streitaxt aus dem Gürtel und drehte mich um. Doch keiner der Häkklinge war zu sehen – nur Smärregolf.

Er lag platt am Boden; mit der vollen Wucht seines massigen Leibes war er in eine große Wasserlache gestürzt. Die straff angezogenen Fesseln hatten seinen Beinen vorübergehend ihre Gelenkigkeit geraubt und beim erstbesten Hindernis versagten sie ihm den Dienst. Das von Smärregolf hervorgerufene Geräusch mußte unweigerlich das Ohr der Wächter mit einer solchen Lautstärke erreicht haben, daß sie davon sicherlich geweckt wurden.

Totenstill und ohne jede Bewegung verharrten wir in gespannter Erwartung eines durch die nachhaltige Beschallung möglicherweise ausgenüchterten Wächters. Doch nichts regte sich – nichts. Atemzug um Atemzug verstrich, und noch immer herrschte vollkommene Stille. Nach längerem Warten waren wir doch allmählich sicher, daß der Gott des Schlafes keinen von Häkkos Leuten in die Wachheit entlassen hatte. Nie war mir anderer Leute Suff angenehmer gewesen als damals!

Ohne weitere Hemmnisse gelangten wir aus der Hörweite der Häkklinge. Nun konnten wir miteinander sprechen. Die drei Geiseln waren von Häkkos Leuten übel geschlagen und getreten worden. Die Wächter wollten nämlich wissen, an welcher Stelle unser Gutshof am leichtesten zu knacken sei. Natürlich plauderten weder Smärregolf noch seine beiden Kumpane etwas aus, dafür aber setzte es ordentlich Prügel. Freilich wagten die Häkklinge nicht, ihnen größere Verletzungen zuzufügen, denn ihr Häuptling hatte ihnen eingeschärft, die Gefangenen in keinem Falle anzutasten. Als aber ihre Schläge nichts fruchteten, ließen die Wächter von den dreien ab und ertränkten ihren Mißmut in Honigmet.

Den Rückweg zu unserem Landgut legten unsere Reittiere in reichlich schleppender Gangart zurück, denn die verfügbaren drei Pferde hatten jetzt neben ihren ursprünglichen Reitern auch noch die drei Befreiten zu tragen.

Smärregolf, der hinter mir saß, war ob seiner soeben wiedergewonnenen Freiheit ausnehmend heiter und guter Dinge. Voller Lebenslust pfiff er ein quietschvergnügtes Liedlein nach dem anderen.

Mir selbst hingegen stand der Sinn keineswegs nach munterer Ausgelassenheit – ich zerbrach mir den Kopf über unsere Zukunft, über eine wenig rosige Zukunft, wie mir schwante, denn eines war mittlerweile klar geworden: In unserer römischen Villa konnten wir auf keinen Fall mehr bleiben. Häkko würde uns mit Feuer und Schwert heimsuchen, sobald er die Wunden geleckt hatte, die er sich vor Sumelocenna unweigerlich holen mußte.

Häkkos Besuch war uns gewiß. Und sogar schon vor ihm könnten sich noch ganz andere Gäste bei uns einfinden – jede beliebige Alemannenschar, die nicaraufwärts des Weges kam, würde uns das Leben schwer machen können! Nicht einen einzigen Sommer wären wir imstande, uns auf unserem Landgut zu halten, nicht einmal einen einzigen Sommer!

Ganz zu schweigen von Ackerbau, Jagd und Viehzucht: Genausowenig wie die Römer, die wir vertrieben hatten, würden wir uns über die Mauern des Landgutes hinauswagen können – welch ein erbärmliches Leben! Da blieb nur eins: Weg von dort! Weit weg! – Nur: Wohin? – Wohin?

Früher einmal, zu meines Vaters Zeiten, ja, da hatten wir ein Ziel: Wir strebten nach Westen. Doch was wurde daraus? An den Lehnen des schwarzen Waldes blieben wir kläglich hängen. Dennoch besannen wir uns unverdrossen auf ein anderes Ziel. An den Ufern der jungen Donau fanden wir schon bald eine neue Bleibe. Aber auch von dort wurden wir von Askos Scharen weggeschwemmt wie Treibholz vom Hochwasser, bis wir wenig später auf Truchtolf trafen, der uns das Glück zurückbrachte in Gestalt des Landguts, und insbesondere für mich in der berückenden Gestalt meiner geliebten Aurelia.

Aber wie kurz, wie wenig verläßlich war dieses Glück! Trügerisch wie ein zugefrorener Teich im Frühling! – Ausgeträumt war der Traum von sorgenfreier Geborgenheit! Aus!

Nun hieß es, erneut in die alte, lästige Tretmühle steigen, hoch zu Roß dem trägen Vieh mit der Peitsche Beine machen – Tag für Tag neue Gefahren hinnehmen, unstet und ungewiß dahinleben.

Ja, früher einmal, da gefiel mir das, da hatte ich meine Freude daran – aber heute? Heute war es anders; überhaupt war alles anders, seit ich diesen vergangenen Winter mit Aurelia auf dem Landgut verlebte. Ruhe und Geborgenheit hatte ich dort erfahren und die schöne Zeit mit allen ihren Annehmlichkeiten in vollen Zügen zu genießen gelernt. Ruhe und Geborgenheit, darauf wollte ich nie wieder verzichten, ja, das wollte ich unbedingt wiederhaben. Nur: wie? Und: wohin jetzt also? Wohin?

Während ich solcherlei Gedanken in meinem Denkkasten mürrisch hin- und herschob, schnitt ich so ungemein sauertöpfische Grimassen, daß dies der Aufmerksamkeit meiner Begleiter nicht entging.

Mein griesgrämiges Grüblergesicht erweckte vor allem die Neugier des Schmiedes Ansmut. Er trieb sein Pferd neben das meine (so gut es ging, da ja ein zweiter Reiter hinter ihm saß) und musterte mich von der Seite, halb erheitert und halb teilnahmsvoll.

»He! Du! Tagolf! Was ist los mit dir? Du siehst ja aus, als hättest du kübelweise Essig getrunken!«

»Spotte nur, Ansmut, spotte nur! Wenn du nur wüßtest!«

»Ach was, Tagolf, war doch nur ein kleines Scherzchen. Aber sag, was hast du? Was quält dich?«

Bevor ich noch antworten konnte, unterbrach Smärregolf hinter mir sein Gepfeife und dröhnte schallend in seiner gewohnten Weise: »Was? Dich quält was, Tagolf? Was denn?«

Es dauerte eine Weile, bis ich mich so weit überwunden hatte, daß ich mein Herz jemandem auszuschütten vermochte, den ich erst vor so kurzer Zeit kennengelernt hatte.

»Wir Tagolflinge werden wohl nicht mehr länger auf unserem Landgut bleiben können«, ließ ich mich schließlich mit gedrückter Stimme vernehmen.

»Waas? Spinnst du? Wo es dort so schön ist!« polterte Smärregolf dazwischen. Ich mußte meinen bärenpratzigen Freund nun ernstlich zum Schweigen ermahnen, denn bei seinen dauernden Zwischenbemerkungen konnte ich mich mit Ansmut kaum unterhalten.

»Ja«, pflichtete Ansmut mir nach einigem Sinnieren bei, »ja, das wird wohl so sein. – Und was hast du jetzt vor? Willst du weiterziehen?«

Nun war es an mir, eine Weile zu sinnieren. Schließlich brachte ich ein gedehntes »Hmmmh« über die Lippen und schwieg abermals. Es fällt eben immer schwer, sich Unangenehmes einzugestehen und das sogleich einem anderen mitzuteilen.

»Ja«, rückte ich letzten Endes heraus, »ja, wohl oder übel. Wenn ich nur könnte, ich wollte viel lieber hier in der Gegend bleiben.« Ich fuhr fort und erzählte dem aufmerksam lauschenden Ansmut von unseren wechselvollen Abenteuern, um ihm damit klarzumachen, daß für mich jetzt Schluß sein müsse mit diesem unsteten Leben.

Als ich meinen Bericht beendet hatte, nickte mir der Schmied mitfühlend zu. »Kommt mir irgendwie bekannt vor, deine Geschichte«, meinte er, und ein selbstgewisses Lächeln begann seine Mundwinkel zu umspielen. »Es ist noch nicht allzu lange her, da stand ich selbst ebenfalls an diesem Scheideweg: weiterziehen oder bleiben. Ich entschied mich fürs Bleiben. Ich hab's nicht bereut.

Die Sache will allerdings gründlich überlegt sein. Du weißt ja genauso gut wie ich, daß es heutzutage nur zwei Menschensorten auf der Welt gibt, nämlich Jäger und Gejagte, Räuber und Siedler. Wer zu jagen und zu rauben aufgehört hat und sich als friedliebender Siedler niederläßt, der muß zusehen, daß er einen sicheren, geschützten Platz findet, sonst wird er im Nu ausgeplündert und ermordet.

Also: Ein solches Plätzchen konnte ich finden. Dort hinten liegt meine Siedlung, hinter dem Tolla-Berg, und von diesem so weit entfernt wie euer Landgut. Etwas kalt ist es schon, dort oben, aber ansonsten bin ich dort bestens aufgehoben. Bestens, wirklich!«

Ansmut strahlte ein Übermaß an Zufriedenheit aus, der Beneidenswerte. Trotzdem hatte ich meine Zweifel. »Bestens aufgehoben?« warf ich ein, »bist du dir dessen auch ganz sicher? Immerhin konnte Häkko dich aufspüren!«

»Ach ja, Häkko, der!« gab er mit wegwerfender Handbewegung verächtlich zurück, »das mit Häkko, das kam so: Ich lebe von der Schmiedekunst, wie du weißt. Berühmt für Brustpanzer und Beinschienen, ähäm, naja. Meine Erzeugnisse bringe ich üblicherweise zu einem Händler in Sumelocenna, der zweimal im Jahr die uns nächstgelegene Siedlung besucht ...«

»Sag mal, dieser Händler«, unterbrach ich Ansmuts Redefluß, »heißt der etwa Raffgar?«

»Ja, so heißt er. Kennst du ihn?«

»Und ob wir ihn kennen!« dröhnte Smärregolf hinter mir.

Ansmut zog erstaunt die Augenbrauen hoch.

»Ja, das stimmt schon«, erklärte ich. »Vor zwei Jahren kamen wir schon einmal nach Sumelocenna.«

»Ah so – dann versteht ihr ja, daß Raffgar mit meinen Schmiedewaren ein sagenhaft gutes Geschäft machte: Er verlangte dafür mindestens das Fünffache von dem, was er mir gab.

So dachte ich denn vor ein paar Wochen: Was der kann, das kann ich auch. Ich lud vier Brustpanzer und acht Beinschienen auf meine Packpferde und machte mich mit fünf meiner Leute auf nach Sumelocenna, wo ich auch einen recht anständigen Preis erzielen konnte. Auf dem Rückweg schnappte uns dann Häkko.

Wären wir zu Hause geblieben, hätte uns niemand entdeckt. – Wie du siehst, gibt es also durchaus geschützte Stellen hier in der Gegend.«

Vierundzwanzigstes Kapitel

Im Eyachtal

Ja, wenn das so ist – ich beneide dich, Ansmut. Ein solches Plätzchen hätte ich auch ganz gerne.«

»In unserem Tal, da hat es noch mächtig viel Platz. Gegen eine weitere Siedlung in der Nachbarschaft wäre eigentlich überhaupt nichts einzuwenden. Unsere jungen Mädchen und Burschen warten schon lange auf neue Nachbarn. Dann käme nämlich Abwechslung in den Heiratsmarkt bei uns. Und auch sonst – auf die Dauer ist es doch etwas einsam dort oben. Aber vergiß es. Der Weg dorthin – unmöglich mit einer großen Horde. Einfach unmöglich.«

Die letzten Sätze überhörte ich, und so wirkten Ansmuts Worte wie wundersame Arznei auf meine betrübten Sinne. Nun kehrten wieder Zuversicht und Hoffnungsfreude ein. Ich spürte, wie mein krummer Rücken sich streckte, wie meine Lungen sich kräftig bis zum Bersten vollsogen mit frischer Luft, wie die pure Daseinslust mir das Blut mit übermächtiger, herrlich prickelnder Kraft wohlig durch die Adern jagte.

Ich wurde nun gewahr, daß die finsteren Gewitterwolken von Sumelocenna längst einem lachenden Sonnenschein gewichen waren, daß die Singvögel allenthalben aus Leibeskräften und mit verschwenderischer Tonfülle tschilpten und pfiffen und so überaus lebhaft und lustig jubilierten, daß ich nicht anders konnte, als mit einem weithin hallenden Freudenschrei meinem überbordenden Glücksgefühl Ausdruck zu verleihen.

»Langsam, Tagolf, langsam!« lächelte Ansmut, sichtlich gerührt ob meines überschwenglichen Ausbruchs, »noch sind wir nicht dort, noch nicht: Zwei ganze Tagreisen liegen zwischen hier und meinem Dorf.

Damals, als wir dort seßhaft wurden, war der Weg ziemlich gefahrlos. Aber heute? Eine Handvoll erfahrener Reiter mag sich schon noch überall durchschlängeln, aber ihr alle – mit Kind und Weib, mit Schaf und Rind?

Da wartet schon morgen der habgierige Balgo* mit seiner vielköpfigen Kriegerschar darauf, euch eure Habe abzunehmen, wenn ihr an den Heimstätten der Balglinge vorbeiziehen wollt.

Und nicht nur das. Eine Tagreise weiter werdet ihr auf die kriegslüsternen Eboniter** treffen – sie sitzen an der Öffnung des Tales, an dessen hinterem Ende ich mich niedergelassen habe. An ihnen ungerupft vorbeizukommen, ist schlechterdings unmöglich.

Außerdem könnte es geschehen, daß ihr von einer Bande tollkühner Mordbrenner angefallen werdet, die sich dort in der Gegend herumtreibt. Und denk dran: Von jetzt an wirst du die ganze Zeit über Häkkos Häscher an den Fersen haben!

Also: Viel Grund zum Jubel hast du wohl nicht. – Ist eben alles nicht so einfach, wie du siehst. Ich würde dir schon den guten Rat geben, lieber Tagolf: Laß die Finger davon. Ihr zieht sonst in den sicheren Tod!«

Während Ansmut redete, war der eisbärtige Truchtolf herbeigeritten, denn mein Freudenschrei hatte seine Neugier geweckt. Höchst aufmerksam lauschte er auf das, was der Schmied erzählte.

Kaum hatte dieser geendet, schlug sich der glatzige Graubart ungeachtet aller Warnungen schallend auf die Schenkel und rief begeistert: »Wunderbar! Ausgezeichnet! Prachtvoll! Das ist genau das, was ich mir schon immer vorgestellt habe! Da bin ich auch dabei!«

»Wie ihr wollt«, erwiderte Ansmut mit beleidigtem Achselzukken, als er sah, daß man seine Einwände nicht ernst nahm. – Was für unbedachte Narren waren wir doch! Oh, hätten wir nur auf

* Der Gründer von Balingen.

** Bewohner Ebingens.

Ansmut gehört, den wir damals für einen Angsthasen hielten, unverbesserliche Trottel, die wir waren.

»Was scheren uns diese lächerlichen Balglinge und Eboniter!« fuhr Truchtolf schwärmerisch fort. »Mit Leichtigkeit packen wir die! Da haben wir schon ganz andere Kerle besiegt!«

Welche er damit meinte, blieb mir selber zwar schleierhaft, aber das Feuer seiner Begeisterung hatte nun auch Smärregolf ergriffen, der jetzt wieder den Mund zu öffnen wagte und in ein markiges »Hussa!« ausbrach – »Hussa! Juhuhei! Nieder mit den Balglingen und Ebonitern! Endlich mal wieder ein richtiges uriges Kämpflein! Hussa juhei!«

Ich selber wollte freilich nicht so recht in Smärregolfs Jubelgeschrei einstimmen, denn die brühwarme Erinnerung an die Mauern von Sumelocenna hatte mir die Lust auf solche Kämpflein gründlich vergällt – vorläufig jedenfalls.

Unter derartigen Erörterungen und Erwägungen kamen wir in Sichtweite unseres Landgutes. Schon aus der Entfernung vermochten wir zu erkennen, daß die Bewohner sich in heller Aufregung befanden – da wurden Kisten geschleppt, Säcke zugebunden, Körbe getragen, Stoffballen gehoben, Fellbündel bewegt; ein emsiges Hin und Her an allen Ecken und Enden.

Offensichtlich waren unsere Leute schon dabei, den Aufbruch vorzubereiten. Das konnte uns drei Anführern nur recht sein, denn je früher wir von dem Landgut fortkamen, um so sicherer waren wir vor Häkkos Verfolgung.

Unser Herannahen wurde rasch entdeckt, und Gangolf, den ich zu meinem Stellvertreter eingesetzt hatte, ritt uns in scharfem Galopp entgegen.

Er wollte nicht warten, bis er bei uns war; deshalb hörte ich von Ferne schon seine Stimme: »Tagolf! Smärregolf! Was bin ich froh, euch wohlbehalten wiederzusehen! Messmerich erzählte mir, wie bei Häkko der Hase läuft – darum ließ ich augenblicklich alles herrichten zur Flucht – äh, ich meine: zum Wegzug. Das hättest du doch auch so gemacht, Tagolf, nicht wahr?«

Unterdessen hatte er uns erreicht, und wir begrüßten uns mit herzlichen Knüffen und Püffen – jeder fühlte sich erleichtert und froh, daß wir alle wieder unversehrt zusammengefunden hatten, nachdem wir bei unserem Abschied einem äußerst ungewissen Schicksal entgegensehen mußten.

Messmerich, so berichtete Gangolf weiter, habe es nicht über sich gebracht, seinen Herrn so mir nichts dir nichts für immer zu verlassen, die treue Seele. Der haarige Kletterer sei inzwischen wieder zu seinem flügelhelmigen Häuptling zurückgekehrt. Jammerschade fand ich das, jammerschade. Hatte ich mich doch schon so richtig an ihn gewöhnt!

Nun aber drängte es mich mit allen Fasern meines Körpers hin zu Aurelia, die so bald wiederzusehen ich nie geglaubt hätte. Ich hatte das Hauptgebäude noch nicht erreicht, da sah ich sie mit wehendem Gewande die große Freitreppe mir entgegeneilen, schluchzend in ihrer übermächtigen Freude – wir fielen uns bebend vor Glück in die Arme – noch selten auf meinen langen Fahrten wurde mir solche Seligkeit zuteil wie in jenen Augenblicken. Alle Widrigkeiten um Häkko, alle Gefahren von Sumelocenna, alles, alles war mehr als aufgewogen, als ich den warmen, weichen und in glückseliger Wonne heftig zitternden Körper meiner heißgeliebten Aurelia an mich drückte und mit hundert kleinen, zarten Küssen ihr die Glückstränen von den Wangen küßte.

Als ich ihren warmen Atem im Gesicht spürte und meine Hände über ihre breiten, runden, molligen Hüften gleiten ließ, da wußte ich, daß keine Gefahr, kein Abenteuer, kein Brennen, Rauben, Kämpfen oder Morden mir größere Seligkeit bereiten würde als sie – als die Gegenwart meiner Aurelia.

Lange konnten wir freilich nicht so verharren, denn um uns herum drängte alles zum Aufbruch; Tiere und Menschen hatten sich schon zum lindwurmartigen Zuge gruppiert, und die Lasttiere an dessen Spitze waren bereits jenseits der Umfriedungsmauer verschwunden.

Ein letztes Mal noch durchstreifte ich die Gewölbe, Lagerräume, Wandelgänge und Wohngemächer, deren Wände von meinen Schritten jetzt hohl und abweisend widerhallten – ein letzter wehmütiger Gedanke an die hier so angenehm verbrachte Winterszeit, ein letztes Lebewohl – und ab ging's.

Noch nicht lange waren wir unterwegs, da kam Smärregolf zu mir herangeritten, hinter vorgehaltener Hand albern kichernd. Er deutete verstohlen auf den Haupttrupp, der sich hinter uns langgezogen dahinschlängelte, und flüsterte mir mit vielsagendem Blick ein einziges Wort zu: »Berta!«

Mitten unter meinen Leuten erblickte ich Berta und Sedulius, wie sie dermaßen inbrünstig miteinander turtelten, daß sie die Welt um sich herum zu vergessen schienen. Das war es aber nicht, was meinen guten Smärregolf zum Feixen veranlaßte. Die stämmige Berta hatte nämlich ihren zartgliedrigen Geliebten auf ihr Lastpferd gehoben, damit ihm die ungewohnte Mühsal des Fußmarsches erspart bleiben solle. Sie selbst ging zu Fuß und führte das Tier am Zügel.

Dies mochte zwar einen einfältigen Alemannen zum Schmunzeln reizen, denn bei uns herrscht die Sitte, daß ein balzender Jüngling seine Angebetete auf sein Pferd hebt, um dann selbiges am Zügel zu führen. Ich für mein Teil jedoch war über Smärregolfs Häme eher verärgert.

»Smärregolf, schäm dich was, dich darüber lustig zu machen, wenn Berta unseren griechischen Römerling so betuttelt«, tadelte ich meinen Kumpan. »Er hat sein bisheriges Leben mit anderen Dingen zugebracht als ewig durch die Landschaft zu latschen wie wir. Seine Fähigkeiten hat er nicht in den Beinen, auch nicht in den Armen, wie du, sondern im Kopf, und das kann für uns alle sehr nützlich sein, merk dir das! Und nun hör mit dem albernen Grienen auf, verstanden!«

Leicht beleidigt schniefte Smärregolf vor sich hin. Er mühte sich eine Zeit lang, mich durch sein Schweigen zu bestrafen, hatte aber diesen Vorsatz nach kurzer Zeit schon wieder vergessen.

Unter Ansmuts kundiger Führung bewegte sich unser Zug das Tal der Starzel hinunter, um dann südwärts in den römischen Steinweg einzubiegen, der dieses Flüßchen kreuzt. Weiter ging es ohne Unterbrechung, denn wir konnten uns vor Häkkos Leuten erst einigermaßen sicher fühlen, wenn wir mindestens eine ganze Tagreise zwischen uns und das römische Landgut gebracht hatten.

Gegen Abend erreichten wir eine nach Osten führende Abzweigung unserer Römerstraße; dort bogen wir ein, wohl wissend, daß wir uns nun der Ansiedlung der Balglinge näherten, und jetzt war guter Rat teuer.

Ansmut und seine Genossen begannen erste Anzeichen von ängstlicher Unruhe zu zeigen, weil sie fürchteten, wir würden demnächst allesamt von den Balglingen ausgerottet werden. Ich meinerseits ritt indes frohgemut einher, und nichts vermochte meine gute Laune zu trüben. Ganz fest war ich davon überzeugt, daß mir im rechten Augenblick noch irgend etwas Vernünftiges einfallen werde.

Als der Schmied schon so richtig zappelig auf seinem Roß herumrutschte, kam mir ein brauchbarer Gedanke, aber ich behielt ihn noch für mich. Zu sehr genoß ich das Schauspiel, welches mir die furchtsamen Ansmutlinge boten. Erst als sie ihre Pferde anhielten und meinten, es sei nun zu gefährlich weiterzureiten, rückte ich mit meinem Plan heraus.

Die Balglinge, so hatte Ansmut erzählt, taten sich hervor durch ihre unersättliche Beutegier – und darauf baute ich meinen Plan. Unser Zug sollte den römischen Weg verlassen und einen weiten Bogen um die Hütten der Balglinge schlagen. Hierbei würde man weder im Dreck steckenbleiben noch durch dichten Baumbestand mit Pferden und Rindern am Fortkommen behindert werden, so vermutete ich, denn der Boden war fest genug und der Wald streckenweise sehr licht.

Ein kleiner Trupp von drei, vier beherzten Leuten hätte dann die Aufgabe, die Balglinge in der Zwischenzeit von der großen Schar der Unsrigen abzulenken. Dies stellte ich mir folgendermaßen vor: Das Fähnlein der Beherzten sollte mit einigen Stück Vieh auf dem römischen Weg weiterziehen, und zwar langsam, ganz langsam, damit die Unsrigen genügend Zeit zur Verfügung hätten, das Dorf der Balglinge in einem weiten Halbkreis zu umrunden. Dabei hatten diese paar Männer alles zu unternehmen, um die Aufmerksamkeit der Balglinge auf sich zu ziehen.

Sofern diese tatsächlich so habgierig waren, wie man sagte, so würden sie sich ohne Zögern aufmachen, den kleinen Trupp zu überfallen. Man müßte sie dann möglichst nahe herankommen lassen; erst im Augenblick höchster Gefahr dürfe schließlich die Flucht ergriffen werden. Das Viehzeug sei am Ende eben verloren, dafür aber habe man, wenn alles gut gehe, die gefährlichen Balglinge vom Halse.

Ansmut wie auch der inzwischen herbeigeeilte Truchtolf schauten mich ungläubig an, als ich meinen Plan darlegte – sie hielten davon offenbar nicht sehr viel. In Ermangelung eines besseren stimmten sie nach einigem Zaudern aber schließlich doch noch zu – was wäre ihnen denn auch sonst übrig geblieben!

So suchten wir zuerst einmal die ältesten und lahmsten Viecher zusammen, die wir zur Verfügung hatten: Das ergab zwei steinalte Kühe, einen knochendürren Klepper und eine sterbenskranke Ziege.

Als nächstes nahmen wir ein großes Tuch, breiteten es auf dem Boden aus und legten einen hüfthohen Haufen frisch gebrochener Zweige darauf. Darin verbarg ich zwei meisterhaft gearbeitete und sehr schön bemalte römische Tonkrüge, auf die wir leichten Herzens verzichten konnten, weil sie mehrere Sprünge aufwiesen. Ich hegte die Hoffnung, daß um diese seltenen Gefäße unter den Balglingen ein erbitterter Streit ausbrechen werde, wodurch ihr Augenmerk noch eine zusätzliche Weile von unserem Treck ferngehalten wäre. Das ganze schnürten wir zu einem riesigen Bündel, das der magere Gaul zu tragen hatte.

Nun galt es noch, geeignete Leute zu finden, die meinen Plan ausführen sollten. Ich merkte gleich, daß keiner so recht wollte. Ohne Freiwillige aber war mein schöner Plan keinen Pfifferling wert. Und ein anderer Plan war weit und breit nicht in Sicht. Also: was tun?

Da half nur eins: Ich mußte selbst ran. Als Begleiter wählte ich mir Smärregolf – er schien mir von allen meinen Leuten am ehesten in der Lage, die innere Anspannung auszuhalten, welche bei derlei gefährlichen Abenteuern zu entstehen pflegt.

Bevor wir zur Ausführung des Planes schritten, mußte ich mich erneut von Aurelia trennen – nur noch dieses eine Mal, das schwor ich mir, und dann nie, nie wieder!

Während sich Volk und Vieh seitwärts in die Büsche schlugen, stiegen Smärregolf und ich von unseren Pferden ab und steckten sie mitten hinein in unsere armselige Herde. Ruhig und gelassen schlenderten wir neben den humpelnden und hinkenden Tieren einher, wobei wir uns des öfteren ein kleines Päuschen gönnten, welches wir benützten, entweder ein Schwätzchen zu halten, die Schuhe fester zuzuknüpfen, das Wasser abzuschlagen, einen winzigen Imbiß einzunehmen oder vielleicht auch nur einfach in die Luft zu gucken.

Wir hatten ja Zeit, jede Menge Zeit – und unsere paar kümmerlichen Vierbeiner freuten sich, daß sie ausnahmsweise einmal nicht mit Schlägen angetrieben wurden. Solange Smärregolf und ich nölig vor uns hintrödelten, sahen sich unsere Leute zum genauen Gegenteil genötigt, denn sie hatten ja einen sehr weiten bogenförmigen Weg zurückzulegen, wohingegen der unsrige kurz und nahezu kerzengerade verlief.

Trotz aller Bummelei vermochten wir aber nicht zu verhindern, daß wir irgendwann einmal der Hütten der Balglinge ansichtig wurden.

Damit war der Zeitpunkt gekommen für den Hauptteil meines Plans: Balgos Leute sollten uns als leichte Beute ihrer Habgier entdecken.

Ein vielfaches kräftiges »Hei« und »Ho« hatte nicht nur den Tieren zu gelten; es sollte vor allem auch von den Bewohnern es Dorfes gehört werden. Allzu sehr brauchte ich mich hierbei nicht anzustrengen – dafür sorgte schon Smärregolf alleine mit mächtig hallendem Gedröhn.

Dennoch dauerte es eine ganze Weile, bis die ersten Balglinge ihre Behausungen verließen, um nachzusehen, wer da des Weges herankäme. – Zunächst erblickten wir hie und da ein vorwitziges Kindernäschen in einem Türspalt, dann tauchten die wunderfitzigen Gesichter der Mütter auf, und schließlich glaubten auch die Väter, daß ein Blick ins Freie lohnend sein könnte.

Weiter und weiter öffneten sich die Türen und Läden, immer zahlreicher entquollen den Hütten ihre Bewohner. So sammelte sich an den Hecken und Zäunen allmählich jung und alt.

Es hätte mir schon beinahe ein wenig Spaß gemacht, von so vielen Menschen angestaunt zu werden – wenn da nicht unter ihnen eine beängstigend große Zahl von Männern gewesen wäre mit gehörnten Helmen auf den Köpfen. Aber gerade das hatte ich ja erreichen wollen.

Der Helme wurden indes mehr und mehr, sie rückten zudem immer näher an uns heran. Beim Anblick all dieser Kampfhauben fuhr mir die Hand unwillkürlich an den Axtgriff – und Smärregolfs Hand zuckte nicht weniger.

Als Balgos Krieger bis auf zehn Schritt an uns herangekommen waren, vermochte mein starkarmiger Begleiter seine Kampfeslust nicht länger zu beherrschen – ein donnergleich dröhnendes »Wuhaa!« aus seiner Kehle ließ die Luft erzittern. Bleich und verschreckt wichen die Balglinge daraufhin ruckartige mehrere Schritt weit zurück.

Nun kam Smärregolf erst richtig in Fahrt – er zog die Streitaxt aus dem Gürtel, schritt geduckt auf die Reihe der Balglinge zu und zeigte ihnen mit unheilverkündendem kehligem Knurren die Schneide seiner Waffe.

Bevor er jedoch auf die Männer Balgos losdreschen konnte, ergriff ich ihn ermahnend am Arm – mein Plan verlangte keinen Kampf, sondern die Flucht. Fraglos hätte mein bärenstarker Freund fünf oder sechs der Gegner ohne Mühe niedermähen können, aber irgendwann wäre die erdrückende Übermacht dennoch unangenehm zu spüren gewesen.

Ganz augenscheinlich fiel es dem guten Smärregolf außerordentlich schwer, die in ihm siedende Kampfgier niederzuhalten. Leise auf ihn einflüsternd, suchte ich ihn zur Friedfertigkeit hinzuführen, wo er ohne meine überwölbende Hilfestellung gewißlich nie angelangt wäre.

Die Balglinge brauchten recht lange, bis sie sich von ihrem ersten Schreck erholt hatten. Dann aber bewegten sie sich Schulter an Schulter erneut gegen uns vor, doch mit jeder Handbreit geringeren Abstands verstärkte Smärregolf seinen bedrohlichen Knurrton. Sobald sie schließlich zum Greifen nahe vor uns standen, gab ich meinem Kampfgefährten einen kräftigen Knuff, den er glücklicherweise richtig deutete. Mit einem abermaligen donnergleichen »Wuhaa!« von Smärregolf schwangen wir beide uns blitzartig auf unsere Pferde, und bevor die verdutzten Balglinge überhaupt begriffen hatten, was geschah, setzten unsere Hengste mit gewaltigem Sprung über ihre Köpfe hinweg und verschwanden pfeilschnell hinter den nächsten Bäumen.

In scharfem Galopp flogen wir über Büsche und Hecken. Als ich mich einige Augenblicke später umsah, stellte ich erleichtert fest, daß Balgos Leute keineswegs an eine Verfolgung dachten – die Verteilung der Beute war ihnen allem Anschein nach wichtiger.

Wem ein derart schwieriges Vorhaben glücklich gelungen ist, der wird gemeinhin ein Gefühl des Stolzes, der Freude und der Befriedigung empfinden. Nicht so ich, als wir uns in forschem Tempo von den Balglingen entfernten: Würden sie sich nun tatsächlich um die Beute streiten? Hatten unsere Leute wirklich schon den größten Teil des Weges zurückgelegt? War vielleicht nicht doch irgendeiner der Balglinge aufmerksam geworden auf ein verräterisches Pferdegewieher oder Ziegengemecker?

Von solch brennenden Sorgen gequält, verringerten wir nach mehreren tausend Schritt Entfernung allmählich die Geschwindigkeit unserer Rösser und ritten in ausholendem Halbkreis auf jene Stelle zu, an welcher unsere Leute vermutlich wieder auf die Römerstraße treffen würden.

Dort war natürlich noch nichts zu hören oder zu sehen. Wir banden die Pferde in einem vom Wege etwas abgelegenen, großen Gebüsch fest, legten uns ins Gras und warteten. Die Sonne war schon längst hinter dem Horizont verschwunden, die abendliche Dämmerung senkte sich sachte über die Landschaft, Rehe und Feldhasen verließen vorsichtig witternd ihre Verstecke, um zu äsen.

Diese traulich-friedliche Abendstimmung bewirkte bei meinem lautkehligen Freunde die Lust, ein sanftes, besinnliches Liedlein vor sich hinzubrummeln. Auch ich verspürte einen solchen stimmungsvollen Drang in meinem Innern, doch wollte mir derartiges wenig tunlich erscheinen angesichts unserer Lage.

Gespannt lauschte ich dorthin, wo die Balglinge hausten, denn jeder verdächtige Laut würde bedeuten, daß sie meinen Plan durchschaut haben könnten. Mit gleicher Wachsamkeit achtete ich auf alle Geräusche von jener Richtung, aus der ich das Herannahen unserer Sippenschar erwartete. Zwar beruhigte es mich, daß von den Balglingen kein einziger Ton zu vernehmen war. Da ich jedoch von den Unsrigen genauso wenig hörte, konnte sich bei mir die rechte Geruhsamkeit nun doch nicht einstellen.

Das ungute Wurmen in Gedärme steigerte sich zu peinigender Sorge, als die Nacht vollends hereingebrochen war – glücklicherweise keine stockdunkle Nacht, denn am Himmel schwebten nur wenige Wolken, und der zunehmende Mond warf sein mildes Licht auf die Landschaft.

Wenn die Erwarteten in dieser Nacht nicht mehr auftauchten, dann würde ich am nächsten Morgen mit Smärregolf zusammen die ganze Gegend absuchen müssen, um herauszufinden, was unseren Lieben zugestoßen war. – So dachte ich bei mir, und die qualvolle Sorge begann sich in helle Verzweiflung zu verwandeln.

Smärregolf war unterdessen in leise schnorchelnden Schlummer verfallen – sein dickes Fell bewahrte ihn vor derlei Unzuträglichkeiten. Endlos, endlos zog sich die Nacht dahin, während ich unentwegt auf ein und denselben Punkt starrte – auf diejenige Stelle, wo ich das Erscheinen unserer Vorhut erwartete.

Da plötzlich – da spürte ich eine kalte Hand auf meiner Schulter! Jählings fuhr ich hoch – ich mußte eingenickt gewesen sein. Vor mir stand Gangolf.

»Dachte doch, daß ich dich hier finden würde! Dort drüben lagern wir – dort drüben, hinter den Büschen, natürlich ohne Feuer und Licht, wäre zu gefährlich, so nahe bei den Balglingen. – Hat länger gedauert, der ganze Weg, länger als wir dachten. Der größte Teil der Strecke war sumpfig. Auch wenn es zunächst überhaupt nicht danach aussah.«

Aufgesprungen und mit langen Sätzen hinübergehastet, das war eins, hin zu Aurelia, an deren großen, warmen Kuschelbrüsten ich nach all den Fährnissen des Tages eine selige Nacht verbrachte – an diesen himmlischen Lustbeuteln, an diesen herrlichen, paarweisen Rundungen, so prall und voll, so sattsam wohlig, mollig und weich: Der Säugling kann ohne sie nicht leben, denn sie bieten ihm Nahrung und Wärme; das Kind findet an ihnen Zuflucht, Schutz und Geborgenheit; der Jüngling fühlt sich mit unwiderstehlicher Kraft zu ihnen hingezogen; der ausgewachsene Mann erlebt an ihnen die höchsten Höhen der Verzückung, und auch der Tattergreis weiß ihren Anblick durchaus noch zu schätzen – diese Kuschelbrüste wollte ich nie, nie wieder missen, keine einzige Nacht mehr bis zum Ende meines Lebens.

Glücklich der Mensch, der nicht weiß, was der Tag ihm an Unbill bereitet, wenn er des Morgens früh freudig voll Frische erwacht!

So erging es auch mir, als mich die ersten Sonnenstrahlen in der Nase kitzelten. Was für ein herrliches Gefühl: In den Armen meiner schwarzäugigen Aurelia zu erwachen und gleichzeitig die räuberischen Balglinge hinter mir zu wissen – was in aller Welt sollten uns da die Eboniter noch anhaben können! Mit frohem Sinn und voller Zuversicht setzten wir nach wohlverdientem, üppigem Frühmahl unseren Weg fort, durch das Eyachtal nach Osten hin.

Wie am Tag zuvor schon ritten Ansmut und die Seinen an der Spitze unseres Zuges, denn sie waren ja in dieser Gegend schon fast zu Hause. Der Macht der Gewohnheit wie auch dem Triebe der Neugier nachgebend, folgte ich ihnen mit meinen vertrautesten Weggenossen.

Noch stärker als bei mir wirkte sich die lang geübte Gepflogenheit bei Asgolf und Borgolf aus: Jahrelang waren die Zwillingsbrüder gewohnt gewesen, in unserem Zuge die vordersten zu sein, und so mischten sich die beiden jetzt unter die Männer Ansmuts.

Schleppender noch als sonst bewegten sich heute Vieh und Mensch; kein Wunder auch nach einem dermaßen beschwerlichen Tag, wie wir ihn gerade hinter uns hatten. Dies dürfte der Grund gewesen sein, weshalb sich unser Trupp dieses Mal so außergewöhnlich weit in die Länge zog.

Ansmut war mit seinen Mannen ein sehr großes Stück vorausgeritten, so daß man sie kaum noch sehen konnte – man gewann fast schon den Eindruck, als hätten ihre Pferde bereits die heimatlichen Ställe gewittert und würden voll Ungeduld nach Hause streben. Auch Asgolf und Borgolf waren mit dem Voraustrupp entschwunden – ihre Reittiere hatten sich von der munteren Eile der Ansmutlinge offensichtlich mitreißen lassen.

Wir anderen hinwiederum benutzten die langsame Gangart des Klauenviehs dazu, die großartige Landschaft zu bewundern, die uns hier im Tale der Eyach umgab.

Als wir nämlich nach Osten bogen, bewegten wir uns auf die sich schroff auftürmende Wand eines Bergstocks zu, eine Wand, die sich von Nordosten nach Südwesten quer durch die Landschaft hinzog. Diese Wand, teils mit Gehölz bedeckt, teils nackten Kalkfels zeigend, schien mit ihrer Höhe und Steilheit jeden Näherkommenden feindselig abzuweisen, bis auf jene breite Schneise, aus welcher uns die Eyach entgegensprudelte. – In diese Schneise einzutreten, das war wie das Durchschreiten einer Pforte von unermeßlich riesenhaften Ausmaßen. Rechter Hand erhoben sich die bewaldeten Berghöhen von der Ferne her sacht himmelan, um dann zum Tal hin mit scharfem Knick steil abzufallen – und in dieser Weise fügte sich ein Höhenzug neben den anderen.

Während wir noch die trotzig emporragenden Felswände bestaunten, kam unser Vortrupp in großer Hast zurückgeritten – Ansmut brachte sein Pferd dicht bei dem meinen zum Stehen und überraschte mich mit einer wenig erfreulichen Botschaft: »Da vorn sind welche! Was machen wir jetzt?«

»Was für Leute sind das? Und wie viele?« wollte ich wissen und schaute dabei meine beiden Späher fragend an.

»Reiter sind es, haargenau dreißig an der Zahl«, gab Asgolf beflissen Auskunft.

Er hatte noch nicht ausgesprochen, da schüttelte Borgolf tadelnd den Kopf, wobei der Hautlappen an seiner Kehle ins Schlenkern kam. »Du irrst, Bruderherz«, warf er ein, »du irrst gewaltig – fünfundzwanzig sind es. Nie im Leben mehr als fünfundzwanzig!«

Asgolfs Kehlkopf begann ob dieses Widerspruchs entrüstet auf und ab zu zucken. »Dreißig!« baffte er zurück.

»Fünfundzwanzig!« entgegnete Borgolf.

»Dreißig!« ließ Asgolf hören.

»Fünfundzwanzig!« bellte sein Zwillingsbruder.

»Dreißig!«

»Fünfundzwanzig!«

»Dreißig!«

»Fünfund- ...«

Mit einem schallenden »Aufhören!« bereitete ich dem Gezerfe schließlich ein Ende, denn sobald die genannten Zahlen ausgesprochen waren, gab es für mich und meine Männer kein Halten mehr: Streitäxte, Schwerter und Spieße kampfbereit in den Fäusten, schickten wir uns mit kriegslüstern funkelnden Augen an, wie das wilde Heer loszubrausen – doch schon galoppierten sie heran, die Leute, die Ansmut uns gemeldet hatte.

Merkwürdig muteten sie uns an, denn ihre Köpfe waren ritzeratzekahl geschoren, so daß ihre haarlosen Schädel bleich im Sonnenlicht glänzten. Am Leibe trugen sie allesamt pechschwarzes Lederzeug, dem silberne Knöpfe und Kettchen zur Verzierung dienten.

Einem offenen Schlachtgetümmel schienen sie zunächst nicht ausweichen zu wollen. Sobald sie aber Smärregolfs donnergleichen Kampfschrei vernahmen, wichen sie wie von Keulenschlägen getroffen zurück und beschränkten sich darauf, uns zu beschimpfen und mit Steinen nach uns zu werfen.

Was sie uns zuriefen, konnte ich zwar nicht verstehen, aber es schien mir eine Spielart der lateinischen Sprache zu sein. Da mußte Sedulius her, mein römischer Gefolgsmann, der Sprachgewandte – ich ließ ihn rufen.

Der kleine Römer hatte jedoch kein Ohr für meine Aufforderung – zu sehr war er beschäftigt mit Berta, der Einbrüstigen. Wie schon am Tag zuvor hatten die beiden die Welt um sich herum vollkommen vergessen, weil sie so ganz mit sich selbst beschäftigt waren und einander unentwegt mit selig verklärtem Blick verliebt in die Augen sahen.

Erst einige kräftige Püffe machten ihrem Geschniebel und Geschnäbel ein jähes Ende und beförderten sie vorübergehend wieder zurück in die kalte Wirklichkeit. Aus diesem Grunde dauerte es eine ganze Weile, bis er endlich auf Bertas Gaul dahergetrottet kam, der gute Sedulius.

»Ja, das ist Latein, keine Frage«, gab er bereitwillig Auskunft, wollte aber die Worte nicht übersetzen.

»Gut, gut«, entgegnete ich, »aber was rufen sie?«

»Hm, ja,« das war alles, was er herausbrachte, wobei er zusehends verlegener wurde.

»Auf, Sedulius«, ermunterte ich ihn, »sag schon!«

»Es – hm – es ist aber nicht sehr schmeichelhaft für euch!«

»Ich will es trotzdem hören! Raus damit!«

»Also, äh, sie rufen: Kanaken! Dreckskerle! Blondes Ungeziefer! Ausländer raus! Abschaum! Lumpengesindel! Kümmelgermanen! Katzenfresser! Blauäugige Untermenschen! Germanen raus aus dem Eyachtal! – Tja, mmh, solche Sprüche haben diese Leute für euch übrig. Sie gehören zu einer kleinen, radikalen Partei, die unseren alten Kaiser Nero wiederhaben will. Wo dieser Nero doch so ziemlich der übelste Bursche war, der je einen Kaiserthron mit seinem Hintern berührte: eine menschenverachtende Bestie, ein blutsaugendes Monstrum, ein Diener Beelzebubs, ein Teufel in Menschengestalt – und zum Andenken an diesen Moloch rasieren sich diese feinen Herren hier die Köpfe kahl, saufen sich permanent die Hucke voll und schlagen alles kurz und klein, was ihnen im Wege steht. – Warum sie euch beschimpfen? Nun, sie denken, daß ihr euch hier niederlassen wollt, und das gefällt ihnen nicht.«

»Versteh ich nicht«, warf Smärregolf ein, »wo doch hier so viel Platz ist. Platz genug für alle!«

»Wohl gesprochen, Smärregolf!« lobte ich die weise Einsicht meines rotbackigen Freundes, der sich ja ansonsten eher durch das Zerbrechen von hölzernen Humpen hervortat oder durch das Hervorbringen von Tönen aus der Tuba.

Durch dieses Lob ermuntert, suchte mein stimmgewaltiger Kumpan die Glatzköpfe zu verscheuchen, indem er seinem Organ einen besonders donnernden Klang verlieh – allein, sie waren auf diese Weise lediglich ein Stück weit zurückzutreiben. In sicherer Entfernung sahen wir immer wieder ihre blanken Schädel hinter Büschen und Bäumen hervorschimmern, was uns jedoch nicht weiter störte.

In dieser ungebetenen Begleitung verließen wir die Eyach an jener Stelle, wo ihr Tal unvermittelt nach Norden abbiegt. Weiter nach Osten hin hatten wir spät am Abend noch einen steilen Anstieg zu überwinden, bis wir dann endlich den Platz erreichten, den der vorausgerittene Ansmut für das Nachtlager ausersehen hatte – nur einen guten Pfeilschuß vom Dorfe der Eboniter entfernt.

Angesichts der anstrengenden Geschehnisse des vorigen Abends wollten wir uns früher als gewöhnlich zur Ruhe begeben. Zudem beabsichtigten wir, noch vor Tagesanbruch auf den Beinen zu sein. Denn wie Ansmut berichtete, galt bei den Ebonitern das

Frühaufstehen als eine besonders lobenswerte Eigenschaft. Wenn wir an ihrer Siedlung unbemerkt vorbeikommen wollten, dann konnte dies nur zu nachtschlafender Zeit geschehen.

Als bei hereinbrechender Dunkelheit die Umrisse der Landschaft allmählich unscharf zu werden begannen, vernahmen wir erneut die Rufe der Kahlköpfe: »Kanaken«, »Gesocks«, »Kümmelgermanen« – einige ihrer Schmähworte konnte ich mit Hilfe meines römischen Eigenmannes mittlerweile verstehen.

Im Schutze der Nacht schienen die schwarzledernen Geschorenen mutiger zu werden; wir legten rund um unser Lager helle Brände und stellten in kurzen Abständen Wachen auf. Diese Vorsichtsmaßnahme erwies sich als nützlich, denn immer wieder ertappten unsere Wachen die glatzköpfigen Störenfriede bei dem Versuch, heimlich an unser Lager heranzuschleichen.

Solchermaßen war an tiefen und lang anhaltenden Schlaf nicht zu denken, zumal Smärregolf die ganze Nacht hindurch ab und an seine weithin hallende Donnerstimme hören ließ, um die seltsamen Glatzlinge zu verjagen.

Fünfundzwanzigstes Kapitel

Zweikampf auf dem Malesfelsen

Als dann lang vor dem Morgengrauen die Zeit des Aufbruchs gekommen war, konnte ich allenthalben im Dunkel verdrießliches Geächz und Gestöhn vernehmen. Dennoch gab es für uns weder Aufschub noch Säumen: Hinter den Ebonitern wartete eine Heimstatt auf uns, ein Ort, an dem wir uns hoffentlich wohl fühlen würden, dort sah ich die ersehnte sichere Zukunft für mich und meine Sippe.

In der gewohnten Reihenfolge zog unser Treck los, auf das Dorf der Eboniter zu, nach Osten hin, wo am Horizont der erste leise Schimmer zu erahnen war. Im trübgrauen Gegenlicht sahen wir, wie sich vor uns ein breites Tal auftrat, umsäumt von steil sich erhebenden Bergrücken.

Dort lag es, das Dorf der Eboniter:* Deutlich waren die Umrisse der Strohdächer zu erkennen – ein Dorf, umgeben von Hecken und Zäunen wie jenes der Balglinge, auch in der Größe nicht viel verschieden.

Die Talsohle war nicht völlig eben, sondern bildete eine leichte Senke, an deren linkem Rand sich das Dorf hinkauerte. Zu unserer eigenen Sicherheit hielten wir uns weitab auf der rechte Seite des Tals.

* Hier bestätigen sich moderne archäologische Erkenntnisse: Das frühmittelalterliche Dorf Ebingen lag in der Tat westlich der erst viel später gegründeten Stadt.

Je näher wir kamen, um so mehr hellte sich der Tag und um so schärfer nahmen wir nun auch die Türen und Fensteröffnungen an den Hütten der Eboniter wahr. Schon befanden wir uns auf gleicher Höhe mit dem Dorf. – Nichts regte sich da drüben, alles verhielt sich friedlich und still.

Warum eigentlich sollten die Bewohner dieser sich so traulich aneinander schmiegenden Hütten gefährlich sein? War das alles vielleicht nur die Angst des übervorsichtigen Ansmut? Und nichts Ernsthaftes dahinter?

Das Herz wurde mir leichter bei solchen Gedanken, und eben überlegte ich, ob ich nicht meinem Roß die Sporen geben sollte, weil ich des furchtsamen Schleichens überdrüssig war.

Plötzlich fühlte ich ein heftiges Pochen und Ruckeln an meinem Schild, den ich gewohnheitsmäßig links am Arme trug – ein Pochen, als habe ein Schmied mir einen Eisenstift in den Schild eingeschlagen. – Und abermals dieses fremdartige pochende Ruckeln, und wieder – unwillkürlich duckte ich mich zusammen, zog den Schild näher an den Körper heran und griff nach der Streitaxt.

Mit kaltem Entsetzen bemerkte ich nun, daß tatsächlich eiserne Stifte in meinem Schild steckten – ihre Spitzen standen um Fingers Breite an der Innenseite mir entgegen.

Eine böse Vermutung keimte in mir: Die Eboniter hatten uns entdeckt! Vorsichtig lugte ich für einen kurzen Augenblick über den Schildrand hinüber zu dem Dorf – und wahrhaftig! Hinter den Hecken standen mindestens zehn Bogenschützen, Mann neben Mann!

»Aufgepaßt! Wir sind entdeckt! Nach rechts dicht an den Waldrand!« brüllte ich und war der erste, der dort ankam. Die Eisenpfeile der Eboniter reichten so weit nicht, und vorerst befanden wir uns außer Gefahr.

Trotz dieser schlimmen Überraschung sah ich aber keinen Grund zum Verzweifeln. Wir mußten eben darauf achten, daß wir genügend Abstand zu den Bogenschützen hielten. Zu solchem Zweck hatten wir nichts anderes zu tun als uns am äußersten Rande der Talseite fortzubewegen, möglichst weit weg von der Ebonitersiedlung. Außerdem war Sorge dafür zu tragen, daß die Eboniter uns nicht auf den Pelz rückten, sondern hinter ihrer

Hecke blieben. Hierfür diente mir zunächst einmal Smärregolf mit seinem gewaltigen Stimmorgan, das er jetzt nicht mehr im Zaume zu halten brauchte.

Hierfür benötigte ich vor allem aber die Bogenschützen aus unseren eigenen Reihen – Asgolf war gefragt, der beste Bogenmann meiner Sippe –, und kurz darauf nahmen die ersten Geschosse ihren Weg zu Ebos Leuten.

Vor allem aber: Der Boden wurde mir hier zu heiß. Wir mußten auf schnellstem Wege von hier fortkommen. Freilich, wenn die Eboniter von unserer Anwesenheit gewußt hatten – warum auch immer –, dann war ein fauler Trick, ein Hinterhalt, nicht auszuschließen. Um dies abzuklären, schien es mir zunächst einmal wichtig, Ansmut zu Rate zu ziehen, denn er war als einziger mit den Örtlichkeiten hier vertraut.

Einige Zeit mußte ich nach ihm suchen, weil er nicht mehr wie am Vortag an der Spitze des Zuges ritt, sondern es heute für zweckmäßig hielt, das Mittelfeld vorzuziehen.

Sobald ich seiner ansichtig geworden war, sprudelte er auch schon begeistert los: »Tolle Burschen, diese Eboniter! Sie sind weithin bekannt für ihre eisernen Pfeile – großartige Dinger, glaub mir, ich als Fachmann versteh' etwas davon. Hervorragende Wertarbeit, das, wirklich einmalig und unnachahmbar. Grozzo,* ihr Schmied, ist der einzige, der sie herzustellen weiß – ein ausgesuchter Meister seines Fachs! Ich treffe ihn oft, wenn ich geschäftlich hier bei den Ebonitern bin. – Doch sag, wie kommt es, daß sie uns entdeckt haben?«

»Das können wir uns später überlegen«, entgegnete ich unwirsch, »jetzt gibt es Wichtigeres. – Wir müssen schnellstens weg von hier. Wie du erzählt hast, werden wir von hier aus nach Norden abbiegen müssen, wenn wir in dein Tal kommen wollen. Wird es dabei Schwierigkeiten geben? Du kennst dich doch hier aus!«

»Nichts leichter als das: Dort vorne kommt ein kleiner Fluß, die Schmiecha, die müssen wir überqueren. Gleich hinter dem Ebo-Dorf biegt sie, von Norden kommend, nach Osten hin, und in der Biegung findest du eine bequeme Furt.«

* Ahnherr des größten deutschen Nadelherstellers.

Mehr zu wissen war im Augenblick nicht nötig. Ich sprengte an der Spitze unseres Zuges vorbei, weiter in der angegebenen Richtung, immer hart an der Kante zwischen dem bewaldeten Steilhang und der morastigen Talaue.

Während ich so dahinritt, kam Ansmuts Frage mir wieder in den Sinn: Wie konnten die Eboniter uns entdecken? – Ob vielleicht Smärregolfs nächtliches Gebrüll noch bis in ihr Dorf zu hören gewesen war?

Eine bessere Erklärung war mir jedenfalls noch nicht eingefallen, als ich die von Ansmut beschriebene Flußbiegung erreichte. Zu besserer Zeit mag sich an dieser Stelle eine Furt befunden haben; darauf wiesen wenigstens die flache Uferböschung wie auch der ausgetretene Boden hin. Die starken Regengüsse der vergangenen Tage hatten aber den Wasserspiegel der Schmiecha kräftig ansteigen lassen; auf ihrem Wege bis hierher hatte sie eine stattliche Menge dürren Astwerks und halbvermoderten Laubes mit sich geschwemmt, dazu Baumstämmchen und Grasbüschel in großer Zahl. Dies alles hatte sich dicht hinter der Flußbiegung derart verheddert und verfangen, daß ein dicker Damm entstanden war, vor dem sich das Flüßchen zu einem großflächigen Teich gestaut hatte. Hier war demnach kein Durchkommen möglich; ich mußte weiter flußabwärts Ausschau halten. Glücklicherweise brauchte ich hierfür nicht sehr lange, denn schon nach wenigen hundert Schritten fand ich, was ich suchte: Das durch den Damm aufgehaltene Wasser rieselte hier fast nur noch tröpfchenweise; bei flacher Uferböschung konnten an dieser Stelle selbst kleine Zicklein bequem durch das Flußbett kommen.

Damit war ich aber noch lange nicht aller Sorgen ledig. Denn was ich sah, als ich meine Augen vom Flußbett abwandte und den Blick hangwärts richtete, das wollte mir keineswegs gefallen.

Ein Steinschlag hatte durch den Wald am Berghang eine breite Schneise geschlagen, an deren oberem Ende sich ein herrisch aufragender Fels dem Auge darbot. Diesem Umstand, für sich selbst genommen, hätte ich keine Beachtung geschenkt, wenn mir nicht noch eine andere Kleinigkeit aufgefallen wäre.

Im feuchten Erdreich des Ufers entdeckte ich frische Hufeindrücke: Drei oder vier Reiter waren erst vor kurzem vom jenseitigen Flußufer hierher gekommen. Ihrer Spur folgend, fand ich wenige Steinwürfe weiter flußabwärts dann tatsächlich vier Pferde in einem dichten Gebüsch versteckt.

Die Reiter waren offensichtlich von dem Eboniterdorf herübergekommen; das Verbergen der Reittiere deutete darauf hin, daß die vier nichts Gutes im Schilde führten – ich dachte sofort an einen Hinterhalt!

Oben von dem Felsen aus ließen sich gewiß mit Leichtigkeit lockere Geröllmassen talwärts in Bewegung setzen. Der gesamte Bereich dieses zweiten Flußübergangs war somit von einem weiteren und diesmal künstlichen Steinschlag bedroht.

Ich mußte auf der Stelle handeln – den vier Ebonitern auf dem Felsen augenblicklich das Handwerk legen. Aber einer gegen vier – das traute ich mir denn doch nicht zu, zumal ich mich ja außerdem im Nachteil befand, weil ich sie von unten her angreifen mußte.

Ein paar Männer brauchte ich schon zu meiner Unterstützung – am besten treffsichere Schützen, denn mit Pfeil und Wurfspieß war der Vorteil des höheren Standortes noch am ehesten auszugleichen.

In höchster Eile galoppierte ich zurück zur Spitze unseres Trecks und erklärte meinen Vertrauten die Sachlage. Bevor ich mich mit drei Mann Verstärkung aufmachte, schärfte ich meinem Stellvertreter Gangolf ein, er möge um alles in der Welt Mensch und Vieh von der Steinschlagschneise fernhalten, bis er ein Zeichen erhielte von Asgolf, Borgolf, Smärregolf oder mir – mit diesen dreien zog ich denn auch sogleich los.

Viel würde nun abhängen von der Fertigkeit des hakennasigen Speermanns Borgolf wie auch seines Zwillingsbruders Asgolf, der auf hundert Schritt Entfernung einen Apfel vom Baume schießen konnte.

Eine zum Hochklettern günstige Stelle war bald gefunden; dort ließen wir die Pferde zurück und begaben uns in das dichtstehende Gehölz des Steilhanges. Die vielen Regengüsse der letzten Tage hatten den Boden dort glitschig werden lassen, so daß wir uns von Ast zu Ast und von Baumstamm zu Baumstamm die schroffe Steigung emporhangeln mußten.

Behende wie eine Wildkatze zeigte sich hierbei Smärregolf, der immer wieder uns anderen eine Hand reichte, um durch kraftvollen Zug und Ruck uns einige Schritt dem Ziele näherzubringen.

Mit solcher Hilfe sahen wir den milchigen Morgenhimmel viel früher durch das hellgrüne Frühlingslaub hindurchschimmern, als ich zu hoffen gewagt hatte – wir näherten uns damit der Hochfläche über dem Schmiechatal. Jetzt mußten wir darauf achten, daß die Eboniter uns nicht vorzeitig bemerkten.

Die steinige Oberfläche des Felsens gewährte nur einigen ärmlichen Pflänzchen kümmerliche Nahrung – ein eng umrissenes baumfreies Rund kündigte sich von ferne an, indem es den ersten hellglänzenden Lichtschein des neuen Tages durch das Waldesdickicht blitzen ließ. Nun kamen wir aber bei weitem nicht mehr so flott voran, denn wir hatten unsere ganze Aufmerksamkeit darauf zu richten, daß wir jegliches laute Geräusch vermieden: kein Ästlein durfte knacken, kein Blattwerk rascheln, kein Steinchen kollern.

Als wir dieserart schleichend auf zwanzig Schritt an den Felsen herangekommen waren, krochen wir das letzte Stück bäuchlings weiter, bis wir, unter tief herabhängendem Geäst hervorlugend, das freie Gelände an dem Felsen vor uns hatten.

Da standen sie – vier Männer, die ganz vorn am Abgrund gerade damit beschäftigt waren, das Ende eines doppelt mannshohen Fichtenstammes in eine Felsspalte zu rammen. Ganz offensichtlich verfolgten sie die Absicht, einen riesigen Felsblock loszuhebeln, der die Unsrigen im Tal zermalmen sollte.

Wir waren also keinen Lidschlag zu früh auf dem Plan erschienen. Der Anblick der vier Eboniter ließ den guten alten Kampfgeist unserer Vorväter jäh in uns auflodern. Ohne daß es eines Zeichens von mir bedurft hätte, gingen meine drei Gefährten blitzartig zum Angriff über: Asgolf schoß, Borgolf schleuderte, Smärregolf ließ seine donnerhallende Stimme ertönen.

Schneller, als es zu beschreiben ist, stürmten wir los, ich voran, kampfgeil die blutlechzende Streitaxt schwingend. Die überraschende Plötzlichkeit unseres Angriffs – verbunden mit Smärregolfs ohrenzerfetzendem Kriegsgebrüll – verfehlte ihre Wirkung nicht auf die vor Schreck totenbleichen Eboniter, auch wenn Pfeil und Speer vor lauter Kampfeseifer diesmal nicht so richtig hatten treffen wollen.

Drei der Gegner hatten völlig den Kopf verloren – in wildem Schrecken stoben sie davon, und meine drei Gefährten jagten ihnen ungestüm hinterher, ein markiges »Hussah!« auf den Lippen.

Nur einer von ihnen blieb zurück, ein hünenhafter, starkknochiger Kerl mit kastanienbraunem, struppigem Bart – sein trotzig blickendes Auge musterte mich scharf, während er bedachtsam nach seiner Streitaxt griff. Hart am Abgrund stehend, erwartete er unerschrocken meinen Angriff.

Den Kopf halb hinter meinen Schild geduckt, schritt ich rasch auf ihn zu. Ich war entschlossen, ihn ohne viel Gefackel ins Reich der Walküren zu schicken – ein erster Hieb der Streitaxt auf seinen Schildrand, kurz und hart, sollte ihn verwirren – ein zweiter Hieb mit voller Wucht würde ihn dann stracks in eine andere Welt befördern.

Nach dieser altbewährten und vielfach erprobten Taktik wollte ich vorgehen und hob die Axt zum Schlag auf die Kante des Schildes. Ein kurzer Ruck und – zack! – Doch zu meiner Verblüffung war der Schild nicht gespalten, wie ich es geplant hatte, nein – mein Kampfbeil saß fest.

Der Hüne hatte meine Absicht rechtzeitig erkannt und seinem Schild eine leichte Drehung gegeben, so daß meine Waffe nicht in einem rechten, sondern in einem sehr stumpfen Winkel auftraf, wodurch meinem Hieb ein Großteil seiner Wucht verlorenging. –

Aus meiner Bestürzung hatte ich noch nicht herausgefunden, als mein Gegner nun seinerseits zum Schlage ausholte. Ohne genau zu wissen, was ich tat, bewegte ich meinen Schild leicht nach oben und – zack! – jetzt steckte auch seine Axt fest.

Dieser für mich nicht ungünstige Fortgang des Geschehens gab mir meine Kaltblütigkeit zurück. Während nun mein hünenhafter Widersacher durch Zerren und Ziehen verzweifelt versuchte, sein Kampfbeil wieder frei zu bekommen, hatte ich bereits eine andere Vorgehensweise im Kopf, mit deren Hilfe ich mich dieses riesenhaften Kerls zu entledigen gedachte.

Als er einmal besonders heftig zerrte, warf ich mich ruckartig mit dem vollen Gewicht meines Körpers auf ihn, um ihn zu Fall zu bringen – wobei er, wie ich hoffte, vielleicht sogar den Abgrund hinunterstürzte, der sich unmittelbar hinter seinem Rücken befand.

Tatsächlich fiel er hintüber, hart auf die Kante des Abgrunds. Nur verlor ich selbst ebenfalls das Gleichgewicht – zu groß war die Wucht meines Körpers gewesen – und stürzte vorwärts auf ihn drauf.

In dem Augenblick aber, als wir zwei zur Erde polterten, da geschah etwas Furchtbares, etwas für uns beide Unfaßbares, etwas, das mir noch heute vor Grausen das Blut in den Adern gefrieren läßt, wenn ich daran denke: Der trotz des vorhergehenden Regens mürbe, bröselige Boden unter uns war dem schweren Aufprall unserer Körper nicht gewachsen und gab nach – ein gurgelnder Schreckenslaut entschlüpfte unseren Kehlen, und wir schlitterten in die Tiefe.

Schon hielt ich mein Ende für gekommen, da blieben wir, nachdem wir kaum einen Klafter weit gefallen waren, am Stamm einer weit über die Tiefe hinausragenden, halbverdorrten Kiefer hängen, deren Wurzeln in den Spalten der senkrecht abfallenden Felswand Halt und Nahrung gefunden hatten. Der breit sich fächernde Wurzelstock dieses Baumes bildete eine Mulde, kaum groß genug, zwei Menschenleiber aufzunehmen.

Dort suchten sich der hünenhafte Eboniter und ich an den Strängen und Fasern der Wurzeln mit den Händen festzukrallen, mit den Füßen wollten wir eine Stütze finden. Während wir dergestalt halb über dem Abgrund hingen, halb in jener Wurzelkuhle lagen, knackte und knisterte es um uns herum im Wurzelwerk, das die Last zweier Körper nicht längere Zeit zu tragen vermochte – die Steine rieselten dabei aus den Ritzen und Fugen des Felsens, der Stamm der Kiefer neigte sich langsam, ganz langsam weiter talwärts.

Mich alleine würde der Wurzelstock ja vielleicht noch halten können, fuhr es mir durch den Kopf, und ich versetzte dem Eboniter einen derben Stoß auf den Brustkasten, wodurch ich ihn aus der Mulde herausdrücken wollte.

Er verlor dadurch zwar seinen Halt an dem Wurzelstock, klammerte sich dafür aber in äußerster Verzweiflung an meinem Arme fest. Die Erschütterung des Stoßes ließ das Wurzelwerk schneller und lauter knacken, die losen Steine kullerten in größerer Zahl rechts und links von uns in die Tiefe, der Kiefernstamm hatte schon fast eine waagrechte Lage erreicht. – Eine Rettung für uns war damit so gut wie ausgeschlossen – wir hatten den sicheren Tod vor Augen. Durch meine Schuld.

Nur noch einige Atemzüge waren mir gegeben, um auf mein Leben zurückzublicken. Schnöde schien mir das Schicksal: Wozu hatte ich mich all die Jahre abgekämpft, gemüht, Gefahren bewältigt – Gefahren durch Römer, Auerochsen, Wölfe, Räuber, durch tückisches Gewässer, durch feindliche Alemannensippen –, und all das war mit einemmal völlig nichtig und nutzlos! Für meine Sippe wollte ich seit Jahren schon eine Bleibe finden, eine Bleibe, die nun in greifbare Nähe, fast schon in Sichtweite gerückt war, und jetzt gerade, so kurz vor dem Ziel, das Ende!

Im Angesicht des Todes verlor auch der Kampf mit dem Eboniter jegliche Bedeutung – der Kerl war ja in derselben hoffnungslosen Lage wie ich selbst.

Lebe wohl, du schöne Welt, lebe wohl! So dachte ich bei mir, während es um mich herum weiter knackte und kullerte.

Doch inmitten dieser Geräusche glaubte ich, meinen Namen zu hören. – Ob in der Todesnot die Sinne getäuscht werden? Angespannt lauschend hielt ich den Atem an. Da – wieder, ganz deutlich: »Tagolf!« – Und abermals: »Tagolf!« Es war zweifelsfrei Smärregolfs donnernde Stimme, die ich vernahm.

So schrie ich denn aus Leibeskräften zurück: »Hier sind wir! Hier, im Abgrund! Schnell!« – Ja, richtig, tatsächlich: Ich rief »wir«. Die gemeinsam erlebte tödliche Bedrohung ließ alle Feindseligkeiten in den Hintergrund treten.

Durch die Schwingungen des Schalls hatte indessen das Rieseln und Knistern gefährlich zugenommen – aber da zeigte sich schon Smärregolfs rotbackiges Gesicht gegen den Himmel am Felsrand über mir.

»Tagolf! Tagolf – da bist du ja!« rief er erleichtert und suchte mich vergeblich zu fassen. »Verdammt und verflucht«, hörte ich ihn murmeln, »zu weit! Das schaffe ich nicht alleine!« und sein Gesicht verschwand wieder. »Hier! Hierher! Hier ist er!« dröhnte seine Stimme über mir. Dieses Rufen galt offenbar den Zwillingsbrüdern, deren Hilfe er für die Rettung benötigte.

Angsterfüllt warf ich einen Blick auf den Kiefernstamm, der sich mittlerweile noch weiter talwärts gesenkt hatte. Nur wenige Augenblicke blieben uns jetzt noch zu leben – dann würde man unsere leblosen Körper unten im Tal suchen können.

Doch schon erschien Smärregolfs rotes Gesicht abermals, rückte weiter vor über den Felsrand, sein Hals folgte, dann sein Oberkörper mit den uns entgegengestreckten Armen – die uns immer näher kamen, immer näher, bis mich seine riesigen Bärenpranken mit solcher Leichtigkeit am Genick packten, als wäre ich ein junger Stallhase.

Als er mich mit flottem Schwung emporzog, da spürte ich die Last des Eboniters an meinen Armen, an denen er sich jetzt mit der verzweifelten Kraft allerhöchster Todesnot festklammerte.

Ehe wir es uns versahen, fühlten wir wieder festen Grund unter uns. – Die hakennasigen Zwillingsbrüder Asgolf und Borgolf hatten Smärregolf an den Füßen festgehalten, als er bäuchlings am Rande des Abgrunds lag, so daß er sich mit seiner oberen Leibeshälfte gefahrlos weit in die Tiefe hinunterbeugen konnte, um uns hochzuziehen.

Welch herrliches Glücksgefühl durchströmte mich: Wieder so ganz als Lebender unter Lebenden zu weilen! Es erschien mir, als würde ich in diesem Augenblick ein völlig neues Leben beginnen, ein Leben, das mir viel, viel kostbarer dünkte als das alte, weil mir seine Begrenztheit und seine Bedrohtheit gerade eben in voller Schärfe vor Augen getreten war.

In solchem Gemütszustande verspürte ich einen übermächtigen Drang, inmitten meiner Sippe zu sein, an meine Aurelia hinzuschlüpfen und vor allem augenblicklich diesen Schreckensort zu verlassen.

Gerade wollte ich den Weg zurückgehen, den wir hergekommen waren, da nahm Smärregolf mich am Arm und deutete auf den Eboniter: »Und was ist mit dem da?«

Lange, sehr lange schaute ich dem Hünen ins Gesicht, in die Augen, aus denen gerade eben noch die blanke Todesangst mir entgegengestarrt hatte. Dieser starkknochige Recke mit dem struppigen, kastanienbraunen Bart. Die gemeinsam durchstandene Todesnähe hatte die Feindschaft schmelzen lassen wie die Sonne des Ostermonats den letzten Schnee.

Der Eboniter war für mich kein Feind mehr, jetzt nicht mehr. Wortlos schritt ich auf ihn zu und streckte ihm die rechte Hand entgegen. »Ja, was ist mit dem da«, wiederholte ich Smärregolfs Frage langsam und wie im Traume, »was ist mit dem da?«

Der Hüne griff nach meiner Hand und drückte sie fest. »Er ist kein Feind mehr«, antwortete ich Smärregolf und erwiderte den Händedruck, »jetzt nicht mehr.«

Schweigend und ergriffen schauten meine Gefährten dieser Versöhnung zu. Da keiner von ihnen um eine Erklärung für diesen krassen Wandel bat, hatten sie dessen Ursache wohl erkannt.

Nun gab es aber wirklich keinen weiteren Grund, an diesem wenig freundlichen Ort länger zu verweilen. Wir kletterten denselben Weg zurück, den wir gekommen waren; der hünenhafte Eboniter begleitete uns.

Dieweil wir uns ins Tal hinabhangelten, hüpfte mir das Herz im Leib – aus Freude darüber, daß ich einen neuen Freund gefunden hatte. Ich erzählte ihm in der gebotenen Kürze von unserer Absicht, im Schmiechatale heimisch zu werden.

Gleichzeitig begann ich aber auch, mir Gedanken zu machen über das weitere Schicksal meines neuen Freundes. Er war mit seinen drei Kumpanen (die nicht wieder auftauchten) von seinem Dorfe losgezogen mit dem Auftrag, die Schar der Unsrigen unschädlich zu machen – und nun kehrte er alleine zurück, ohne uns viel angetan zu haben – ja, ganz im Gegenteil: Er hatte sogar das Band der Freundschaft mit mir geknüpft! Wie würde er da vor seine Sippengenossen hintreten können?

Diese Frage quälte mich dermaßen, daß ich sie nicht allzu lange zurückhalten konnte und den Hünen alsbald anredete: »Sag, Eboniter, was werden deine Leute mit dir anfangen, jetzt, wo wir keine Feinde mehr sind?«

Ein Lächeln huschte über sein Gesicht: »Die Leute im Dorf da unten werden mir kein einziges Haar krümmen. Und euch ebenfalls nicht. Wer Feind ist oder Freund – das bestimme dort nur ich; ich und niemand anders. Denn ich bin Ebo, ihr Häuptling.«

Dies war der Anfang einer lebenslangen Männerfreundschaft zwischen Ebo und mir; einer Freundschaft, die viele, viele Jahre lang den Frieden gewährleisten sollte unter den Siedlern an Eyach und Schmiecha. Schade nur, daß unsere Sippen späterhin sich nicht mehr so gut vertrugen wie ehemals wir beide.

Als wir unten die Talsohle erreichten, standen unsere Leute unmittelbar neben der Steinschlagschneise dicht gedrängt zusammen und warteten im ersten Tageslicht auf das angekündigte Zeichen für das Überqueren des Flüßchens.

Nach unserem Erscheinen flog mir meine Aurelia an den Hals, und gleichzeitig ging ein erleichtertes Raunen durch die ganze Schar, die sich unverzüglich in Bewegung setzte. Ganz wie von mir vorhergesehen, entstanden beim Durchwaten des Wassers keinerlei Schwierigkeiten; war doch die Schmiecha hinter der Aufstauung zu einem kümmerlich dünnen Rinnsal zusammengeschrumpft.

Hinter der Furt blieb Ebo zurück. »Es wird euch sicherlich in dem Tal dort oben gut gefallen«, meinte er zum Abschied, »aber es ist rauh hier, rauher als sonstwo. Die Sommer sind kürzer, die Winter kälter. Ihr werdet es schon noch selber merken. Und wenn ihr irgend etwas braucht in der ersten Zeit, so wißt ihr ja, wo ich zu finden bin.« Er hob den Arm zum Gruß und verschwand in der Richtung seines Dorfes.

Sechsundzwanzigstes Kapitel

Blick in den Talgang

Nun hatten wir nur noch wenige tausend Schritte vor uns, und ich war vor Erwartung und Neugier bis zum Zerreißen gespannt.

Wäre ich ein Jagdbogen gewesen, so hätte mein Holz schon lange angefangen zu knistern und knacken als Vorzeichen des unmittelbar bevorstehenden Zerbrechens.

Voll närrischer Unruhe zappelte und wippelte ich auf meinem Hengst herum, der alsbald von meinem fortwährenden Hampeln angesteckt wurde und nun seinerseits wie von Bremsen gestochen hin und her tänzelte.

Auch Truchtolf war augenscheinlich von dieser Wunderfitzkrankheit befallen – er hatte sich zu mir an die Spitze begeben. Nicht viel anders als ich hubbelte und wubbelte er auf seinem Reittier herum, das kaum zu beherrschen war, weil es nicht aufhören wollte, einem Irrwisch gleich durch die Gegend zu schwänzeln.

»Den nächstbesten Platz nehme ich, den nächstbesten«, verkündete er aufgeregt, »dort werden wir dann siedeln. Du bist doch damit einverstanden, Tagolf, nicht wahr?«

»Aber ja doch, ja!« stimmte ich zu. »Ich suche dann schon mal einen Platz weiter nördlich!«

Jetzt gab es für mich kein Halten mehr – auf meinem Hengst flog ich durch den Frühnebel nach Norden, immer dem Laufe der Schmiecha entlang. Kaum viel mehr als einen Katzensprung von

Ebos Dorf entfernt weitete sich die Enge des Tales; von links her mündete dort ein Seitental.

Das dürfte der passende Platz für die zukünftige Siedlung der Truchtolflinge sein, dachte ich, und wie sich alsbald erwies, hatte ich richtig geraten. So stürmte ich weiter flußaufwärts, wo sich das Tal zunächst wieder verengte. Wenig weiter jedoch traten die Höhen abermals zurück – dort öffneten sich zwei Seitentäler zur Schmiecha hin, von links her ein breiteres und von rechts ein schmäleres.

Hier blieb ich stehen und schaute mich um: Die Berge zu beiden Seiten gewährten Schutz vor Kälte und Wind, ließen aber dennoch genügend Raum für Feldbau in zureichendem Ausmaß.

Die kräftigen Weißtannen auf den Höhen ringsum boten sich an als Bauholz; die inselartig dazwischen wachsenden Kiefern konnten als Kienspäne genutzt werden. Esche, Ulme und Ahorn, vereinzelt eingestreut, gaben den Rohstoff ab für mancherlei Gerätschaften in Hof und Haus.

Nutzbringend erschienen mir außerdem Haselstrauch und Heckenrose, die sich grüppchenweise auf der Talsohle angesiedelt hatten.

Tief sog ich die kühle, klare, würzig erfrischende Luft ein, tief bis in die hintersten Winkel meiner Brust.

Ein helles, starkes, wonnigsames Prickeln war die Folge, das von den Haarspitzen bis zu den Fußzehen meinen Körper angenehm erschauern ließ.

Und als nun die mächtig aufkommenden Morgenstrahlen die über der Schmiecha wabernden Schwaden des Frühnebels zerrissen, da wurde der Blick frei auf die üppigen Auen des Talgrunds, deren Blüten, Kräuter, Gräser und Blumen mir in allen erdenklichen Formen und Farben entgegenprankten.

Von dem wärmenden Sonnenlicht zu munterem Leben erweckt, begann es an allen Ecken und Enden mit einemmal zu grillen und zu zirpen, zu flöten und zu zwitschern, zu trällern und zu jubeln.

In diesem riesenhaften Chor sorgten Heimchen und Immen für die Begleitstimmen; die kräftige Melodie jedoch schallte lauthals und vielstimmig aus den Kehlen der gefiederten Sänger. Das allgemeine Dudeln und Jodeln, Schilpen und Schlagen, Juchzen und

Schmettern schwoll an zu einem urgewaltig aufgetürmten Gebirge von Tönen und Klängen, die mich mit voller, knackig praller Lebenslust erfüllten.

Verklärt, betört und ganz benommen von diesem allumfassenden Wonnerausch beseelte mich nur ein einziger Gedanke:

Hier ist gut sein. Hier läßt sich's leben.

Hier will ich bleiben!